CARRIL RÁPIDO

JOSÉ MARÍA HERNÁNDEZ

Published 2009 by arima publishing

www.arimapublishing.com

ISBN 978 1 84549 395 0

© José María Hernández 2009

Printed and bound in the United Kingdom

Typeset in Garamond 11/14

Swirl is an imprint of arima publishing.

arima publishing
ASK House, Northgate Avenue
Bury St Edmunds, Suffolk IP32 6BB
t: (+44) 01284 700321
www.arimapublishing.com

1

Aquella tarde de un jueves, ingresé en el hospital como paciente. Había cumplido los veintidós años unos días antes. Se me había asignado un cuarto en la sala privada; una enfermera me acompañaba. Al entrar, lo primero que noté, fue lo escaso del mobiliario: mesilla a un lado de la cabecera de la cama, con bandeja movible, dos butacas al pie de la litera y un televisor sujeto a la pared. A continuación –a instancias de la empleada-, pasé al anexo donde se ubicaba el lavabo, wáter y ducha. Luego me desnudé, colocándome en su lugar la bata blanca abotonada a la espalda que se me había provisto. Introduje mis despojadas prendas en el estrecho armario situado en un rincón y regresé al lado de la enfermera. Ésta me ayudó a meterme en la cama y seguidamente comenzó a auscultarme, medirme la temperatura y toma de tensión, cuyos resultados anotó en el folio del historial del paciente. Cumplidos estos requisitos de investigación médica sobre mi estado físico, ella comentó que encontraba todo en regla. Después se despidió, no sin antes haberme informado que su próxima visita tendría lugar a primera hora de la mañana siguiente, con suficiente antelación a la cita en el quirófano; todo ello con vistas a "prepararme adecuadamente", según indicó. Previamente, había preparado la documentación sobre mis datos personales, ausencia de alergias a determinados fármacos y obtenido mi consentimiento a la operación posterior.

Desde mi cómoda posición, percibí el ambiente de sobriedad respecto al habitáculo: paredes desnudas de color beige y el suelo revestido con amplias baldosas de granito pulido, todo lo cual otorgaba una primera sensación de limpieza, favorecido por su suave brillo.

Lo que bien valía la pena presenciar, era la vista que se ofrecía través de la ventana con marcos de aluminio. Se podía percibir una buena parte del extrarradio de la gran urbe, extendiéndose entre variados espacios rurales, a lo largo y ancho de de los bordes de la altiplanicie limítrofe con la zona norte de *Madrid*. La panorámica incluía en su lado próximo las áreas de *La Moraleja, El Pardo*, los alrededores del cementerio *Fuencarral, Alcobendas* y el intenso tráfico de la autovía *Nacional* 1.

Al fondo, en lontananza, era posible vislumbrar la sombreada silueta del comienzo del relieve de la *Sierra Guadarrama*, digno colofón al cautivante paisaje visual.

Mi mente, absorta en la contemplación del panorama, no pudo reprimir la emisión de un suspiro de satisfacción. Esta espontánea señal de gozo me llevó a reflexionar en lo feliz que me sentía en tales momentos, a la espera de la conclusión de mi visita como paciente del hospital. Pensé en el dicho: *"nada arriesgado, nada ganado"*; este adagio coincidía con mi estimación de que lo importante no es donde se nace, o quién a uno engendra, sino el lugar en que el destino, guiado por nuestras decisiones y acciones, nos va situando.

Fue entonces cuando, teniendo en cuenta lo expresado en el último párrafo, me dispuse a rememorar sobre lo acaecido en mi vida hasta la fecha…

*

Nací al final del año 1974, en un pueblo situado a unos cuarenta kilómetros de *Madrid*. Mis padres me pusieron de nombre Andrés. Genaro Gómez es mi progenitor, de mediana estatura, delgado, moreno y de ojos pardos. Está empleado en la oficina de Correos de la localidad. Hombre popular y sociable, como consecuencia de su trabajo; de carácter fuerte y suele presumir de ideas fijas, especialmente en lo concerniente a aspectos religiosos y políticos; en esto último de tendencia derechista. Su tiempo de ocio lo reparte entre partidas de dominó y la caza.

Mi madre es Josefa Rubio: de mediana talla, morena, delgada, con finas facciones y ojos negros; está dotada de temple sosegado y suaves modales; sin embargo exhibe una dinámica y positiva actitud. Ella es la que lleva el timón de la casa, como corresponde a una madre con voluntad suficiente para afrontar las tareas cotidianas del hogar. Es persona callada, pero no se amilana ante cualquier dificultad por dura que parezca. Sin lugar a dudas, un buen ejemplo a seguir; por mi parte, me gustaría copiar su sosiego y entereza en los momentos difíciles que se puedan presentar.

El otro miembro familiar es mi hermana Sofía, año y medio menor que yo. Su fisonomía es semejante a la de mamá, esbelta y tiene una hermosa cabellera color azabache. Desde el principio hemos congeniado; de pequeños, solíamos pasar agradables ratos intercambiando nuestras vestimentas; actuando delante del espejo, haciendo muecas y cambiando el tono de nuestras voces, como si estuviéramos en una representación teatral.

*

Con respecto al lugar donde habitábamos, la población oscila entre cuatro y seis mil personas, dependiendo de la época del año. Aunque existe un polígono industrial en el pueblo, la mayoría de los jóvenes persiguen la aventura de intentar labrarse un porvenir en la cercana gran urbe madrileña.

El principal ingreso económico, además de su limitada industria, proviene de la agricultura, donde también se cultiva la vid. Asimismo se hallan varios pinares en su territorio.

En cuanto a los estratos sociales locales, a semejanza de la inmensa mayoría de poblaciones proporcionalmente similares, la mayor parte del personal masculino que por falta de medios económicos no hayan podido continuar sus estudios en centros docentes superiores, pertenece a la clase obrera, En parecidos términos, el género femenino se dedica, por lo general, a las labores del hogar.

Una contada minoría está clasificada en el nivel superior, como son algunos terratenientes, industriales, miembros de profesiones liberales, alcalde y cura de la parroquia. El sacerdote sigue gozando de un lugar privilegiado en la exclusiva élite social. En este tipo de grupos polarizados, la influencia religiosa sigue siendo fuerte, a pesar del desarrollo paulatino de la sociedad moderna.

*

Tenía yo nueve años de edad cuando estrené vaqueros; este simple hecho me hizo reafirmarme en la idea de que la edad infantil había quedado lejos, habiendo dejado paso a mi temprana adolescencia. Un peculiar sentimiento de satisfacción se estaba apoderando de mi ser al sentirme, por añadidura, algo más mayor. Me introduje en la habitación de mis padres y me contemplé en el espejo que cubría la puerta del armario; dejé mi mirada seguir complacida los suaves movimientos de la figura reflejada en la pieza de cristal. Alzando la mano, pasé los dedos entre la mata de pelo color castaño oscuro que cubría mi cabellera, ensayando diferentes formas de llevar el peinado. Me gustaba tener el cabello largo, lo que chocaba con el deseo de mi madre, quien de poco tiempo atrás me recordaba con frecuencia que debía llevarlo más corto para no desentonar con los chicos de mi edad. Aludía al tema con asiduidad:

-Andrés, deberías cortarte el pelo casi al rape, como la mayoría de tus amigos. Es más higiénico y así pasarías desapercibido entre la gente del pueblo.

Por mi parte, invariablemente, repetía:

-No importa mamá que pueda sobresalir por ello. Así me mantengo a gusto. Además papá no le da mayor importancia al caso; él dice que sólo es cosa de chiquillos.

Mis palabras y la actitud de su marido, le aplacaba en cierto modo y reducía su insistencia sobre el asunto.

Desechada esta evocación, una vez más, fije la vista en las facciones de mi rostro. El mensaje que provenía de mi contemplación me dejó perplejo; por primera vez experimenté una especie de mezcla entre shock y vanidad al descubrir delicadas líneas del contorno facial, resultaban en su conjunto suaves y frágiles como si fueran afeminadas. No parecía existir ningún signo de protuberancia que indicase señal de fuerte carácter varonil. Instintivamente sonreí, consecuencia de mi impulso narcisista, una placentera sensación embargaba mi ser.

Me gustaba lo que veía: anchura de frente entre línea cabellos y curvatura de espesas cejas; expresivos ojos de color pardo; nariz ligeramente respingona; pequeñas orejas e imperceptibles pómulos; finas mejillas, tiernos labios y delicado mentón; un delgado cuello, sin prominencia alguna en la zona de la nuez.

La agradable percepción iba en aumento a medida que proseguía en mi examen anatómico externo: el área de los hombros resultaba más bien estrecha, aunque el tórax ganaba en protuberancia frontal. Inconscientemente desabroché un par de botones superiores de mi camisa e introduje la palma de la mano y me toqué, recorriendo la parte frontal del pecho; sentí las bien formadas curvas prominentes que me causaron cierto estupor. Sentía que estaba comenzando a conocer más a fondo algunas partes de mi cuerpo.

El asombro producido por la revelación del contraste en buena parte de la fisonomía exterior de mi ser, duró unos instantes, paulatinamente dando paso a una creciente alegría mal contenida. Entonces me di perfecta cuenta, no sin ruborizarme que tanto mi aspecto del rostro y torácico, como la conciencia de mi mismo y del entorno, lo comenzaba a interpretar desde el punto de vista femenino, en lugar del opuesto varonil. Todo ello afectó gradualmente en adelante a mis sentimientos, gustos, forma de pensar, comportamiento y capacidad de reacción.

*

Mi adolescencia transcurría siendo conflictiva conmigo mismo. Mi mente solía encontrarse inmersa en un mar de monólogos interiores; tales confusos efectos provenían del complejo magma de sensaciones propias del sexo opuesto que vislumbraba y que sometían mi ser a los vaivenes del espíritu y desórdenes del pensamiento.

Teniendo en cuenta la cerrada y subjetiva sociedad donde habitaba, trataba de disimular en lo posible mis preferencias, forma de sentir y obrar; primordialmente, cuando me encontraba en compañía. Sin embargo me era difícil acallar o modificar los impulsos naturales que lo producían; el esfuerzo de tratar de ocultar, disimular o suavizar las lógicas reacciones del estímulo interno resultaba agotador.

Debía seguir intentando practicar esta estrategia el mayor tiempo posible; temía la probable adversa reacción, especialmente de mis padres, ante el rumor generalizado que se levantaría en la calle, al conocerse la peculiar noticia. Personalmente, sentía que no me importaría la opinión pública en si cuando el acontecimiento saliera a la luz; en cualquier caso, prevalecería la percepción de un ente femenino en mi, aunque el órgano sexual viril no correspondiera con ello. Los mensajes y sensaciones transmitidos no originaban del pene, al que consideraba un intruso en el ámbito de mi anatomía y por este motivo lo desdeñaba.

A pesar de la precaución tomada, algunas acciones se escapaban del control, generándose algún que otro azaroso percance y produciendo la consiguiente curiosa anécdota:

-¡Hijo! ¿Por qué te has puesto la blusa de tu hermana? -Increpaba mi madre-. No se te ocurra salir a la calle con ella puesta. No sabes cómo es la gente: critican cualquier cosa. Con ese pelo largo y la nueva prenda, les das motivos para el cotilleo: te pueden confundir con un marica.

-Descuida mamá. No encontraba mi camisa y me la he puesto sólo para estar en casa. A Sofía no le importa que la use; también ella se pone mis vaqueros alguna vez.

*

Con referencia a la interacción social, disfrutaba mezclándome con el conjunto de mis compañeros de Instituto, sea cual fuere su género. Buscaba indistintamente la compañía de chicos y chicas. Me encantaba la conversación femenina que consideraba más afín a mis sentimientos e inclinación mental. Desde esta perspectiva valoraba también la asociación varonil, mayormente como respuesta a algunos de mis impulsos fisiológicos que necesitaban apaciguarse a través del diálogo con jóvenes varones. Tales encuentros resultaban más propicios para internarse sin ambages sobre la temática del sexo. El intercambio de información sexual que producía semejantes charlas, suplía con creces la total falta de ayuda dentro de los hogares sobre la complejidad de las relaciones sexuales entre seres humanos y sus posibles consecuencias. La comunicación familiar, seguía excluyendo de sus coloquios tratar sobre el delicado tema, al que los prejuicios e influencia religiosa habían relegado como asunto tabú en el entorno hogareño. Incontables casos pagan por la desinformación familiar sobre el sexo en la juventud.

Entre la diversidad de jóvenes con los que trababa amistad en el pueblo, descollaban tres varones con quienes yo acostumbraba a salir habitualmente. Nuestro grupo tenía cohesión, a pesar del carácter individual de sus miembros; rara vez existía motivo de discusión; teníamos como norma a seguir que lo primordial era bien avenirse y pasar juntos un buen rato.

Uno de sus componentes, Enrique Fernández, era el más alto de la cuadrilla y de fuerte constitución corpórea; aparentaba poseer los atributos de un boxeador en potencia a falta del adecuado entrenamiento. Su fisonomía delataba su aire bonachón, aunque a veces resultaba obstinado y cabezón, no dando su brazo a torcer hasta que viera se encontrara equivocado en su razonamiento. Exhibía un abierto carácter, no sin sentido del humor y carecía de malicia. Venía de familia campesina, con reducidos medios económicos. Se podía calificar su entendimiento como poco brillante: sus notas académicas eran medianas; no obstante, trabajaba fuerte en sus estudios con objeto de ir mejorando su

10

capacidad intelectual. Cuando se le preguntaba la razón de su esfuerzo, solía contestar que hacía lo posible para evitar que el día de mañana se viera en la necesidad de laborar en el campo.

Otro miembro de la pandilla era Fernando Ojeda, un chico bien avenido, serio y formal, de carácter retraído. Sus líneas fisonómicas no eran para llamar la atención, al igual que su enjuta figura. Su familia era dueña de uno de los bares de la localidad y él detestaba tener que trabajar detrás del mostrador. Su preferencia era seguir la vocación religiosa que parecía poseer; a este respecto, actuaba de monaguillo y ayudaba al párroco en los menesteres de la iglesia.

El tercer colega, Benito Moreno, era el que más destacaba del grupo. Se trataba de un mozo, un par de años mayor que yo. Me agradaba especialmente su forma de ser; el conjunto de sus innatos atributos: extrovertido, tenaz, audaz, firmeza , claridad de razonamiento y actitud positiva. Su notable ambición por progresar y su apuesta presencia física, denotaban una gran dosis de personalidad y autoestima. Se le presumía estar dotado con un alto coeficiente intelectual. En sus estudios era diligente y aplicado, sacando buenas notas, resultado de su inteligencia y determinación. Asimismo, su tono de voz y conversación eran amenos y fluidos. Gozábamos de fuerte amistad y él me confiaba sus proyectos de futuro: estaba decidido a abandonar pronto y probar suerte en Madrid.

Sus principios eran humildes y penosos. Su padre hacía las faenas del campo; era propietario de unas pocas tierras de secano que con mucho esfuerzo proporcionaban un modesto porvenir. Se había casado en segundas nupcias con una dama local, un año después de fallecer la madre de Benito. Del primer matrimonio quedaba también una hija de nombre Amparo.

Benito se encontraba especialmente contento, la causa era que recientemente había tenido la suerte de ser excedente de cupo en el sorteo de la mili. Ello le permitiría pronto poner a prueba sus planes.

Entre las amistades femeninas de mi adolescencia, predominaba Felisa Rojo García: hija única que vivía con sus padres en una pequeña casa al final de la misma calle que yo habitaba. Teníamos algunas cosas en común, incluso rasgos fisonómicos y personales, como por ejemplo: el color del pelo y de los ojos; similar estatura y lo más sorprendente, haber nacido con unos días de separación entre una y otro. En un principio, este último detalle nos había atraído mutuamente.

A medida que íbamos creciendo, nuestra amistad se fortalecía. Me agradaba su forma de ser: retraída, le gustaba pasar desapercibida, disponía de un dulce semblante y delicadas maneras. El nivel de vida de sus progenitores, parecía de signo modesto: su padre, Félix, era jornalero, alternando su trabajo en el campo y, una pequeña huerta donde cultivaba vegetales, con algunos períodos en la construcción. A este respecto, con unos pequeños ahorros, se había agenciado una vieja furgoneta para poder atender a sus trabajos de albañilería, donde la oportunidad se presentara en su entorno y alrededores.

Como retribución adicional, su madre María-Luz, atendía a un corral con gallinas y la crianza de un cerdo, que se sacrificaba a la entrada del invierno.

*

Dentro de este tipo de ambiente, sin pena ni gloria, llegué a la mayoría de edad. Un nuevo reto se presentaba enfrente de mí. Era consciente que, como consecuencia, poseía una más sólida identidad legal que me daría alas para desarrollar la libertad de expresión sobre mis gustos, pensamientos, deseos, sentimientos, proyectos e inclinaciones. Sentía haber perdido mucho tiempo tratando de disimular y ocultar mi innata desviación sexual; Por lo tanto, con mi nueva potestad adquirida, me serviría de escudo para sentir un mayor orgullo de mi nuevo proyectado comportamiento dentro de la sociedad, relativo a los derechos y obligaciones de un ser humano de acuerdo con lo que determina la Constitución Española.

Mi hermana Sofía ya estaba al corriente de mis "peculiaridades"; días antes le había hecho partícipe de la noticia. Ella, aunque abrió de par en par los ojos a modo de shock, no pareció asombrarse mucho: habíamos pasado mucho tiempo en su habitación; obviamente se había dado cuenta de algunas similitudes de tipo femenino en mi anatomía, lo que debido a su discreción, había dejado de sacar a colación con anterioridad. A causa de ello, estuvimos riéndonos un buen rato.

-Estoy contenta, siempre he querido tener una "hermana" —comentó con una risa de complicidad, a la que impulsivamente me uní-. Mira que eres mala, ¿Cómo has tardado tanto tiempo en decírmelo?

-Apoyo tu postura "querida" –ambas soltamos una larga carcajada, al término de la cual Sofía añadió-: uniré mi sonrisa a la tuya siempre que estemos juntas, en señal de mi aprobación "jovencita" –la última salida dio lugar a un sonoro regocijo.

-Gracias Sofía, en todo momento nos hemos llevado bien y desde ahora mucho mejor, estemos juntas o separadas. Como ves, también yo estoy practicando el nuevo coloquio entre damas. Me adapto pronto, sólo falta que me venga la regla…

El estentóreo júbilo demostrado por Sofía a raíz de mi última intervención hizo abrirse de súbito la puerta de la habitación, apareciendo en la entrada la figura de Josefa, quien con rostro sonriente interpeló:

-¿Puedo saber el motivo de tanto jaleo? Me gustaría que me pusierais al corriente del divertido comentario, a fin de participar en vuestra alegría.

-No es nada importante mamá: estábamos imitando a un par de nuestros amigos en plan de mofa.

-Eso no está nada bien hijos míos. Debéis ser más respetuosos con la gente especialmente, si como decís, son amigos vuestros.

-Sí, mamá –interpuse-. Tienes razón y, cambiando de tema, mañana Benito nos viene a recoger en coche, para ir a pasar el día en Madrid; así festejaremos mi cumpleaños. Felisa también vendrá.

-Ya lo sé hijo, me lo ha dicho tu padre. Tened mucho cuidado y no volver tarde. Estaremos preocupados hasta vuestro regreso a casa.

-Descuidad, volveremos antes del anochecer mamá –insinuó Sofía-. Somos todos buenos amigos y nos sabemos comportar, como si fuera nuestra primera comunión.

Reímos la ocurrencia y Josefa, algo más calmada, dio media vuelta y salió del cuarto, dejándonos continuar la cháchara alrededor de nuestro secreto.

En un momento de la charla informé a Sofía:

-Hermana, me resulta difícil ocultar por más tiempo cómo me siento. Tengo la intención de empezar a divulgar el enigma mañana, aprovechando el viaje, poniendo en antecedentes del mismo a Benito y Felisa. Al día siguiente, domingo, se lo comunicaré a nuestros padres, durante la comida. Esto último será lo más duro. Aunque me agobie la más que probable reacción de papá, por mi bien, debo demostrar el valor suficiente para saber encajar su respuesta con estoicismo, por adversa que pueda ser. Mi vida me pertenece en adelante y creo tengo derecho a controlarla según me convenga.

El peso de la problemática que implicaban mis palabras enrareció un poco el ambiente, guardando unos momentos de silencio; a continuación Sofía se atrevió a aventurar:

-Te hará bien comunicar la noticia cuanto antes; así tomarás ventaja y relajará tu mente, eliminando el peso de haberlo encubierto, permitiéndote concentrarte en lo que realmente te interesa. Creo percibir que no te importe lo que diga o piense la gente al respecto. Eso es lo mejor que te puede acontecer; tal mentalidad de dará fuerzas para seguir adelante. Tienes mi ayuda y bendición – terminó con ojos humedecidos por la emoción que le causaban sus propias palabras, que me estaban produciendo un gran estímulo.

Impulsivamente, me acerqué y abracé a mi hermana, susurrándole al oído:

-Gracias Sofía; porque te quiero más que a nadie, tú eres la primera persona en conocer el dilema –luego, apartándome añadí-: he sufrido mucho tratando de ocultarlo; ha sido un penoso viaje hasta mi mayoría de edad. Ahora mi mente puede volar; me siento libre como un pájaro. Mis bellas sensaciones han estado reprimidas, oprimidas y retenidas por enormes compuertas, como el agua embalsada en un inmenso pantano. Por fin, se está abriendo la presa que libera el magma de emociones que se acumulan por salir a borbotones, semejando a un torbellino y causando una gran exaltación sensorial que invade todo mi ser. El efecto es sorprendente maravilloso.

Mi hermana me acarició la mejilla comentando:

-Qué bien suena lo que dices, me estoy emocionando.

Cogidos de la mano, abandonamos la habitación.

*

A la mañana siguiente, a la hora prevista, Felisa y Benito llamaban a la puerta. Sofía abrió invitando dentro a los dos amigos; mientras mi madre y yo envolvíamos los bocadillos para el viaje.

Desde el pasillo de entrada se oía la voz de Benito que exclamaba:

-¡Buenos días familia! Aquí está el mejor chofer de la comarca, que conducirá a mis mejores amigos a una histórica visita a la capital.

Mi padre salió a su encuentro y le espetó:

-¡Gracias Benito! Déjate de farolear, lo importante es que volváis todos sanos y salvos del viaje. Tú, como conductor y persona mayor, te hago responsable de que así sea. ¡Cuidado con la bebida y la carretera!

-¡Sí, señor Gómez! –dijo poniéndose firme y saludando a lo militar-. No se preocupe usted, están en buenas manos.

En ese momento me uní al grupo, que me felicitó; salimos a la calle y nos adentramos en el Seat. Vi a mis padres diciendo adiós desde la puerta de la casa.

El viaje fue ameno. Benito conducía a una velocidad normal sin altibajos, manteniendo su derecha; raramente aceleraba para adelantar algún que otro vehículo, a no ser que éste fuera despacio y lo permitiera la señalización vial; charlábamos continuamente, excepto Benito. Él permanecía pendiente de la circulación y carretera; por este motivo intervenía muy poco en la conversación. Gozábamos de la primera vez que juntos nos aventurábamos fuera del pueblo.

En Madrid, aparcamos el coche en una de las bocacalles de la *Plaza Castilla* y tomamos el autobús que se desliza a lo largo del *Paseo Castellana*, hasta la *Plaza Cibeles*, donde se desvía por la *Calle Alcalá*, para finalizar en la *Puerta del Sol*.

Allí nos recreamos, deambulando largo y tendido, inmersos entre el abigarrado gentío, vendedores ambulantes, músicos y artistas noveles. El tiempo era caluroso e invitaba a refrescarse, lo que hicimos en un principio, en una fuente cercana. Luego subimos hasta la *Gran Vía* y entramos a tomar refrescos en una cafetería de la *Plaza Callao*. Media hora después, bajamos hasta la *Plaza de España*; al llegar, nos sentamos en un banco de la explanada, intercalada de bien cuidados jardines, no lejos de las estatuas de *Don Quijote y Sancho Panza*. A continuación desenvolvimos los bocadillos que disfrutamos, acompañados de coca colas adquiridas en un quiosco cercano. Nos sentíamos realmente felices.

Mientras degustábamos nuestro sabroso bocata, mi mirada recorría de un lado a otro el impresionante lugar; admiraba la magnificencia del sitio y su entorno, siluetas de sus imponentes edificios que circundan su vasto espacio. Entre tan entretenida contemplación, pensé que este era un buen momento para hacer partícipes a Benito y Felisa acerca del nuevo rumbo que mi vida comenzaba a tomar. Miré a Sofía y por su mirada y sonrisa noté que presentía lo que estaba a punto de comunicar. Acto seguido fijé mi vista en los dos amigos y anuncié:

-Mis queridos compañeros, tengo algo muy importante que comunicaros – por su mirada de sorpresa adiviné que quedaban expectantes ante mi comienzo, que les sonaba a extraño-. Aunque sea duro entender, desde hace mucho tiempo mi mente ha considerado a mi cuerpo, como perteneciente a un ser femenino…, -suspiros y exclamaciones salieron de sus gargantas antes de que pudiera proseguir-. He tratado de disimular estos sentimientos lo mejor que he podido, lo que me ha costado gran sufrimiento. Desde ahora se acaba el fingir; seguiré las indicaciones de los impulsos de mi conciencia, a pesar de todo. No puedo vivir de otra manera.

Benito fue el primero en reaccionar:

-Amigo Andrés, respetando tu confidencia me costará mucho tratarte y considerarte como a una mujer. Me cuesta creer lo que dices, máxime cuando al coincidir orinando, he visto muchas veces el pedazo de cipote que muestran tus delicadas partes… ¡No me vengas con esas historias!

Una carcajada general coreó el final de su peculiar intervención, que fue interrumpida por la réplica de Sofía:

-En el caso presente, tal contrariedad no es obstáculo para que una persona sienta determinadas desviaciones sexuales. He convivido con Andrés todos estos años y no me sorprende en absoluto su predisposición a escoger y comportarse dentro del genero femenino. Su constitución física de caderas arriba, con ligeros arreglos y cuidados, creo corresponde más, digamos, al "sexo débil" que al varonil. Por lo tanto amigos, mi nueva hermana goza de todo mi apoyo.

Esta prueba tangible de solidaridad por parte de Sofía hacia mi, hizo también intervenir a Felisa, la cual parecía haber estado deseando hacerlo, así que se levantó afirmando:

-Gracias Andrés por haber tenido la convicción y el coraje de afrontar el problema y por haberme hecho confidente del mismo. Me siento orgullosa de ti y de que hayas tomado tal determinación. Me has impresionado y, si cabe, te quiero más que antes –dicho esto, se me aproximó y juntó su mejilla contra la mía, añadiendo-: nada temas, yo estaré a tu lado.

En este punto reanudamos la marcha, volviendo sobre nuestros pasos; durante el tiempo que duró el trayecto, me erigí en el más dicharachero del grupo. Me encontraba realmente contento y relajado por haber aireado la incógnita que me atormentaba; bromeaba con mis compañeros acerca de mis futuras expectativas. A este respecto, me coloqué al lado de Benito, manifestando:

-Puede que un día no lejano solicite tu ayuda para que me presentes algún apuesto mozo como tú, que colme mis insatisfechas ansias sexuales...

Los tres rieron la guasa y el aludido respondió:

-No me vengas con mariconadas ahora "cariño". ¿Quién sabe? Si te preparas bien, me invitas a compartir unas copas y tu seducción resulta irresistible, quizás sea yo mismo el que caiga ante tu hechizo. "Querido", todo tiene un precio, si se puede pagar...

-¡Vaya, vaya Andrés! – Intervino Sofía ante la risa general que causó la curiosa propuesta de Benito-. "Donde las dan las toman y callar es bueno".

- ¡No, no! Querida hermana, aunque parezca mentira, mi proposición iba en serio. No hay que desperdiciar las buenas oportunidades – y me concentré en Benito, que estaba mondándose de risa ante el erótico cariz que estaba tomando el argumento-. Toma nota amigo mío, para cuando me vea en la necesidad imperiosa de tratar de seducirte...

- ¡Eh, Andrés! – interpuso con vehemencia Felisa-. Ponme también en la lista y no te olvides de mí; pudiera llegar a ser una interesante relación la nuestra..., llena de ardor..., e intensidad...

La tórrida sugerencia hizo que tres inquisitivas miradas se alzasen hacia mí, reflejando muecas de ironía en sus sonrientes rostros.

-¡Eso está hecho Felisa! El comienzo no puede ser más prometedor. ¡Este es mi día de suerte!

Al poco rato cruzábamos de nuevo la *Puerta del Sol* en dirección a la *Plaza Mayor*. Al llegar, nos acomodamos alrededor de una mesa, cerca de la serie de columnas que delimitan la explanada de piedra del lugar. Pedimos cuatro cañas de cerveza que ayudaron a estimular nuestro descanso y reponer fuerzas en la arquitectónica e histórica plaza. Más tarde dimos la vuelta por sus alrededores, comenzando por *Las Cuevas de Luis Candelas*, donde nos repartimos una jarra de vino tinto. Al final, bajamos por la calle *Victoria*, llegando a un típico *Museo del Jamón*, situado muy cerca de la *Puerta del Sol;* allí, volvimos a beber cerveza, saboreando también el sabroso alimento.

Abandonamos el local rebosantes de alegría y poco después, tomamos el autobús de regreso hasta la *Plaza de Castilla*, donde en sus aledaños, teníamos aparcado el coche. Cada uno reconocimos que habíamos pasado un día de mucho disfrute en todos los sentidos visitando por primera vez una gran ciudad en tan grata compañía.

El viaje de regreso al pueblo tuvo lugar sin novedad; el general alborozo de haber gozado de un feliz día juntos, nos impulsó a no parar de charlar, haciendo alusión a algunos de los cómicos incidentes que poblaron la visita a la capital. Curiosamente, en contra de toda lógica, las horas pasadas por el grupo de los cuatro amigos, no tuvimos la suerte de repetirlas hasta mucho tiempo después; los acontecimientos que se avecinaban comenzarían a separarnos.

*

El domingo al despertarme y descorrer la cortina de mi habitación en la parte de atrás de la casa, me di cuenta que no sería un día tan claro como el anterior. Nubes se asentaban en las montañas colindantes, cubriendo la línea del horizonte. Quizá ello podía presagiar lluvia o, más bien, alguna desagradable tormenta de verano. Sin poderlo evitar, pensé que era el día en que tenía que cumplir la última parte del dilema anatómico personal que hacía tiempo me abrumaba. El símil de la posible borrasca que auguraban los nubarrones parecía apropiado al caso. Permanecí unos momentos absorto en la reflexión; tendría que hacer frente a la tempestad verbal que, inevitablemente se levantaría al término de la comida familiar y las posteriores dañinas consecuencias resultantes en el entorno social. Esperaba que el temporal psicológico en un futuro no muy lejano, por mucho que asemejase un huracán en su comienzo, sacudiendo la estabilidad del hogar. El tiempo lo diría, como en la mayoría de los casos. Mi papel era, sacar a luz y esclarecer mi problemática sexual, con mis padres y de esa forma, iniciar con buen pie una nueva relación familiar basada en la confianza, tolerancia y el respeto mutuos.

Pasé la mañana en compañía de Sofía; fuimos a misa de doce y después dimos una vuelta por la calle principal. Luego nos sentamos a tomar unos refrescos en la terraza de una cafetería; pretendíamos estar a solas hablando de nuestras cosas y mirando el desfile dominguero de viandantes, algunas de ellas portando vestidos abigarrados que atestiguaban su falta de buen gusto en su elección de atuendo menos apropiado para la ocasión, mientras pasábamos el tiempo hasta la hora de comer.

Llegada la hora crucial, la comida transcurrió con normalidad hasta el momento que se sirvió el postre. En ese instante, decidí tomar las riendas y hacer partícipe a mis padres del escabroso asunto. Para ello atraje su atención hacia mí anunciando:

-Queridos papá y mamá, tengo algo muy importante que comunicaros, -me miraron algo sorprendidos, mientras la mirada de Sofía me animaba a proseguir-. Ahora que he alcanzado la mayoría de edad, debo anticiparos mis proyectos; con este fin me veo en la obligación de deciros y, perdonad mi brusquedad, que aunque hasta el momento me he comportado como un hijo, realmente dentro de mi ser me siento y considero como…, ¡Una mujer!

Mis progenitores se quedaron boquiabiertos al oírlo; se observaban uno a otro, como pretendiendo indagar, a juzgar por sus expresiones de asombro y desconcierto; instantes después Genaro tomó la palabra:

-¡Qué tonterías dices Andrés¡ Te concebimos como nuestro hijo; se te

Puso nombre y bautizó como tal y durante dieciocho años has crecido siendo un varón en la familia y la comunidad del pueblo, - al llegar aquí , levantó el puño descargándolo ruidosamente sobre el tapete y exclamaba-: ¡No vengas ahora con afeminaciones de ningún tipo!

Josefa parecía estar asustada a causa del evidente enfado de su marido; mi hermana trataba de aplacarla al mismo tiempo que yo intervenía:

-Papá no es cuestión de elección, sino de sentimiento. Interiormente me atraen los gustos femeninos y mi mente actúa en consecuencia. Nada puedo hacer en su contra.

-Tendrás que corregir esos impulsos si quieres evitar la vergüenza familiar que tu desviación acarreará en esta casa. Hemos hecho lo mejor por ti y no merecemos que nuestro nombre sea vilipendiado y quede por los suelos.

-No es para tanto Genaro –interpuso Josefa-. No es el primer caso que pasa. Lo importante es mantener la unidad familiar.

Creo que será inevitable que la familia se rompa, al ocurrir un escándalo como este. El pueblo es pequeño y la noticia correrá como pólvora. Las acusadoras miradas nos seguirán al transitar por las calles; ya nada será igual.

Sofía creó llegado el momento de hablar:

-Papá, no seas tan negativo; debemos mantenernos unidos por el bien de todos nosotros. No pasa nada; Andrés es libre de escoger cómo se comporte. Sería desdichado si no lo hiciera, por tener que ajustarse a una predestinada línea de acción familiar. El mundo evoluciona deprisa y hay que adaptarse al cambio para evitar quedarnos desfasados.

-Yo creo que no podré aceptar nunca una cosa así, que suceda dentro de mi hogar –insistió Genaro-. Todo esto es demasiado fuerte para mí.

El silencio se adueñó de la sala, lo que aproveché para romperlo:

-Está bien padre, respeto tu punto de vista. Por mi parte, me siento orgulloso de considerar a mi ser como un ente femenino; es mi deseo de que así sea y ello me hace feliz. Sería un cobarde conmigo mismo si no expresara lo que siento, en adelante; estaría desaprovechando mi libertad, la cual me hace fuerte para controlar mi propia vida. Debido a las especiales circunstancias de mi caso, tendré que acostumbrarme a superar mayores dificultades que otras muchas personas para salir adelante; sin embargo, las nuevas sensaciones que experimento, me otorgarán la suficiente fortaleza de espíritu para ganar la partida. La vida es una continua disputa: un torneo inacabable donde tus convicciones, sueños, proyectos y expectativas juegan un fuerte papel, a veces contra uno mismo. Si no pongo en práctica lo que siento viviría engañándome a mi mismo.

Mis palabras abrieron un nueva pausa silenciosa, en la que Josefa se animó a expresarse otra vez:

-Creo que se ha dicho todo lo que se tenía que decir. Dejemos el agua correr y que el tiempo diga la última palabra. Ahora tenemos que recoger la mesa y lavar los platos.

Sus palabras sirvieron de colofón al debate familiar que inició mi "personal confesión". El cabeza de familia se levantó y cabizbajo abandonó la estancia para salir y encaminarse al bar a tomar café y distraerse pasando la tarde jugando al dominó. Por mi parte, ayudé a mi madre y hermana con la puesta a punto del comedor y la cocina. Más tarde, acompañado de Sofía, fuimos a visitar a Felisa, mientras mi madre permanecía en casa haciendo punto.

*

Un mes después me encontraba meditando en mi habitación y analizando parte de los efectos de la noticia dispersada por la localidad sobre mi desviación sexual. Las campanas de la iglesia tocaban llamando a los fieles a la misa dominical. Seguí impávido cobre la cama; había perdido el interés por asistir a misa. Recordaba la última vez que había estado y las miradas de reojo que me dirigía la gente, conocedora de mi peculiaridad. Daba la impresión que le observaban a uno como si fuera un extraño, como si no pertenecieras al lugar. Nunca había tenido gran predilección por acudir a misa; suponía que muchos de los asistentes congregados allí, lo hacían atraídos como si se tratase de un encuentro de interacción social, en lugar de clara devoción litúrgica. Sospechaba que en tales reuniones, una proporción substancial de personas, probablemente eran propicias al despliegue de algún tipo de farsa o hipocresía entre miembros de la comunidad, los cuales no se veían con buenos ojos en otros lugares menos vistosos.

Notaba algunas reacciones a mi persona de lo más diverso y pueril; por ejemplo, seres que siempre se habían comportado con decoro en mi presencia, de repente trataban de evitarme como si fuera algún ser contagioso, o por el estilo. Todas estas dificultades formaban parte del nuevo aprendizaje: tenía que volverme fuerte y mostrarme poco menos que impasible, ante este cúmulo de rechazos de una buena parte de la sociedad conocida.

Necesitando solicitar consejo espiritual, en una ocasión me fui a ver al cura de la parroquia ya que, con toda mi buena fe, deseaba confesar mis sentimiento sensuales. Inocentemente le abrí mi corazón y me explayé sobre mis gustos y sensaciones, esperando comprensión y su bendición. Cual fue mi sorpresa cuando el "representante de Dios" recriminó mi conducta y "alto estado pecaminoso", según dijo, denegando la absolución hasta tanto no retornara al buen camino. Confuso y dolido, tuve el valor de afirmar: "cura maldito, ¿Es así como usted encarna a Dios?" Vi la ira del sacerdote reflejarse en sus saltones ojos y huí presto…

*

El tiempo libre lo pasaba con los componentes de mi cuadrilla, los que seguíamos fieles los unos a los otros; entre ellos Fernando Ojeda, el monaguillo, a quien no afectó en absoluto mi incidente con el clérigo. Aparte de mi amiga Felisa, con el que más congeniaba era con Benito; éste me informaba con frecuencia acerca de su proyectado viaje a Madrid.

A tal efecto, un buen día me vino a buscar y, en su vetusto coche nos llegamos a un pueblo cercano donde, según él, podíamos charlar sin ser molestados. Últimamente, se había interesado en mi caso, llegando a la conclusión de que valía la pena me embarcase en su proyecto. A este fin, había propuesto ir a medias en el intento.

Sobre unas cañas de cerveza y un par de tapas, me participó los planes que guardaba para mí:

-Pienso que conviene que vayamos juntos; de esta forma nos ayudaremos el uno al otro -luego volviéndose hacia mí añadió-, tú lo tienes muy duro aquí; necesitas el aire fresco de otro lugar, adonde no te conozca nadie y puedas comenzar una nueva vida –se creó un silencio para enfrascarnos en un buen sorbo de cerveza y degustar un bocado, lo que me ayudó a sopesar la propuesta presentada y contestar a ella:

-Lo he pensado bien y veo que tienes razón –contesté-. Pero, ¿Qué puedo hacer yo? Carezco de ahorros de ningún tipo y quizás fuera un estorbo para ti. Me atrae tu propuesta, no obstante creo que sería una carga en lugar de una ayuda. No quisiera decepcionarte.

Benito ignoró mi respuesta dubitativa y continuó en sus trece. Irradiaba entusiasmo; se le veía seguro de sí mismo y me atraía el lado positivo con que enfocaba las cosas.

-Mira Andrés, conmigo podrás llevar tu vida como tú desees. Aquí no tienes ninguna oportunidad y sólo crearás problemas a tu familia; te ofrezco esta posibilidad que, por tu bien, no debes dejar escapar. En mi proyecto, necesitaré de una persona en la que pueda confiar y que será mi socio. Tú respondes a esa confianza.

-Te lo agradezco amigo; siempre nos hemos llevado muy bien. Me estás convenciendo. Déjamelo pensar por unos días, mientras me hago a la idea y lo consulto con mi familia.

-De acuerdo, aprovecharé para hacer una visita a mi tío Pedro; tiene un buen puesto en un importante hotel de la capital. Espero que con su ayuda, nos pueda allanar el comienzo de la aventura. En el principio es cuando más se necesita una mano amiga. No temas, recuerda que el caso interesa a los dos por igual. Esta unión facilita el éxito.

Nos levantamos y caminamos hacia el automóvil. Me encontraba satisfecho de que alguien como Benito se fijara en mí, para ser su confidente y compañero de trabajo. Me concedía cierta seguridad el pensar que una persona tan atrevida y dinámica me señalara como su soporte en su nueva andadura. Durante el viaje de vuelta, Benito se recreaba exponiendo matices del sueño que nos conduciría al éxito. Yo le dejaba y, animaba a continuar soñando. Él lo vivía, describiéndolo con intensidad; recreándose en ello…

Pocos días después, Benito desapareció durante una semana. Me resultó bastante larga su ausencia. Pensaba con frecuencia en su oferta, echando de menos su compañía. Él tenía un poder especial en mí, que me proporcionaba energía en mis convicciones. Mientras el tiempo que estuvo fuera, reflexioné acerca de mi extraña situación, inmersa en una sociedad estrecha y encorsetada. Llegué a la conclusión que era preciso aceptar su oferta. No cabía otra alternativa; quedarme en el pueblo sería mi perdición como persona, sin identidad alguna. Necesitaba el nuevo entorno a que Benito aludía, donde me encontraría a mí mismo, basándome en lo que yo pudiera hacer en adelante; sin trabas sociales y con su apoyo. Mi ser se iba llenando de ilusión ante el reto que se avecinaba. Anhelaba que regresara pronto con buenas noticias sobre la deseada marcha. La espera se hacía dura…

Afortunadamente, varios días después Benito se presentó en casa para buscarme. Se sentía radiante, como si algo bueno le hubiera acontecido. Sin apenas hablar, entramos en su coche y abandonamos el pueblo como la vez anterior. Por el camino me informó que, por mediación de su tío, había alquilado una habitación para los dos en la calle céntrica Gobernador. Asimismo, me había conseguido un puesto de ayudante de cocina y, otro para él de camarero en el mismo restaurante, a partir del mediodía. En principio, con tales trabajos quedarían solucionadas nuestras comidas, al mismo tiempo que poder sufragar el pago de habitación; el remanente quedaba para cualquier menester.

Comenzaríamos la operación a tres días vista. Benito quedó gratamente satisfecho con mi respuesta afirmativa al proyecto y nos paramos a celebrarlo como correspondía. Nos deseamos mutuamente suerte en la aventura, a medida que brindábamos con cada trago de fresca cerveza.

Al cabo de un rato decidimos volver, ya que nos encontrábamos nerviosos por avisar a nuestras respectivas familias del esperado acontecimiento de nuestra próxima partida.

Lo que primero hice al entrar en casa, fue dirigirme al cuarto de Sofía y comunicarle mi decisión, que recibió favorablemente manifestando:

-Te echaré de menos, pero me alegro mucho por ti. El cambio te vendrá muy bien. ¡Lo necesitas tanto…!

-Gracias hermana, sabía que podría contar contigo. Ahora acompáñame para contárselo a mamá. La pobre se llevará un gran sofocón, pero cuanto antes lo sepa, será mejor para ella.

Bajamos las escaleras y tomamos asiento a ambos lados de mi madre. Agarrándola de la mano, le hablé despacio:

-Mamá querida…, tengo que darte una sorpresa…, me voy a Madrid…, a empezar una nueva vida –al oírlo, Josefa comenzó a llorar amargamente-. Será lo mejor para mí y todos; en especial papá. No te preocupes por mí, estaré bien. Tengo un trabajo donde ir y una habitación adonde parar. Aquí no me espera ningún futuro halagüeño.

-Lo entiendo. Tienes mi bendición. Sigue tu camino, no vuelvas la vista atrás. Eres una persona fuerte y saldrás adelante. Aquí nos tendrás por si tienes que volver.

-Gracias mamá, siempre encontrarás un lugar en mi corazón –nos fundimos en un fuerte abrazo, al tiempo que lágrimas inundaban nuestros ojos.

Momentos después recobrábamos nuestra compostura.

Respecto a mi padre, no le encontré hasta bien entrada la tarde. Mi madre y hermana habían salido a visitar una vecina; media hora más tarde, llegó mi progenitor y se sentó en su sitio favorito hojeando el periódico. Éste se le cayó de las manos cuando oyó mi voz.

-¡Querido papá! He decidido marchar a Madrid dentro de tres días, para hacer frente a mi nueva vida –él me miró visiblemente alterado-. Mamá y Sofía están enteradas. No te preocupes por mí. Tengo trabajo y acomodación.

Él continuaba fijando su intensa mirada en mis ojos, lo cual me perturbaba un poco. Le había cogido por sorpresa mi inusitado anuncio; tardó varios instantes en contestar:

-Ya veo que lo has preparado todo sin tener en cuenta mi consentimiento. Debías, al menos, haberme avisado de antemano; quizás te hubiera podido ayudar. Entiendo que no hayamos mantenido apenas comunicación entre nosotros, desde que heriste mis sentimientos. Veo que nada de lo que diga ahora te hará cambiar.

-Perdona papá, pero los acontecimientos han tomado un rumbo repentino; no he sabido hasta hoy que podía irme. Creo que es lo mejor para toda la familia en las presentes circunstancias, y así yo podré seguir solo con mi vida. Me siento muy ilusionado por la oportunidad presentada. Verás papá que todo sale bien – me acerqué agachándome y le di un beso en la mejilla.

Este espontáneo gesto parece que le tranquilizó algo, toda vez que suavizó su tono al comentar:

-Bueno, tal vez tengas razón. Uno no debe nunca entrometerse en los designios de la juventud. Dejo al tiempo que sea el juez. Te deseo lo mejor en adelante.

Dicho esto, se inclinó recogiendo el periódico del suelo y encerrándose nuevamente en su lectura, al mismo tiempo que yo pasaba a su lado para salir de la estancia, mientras manifestaba:

-Gracias papá por entenderlo. No te daré motivos para que te arrepientas. Te lo prometo.

Genaro levanto la cabeza. Nada dijo. No obstante percibí que su mirada me seguía al abandonar la sala. Muy pocas palabras nos cruzamos en los días que faltaban para mi partida. Resultaba complicado conversar y, soslayarse era lo adecuado. De esta forma evitábamos reincidir sobre el delicado tema causante del disgusto familiar que había acontecido. Los fuertes lazos de antaño se habían debilitado de alguna manera y no era aconsejable forzarlos. Esta filosofía de proceder ante las peculiares circunstancias resultantes, parecía la más acertada y llevadera en la ocasión.

Con una mezcla de tristeza por tener que abandonar a mis seres queridos, e ilusión ante el incierto porvenir, abandoné mi pueblo, adonde nunca más volví.

*

2

Era mi primer despertar en Madrid; estiré los brazos y me encontraba relajada en la penumbra de la habitación. Por las comisuras y los resquicios de la ventana, la luz de la mañana comenzaba a entrometerse en el cuarto, aclarando algunos objetos en el recinto. Me levanté despacio y descorrí las cortinas, permitiendo se iluminase el local. Abrí un panel de la ventana y saqué la cabeza al exterior y en una expresión de júbilo, inhalé el aire fresco matutino, llenándome los pulmones, exhalándolo suavemente a continuación. Volví la cabeza hacia el interior, notando que Benito aún seguía en los brazos de Morfeo, despatarrado en su sencilla cama. Le dejé seguir durmiendo; el primer día no había prisa por levantarse; eran aproximadamente las nueve y cuarto y, hasta las doce del mediodía no empezaba nuestro trabajo. De cualquier forma pronto se despertaría con la luz inundando la habitación, más mis ocasionales sonidos al andar por la misma.

Vivíamos en un cuarto piso, sin ascensor; en una calle pequeña con escaso tráfico, por lo que el ruido de la vía pública era apenas perceptible; tal extremo aumentaba la paz y soledad que embargaba el lugar. Se podía definir como un lugar tranquilo en el centro de Madrid; El *Paseo del Prado* se encontraba a escasos bloques de distancia.

La noche anterior habíamos estado celebrando la buena nueva del comienzo de nuestra libertad. Dependíamos en delante de nosotros mismos, nuestro trabajo, suerte e ingenio. Habíamos iniciado la experiencia con buen pie: teníamos trabajo y un lugar donde dormir. El sosiego que proporcionaba estos dos factores fundamentales, hizo pasarnos un poco más de la cuenta con la bebida. Realmente nos encontrábamos a gusto juntos y principiábamos a reír de nuestra fortuna, por cualquier tontería.

-Soy tu salvador —comentaba Benito, con un gracioso abrir y cerrar de ojos, producto del licor ingerido-. Te he librado del cura y de las viejas del pueblo que pretendían lincharte. Me debes la vida.

-Si, mi señor; te pagaré con creces. Presumiblemente habrás visto en mí una buena inversión de futuro, porque de lo contrario no lo hubieras hecho. Espero que no sea un precio muy alto.

-Nada te costará amigo. Ha sido un gesto filantrópico por mi parte. Por el contrario, por mi causa nadarás en la abundancia y espero que tu dulce corazón siempre se muestre agradecido hacia éste tu protector.

-Me gusta tu estilo, Benito. Tú sabes bien tratar a…, "una dama".

Ambos rompimos en carcajadas en mitad de la vía de regreso a nuestros lares.

*

Iban pasando los días de forma más o menos rutinaria, adaptándonos y consolidando nuestro trabajo en el restaurante. Una vez que habíamos alcanzado una razonable experiencia en el desarrollo de nuestras obligaciones y cobrado el primer sueldo, Benito se acercó a mí y me expuso los planes que modificaban nuestro futuro inmediato:

Ha llegado el momento de que nos matriculemos para estudiar inglés e informática, si queremos prepararnos para algo mejor. Ello nos ayudará para abrirnos otras puertas más productivas.

-De acuerdo Benito; es una gran idea. Hay que prepararse con objeto de alcanzar un nivel más alto con esas dos materias que mencionas y así aprovechar cualquier otra oportunidad que se pudiera presentar en el momento oportuno.

-Efectivamente, si se quiere y se busca algo mejor, es necesario sacrificarse para conseguirlo. Mañana indagaremos sobre el tema.

Al día siguiente ingresamos en una academia privada cercana, sita en la calle Atocha. Las clases tendría lugar de 09.00 a 11.00 horas, de lunes a viernes.

Desde el principio nos dedicamos a los estudios con gran entusiasmo. Considerábamos la ocasión como nuestra mayor oportunidad para poder mejorar nuestro nivel de vida a medio plazo. Con esta finalidad en mente, nos poníamos manos a la obra y practicábamos el aprendizaje durante casi todo el tiempo libre de que disponíamos. Los sábados y domingos por la mañana, nos mezclábamos con ingleses o americanos a la entrada del *Museo del Prado*, practicando el idioma con ellos. Tales encuentros resultaban doblemente provechosos: además del enriquecimiento lingüístico, muchas de las veces nos aportaban invitaciones a algún que otro espectáculo, reuniones culinarias y degustaciones de bebidas, como premio al uso de nuestro tiempo como amateur guías turísticos en sentido free-lance.

Todo esto, unido a la práctica del estudio que empleábamos en nuestra habitación, nos permitía avanzar en el gradual dominio de los fundamentos básicos de las materias, objeto de nuestro empeño por progresar.

El tener nuestra vida más o menos organizada y el tiempo bien distribuido en estudio, trabajo y acomodación, consolidaba en cierta forma mi estabilidad física y mental. Benito y yo teníamos la certidumbre de que estábamos sentando las bases para ir evolucionando favorablemente. Sin embargo, después de seis meses de aclimatación, sentía que me faltaba envolverme en el escenario de la vida social, adonde mis gustos y sentimientos femeninos se viesen progresivamente realizados. Había venido a Madrid con esa idea y consideraba que ya iba siendo tiempo de volverme más agresiva en ese sentido. Tenía que aceptar el hecho sin remilgo alguno; cualquier inhibición quedaba atrás en el pueblo. Para mí, la ciudad era como un campo abonado y libre, donde mi semilla o identidad esperaba a sembrarse y florecer con el tiempo. De alguna manera, algo me decía, que había llegado el momento de empezar a involucrarme en el atrayente reto.

Con este fin, aproveché uno de nuestros debates sobre nuestra asociación en la experiencia madrileña:

-Oye Benito, te abro mi corazón para decirte que ya ha transcurrido un período razonable de prueba, dando solidez al inicio de nuestro plan. Una vez conseguido esto, me gustaría pasar a poner en práctica mi nueva actuación, para que pueda modificar mejorando mi vida personal dentro del mismo.

-Muy bien, te escucho. Vamos a ver cómo funciona tu ingenio.

-Todo se reduce a mi deseo de incrementar mi vida social, con la finalidad de expresar en un mayor grado mis capacidades e inclinaciones femeninas. Por ejemplo, deseo utilizar vestiduras de travestida, siempre que me convenga y visitar algún club o centro, donde se reúnan homosexuales y lesbianas y, tratar de experimentar algunas de sus vivencias. En resumen, quiero vivir en lo posible como si fuera una mujer, que es como verdaderamente me siento.

-¡Caramba! A mi parecer, te asemejas a una bomba de relojería que está a punto de explotar a una vida de pasión y erotismo sensual. No me extraña en absoluto: Durante mucho tiempo te has visto obligada a reprimirte de muchas cosas que quieres hacer; ¿No es verdad, Andrea?

Era la primera vez que mencionaba mi nuevo nombre; lo que implicaba… Sonreí por ello y le contesté mirándole a los ojos, poniendo de manifiesto mi sinceridad:

-Has dado en la diana, Benito. Creo que ha llegado el momento de abrir las compuertas de mis deseos mal contenidos, para poder estimularlos en su justa medida y comprobar la exuberancia de sus resultados.

-Veremos qué se puede hacer, "querida". Seré tu amigo y protector. Puede que sea una excelente idea; esperamos llevarla bien desde el principio, con vistas a mejorarla si es posible. Por ejemplo, consultaremos con mi tío Pedro, quien creo tiene influencia entre algunos miembros de la élite gay de la ciudad. De esta forma, será más factible encontrar contactos interesantes. Quien busca en los lugares adecuados tiene más probabilidad de encontrar la buena suerte. Queremos personas especiales y discretas que, con el tiempo, pudieran ayudarnos en cualquier circunstancia.

-Hay que ver Benito, cómo me gusta la forma tan práctica y profesional con que enfocas el caso. No pierdas nunca tu sentido calculador en el estudio de cualquier transacción; De esa forma llegarás lejos y yo estaré protegida y orgullosa de mi socio y "chulo"-a ambos nos entró la risa ante mi razonamiento contractual que acababa de sellar verbalmente-. Así podré perder los estribos y entregarme pasionalmente sin ambages siempre que me interese; mientras tú actúas con la cabeza fría, sopesando la estrategia a seguir. De este modo, llegaremos a formar un buen equipo que se complemente bien.

-Me gusta tu táctica, "preciosa". No te andas por las ramas ni con rodeos; vas derecha al grano. Definitivamente me gusta tu estilo: es simple y práctico. Tienes las ideas muy claras referente a lo que quieres. Tengo la impresión de que el nuevo planteamiento implicará tener la posibilidad de acceso a un mayor ingreso en efectivo, lo que hasta el presente no hemos experimentado.

-Eres perspicaz, querido Benito. Has dado en el clavo. Es imprescindible aumentar nuestros medios económicos; esperando divertirme y gozar en el proceso de colmar mis expectativas sexuales, que aún están por descubrir. Para ello, no queda más remedio que echar mano de la más vieja profesión.

Necesitamos ir aumentando nuestro nivel de vida con objeto de afrontar nuevos retos, que cuestan dinero. Por ejemplo, tengo en mente que cuando sea posible, se me practique una operación de cambio de sexo y sólo entonces seré una mujer completa, que es a lo que aspiro.

-Será un placer ayudarte a conseguir lo que te propones Andrea. Necesitas tanto desarrollar tu propia identidad dentro de los parámetros que insinúas. Te mereces llegar a ser feliz a tu manera y yo me pongo a tu disposición con vistas a lograrlo.

-Gracias Benito, aunque creo que la felicidad completa no existe, es una quimera. Cuando parece que la has alcanzado, se desvanece. Nada es permanente. La vida resulta un camino más o menos tortuoso y lleno de dificultades, hacia la consecución del bienestar. Pienso que lo que tiene de hermoso es caminar con la sensación de paz interior; entonces es cuando llegas a lo más cerca de sentirte feliz. Este sentimiento ayudará a superar los altibajos del laborioso viaje que todos realizamos en frenética búsqueda de la utopía, permitiendo que nuestro voluble presente sea más soportable. Esto es lo que trato de hacer; sólo quiero embellecer el ahora, el momento presente, que es lo único que realmente existe. No miro más allá.

-Tus palabras son refrescantes; reflejan tu fortaleza mental, Andrea. Me gusta escucharte, cuando aplicas ese pragmatismo tan real de la vida. Tal forma de pensar y actuar ayuda mucho y el tenerte a mi lado es una buena suerte y ventaja para animarme a seguir —se levantó y se acercó a mí, estrechándome con su fuerte abrazo; fue algo impulsivo que no pudo evitar, ni yo tampoco: el gesto me emocionó, haciendo que un par de lágrimas aflorasen a mis ojos; así terminó nuestra conversación.

*

Era la primera vez que Benito me presentaba a su tío Pedro, hermano de su difunta madre. Mi primera impresión fue favorable; se trataba de una persona de unos cuarenta y cinco años, alto, delgado, y bien parecido; peinado a raya su bien cuidado pelo liso, dejaba entrever en las patillas algunas canas que le daban un aire de distinción. Tenía los ojos claros y sus modales y maneras parecían responder a gestos estudiados, probablemente como consecuencia de sus contactos con la clientela pudiente del hotel.

La entrevista tuvo lugar en su apartamento, sito en un ático de la calle *Claudio Coello*. El lugar resultaba confortable, sin ser amplio: constaba de vestíbulo, amplia cocina, salón de estar, servicio ducha y lavabo, más el dormitorio con baño adyacente. El gusto exquisito de su decoración atraía, con muebles Luís XV y varias piezas *Art nouveau*, así como profusión de figuras de porcelana *Lladró;* excelente alfombrado en dormitorio y sala de estar; en ésta, haciendo juego el mobiliario con dos sofás de cuero, en los que nos hallábamos sentados, al lado de un mueble con cristalera, donde se exhibían piezas de una vajilla *Wedgwood* inglesa.

Era un lunes por la tarde, alrededor de las cinco. Benito y yo habíamos acudido puntualmente a la cita. Pedro, ferviente prosélito de los gustos ingleses, nos había preparado té con bizcochos. Benito había comenzado saludando a su tío, efectuando a continuación:

-Tío, te presento a mi "amiga Andrea" –sonriendo todos ante el contraste-. Está contemplando cambiarse de sexo cuando las circunstancias lo permitan.

Pedro se me aproximó y a modo de saludo y aceptación, me dio un beso en la mejilla que me hizo ruborizarme; seguidamente, con la intención de relajarme y mostrar aquiescencia en el caso, puso su mano sobre mi hombro, comentando suavemente:

-No temas Andrea, haz lo que te dicte tu corazón. Cada uno es dueño de sus propios actos, o debería serlo. Por ejemplo, yo comparto mi vida con Gustavo; mi compañero ha salido a realizar unas gestiones y hacer unas compras. Haré algunas indagaciones y veré lo que puedo hacer por ti.

Me quedé gratamente sorprendida ante tal revelación. Benito no se había dignado detallarme que Pedro era homosexual, solamente que tenía contactos dentro de ese círculo. Me impresionó su sinceridad, al declararlo tan taxativamente. Sin apenas darme cuenta, me encontré a mí misma respondiendo:

-Gracias Pedro por el ánimo y ternura que muestran tus palabras. Algo que nunca olvidaré. Creo que me será necesaria la ayuda que puedas prestarme para facilitar mis propósitos; si al final lo consigo, te deberé mucho.

-Mi recompensa, Andrea, estará en todo aquello que pueda aportar; lo haré a un ser de buena fe, que trata de conseguir lo que desea, poniendo su persona en el empeño. Dejemos el tiempo que diga la última palabra. Es posible que nuestra asociación nos beneficie mutuamente.

-¡Esa es la idea! –intervino Benito-. Pensamos adquirir un teléfono móvil y un fax donde se nos pueda contactar. Tío, te informaremos al respecto en los próximos días. Tal vez algún cliente especial pudiera empezar a estar interesado en nuestros servicios: primero apareceremos como *"personal escorts"* y más adelante lo ampliaremos a otras facetas que esperamos resulten mucho más productivas, y de las que tendrás previa notificación.

-Sí, sobrino cualquier plan de ese tipo puede resultar bueno, si se ponen los medios necesarios y esfuerzo personal para promoverlo. Este es un mundo de sueños e ideas que se ponen en práctica para que funcionen y nos saquen de la mediocridad. Yo también tengo el hobby de la fotografía y, hasta me atrevo a hacer algún que otro vídeo que resulte más o menos interesante, dependiendo de los actores que puedan intervenir en cada caso.

Benito se quedó un instante pensativo ante lo que implicaban las últimas palabras de su tío; a continuación se prestó a insinuar:

-¡Una gran idea, tío! Quizás nosotros te podamos ayudar en parte del casting en alguna ocasión, lo que podría añadir un mayor atractivo a la película…

Nos echamos a reír ante la atrevida oferta de Benito que aclaraba nuestra decisión de colaborar.

-¡Hay que ver, lo sagaz y clarividente que demuestras lo que llegas a ser cuando te interesa algo Benito! –Pedro me miró y esbozó una sonrisa al terminar de decirlo-. Con socios así, se simplifica el entenderse –luego, posando nuevamente su vista en mí, insinuó-: supongo que Andrea estará también interesada en entrar en el reparto que resulte.

Sin dudarlo un instante respondí:

-¡Andrea estará muy ilusionada en participar! Mi vida está ansiosa de experimentar experiencias que levanten mi espíritu a nuevas y extravertidas sensaciones.

-¡Suena estupendo lo que dices! –Se apresuró a indicar Pedro-. Sin duda alguna el resultado será mucho mejor.

Una estentórea carcajada nos invadió a los tres. En ese instante, la puerta del salón se abrió y un apuesto moreno mancebo de unos treinta años irrumpió en la habitación, sosteniendo varias bolsas de compras. Pedro, levantándose de su asiento, nos lo presentó:

-Este es mi amigo y compañero de fatigas. Gustavo, te presento a Andrea y, Benito, al que ya conoces. Tengo la impresión que, en adelante, mantendremos contactos estrechos entre nosotros.

Gustavo depositó las bolsas al lado del sofá y nos saludó con afecto, manifestando:

-Los amigos de Pedro son mis amigos. Espero disfrutar con vuestra compañía muchas veces —a continuación se concentró en mostrarnos la adquisiciones efectuadas, describiendo con soltura los diseños estilísticos, calidad y precio de las prendas obtenidas.

Poco tiempo después, nos despedimos de la pareja con sentimiento afectivo. Benito y yo salimos a la calle aflorando sonrisas por el agradable encuentro; con la impresión de haber conseguido algo positivo en la tarde de aquel lunes, que podría embellecer aún más nuestro proyecto de vida.

*

En algunos momentos antes de conciliar el sueño, invadían la mente algunas vivencias de mi juventud en el pueblo. Dentro de la amalgama de recuerdos, normalmente preponderaba el hecho de mi especial amistad con Felisa. Ésta, se había mostrado profundamente apenada por mi marcha; por mi parte experimenté semejante sentimiento. La ausencia produjo que mantuviéramos correspondencia con asiduidad. Hasta entonces, nos habíamos llevado como uña y carne y la separación motivó que, en nuestras cartas, nos echáramos de menos. Por mi parte, le contaba esencialmente mis nuevos planes de vida y ella me animaba a seguir adelante "contra viento y marea". El tiempo pasado juntas, nos había convertido en confidentes, la una de la otra; parecía poco menos que increíble: habíamos alcanzado similar forma de pensar y evaluar las cosas.

Una semana más tarde de mi encuentro con Pedro, recibí carta de Felisa. Se trataba de una misiva traumática; la caligrafía resultaba imprecisa y en algunos pasajes borrosa, probablemente a causa de lágrimas vertidas en la escritura. En ella, mi amiga me daba cuenta del macabro accidente en el que habían sido víctimas mortales sus padres. La vieja furgoneta en que viajaban, posiblemente a causa de deficiencias mecánicas, había sido arrollada por el tren al cruzar un paso a nivel. El impacto fue demoledor y sus cuerpos resultaron destrozados. El pueblo quedó sobrecogido por el tremendo accidente ferrovial. El Ayuntamiento decretó dos días de luto por los fallecidos. El funeral había tenido lugar al día siguiente del suceso.

Desconsolada, permanecí sobre la cama un largo tiempo, apenas dando crédito a lo que leyeron mis ojos. Lloré a lágrima viva por espacio de bastante tiempo, hasta que me escocieron los párpados. ¡Qué espantoso! Felisa se encontraba ahora huérfana y, presumiblemente, sin nadie que la pudiera atender.

Instintivamente me puse a escribirla para tratar de consolarla y manifestar mi deseo de que viniese a vivir conmigo a la mayor brevedad posible. Benito pasaría a recogerla, con sus pertenencias, cuando ella lo creyera conveniente. En el intervalo, me dedicaría a encontrar un piso, adonde pudiéramos estar más confortable, o bien que Benito cambiara de habitación. En poco tiempo finalicé la carta; a continuación salí a echarla al correo.

Varios días más tarde, recibí contestación de Felisa. Ésta algo más tranquila, como daba a entender la escritura, comunicaba que aceptaba complacida la oferta que la propuse de venirse conmigo, de lo que se sintió agradecida ante la posibilidad de poder vivir juntas.

Respecto a su vida en el ínterin, relató que sus abuelos por parte de su difunta madre, se habían trasladado a su casa para hacerla compañía. Ahora se encontraba bastante ocupada, adaptándose a su vida sin sus padres y los problemas inherentes a su nueva responsabilidad. Además, había que efectuar preparativos administrativos para poner en venta la casa familiar y la finca, bienes inmuebles de que consistía la herencia. Una vez solucionado este extremo, esperaba quedar libre para unirse a mí en el nuevo proyecto madrileño, conforme era nuestro deseo.

Al terminar de leer su misiva, me sentí mucho mejor; abrí una lata de cerveza para celebrarlo. Por otro lado, las noticias implicaban que yo dispondría de tiempo para arreglar los cabos sueltos que faltaban, con objeto de poder ofrecer a Felisa una más apropiada recepción a su nueva vida en la capital; tratando de conseguir contratar el alquiler de un piso que ofreciera una cierta comodidad y desahogo para tres personas. Me sentía feliz ante la perspectiva y pensé en el proverbio: *"No hay mal que por bien no venga"*.

*

Como preludio a poner en marcha nuestro proyecto *"Escort"*, Pedro nos había invitado a un exclusivo club gay: Tal lugar se encontraba situado en los aledaños de una selecta zona madrileña. Mi atavío para la ocasión consistía en un atuendo referente a un *"travestí"*, con la aplicación de cosmética inherente al caso. Normalmente, en mi día libre y después de salir del trabajo, tenía por costumbre arreglarme y ponerme indumentaria de este tipo. Podía contemplar en el espejo que la vestimenta elegida, en combinación con el *make-up*, mejoraban mi aspecto y figura de forma que, un raudal de sonrisas iluminaban mi rostro. A veces, pensaba que sería estupendo que pudiera llevar ropas semejantes en todo momento; antes consideraba que sería necesario trabajar para mí misma para alcanzar poder hacerlo a mi albedrío: conseguir esa meta llenaba mis expectativas. Me sentía preparada para afrontar el nuevo reto, que facilitara abrirme las puertas hacia su consecución. Comprendía que tendría que arriesgarme con la intención de obtener a cambio la libertad de movimiento que ansiaba y el éxito que ello suele conllevar. Tenía la convicción de que, si no se aventura algo, nada se logra. De estas elucubraciones me sacó la voz de Benito la tarde de nuestra primera visita al club, acercándose sigilosamente, sintiendo su contacto alrededor de mis caderas y susurrándome al oído:

-Querida Andrea, estás radiante; todo te sienta estupendamente –alzó los brazos, colocando las palmas de sus manos sobre el contorno de mis pechos y moviéndolas despacio alrededor-. Tus senos se encuentran duros y abombados, no hay duda de que llevas puesto el *golden bra...*,-realizó otra leve pausa para atraerme más contra sí mismo-.El roce me está excitando, ¡Uy! Qué bueno; conviene que me retire y así evitar que lleguemos tarde. La cita de esta tarde puede que resulte importante en nuestro futuro...

-No pongas excusas Benito, tú siempre antepones el dinero, o la posibilidad de obtenerlo, al amor. Espero que por tu bien, que una vez conseguido tu propósito, te tomes el tiempo para poner en práctica tu capacidad de amar. Creo que una buena relación amorosa es la chispa de la vida que colma el ser: como la energía solar que fecunda la tierra. Sin ella, al final el resto resulta estéril, banal e insignificante. Con ella: es algo semejante a alcanzar el *Nirvana*.

-Preciosa Andrea, me impresiona esa facilidad que demuestras al visualizar la vida con esa claridad de ideas. En mi caso, por ahora estoy muy lejos de tratar de llegar a tal estado que mencionas. Reconozco que soy mucho más complicado, nervioso y ambicioso. Mi prioridad en la actualidad, radica en poseer bienes y otras cosas materiales; si se me presenta la oportunidad, no dudaré en intentarlo. Me he encontrado infeliz, rodeado de escasez y pretendo experimentar la abundancia buscándola, si se me permite encontrarla, o perecer en el empeño. Para mí, la razón fundamental de la desdicha, aparte de la alteración deficiente de la salud, la achaco a la falta de suficientes medios económicos.

-Veo Benito que nuestra asociación se puede calificar como un contraste de fundamentales motivaciones. Sabes que te ayudaré con toda mi lealtad y fuerzas a lograr nuestros mutuos ideales. En el fondo coinciden: incrementar nuestros ingresos. Por mi parte en cuanto a la forma, consideraré como mi más preciado anhelo, aunque al principio el camino sea más o menos oscuro, conduzca hacia un final satisfactorio y sereno, donde prime mi paz interior. Ahora, mi querido amigo y socio, nos toca salir y comenzar a mover las fichas en el juego de ser o no ser, o más bien llegar a ser; citando al intrigante Maquiavelo: *"El fin justifica los medios"*.

-Bien dicho, querida. Formamos un fuerte equipo. Toma mi brazo y en marcha, la ciudad nos aguarda.

Un taxi nos llevó hasta el lugar en cuestión. El porche del Club daba acceso a una sala de recepción, adonde un par de gallardos jóvenes, derrochando simpatía, dispensaban la bienvenida a la clientela. Cumplimentamos las formalidades de identificación, comprobando que nuestros nombres se hallaban relacionados en la lista de invitados. Seguidamente nos desearon que disfrutáramos de la velada.

A continuación descendimos unas escaleras hacia el sótano, donde se hallaba una espaciosa sala atractivamente decorada. Se veían por doquier blandos coloridos, profusión de tenues luces en torno a puntos estratégicos, que ofrecían cierta intimidad. Imágenes y cuadros de tipo innovador y estilo modernista, algunos de ellos con atrevido diseño vanguardista. El original mobiliario incluía confortables sofás y bajas mesas de metacrilato.

En la parte izquierda del local, se encontraba el moderno bar con su fondo cubierto de espejos ; a ambos lados del mostrador, en sus dos extremos, se hallaba un llamativo candelabro que añadían otro toque de distinción a la decoración ; la ornamental barra se completaba con altos taburetes giratorios, asientos forrados en cuero, respaldo y posa pies metálicos ; allí nos asentamos para disfrutar de la bebida. Benito pidió whisky con hielo; yo saboreaba una piña colada, al compás de la apacible música melódica de fondo que provenía de la sala adyacente, separada por una mampara donde se ubicaba la discoteca.

Desde nuestra cómoda posición, nuestras miradas recorrían la mezcolanza de personajes que componían el número de concurrentes al círculo social. La mayor parte correspondía al género varonil: desde jóvenes con reciente mayoría de edad, hasta hombres que sobrepasaban los cincuenta años. Algunos destacaban por sus prendas de última moda, otros por su abigarrado atuendo. También, en mucho menor escala, asistían mujeres que solían encontrarse emparejadas, lo que inducía a pensar se tratase de una tendencia lesbiana en su relación.

De tales consideraciones me sacó la voz de Benito:

-Estarás de acuerdo conmigo en que el lugar tiene su encanto especial. Me da la impresión que hemos dado con el sitio adecuado para intentar integrarnos en el ambiente que se respira, y pasar un buen rato ¿No crees tú?

-Indudablemente compañero, este contexto me va como anillo al dedo. Creo que es lo que estaba esperando. No cabe ninguna duda de que tu tío ha acertado en la elección.

En ese momento, Benito colocó su mano sobre mi hombro, a modo de aviso previó y comentó:

-Hablando del rey de Roma…, por ahí vienen los amigos caballeros Pedro y Gustavo.

Automáticamente ambos dejamos nuestros asientos, mientras ellos se aproximaban a nuestro lado; amplias sonrisas reflejaban sus rostros, que al llegar juntaron a los nuestros, en señal de afectuoso saludo. Seguidamente Pedro llamó la atención del camarero indicando:

-Tony, estos son mis amigos Andrea y Benito: son mis invitados. Por favor, sírvenos una botella de cava.

Acto seguido, abandonamos la barra del bar y nos acomodamos alrededor de una mesa en la sala, no sin antes Pedro y Gustavo, haber intercambiado saludos con conocidos encontrados en el camino.

El camarero arribó con presteza; su figura cimbreando de graciosa manera al andar; exhibiendo su blanca dentadura, como resultado de la casi permanente sonrisa que inundaba su semblante, lo que también repercutía en la picaresca mirada de sus ojos negros. Enseñó la botella a Pedro, el cual aprobó la elección y luego destapó el cava con destreza, vertiendo con desenvoltura parte del burbujeante líquido en las copas. Después comentó:

-Aquí tienen a Tony para lo que ustedes gusten..., -comentario que nos hizo sonreír-. Les deseo que disfruten de una velada agradable.

-Gracias Tony —contestamos sin perder la sonrisa.

Después de brindar, Pedro inició la conversación:

-Queridos sobrino y Andrea, perdonad que hayamos llegado un poco tarde; ello os habrá dado la ocasión para comenzar a familiarizaros con este contaminado agujero en el que os habéis metido —el extraño comentario me hizo abrir aún más los ojos por la sorpresa calificativa-. Decidme, ¿Cuál es la primera impresión que os viene a la mente, a causa del desacierto cometido?

Nuevamente reímos la ocurrencia, incluido el exponente, por lo que me atreví a responder:

-Me encuentro feliz de estar aquí, gozando con vuestra grata compañía; creo que es lo mejor que me ha pasado hasta ahora; tiene los indicios de tratarse de un entorno afín a mis deseos.

-No exageres tanto Andrea —interpuso con sorna Benito-, a mi parecer, si no has experimentado aún en tu vida algo más sublime que lo que transciende de esa impresión, es que te encuentras muy verde en los asuntos del goce y del querer. ¡Qué mala suerte has tenido guapa! Sin duda muy pronto hallarás nuevos descubrimientos que elevarán tus sentidos al éxtasis pasional —Pedro y Gustavo disfrutaban con fruición la irónica monserga que ella estaba recibiendo de Benito. Menos mal que él cambió de tercio-: Me gustaría ser el primero que te mostrara el camino...

-¡Caramba! —exclamé al no poder contenerme por su última oferta-, esto se pone francamente interesante. ¡No puedo aguantar la espera...! —tamaña expresión dio lugar a una unánime risotada.

Pedro juzgó oportuno intervenir:

-También propongo que se podría echar a suerte tan privilegio..., -en la pausa hecha, siguió la risa y el cachondeo general-. Aquí presiento que somos varios solicitantes, ¿No es verdad Gustavo?

-Naturalmente Pedro, a nadie le amarga un dulce..., -el jolgorio proseguía, así que lo interrumpí para decir:

-Hay que ver cómo las palabras, al igual que la música y el vino, tienden a caldear el ambiente en algunas ocasiones, como la presente. A este respecto sugiero que nos adentremos en la discoteca para comprobar si se intensifica la excitación —luego, mirando a Benito le hice una proposición-. Te ofrezco la oportunidad de bailar conmigo, ¿Estás dispuesto?

-¡Claro monada! Será un placer complacerte —y levantándose, me extendió su mano ayudándome a erguirme. Luego, su brazo rodeó mi cintura-. ¡Vamos allá! Abandonémonos a los tentáculos amorosos que la cadencia musical y vida nocturna acarrean.

-Sabes usar bien el lenguaje, sobrino —dijo Pedro-. Con esa forma tienes la mitad del camino recorrido.

-Estoy de acuerdos contigo Pedro —manifestó Gustavo, sonriéndole -. Así resulta más fácil ligar, sin echar en olvido incluir alguna que otra sonrisa y buenos modales que acompañe la seducción.

-Benito es un experto en ambas cosas —añadí-, lo que le torna irresistible, ¡Venga, vamos! Dejémonos llevar por la melodía...

Era la primera vez que bailaba sintiéndome femenina. Me gustaba la experiencia estimulante tan novedosa. Resultaba sencillo acoplarse al ritmo de la pieza musical; se trataba de *strangers in the night,* lo que reducía el seguimiento rítmico a leves movimientos anatómicos que transmitían un cálido contacto sensual. Le sentía muy cerca; Benito me tenía atraída junto a sí. Mientras me sostenía en sus brazos, sus manos se deslizaban suavemente por mi espalda y caderas, produciéndome un estado de afable laxitud que recorría mi cuerpo, llenando mi ser con irresistible excitación. Nuestras mejillas permanecían juntas la mayor parte del baile.

A veces, miraba a mi alrededor y veía a parejas de hombres danzando en análogas posturas a la nuestra. Entre ellos, podía divisar a Pedro y Gustavo. Asimismo, un par de damas bailoteaban en apariencia comprometida. De toda esta congregación de seres con caracteres más o menos andróginos, saqué la conclusión que todo tipo de amor implica plena libertad de expresión. No hay sistema, ni leyes que lo puedan regular; por donde va, rompe moldes y barreras preconcebidas por la sociedad. Cuando aparece todo lo envuelve con su atracción. Algo inmenso que llena al ser humano. Su poder resulta inconmensurable: Es como el mar que rodea y permite florecer la tierra.

La placentera velada continuó con naturalidad y alegría hasta altas horas de la noche, rociada con sucesivas consumiciones, que incrementaban sensualidad y entorpecían nuestra dicción.

Al final, costó un buen rato en despedirnos. Recuerdo someramente salir de un taxi y al entrar en la habitación, me quite varias prendas de vestir y me derrumbé en la cama, y mis ojos se cerraron.

En algún momento me desperté y sentí que Benito me abrazaba. Noté que yacíamos desnudos y me gustaba lo que me estaba haciendo: mis sentidos se recreaban con el placer que mi cuerpo estaba experimentando; resultaba increíble la suavidad, dulzura y excitación del contacto. Nunca antes me había pasado nada por el estilo: aquélla especial maestría… Me quedé rota al alcanzar el orgasmo y no desperté hasta bien entrada la mañana. Benito continuaba dormido a mi lado. Le estuve contemplando un buen rato…, sonriendo, recordando…

*

3

En la siguiente entrevista con Pedro, dejamos sentadas las bases con vistas a poner en práctica el proyecto "Escort". Benito se cuidaría principalmente de la clientela femenina y yo, me encontraba capacitada y dispuesta a entretener tanto a varones como a hembras, si el caso lo requiriese. Pedro comunicaría de antemano las circunstancias especiales de mi caso al cliente contratante, con el fin de tratar de eliminar en lo posible, cualquier sorpresa desagradable de última hora.

Respecto a la conducta a seguir por Benito y yo, sería de lo más discreta posible: formales, educados atentos y con disposición a complacer a la clientela en sus peticiones. Nuestro aspecto y presencia estarían definidos por una impecable indumentaria con arreglo a la moda en curso, al igual que nuestro acicalado. Pedro informaría a los interesados acerca de los precios del servicio, según su modalidad, que se abonaría antes de comenzar la sesión. La asignación por su trabajo ascendería al veinticinco por ciento del importe, excluidas propinas.

En casos especiales que por su relevancia representasen un interés potencial, se estudiaría la posibilidad de instalar una cámara oculta en el lugar idóneo; los resultados podrían usarse, si la coyuntura lo juzgase oportuno.

-Parece increíble —comento Pedro-, hasta donde puede llevar al ser humano para satisfacer sus impulsos sexuales. Según tengo entendido, a una gran parte de gente con suficientes medios económicos les resulta difícil resistirse al instinto de practicar nuevas experiencias amorosas fuera del matrimonio; aún cuando su vida hogareña les aporte felicidad. Nada parece tener relación una cosa con otra. La sexualidad embelesa en cualquier entorno; cautiva los sentidos hasta tal punto, que tiende a ofuscar la razón.

-Estoy de acuerdo —adujo Benito-, aquí es donde nosotros aparecemos, ofreciendo consuelo, como si se tratara de una obra de teatro: instigando la curiosidad en el sexo.

Consideré llegada la ocasión propicia para hablar:

-Espero que mi afán de superación me enseñará a desarrollar mi papel de una forma convincente, que complazca al interesado y a mí. El tema es de lo más interesante que existe; nunca pasa de moda, al contrario del resto de las cosas. – Los tres reímos la verdad implicada en el axioma.

-¡Así es, querida! –afirmó Pedro-. Prevalecerá hasta el final, por los siglos de los siglos…, -seguimos riendo la ocurrencia.

*

Dos días más tarde Pedro fijó mi primera cita; para ello llamó al móvil que normalmente portaba Benito. Éste con faz sonriente, me pasó el teléfono. Al otro lado se oía la meliflua voz de Pedro diciendo:

-Hola Andrea, este puede ser el comienzo de una prometedora carrera erótica. Te ha llegado el momento de la verdad. El afortunado iniciador es un buen cliente del hotel, a quien le gustaría conocerte. Te espera en la habitación 415, a las 20.00 horas. ¿Qué dices a esto?

-¡Dios mío! Me has pillado desprevenida; no creía que llegase tan pronto "mi alternativa". Me siento un poco desconcertada por la noticia, sin embargo me repondré al instante, porque estoy deseando afrontar lo antes posible el riesgo acordado en primer lugar y que tengo por norma cumplir. Con esta idea en mente, ahora me encuentro algo mejor y pienso en Shakespeare cuando sentenció: "Ser o no ser, ésa es la cuestión". No hay marcha atrás. Tengo que afrontar el problema de la mejor forma posible, desde ahora en adelante. Supongo que habrás puesto al cliente en antecedentes de mi caso, un tanto peculiar, y así allanar posibles sustos.

-Por supuesto jefa, le he puesto en antecedentes. ¡Quédate tranquila! Me ha dado a entender que es bisexual. Tiene suerte el granuja, se me ha anticipado…, -se oyó una carcajada al otro lado de la línea antes de colgar el auricular, de lo que no pude por menos que contagiarme.

El resto de la tarde, hasta la hora del encuentro, lo pasé bastante nerviosa. Con frecuencia miraba al reloj…, avanzaba muy lentamente. Me dio tiempo de recordar muchas cosas. Di un repaso a mi vida desde la infancia. En mi cabeza se agolpaban rememoraciones: cuando todo resultaba inocente en mi conciencia; cuando la abundancia de las naturales vivencias agradables se sentían dentro de mi ser; sin existir apego materialista que pudiera enturbiar la feliz sensación que experimentaba. Cualquier impedimento a un sano disfrute del entorno, rara vez se concebía en la temprana edad anterior a la adolescencia. Estimo que, durante ese período, nunca se es tan rico en ilusión, estímulo y aprecio por la propia existencia. Uno mismo disfruta de las pequeñas cosas que ofrece la vida y que los ojos van descubriendo a su paso, engrandeciéndolas con la mera fuerza de vivir y sentir.

Todas esas inofensivas vivencias de antaño, carentes de contaminación por ausencia de malicia y riquezas materiales me parecían muy hermosas. Sin apenas darse uno cuenta, ese estado de inocente disfrute estaba previsto finalizar con la llegada de la adolescencia.

En mi recuerdo de acontecimientos, todavía percibo un sentimiento extraño por el contraste de situaciones adversas que suceden en la vida a partir de la adolescencia y que algunos no tienen más remedio que adaptarse a ellas para sobrevivir en cualquier circunstancia, como parece es el caso que me atañe empezar a "lidiar" de inmediato.

Se acercaba la hora en que tendría que comenzar a arriesgarme, involucrándome personalmente dentro del mercado de la relación sexual, a cambio exclusivamente de ganar dinero. La obtención del dinero está en la meta de la mayoría de nuestras acciones. Es el medio que mueve el mundo del ser humano; constituye una necesidad imperiosa. De lo demás se puede prescindir, pero no de él. Su escasez o acumulación, controla, guía y condiciona el curso de nuestra vida: quita poder o lo otorga, crea pobreza o bienestar, olvido o reconocimiento, supeditación o independencia, fracaso o éxito.

Aún con el peso de estas consideraciones me pregunté: <¿Me sentía con la suficiente confianza para confrontar y superar tan drástico cambio?> El reto me atraía y asustaba a la vez. Debía concienciarme en aceptar entregarme a distintos seres sin que peligrase mi personalidad e integridad interior. Como estrategia a seguir, cedería mi cuerpo, pero no mi mente, lo que aprendería a disimular, como si fuera una representación teatral. No sería tarea fácil. Sin embargo, la mayoría de las cosas se pueden conseguir si uno se lo propone con empeño. Por otra parte, me dio ánimo el hecho de considerar en términos comerciales el cobro en efectivo del servicio a prestarse; tal transacción, en mi mente, era el faro que los agotados marineros divisan en la lejanía, proporcionándoles alivio y esperanza para arribar pronto a tierra.

Ponderando estos pensamientos resolutivos, me detuve en mis pasos, tomando asiento en un banco del *Paseo del Prado*. Encendí un cigarrillo, inhalando el humo y exhalando una bocanada con fuerza, a modo de suspiro incontrolable; así continué por espacio de un par de minutos.

Interiormente me sentía en ebullición ante la prueba que tendría lugar poco después. Me convencí de que, de momento no tenía otra salida para prosperar económicamente. Miré al reloj: quedaban diez minutos para la cita. Me erguí del banco. Despacio, lánguidamente, encaminé mis pasos en dirección al cercano hotel...

El majestuoso edificio hacía esquina a dos céntricas calle. Al cruzar el umbral, recibí una reverencia de un empleado vestido de librea. Me introduje en el vestíbulo o lobby e, inmediatamente me impresionó el clásico mobiliario, convenientemente instalado, al igual que su elegante decoración; lo mismo que su suave iluminación por doquier.

Nunca hasta entonces, con la excepción del *Museo del Prado* que, a mi juicio, no admitía comparación en su propio estilo clásico de exposición, había visitado lugar alguno con tales descollantes características. Recorrí la mirada con admiración a través del agradable entorno en que me hallaba. Finalmente, elegí una cabina al lado de recepción; descolgué el teléfono interno marcando la extensión 415. Una voz varonil respondió:

-¿Diga?

-Soy Andrea, espero recuerde que según mi agenda, tengo una cita concertada con usted.

-Es cierto Andrea, mi nombre es Carlos. Ten la bondad de subir, te espero.

Colgué el auricular. Una sonrisa apareció en mis labios. Me había gustado el tono y la cortesía que el cliente mostraba al hablar.

Pulsé el número cuatro dentro del ascensor. Ascendía excitada por conocer al personaje en cuestión. Es curioso y estimulante lo que pequeñas cosas pueden inducir a provocar la adrenalina en una persona. El desconocido no había hecho nada especial, simplemente se había mostrado cortés en el teléfono. De esta forma se había roto el hielo de la incertidumbre en mi primera cita. El resultado era que me sentía relajada ascendiendo, saliendo y recorriendo los últimos metros hasta su habitación.

Golpeé la puerta ligeramente con los nudillos. Ésta se abrió un poco después, surgiendo en el quicio la figura de un hombre en camisa y sin corbata, sonriendo. Como un flash, mi mente registró sus rasgos fisonómicos: rostro agradable, aproximadamente un metro setenta y cinco de estatura, tirando a delgado, ojos y cabello negro, mostrando una incipiente calva y leve tono grisáceo en las patillas; la edad rayaría en los cuarenta.

Se apresuró a apartarse a un lado e, inclinándose y alargando el brazo me invitó a entrar.

-Bienvenida a mi temporal morada; haré lo posible para que te puedas encontrar a gusto.

Asentí con un movimiento de cabeza. Él me tomó del brazo y me acompañó hasta la salita contigua, donde nos acomodamos en su sofá de cuero, enfrente de una mesa transparente. Sobre la misma se exhibía un jarrón de cristal con gladiolos rojos; a su lado, un cubo con hielo preservando una botella de cava y dos copas para la ocasión, colocadas cerca.

Mientras mi anfitrión descorchaba la botella y hacía los honores vertiendo parte del burbujeante líquido en las copas, inquirió:

-Mira Andrea, con el fin de ayudarnos a calmar el apetito, ¿Te parece bien que pida unos sándwiches variados? Yo me encuentro hambriento. ¡Ah! Me gustaría que me tutéases con la finalidad de tornar más fluida la conversación.

-De acuerdo Carlos, como tú quieras –repliqué más aliviada.

Acto seguido, marcó servicio de habitaciones, ordenando el pedido; en el que resaltaba el salmón ahumado, detalle que me forzó a mover los labios con fruición ante el delicado manjar que se avecinaba. A continuación nos dispusimos a brindar. Carlos se adelantó, como correspondía:

-¡Porque disfrutemos del encuentro!

-¡Así sea, Carlos! Tu estilo me está gustando –me oí decir a mí misma, en un impulso incontrolable.

Él fijaba su mirada en la mía mientras alzaba la copa. Sonreí y cerré los ojos al ingerir un buen sorbo. Al abrirlos, Carlos se estaba inclinando hacia mí. Sentía su boca acerca a la mía. Me fijé en la intensidad con que emanaba su deseo de

46

besarme. Me dejé llevar: recline la cabeza sobre el respaldo del sofá y él me besó, despacio, creciendo en en profundidad. Previamente había retirado la copa que yo sostenía y con su mano libre me atraía hacia sí, abrazándome. Fueron momentos especiales que me parecieron pasar fugazmente, pero la ternura demostrada quedó impactada dentro de mi ser. Comprendí que él podría hacer conmigo lo que quisiera: estaba en sus manos.

Un ruido en la puerta nos forzó a separarnos ligeramente. Carlos se levantó y fue a abrirla. Aproveché el momento para adentrarme en el cuarto de aseo y recomponer mi alterado make-up; un ligero retoque bastó. Al retornar, comprobé que se había colocado sobre la mesa una bandeja repleta del pedido solicitado y algún que otro canapé; todo ello, acompañado de otro recipiente con hielo, donde sobresalía una botella de vino blanco descorchada y nuevas copas para el vino. Ante el nuevo detalle, no pude reprimir exclamar con excitación:

-¡Oh, Carlos! ¡Esto tiene todos los visos de una orgía en potencia! No te privas de nada.

-No es nada que no merezcas, querida. También es cierto que, estos preparativos facilitan el desenfreno que pueda venir después. En mi opinión, todo acto erótico debería ir escanciado, siempre que se pudiera, con este tipo de prolegómenos. Ayudado por ello, el resultado suele devenir más deleitable: un estómago agradecido es un buen camino para el placer.

-Me gusta cómo usas tus palabras, Carlos. Son un buen alimento para el intelecto. Pareces un diplomático o político de los buenos. A cualquiera puedes engatusar...

-¡Corta el rollo, Andrea! Disfrutemos del presente, empezando a devorar estos manjares –sirvió el vino, pasándome la copa sin dejar de sonreír; con mi mano libre, Elegí mi primer sándwich; mordí un buen trozo, deleitándome su gustoso sabor y frescor del salmón, así que engullí el resto en un santiamén.

La fluida simbiosis que proporcionaba nuestra cita continuaba desarrollándose lo más agradablemente dentro de un entorno singular, espléndido, fuera de lo normal para lo que me encontraba desacostumbrada. Durante el transcurso de la misma, cerré los ojos unos instantes: me parecía estar viviendo un bello sueño hecho realidad, aunque su tránsito resultara efímero. En tales leves momentos, mi nivel de vida estaba experimentando un giro favorable de noventa grados y me encantaba la nueva situación. Me sentía excitada al descubrir las cosas buenas que tiene la vida y, especialmente el poder disfrutarlas; como si fuera el despertar a una benigna realidad, desconocida hasta entonces.

Este tipo de pensamientos fueron seductoramente interrumpidos por las caricias de Carlos en mi mejilla, al mismo tiempo que me susurraba al oído:

-Te encuentro hermosa en este aspecto tan relajado en que te encuentras ahora. ¿Tengo razón, Andrea? – se apretujó más cerca de mí y no pude evitar juntar mi mejilla contra sus labios, presionando como si fuera una señal que impartía énfasis a mi respuesta:

-¡Tú ciertamente eres encantador, mi querido Carlos! Me encuentro muy contenta de estar contigo. Todo me parece una maravilla.

Entre todas estas galanterías, caricias y alta degustación, pude reflexionar sobre el impacto psicológico recibido, que por un lado me abrumaba y por otro, me retaba a tratar de conseguir, algún día, alcanzar la meta que me facilitara los bienes materiales necesarios para vivir con holgura. La espontánea envidia despertada en mí, me daría alas con el fin de vencer en el nuevo desafío. Después de todo, esta era la primera cita amorosa con un extraño, lo que indicaba que no me faltaba coraje. La idea me dio ánimo con vistas a intentar lo que fuera necesario, en aras del progreso personal y, servirme de los atributos o encantos de que dispusiera. Decidí que la suerte estaba echada y seguiría su curso.

Oí la voz de Carlos que parecía conminar:

-¡Andrea, termina los dos últimos canapés! El vino ya lo hemos acabado. Ahora finalizaremos el resto del cava, antes de que pasemos a embarcarnos en el excitante placer sexual.

Exhibiendo la mejor de mis sonrisas, le miré fijamente:

-Hermoso Carlos, tomaremos uno cada uno; lo bien repartido bien sabe; como en el amor. No bebas mucho: recuerda que beber demasiado acrecienta el deseo y estropea la actuación. Te necesito fuerte y diestro para satisfacer y confrontar lo que te espera con esta novata... -su rostro emitió un cómico gesto de sorpresa ante mi propuesta y, ambos, aún riendo, ingerimos las rebanadas sin apenas masticar. Luego dijo:

-¡Ah! Andrea. La espera me está matando. Me entusiasma la inexperiencia que denotas. Apresura y termina de beber –tomé un pequeño sorbo-. Sugiero comenzar con una buena ducha juntos. Podrás comprobar que sé alguna que otra treta erótica…, y te puedo aleccionar sobre ello.

-Eso es precisamente lo que quiero, Carlos. Enséñame todo lo que desees. Mi cuerpo es un campo que ha estado baldío y tiene muchas ganas de que se le siembre con semillas abundantes y frondosas plantas.

¡Ah! Admiro la pasión que llena tus palabras, conquistando mi mente y transmitiendo mensajes eróticos a mi órgano sexual. ¡Vamos pequeña! Vaciemos los vasos cuanto antes –así lo hicimos y reímos al beber con urgencia, causando que parte del líquido resbalara desde los vértices de las comisuras labiales, cayendo sobre el resto de los objetos que había en la mesa.

Decidimos comenzar a desvestirnos a medida que andábamos hacia el lavabo. Resultaba risible el espectáculo de irnos quitando las prendas de vestir que coreábamos a cada paso que lo hacíamos. Obviamente, los efectos del alcohol ingerido, anulaba cualquier clase de inhibición que pudiera existir por nuestra parte, tornándonos indiferente al mero decoro o pudor personal, toda vez que no había otra audiencia que nosotros mismos. El resultado mostró nuestro aspecto corporal al desnudo, mientras realizábamos alguna que otra pirueta al desfilar.

Me adentré en la ducha, dejando caer el agua tibia en abundancia; disfrutando de su cadencia al resbalar sobre mi cuerpo. Carlos me contempló unos instantes desde fuera. A continuación se unió a mí comenzando a enjabonarme, soltando alguna que otra carcajada al tiempo que me pasaba la esponja con relativa suavidad; no dejando ningún recoveco de mi anatomía sin acariciar con su mano libre.

-Mi pequeña Andrea, ¿Te gusta cómo lo hago? Me impresiona la sorprendente mezcla de rasgos híbridos, andróginos, de que se compone tu anatomía externa, además de tu comportamiento. Por un lado, la mayoría son atributos femeninos: voz, maneras delicadas, líneas faciales, torso, caderas y extremidades –hizo una leve pausa, ensanchando su sonrisa en el ínterin-. Por otro, en contraposición, lo único que a mi modo de ver contrasta… y mucho, es este falo erguido, firme y duro como piedra, el cuál estoy manoseando y que puede explotar de un momento a otro…- Esta tórrida acción y brusco comentario dio lugar a un extenso jolgorio, con inclusión de pérdida de la esponja que súbitamente escapó del área de la ducha bajo el chapuzón de agua que nos caía encima y el desorden momentáneo. Aún riendo comenté:

-¡Me encanta cómo lo haces, Carlos! Sin embargo, ¡Para de tocar mi pene de esa manera! Es prematuro, ya que la fiesta acaba de empezar y cuanto más se alargue, mucho mejor. ¡Me encuentro ardiendo y de qué forma…! Conviene poner agua fría de vez en cuando para rebajar la tensión —accioné la llave al respecto-. Ahora llega mi turno para excitarte…, estás en buenas manos. No te inquietes. Reposa tu espalda sobre mi pecho y déjate llevar como las olas del mar… Sólo piensa en el momento presente, en las sensaciones que puedan despertar mis cuidados… Nada te abruma ahora… No existe pasado ni futuro en tu mente…, todo es paz…

Mientras iniciaba y practicaba mi intervención, mi cabeza me daba vueltas considerando la mejor forma de actuar en las circunstancias. Mis frases parecían que habían relajado a Carlos, sumiéndole en una especie de limbo, ya que se abandonaba a mi forma de manejarle sin emitir palabra alguna. Por mi parte, estaba totalmente convencida de estaba allí para hacer lo que fuera posible con el fin de hacerle feliz. No tenía las ideas claras debido a mi inexperiencia en estos lances, así que tendría que improvisar sobre la marcha. No obstante, creía que si actuaba con la debida ternura y enorme deseo de agradar, cualquier deficiente actuación resultaría mucho menos perceptible; o al menos eso suponía yo.

Imaginaba que la mayoría de los hombres que requieren la transacción del comercio carnal, se sienten infelices, solitarios, incomprendidos o bien inseguros. Buscan placer y alguien que les escuche, pagando por ello. En adelante, tendría esta premisa en cuenta. Estaría pendiente del ser que me tocara de pareja casual y trataría de satisfacer sus gustos, siempre que pudiera.

-¿Te van gustando mis caricias, Carlos? ¿Verdad que sí? No es necesario que contestes: es una pregunta retórica. Siente cómo te paso las puntas de mis dedos ligeramente por tu ancha espalda. El efecto de mis uñas sobre tu piel, seguro que te recorre como un hormigueo hasta la parte superior, causando que la impresión producida en tu mente sea completamente agradable y efectiva. Así… ¿ves? ¡Estás cerrando los ojos de puro gusto! Tranquilo…, continúo un rato más aplicando este método. No digas nada, sino siéntelo. El pobre de tu pene lo está notando, ya que siento se está arrugando un poco. No temas, es simplemente que la sensación de relajación está ascendiendo por la nuca al cerebro, a través de los nervios localizados en la espina dorsal. Este proceso no tiene nada que ver con pasión. No te preocupes, estás disfrutando de una forma u otra. Volveremos a la exaltación erótica un poco más tarde, poniendo mi mano sobre tu pene y jugando con ello. ¿Has notado? La mera mención del miembro viril le dispara a la erección; pero dejemos esa ardiente idea hasta después del masaje que ahora comienzo a darte..., - momentos después de empezar la sesión, no pude evitar que Carlos tomase la palabra:

-¡Vaya, Andrea! ¡Eres increíble! ¡Tan auténtica! No podía imaginar que fueras así. ¡Sigue, sigue, no tengo prisa! ¡Haz de mí lo que quieras!

-¡Ja, ja! No seas adulador. Despacio, no tienes prisa. Nadie te espera; a saber...

Resulta difícil creerlo. ¡Qué pena me das! Permíteme que te consuele. Puedes reclinar tu hermoso trasero sobre mi bajo vientre y de esta forma yo también disfruto, ya que mi pene agradecerá el roce. –Carlos emitió un grito clamoroso bajo la cortina de agua Que se le venía encima al oír la propuesta, lo que me forzó a parar un momento la sesión. Una vez restaurada la calma proseguí-: Veo que, examinando tus hombros, aún tienes algunos músculos que necesitan desentumecerse. Presionaré con fuerza hasta que recobren su agilidad; el agua algo más caliente me ayudará a conseguirlo –hice una pausa para subir la temperatura y aproveché depositar ligeros besos a lo ancho de su espalda, entre la cascada de líquido que descendía agolpándose sobre los dos; luego dije-. Puedes cerrar los ojos, cariño y meditar sobre lo que quieras, mientras realizo este grato trabajo. ¡Veamos, así : oprimiendo..., apretando..., presionando sobre la dureza formada, repitiendo... Parece que los nudos se van flexibilizando. Creo que hemos conseguido que el área se torne más elástica. ¿No es verdad querido?

-¡Aleluya! Me encuentro como la seda. Mi espalda está flexible. Me siento relajado; puedo mover el cuello a mi antojo. ¡Siento que me has curado hasta las cervicales, que ninguna prescripción médica pudo curar! ¿No serás una especie de bruja que lo cura todo?

-No, querido Carlos. El mejor tratamiento es hacer las cosas con amor. Ése es el remedio –callé y me recosté en la pared, a modo de descanso: alcé mi rostro y pude recibir de lleno la fuerza del caudal de agua refrescante que caía. Carlos me dejó permanecer unos instantes en ese estado.

-Andrea, déjame tomar las riendas de este íntimo espectáculo. Mereces un descanso. Me toca a mí hacer los honores. Tengo la impresión de que te gustarán mis cuidados y quizás no te puedas contener a su encanto. Puedes mantener los ojos abiertos, con objeto de no perderte nada de mi actuación; no obstante pienso que los cerrarás impulsivamente, como resultado del estímulo que llenará tu ser de cuando en cuando...

-No seas fanfarrón, Carlos. No creo en las promesas, sólo en realidades; aunque debo señalar que me tienes en vilo: imaginando, sospechando, esperando...

No contestó y pasó a la acción. Con extrema suavidad y ternura deslizaba sus manos alrededor de mi cuello y hombros, acompañadas de breves besos en su camino. Proseguía descendiendo sobre el contorno del torso, entremetiéndose en mis pequeños senos y sus pezones. En mi consciencia se iban recibiendo hermosos mensajes por efecto del singular recorrido. Comencé a estremecerme cuando, lentamente, manoseaba el área de mis ijares, abarcando una y otra vez toda su extensión. De pronto, bruscamente contactó con el órgano sexual, lo que me produjo exhalar un hondo suspiro, al mismo tiempo que mi excitación aumentaba. El agradable sobresalto me forzó a cerrar los ojos y, gozar en extremo de la nueva sensación. En mi ensimismamiento, oí la voz de Carlos que me susurraba al oído:

-Ahora cariño, llega lo mejor: tu polla lo agradecerá...

Sentí cómo se arrodillaba; el agua rebotaba en su melena, descubriendo la calva incipiente. A su delicado contacto, mi pene dio un pequeño respingo, creciendo por momentos. Mi mente se fundió en éxtasis. Él continuaba jugueteando con mi falo, meneándolo con suaves movimientos acompasados, mientras sus labios se posaban suave e intermitentemente sobre el glande, cubriéndolo de húmedas caricias..., mientras mis manos se aferraban a su cabellera y mi mente quedaba hechizada...

Entonces perdí el control de mi conciencia y me abracé a él, gimiendo y conmoviéndome; sentí el volcán estallando dentro de mí, enviándome olas de placer, quedando absolutamente arrastrada al goce sensual, en el punto álgido de su plenitud.

No pudiendo contenerme, ni deseando refrenarme, alcancé el orgasmo, borboteando con ímpetu el esperma, mezclándose con el ancho chorro de agua que descendía con fuerza, chocando con nuestros cuerpos.

Instantes después, algo sonrojada, separé mis brazos de su cuello y pude mirarle a través de la cortina del líquido acuífero; pudiendo distinguir el destello de su dentadura acompañando a su amplia sonrisa.

-Te prometí Andrea que te iban a gustar mis métodos, sin embargo no podía imaginar que conseguiría tan tremenda prueba de ello; la evidencia ha resultado demasiado determinante…

-No bromees Carlos. Te has aprovechado metiéndote en mi terreno. No me has permitido tomar la iniciativa. Era mi deber proporcionarte ese servicio. Bueno, tendré esa oportunidad muy pronto, cuando te refugies en mis brazos. Verás que no te vas a escapar tan fácilmente.

-No te preocupes, Andrea. La noche es larga y acabamos de comenzar la fiesta. Estoy preparado para ser tu esclavo cuando tú lo decidas…, -rió estrepitosamente cuando terminó cerrando el grifo de la ducha.

Después de secarnos y acicalarnos un poco, ya en la cama, mis incontrolables deseos de deleitar lascivamente a Carlos, estaban creando en mi interior un magma de encendidas pasiones. Éstas pugnaban por salir a tropel por medio de mis sentidos, tornándose ardientes caricias sobre su externa anatomía. Trataba de actuar relativamente despacio con la idea de procurar controlarme y alargar, en lo posible, el proceso.

A tal efecto, había retirado la colcha y sábana encimera, principiando por los dedos de los pies, e introduciéndoles uno a uno en mi boca, succionando con dulzura, como si se tratara de un chupete; tal modalidad le ocasionaba emitir entrecortados placenteros suspiros. A menudo ligeramente audibles.

Mi actuación proseguía con extrema lentitud por sus tobillos, pantorrillas y piernas, surcando con mis yemas el corto y tupido bello que se encontraba a su paso, hasta llegar a las ingles. Allí realicé una pausa para alterar mi posición, arrodillarme a ambos lados de la pelvis y mirarle a los ojos, comprobando que mostraban una cierta languidez y relajamiento.

Continuando mi ruta impúdica, me incliné y mis labios recorrieron la cavidad de su ijada, hasta descender levemente y posarme en el glande de su miembro viril, el cuál creciendo en volumen, se deslizaba al compás de las solícitas palmas de las manos que lo mimaban con suavidad.

De pronto, Carlos reaccionó al tratamiento:

-¡Oh! Andrea, si sigues así, me va a venir el orgasmo de un momento a otro… Por favor, disminuye la intensidad de tu aplicación a la tarea con objeto de retrasar alcanzar el clímax hasta más tarde. Eres tan suave como la seda. Resulta tan difícil contenerme a la magia de tus íntimos cuidados.

-Lo sé, cariño; Lo noto por tus estremecimientos y algún que otro suspiro, más o menos audible. Estoy segura que tienes en cuenta el hecho de que estoy practicando mi servicio con el mayor cuidado y reduciendo el ritmo. Ves que lo hago pausadamente, parando alguna vez, con la finalidad de que tengas tiempo para recobrarte, restringir la adrenalina y, como consecuencia, calmar un poco el instinto sexual que aflora en ti con tanto ímpetu – él manifestó.

-Tienes razón guapa; después de tu espléndido trabajo hasta ahora, me gustaría retomar la iniciativa. Deseo representar el papel de la parte más activa en esta íntima relación… Si encuentras que resulta demasiado fuerte para ti, lo indicas y procedemos a cambiar de fantasía, ¿Te parece bien?

-Soy inexperta y estoy en tus manos, por lo tanto lo dejo a tu elección para dirigir la operación. Hasta ahora te has comportado como un verdadero caballero; dudo que cambie tu fino estilo. Además, estoy lista y deseosa de experimentar nuevas placenteras ideas. Soy afortunada de haber encontrado en ti un experto conocedor del cautivante arte erótico. Todo esto suena una buena razón para seguir adelante confiando en ti.

-Gracias Andrea, como supones tú serás el sujeto pasivo. Por lo tanto, en nuestro caso, sólo existe una forma de hacer el amor, por lo que a penetración se refiere. Si, como implica lo que dices, se trata de tu primera vez, no temas, para aliviar la presión nos ayudaremos con lubricante; tengo un frasco de vaselina: se necesita ungüento para facilitar el acto en la parte delicada.

-Debo decir que has pensado en cualquier eventualidad o imprevisto que pudiera ocurrir; no tienes precio para mí. La única cosa que ayude y llevo conmigo es un preservativo que te colocaré con la mayor delicadeza; no tenía idea del otro útil requerimiento que has mencionado; debo corregir mi olvido en adelante. Ahora tengo que prepararme con objeto de facilitar el experimento...

Antes de proseguir con el próximo paso, con sumo cuidado y destreza, le introduje el condón en su pene en erección; No parábamos de reír mientras lo hacíamos. Seguidamente, me di una vuelta sobre mis rodillas, colocándome y apoyando el frontal de mi cabeza en la sábana, con la espalda hacia arriba y las piernas abiertas.

Carlos demostraba ser un consumado experto en el tratamiento de la delicada área anal, aplicando su experiencia de una forma sutil y precisa. Mientras ponía en práctica su remedio, trataba de distraerme contándome un par de chistes a los que apenas pude prestar atención, toda vez que mi concentración estaba fija en el proceso y su "tierno" desarrollo.

Me resultó largo, confuso y abrumador el intervalo habido, hasta que al rato Carlos se montó con suavidad en mi trasero. El mero hecho de ponderar en la oprimente incertidumbre de lo que pudiera pasar después, me tenía en vilo, agobiada y temerosa. De repente recordé a mis padres: ellos nunca tuvieron que verse así; dos lágrimas resbalaron por mis mejillas. Cerré los ojos y aferré la sábana entre mis dientes. De inmediato tuve la consciencia de que, normalmente, había que sufrir primero, para gozar después, como cuando uno nace: lo primero que se hace es llorar. Este pensamiento me dio ánimos.

Fue entonces cuando sentí el contoneo de sus muslos alrededor de mi culo; su potente falo intentando penetrarme por detrás. La presión anal resultaba intensa... El efecto me obligaba a encogerme... Mis manos y dentadura oprimían la tela, evitando gritar... Gotas de sudor afloraban a la frente y sienes...

Carlos interrumpió el acto un par de veces, con el propósito de reemplazar en la superficie frontal del preservativo y, facilitar el proceso.

Al cabo de dos arduas y penosas intentonas más, finalmente me penetró... Fue una sensación cortante... Dolorosa... Ardiente... Como si fuego se hubiera adentrado en esa parte de mi ser... En tales momentos me veía como sumisita sierva, objeto pasivo y condescendiente; a merced de la voluntad del varón, el cual se había introducido en mis entrañas, a causa de los derroches de la pasión y refinamiento de la sensualidad.

Carlos seguía dentro de mí. Notaba que había alcanzado su clímax. Su laxitud parecía real, apenas se movía. A pesar de ello, sentía su pene todavía erecto. Olas de sosiego y relajación comenzaron a invadirme... Dejándome llevar por su influjo, advertí que los crueles sentimientos de zozobra que se habían fijado en mi mente momentos antes, iban poco a poco desapareciendo. En su lugar se concentraban otros tipos de percepciones, que aliviaban el espíritu y llenaban mi ser con la serenidad que proporciona el amor compartido durante el acto sexual.

Minutos después, Carlos se movía en retroceso, lo que repercutía en que su miembro viril abandonara su ocasional refugio, visiblemente menguado en longitud y dureza. Parte del condón colgaba lacio del mismo, con el esperma yaciendo en su ovalada extremidad. Esta compulsiva exhibición estaba muy lejos de ser una bonita vista para la contemplación, sino más bien lo contrario: perturbadora en extremo. Con objeto de examinar la perspectiva, me ladeé para vislumbrar mejor el grotesco espectáculo que representaba el área de sus genitales y acto seguido, al cruzar nuestras miradas, no pudimos reprimir la sonora y prolongada carcajada que emitimos al unísono y que hizo contonearnos convulsivamente.

-Como bien ves -comentó Carlos aún riendo-, todo lo que sube tiende a bajar...No creo que , en el caso presente, tenga nada que ver con la ley de la gravedad...

-otra inevitable risotada por ambas partes; ya algo más serio siguió expresando-. Cuando la sensualidad se apodera de la mente, se genera en el cuerpo humano una especie de torbellino, del tipo de los tornados, cuyas fuertes revoluciones se concentran en el sexo. Su intensidad ocasiona descontrol y, en consecuencia, pasión difícil de contener, hasta tanto no haya sido satisfecha en toda su plenitud.

Me pareció oportuno intervenir para ajustar el tema a nuestro particular caso:

-Exactamente a como nos ha ocurrido en nuestro encuentro. Me gusta lo que dices, además el sexo encendido, provoca... Desconcierta... Arrasa... Sólo desea ser colmado con el torrente de la cascada que proporciona el acto sexual.

En mi opinión, cuando se comparte y se hace bien, no existe sensación más sublime que lo supere…

-Lo has descrito muy bien, cariño. Estoy de acuerdo contigo, preciosa.

Momento después, salí de la cama y alargué mi brazo a Carlos. Cogidos de la mano nos adentramos en el cuarto de aseo. Él se lavó en la ducha y yo usé el bidé; Disfruté con el agua fría refrescándome la superficie del lugar dañado. Después de lavar y secar mis partes íntimas, dejé el lavabo y me acosté. Instantes después Carlos se unió a mí. Sostuvo mi mano con la suya. Luego, completamente exhaustos, caímos en un profundo sueño…

*

4

En "BM Escort", mi asociación con Benito funcionaba favorablemente. En cuanto al reparto de nuestras responsabilidades, su cometido estaba vinculado a atender lo requerimientos de las damas, con problemas sexuales o sus derivados de índole doméstica; donde la atención del marido se distrae en otros menesteres diversos.

Un domingo, estando desayunando en el piso al estilo inglés, le pregunté sobre este tema y él se explayó:

-Es de sobra conocido que, en muchos casos, el hombre casado y con suficiente poder adquisitivo, tiende a concentrar la mayor parte de su tiempo fuera de casa en procurar aumentar su fortuna. Como consecuencia, suele desatender los pequeños detalles que encandilan a su pareja; ello revierte en detrimento de falta de atención a su esposa; en tal caso y como reacción, ella tiende a resentir su falta de afecto hacia ella y sentirse ignorada. Una mujer da mucha importancia a las pequeñas cosas que tienen que ver con su entorno familiar y amoroso, tales como ser propiamente escuchada y prestándosele la debida atención; adulándola y elogiándola; solicitando su opinión cuando la ocasión lo requiere; sintiéndose uno agradecido por su gran aportación diaria al bienestar del marido; mantener la conversación fluida y hacerla reír. Cuando un hombre es suficientemente inteligente para saber compartir las pequeñas cosas de la vida matrimonial en común, nunca la decepcionará y como resultado, siempre estará en su corazón.

-Benito, creo que has equivocado tu carrera. Te portas como un buen psicólogo, dando la impresión que eres un experto en conocer las diferencias de comportamiento masculino y femenino dentro del entorno matrimonial y de la vida en general.

-No exageres, pequeña; aunque tengo la impresión que también estoy aprendiendo del sexo opuesto. A mi modo de ver, la esposa es el espejo que domina la imagen del hogar; si el varón no está pendiente de su reflejo, u omite fijarse en ella con asiduidad, se torna dolida, frustrada e irascible.

-Has puesto un buen ejemplo. Estás en el camino acertado aprendiendo de nosotras, ello te ayudará en tu camino hacia el éxito. El símil del espejo me gusta; cualquier esposa se sentiría ignorada en el caso que citas.

-Efectivamente, Andrea. Ahí está el quid del problema. Pienso que, sin apenas intuirlo, la hembra posee en buen grado y despliega la vanidad innata con que ha sido dotada. Este show, lo exhibe por inercia a cualquier hora del día: por la calle, al entrar en un lugar público, en reuniones sociales, etc.

-Quizás la culpa tenga que ver con la clase de entorno que hemos creado: la locura del consumismo en que todos nos embarcamos, más la presión diaria del intento de progresión nos hace competir unos con otros. Para obtener una mayor posibilidad de éxito en nuestra lucha diaria, uno necesita estar cualificado y preparado física y mentalmente para confrontar cualquier oposición, usando diferentes medios a su alcance, especialmente nosotras mujeres.

Así es, mi querida amiga. De eso se trata: de vencer. Entiendo que la vida evoluciona deprisa, pero el instinto de lucha y supervivencia sigue ahí, dentro de nosotros, al igual que en tiempo inmemorial. Parece que no hemos conseguido avanzar en esta área. Desgraciadamente, el sueño de vivir en armonía y paz ha fracasado; de hecho camina hacia atrás; deteriorándose paulatinamente a medida que el tiempo pasa. Como dijo Charles Darwin, en su teoría de la evolución *"El origen de las Especies: Estamos aún en la selva"*.

-Estoy de acuerdo contigo, Benito. Resulta aleccionador lo que dices. Es una pena que a las mujeres no se las ha permitido alcanzar una posición de autoridad para gobernar naciones y tribus. El mundo hubiera sido un lugar mucho mejor para vivir. El macho tiene casi toda la culpa de las injusticias cometidas en el mundo: el hombre ha promovido las guerras y el pillaje: todo debido a su inagotable ambición por poseer y acumular bienes materiales. Por el contrario, la mujer a causa de haber sufrido las consecuencias de la violencia, a menudo en sus carnes, creada por el varón y por otra parte, su más ardua tarea familiar, ha tenido que aprender formas más sutiles y seductoras, planificadas a procurar conseguir lo que se proponga: habilidad y vanidad incluidas.

Benito no respondió, por lo que deduje que aceptaba mi forma de concluir con el tema tratado. Aprovechó que el desayuno tocaba a su fin, para adentrarse en la cocina y regresara con la tetera, disponiéndose a servir nuevas tazas. No teníamos prisa alguna. Nuestras citas estaban fijadas para el atardecer del mismo día. Nos encontrábamos a gusto en compañía de uno y otro. Era una buena oportunidad para intercambiar comentarios sobre nuestras experiencias como profesionales de BM Escort.

Benito me miró al sorber su infusión de té, dándose cuenta de mi inquisitiva mirada y lo que implicaba: "debía comenzar a relatarme el último episodio de sus andanzas, como normalmente yo lo hacía con él".

Con parsimonia, dejó reposar la taza sobre el mantel; se frotó los labios con una servilleta de papel que depositó a un lado de la mesa, para un próximo uso; seguidamente, adoptó una cómoda postura, exhibiendo una amplia sonrisa. Sin poder contenerme por más tiempo, le conminé:

¡Animo, gigoló! ¡Vamos! ¡Cuéntame…!

En lugar de contestar de inmediato. Benito se irguió y, tomándome del brazo abandonamos la mesa, irrumpiendo en el cuarto adyacente que servía de sala de estar.

-Aquí estaremos más confortables –él comentó, dejándose caer con flema en el diván; por mi parte, me acomodé al otro lado del sofá, volviendo mi rostro hacia él, expectante, para mejor seguir sus palabras-. Ella, -continuó-, es una mujer atractiva: alta, esbelta, delgada y con atrayentes acciones; cabellera hasta los hombros: colorido, mutante a rubio como seco trigo, resultado de las periódicas visitas al peluquero. Su edad rayaba en la treintena. Según he comprobado, la vestimenta se ajusta a la moda en curso, alternando *"Prêt-à-portér"* o alta costura, según la circunstancia. Luce las prendas transmitiendo un cierto aire sensual a través de sus frecuentes y estudiados contoneos. En su día actuó como modelo de pasarela. Se trata de una persona culta que, asimismo, engrosa las listas del grupo elitista o *jet set*: su marido –mucho mayor que ella-, es un conocido financiero; y ya sabes que quién posee ingentes cantidades de dinero, posee también la llave para abrir cualquier puerta con relativa facilidad.

-Buen preámbulo, Benito; dime, ¿cómo la conociste?

-Idéntico medio que tú usas: mi tío Pedro. Una tarde en que tú no estabas, ausente en una de tus citas, me entregó una invitación a un cóctel que daba una empresa importante. Allí, ella y yo coincidimos al pasar uno de los camareros sosteniendo una bandeja ofreciendo bebidas de cava. La acumulación de gente, hizo que elle, al recoger su copa y volverse tropezara conmigo, derramando parte del burbujeante líquido que fue a parar en la parte superior frontal de mi pantalón gris marengo. Pedro, a mi lado, no pudo evitar soltar una pequeña carcajada, mientras ella me miraba presentando excusas. Apenas sé lo que dijo. Yo no podía apartar mi mirada de sus ojos, mientras hablaba. Pude balbucear: <">¡ Oh...! No se preocupe... No ha sido nada... Sólo un leve refrescante contacto con mi ingle..."> - Ella comenzaba a sonreír, lo que hice animarme y proseguir-: <"no la suficiente humedad para reducir el calor que siento... Puede tirar más si lo desea..."> - Entonces vi que no podía pararse de reír-. Mi tío aprovechó el momento y tuvo la osadía de presentarme como Director de una Compañía de contactos e inversiones; acto seguido, nos dejó a solas.

"Ella se interesó por mi trabajo tratando de ahondar en mis relaciones comerciales. Le describí someramente algunas de mis ocupaciones y en otras me vi precisado a improvisar. Es posible que ella notara cierta incertidumbre en mi explicación de algunos detalles, a juzgar que no paraba de sonreír, al mismo tiempo que mantenía sus ojos en mi rostro. Por mi parte, creo que me portaba de forma similar. Parecía como si se estuviera creando entre nosotros un agradable ambiente, donde nuestras auras se entrelazaban en una especie de armónica simbiosis.

-¡Me tienes hipnotizada! —me aventuré a intervenir-. Estoy totalmente asombrada de cómo lo relatas. ¡Vamos, sigue! ¡Dime más, soy toda oídos!

-Perdóname por decepcionarte, Andrea. No pasó nada más en esa ocasión, solamente la placentera sensación que embargó mis sentidos. De pronto, se excusó debido a alguno de sus múltiples compromisos -parecía estar solicitada-, tuvimos que circular socialmente cada uno por nuestra parte; sin embargo cuando, en el curso de la fiesta nos cruzábamos, sosteníamos la mirada sonriente en uno y otro. Nada más hubo en tal encuentro.

-¡Oh, Benito: una despedida tan agridulce no puede quedar así! —Insistí-. Quiero saber más acerca de todo la historia. Por favor cuéntame con detalle todo el episodio hasta el presente.

-Está bien, trataré de contentarte. Abandoné la fiesta creyendo que jamás la volvería a ver —hizo una pausa para encender un cigarrillo y después de darle una chupada continuó:

"Algún tiempo después, entre dos y tres semanas, a media mañana de un viernes, Pedro me llamó al móvil informándome que Cristina le había contactado. Me comunicó que debíamos vernos inmediatamente, según dijo: "la discreción que merecía el caso, requería que nos viéramos en privado enseguida". —Hizo otra pausa inhalando humo de su cigarro con ansia y siguió comentando:

"Llegué al hotel media hora después y mi tío me recibió en el vestíbulo. Una socarrona sonrisa iluminaba su semblante. Intercambiamos meros saludos y me condujo hasta la cafetería próxima; allí nos acomodamos en una mesa distante del bar. Como si acordado de antemano, un camarero nos sirvió sendas cervezas y tapas variadas. Usando cierta ironía en su voz me dijo:

-Querido sobrino, todo apunta a que el diminuto remojo que recibiste en el "cocktail", del party a que acudimos, pudiera resultar una bonita inversión... -Ambos reímos su ocurrencia.

-Bueno tío, ello dependerá de la oferta que puedas hacerme; el tema me ilusiona sobremanera...

-Es la segunda vez que visito este local en el mismo día señaló Pedro-; la primera vez , hace unas dos horas, me encontraba mejor acompañado, sin desmerecer lo presente, como comprenderás tú mismo: la compañía era Cristina... Me había llamado por teléfono y quedamos aquí: ella pretendía conocer más datos sobre tu labor en BM Escort.

-Supongo que le suministrarías todos los detalles de los servicios que en realidad provee la empresa...

-Afirmativo, Benito y para ser breve: ¡Absolutamente todos! Tanto es así que... Te espera en habitación 415, a las 15.00 horas. ¡Ah! Para evitarte bochornos iniciales, todo está pagado de antemano, con la excepción de este aperitivo que también te sale gratis. Ahora debemos hacer un brindis por el éxito del encuentro con esta bella dama en la intimidad. Así lo hicimos, juntando nuestros vasos e ingiriendo su contenido.

-En un par de minutos, abandoné el lugar con la idea de regresar al piso, tomar una ducha y acicalarme adecuadamente con vistas a la especial oportunidad que se acercaba. Me sentía exultante, ponderando la buena suerte que se estaba inclinando de mi parte. Querida Andrea, mi estado mental difería totalmente de tu sensación nerviosa que experimentabas, cuando estabas esperando a realizar tu primera cita en Escort. Yo me encontraba completamente relajado.

-Tienes razón Benito, pero también fui afortunada, pues todo salió bien como tú ya sabes. Ahora es tiempo para que expliques con detalle lo que parece haber sido un excitante episodio amoroso; estoy ansiosa por escuchar tu relato sobre ello – el cumplimentó mi solicitud continuando-:

-Habiendo emprendido el regreso al hotel, el reloj marcaba las 14.55 horas cuando enfilaba el corredor que conducía a la habitación 415. Instantes después llamé a la puerta presionando levemente con los nudillos de la mano. La expectante actitud personal hizo acelerar mis palpitaciones incrementándolas cuando, segundos después, escuché tenues pasos aproximando seguidos del ligero sonido de la cerradura girando y, la puerta entreabriéndose con lentitud, alargando el hueco de la abertura que iba paulatinamente cubriéndose con el sonriente rostro de Cristina y su esbelta figura. Vestía una holgada blusa blanca transparente, atractivo blanco sujetador cubriendo la base de sus pechos, negra falda corta y suelta, medias y zapatos obscuros. Ella abrió de par en par, se puso a un lado, extendió su mano y con un gracioso ademán me cogió del brazo y me invitó dentro, a continuación cerrando la puerta. Lo primero que me impactó fue el delicado aroma de su perfume, tentándome a inhalar con más intensidad que de costumbre, tratando de guardar la esencia dentro de mí. Seguidamente dio un paso hacia mí; su fragancia suave y deliciosa cubrió el aire de la estancia. Entonces me atrajo hacia sí; fue demasiado para resistirme; tuve que abrazarla estrechamente… Se dejó hacer y colocó sus manos detrás de mi cabeza; pude sentir sus bien formados senos presionando mi pecho… Nuestras mejillas se juntaron y parte de mis facciones se ocultaban bajo los mechones de su cabellera… Automáticamente cerré los ojos, para mejor apreciar la -deleitable fragancia que emanaba de su cuerpo, bajo la transparente blusa que lucía. Por un fugaz momento gocé inhalando más profundamente el dulce…, agradable…, apetitoso… Olor que impregnaba mi ser… Ella era todo un espejo de sensualidad… Realmente estaba comenzando a excitarme por su aroma y estrecho contacto…

-¡Me emociona tu relato hasta los huesos, Benito! –Tuve que interrumpir la narración-¡Hasta ahora me encanta! Espero que el resto me agrade también.

-A mí, lo que aconteció más tarde no me desilusionó tampoco, sino todo lo contrario. Fue algo realmente especial como te puedes imaginar; veamos si te sigue gustando; juzga por ti misma:

-Al abrir los ojos, me separé un poco de Cristina y así contemplé el destello de sus ojos que invitaban a besarla; sin poder decir palabra alguna, nuestros labios se juntaron en un suave, prolongado e intermitente beso que hizo aumentar mi excitación por momentos... Emitiendo algunos leves suspiros de placer, creando un ligero espacio entre los dos, pudiendo mejor contemplar su cara en todo su esplendor. Mostraba un aire de satisfacción toda ella, como se ratifica por sus palabras:

-Benito, me ha ilusionado tu espontánea reacción y todo lo que siguió después fue impulsivo, natural e improvisado. Fuimos llevados en volandas por su intensidad. Una caricia a tiempo vale más que mil palabras. El cariñoso acto ha roto el hielo de la posible duda o cualquier otra incertidumbre en los dos.

-De hecho Cristina, no pude contenerme; perdí el control…, por una buena causa –pequeña involuntaria pausa-, fue una sensación superior a mis fuerzas y su poder de atracción me venció; el surtido de destellos de luces de tu aura me engulló y nada pude hacer para evitarlo. Tampoco me fue posible resistir el sensual y especial aroma que emanaba de ti, ¿A qué se debe la causa?

-Nada especial, una posible combinación de cosas: Primero de todo me di un buen baño, usando sales perfumadas y después, cuando terminé de vestirme me puse algo de colonia *"Chanel 5"*. Ahora para de soñar; Debemos proponer un brindis para celebrar nuestro encuentro; esto es lo que es singular –y tomando mi mano nos adentramos en la salita de estar; allí comprobé que sobre una mesa, se habían colocado un par de bandejas con ensaladas y sándwiches además de dos cubos de hielo conteniendo una botella de cava y otra de vino blanco-. ¡Siéntate junto a mí! –Añadió-; y disfrutemos de la ocasión –sin soltar su mano nos acomodamos en el diván, juntitos uno del otro; la magnífica sensación causada por el roce del muslo izquierdo y pierna contra el de ella, me hacía que la libido fuera afectada favorablemente, potenciando el impulso sexual que traté de reprimir, sin apenas conseguirlo, a la hora del brindis con el frescor de la bebida y el cubito extra que había insertado en ella. Cristina se mondaba de risa por este acto pueril.

Llegado a este punto, Benito se permitió otra pausa en la narración, lo que aproveché nuevamente para manifestar:

-¡Vaya, vaya gigoló! ¡Qué bien te trata la vida! Estás haciendo lo que te gusta y, además te pagan estupendamente por ello.

-Es cuestión de mostrar siempre buenos modales, mi amiga; en el caso de las mujeres se fijan mucho más en esos detalles. Normalmente reaccionan positivamente a nuestra adulación de su persona, rendirse ante sus encantos, carisma y vanidad. En definitiva, hacerles ver que son importantes y, si te lo permiten, comportarse como si te enamorases de cada una de ellas.

-Benito, por lo que me estás diciendo, me estás demostrando que definitivamente eres un experto en saber tratar a las damas con esmero, aunque esto no es nada nuevo para mí supongo. Poniendo en práctica tu teoría, te resultará más fácil tener éxito con las mujeres. Por otra parte y volviendo al verdadero asunto que nos ocupa, no debo entretenerte más esclareciendo tu positiva actuación en este otro tema, ya que nos retrasa excesivamente volver a continuar relatando tu atrayente cita Cristina. ¡Tengo avidez por oírte contar más…!

-Está bien, Andrea. Trato de contártelo lo más literalmente posible a cómo pasó en algunos tórridos pasajes, dejando otros sin mencionar por no tener mayor relevancia. ¡Estate atenta! Allá voy:

-Mientras ingeríamos las viandas exhibidas, acompañadas de los vinos presentados, la conversación con Cristina resultaba distendida en todos los aspectos. Ella habló en síntesis de sus años recientes. Llevaba casada unos cinco años y el matrimonio carecía de descendencia, por lo que gozaba de mucho tiempo libre en sus manos. Su tiempo de ocio lo tenía bien distribuido, portando una agenda de notas al respecto, donde registraba sus compromisos y otros aspectos de su vida cotidiana. Su rutina y/o actividades preferentes incluían: levantarse temprano, desayuno frugal con su marido, visita al gimnasio, tenis ocasional, decoración interior, todo lo relacionado con el arte especialmente pintura, interacción social, el mundo de la moda, conducir su BMW, oír música, leer y escribir.

"Por mi parte no había mucho que contar; di someras explicaciones sobre mi trabajo en BM Escort, ya que no valía la pena extenderse lo que, a todas luces, resultaba obvio. Como contrapartida, hablé libremente sobre mis sueños y expectativas de futuro, apoyados en mi esfuerzo de afán de superación, aprendizaje y persistencia con el fin de poder lograr mis objetivos; esto parecía gustarle.

"Una vez expuestas las formalidades ocupacionales, nos concentramos en nosotros mismos. Para entonces buena parte de los alimentos y el vino había disminuido; este dato se reflejaba también en que nuestra simpatía mutua y confianza iba creciendo por momentos, ayudada por el contacto y roce de nuestros cuerpos en el sofá. Previamente, me había retirado la chaqueta, quitado la corbata y desabrochado la camisa. Instintivamente dejé mi mano izquierda reposar sobre su muslo junto al mío; tal proximidad hizo que mis dedos se apoyaran en el dobladillo de su falda y con un leve impulso hacia arriba dejaron al descubierto mayor zona entre muslo y rodilla donde las yemas se deslizaban suavemente; ella quedó complacida por mi iniciativa y le gustaba lo que estaba haciendo y como respuesta colocó su mano derecha sobre la mía como clara indicación de asentimiento; repitiendo los suaves movimientos que transmitían ardientes percepciones sensoriales en todo mi ser. Nuestras manos se solapaban, acariciándose y entrelazaban apretadamente de cuando en cuando, asintiendo al mudo, pero candente contacto sensual que estaba despertando un tremendo apetito sexual entre los dos. De pronto, nuestras manos se separaron para permitir que nos besáramos sin restricción alguna, mientras acariciábamos cualquier parte de nuestro cuerpo que viniera a mano…, tornando el beso más y más apasionado…

-¡Dios mío, qué fuerte! –No pude evitar intervenir-. ¡Sigue, sigue por favor! –Con una sonrisa burlona, Benito continuó-:

-Como el vino se había extinguido, momentos después hicimos una pequeña pausa para descorchar la botella de cava y llenar las copas, alargando una de ellas a Cristina. Ella seguía con su mano libre presionando mi pierna contra la suya. Nos besamos tiernamente cuando alzamos nuestras copas antes de completar el brindis, ingiriendo su contenido de un trago; entonces emitimos un suspiro de satisfacción y otra vez nuestros labios se juntaron, esta vez con mayor calma, lentitud y profundidad, en un largo y jugoso beso. No teníamos prisa…, tomábamos nuestro tiempo en besarnos y acariciarnos de una forma pausada: Cristina adoptó una mejor posición reposando su espalda en el diván y alargando sus brazos, colocó las palmas de sus manos sobre mi rostro y cabellera en ademán de atraerme hacia sí. Con inusitada rapidez, desabroché mi pantalón dejándole caer a mis pies, mientras me daba media vuelta inclinándome y metiendo mi pierna entre las suyas, sostuve su cara entre mis manos besando sus párpados, nariz, mejillas, cuello y finalmente, tratando de parar su risa, sus húmedos labios donde me entretuve mayor tiempo saboreando un excitante y delicioso suave roce labial y el movible y amoroso contacto de nuestras lenguas.

"A continuación, cambié ligeramente mi posición para desvestirla de su blusa y sostén lanzando las prendas al aire; besé sus hombros y acaricié sus pechos uno a uno, pasando mi lengua sobre la protuberancia de sus senos una y otra vez; jugando con sus pezones entre mis dedos y besándoles, tornándoles endurecidos y firmes mientras sus manos seguían entrelazadas en mis cabellos al mismo tiempo que emitía de vez en cuando suspiros de placer… Continué el proceso de mi forma amorosa situando mi mano bajo su falda y retirando con delicadeza sus medias y braguitas, dejando por el momento su falda puesta, mientras la palma de mi mano le acariciaba persistentemente la zona de su pelvis haciéndola temblar de placer. Mis dedos se deslizaban suavemente alrededor del vello vaginal y el interior de sus muslos, causando sus caderas moverse con intensa fruición; todo ello me estaba causando una gran excitación; la levanté la falda, doblé mi espalda y coloqué mi boca en los labios de su vulva y entre sus pliegues mi lengua encontró su clítoris que lamí y besé repetidamente; oyendo sus murmullos de placer incrementándose…, mientras sus manos recorrían con frenesí desde mi cuello hasta mi rostro, lo que aumentaba mi deseo de poseerla allí mismo. Siguiendo este impulso incontrolable, hice ademán de levantarme y retirar mi última prenda interior, pero ella se adelantó y susurrándome al oído dijo:" llévame a la cama, cariño. Tenemos aún mucho tiempo para hacerlo…" No sin dificultad, tuve que controlarme y seguir su consejo, ayudándola a levantarse, recoger su blusa, sujetador y braga que se puso y por mi parte, ajustarme mis pantalones para mostrarnos un poco más decentes al aprovechar para refrescarnos tomando otra copa de cava.

"Seguidamente, abrazados entramos en el dormitorio y nos aproximamos al lecho. Cristina retiró la colcha y entonces la tomé en mis brazos depositándola con suavidad en la ancha cama. Seguidamente juntando mi mejilla a la suya y entre una cascada de besos, le revelé al oído todas las cosas que se agolpaban en mi mente por salir: quiero estrechar tu hermoso cuerpo desnudo contra el mío en olas interminables de placer... Sentir tus reacciones a través de mi piel..., el deleitoso aroma y sensualidad que despide tu exquisito cuerpo... Me gustaste desde que te vi por primera vez... Tengo hambre de ti... Todas esas cosas te dicen mis ojos cuando simplemente te miro...

"Lo que siguió después, dejó impregnado mi ser con sentimientos de una creciente pasión que presentía, empezaba a consumarse. Aunque me sentía algo emocionalmente nervioso considerando mi buena suerte, no vacilé en absoluto nuevamente desabrochar y quitarle su blusa; admirar el delicado contorno de su cuello, hombros, antebrazos y zona clavicular; su sexy sujetador, mostrando las bien formadas curvas que sostenía y dejando sólo a la imaginación lo más preciado de sus pechos. No pude resistir el deseo de tocar nuevamente lo que a medias ocultaba y a tal efecto. Resulta difícil describir la deliciosa y erótica impresión que me impregnó al sentir la concavidad de mi mano moverse alrededor de sus senos: firmes..., cálidos..., delicados...; sensación poco menos que indeleble..., que sólo tiene apropiada expresión en su práctico disfrute. Cristina no paraba de reír viendo los gestos y muecas que señalaba mi rostro al respecto. La risa continuó al remover el sostén y lanzarlo a los pies de la cama. Era impresionante ver sus pechos en punta, como desafiantes, así que les besé sonoramente, causando un pequeño sobresalto en Cristina.

"Después retiré pausadamente su falda bajo el ligero impulso de mis dedos y el movimiento de Cristina, el fino tejido se deslizaba lentamente hacia sus pies. Mi mirada se mantenía fija, pendiente de los encantos que la prenda dejaba ver en su camino: la excitante armonía de sus formadas y atrayentes caderas...; el seductor, suave y levemente ondulante espacio que comprendía la ijada...; la diminuta y transparente braga que semiocultaba el lugar donde radica el órgano sexual..., los cautivantes muslos..., esbeltas piernas. Todo ello me recreaba en contemplarlo y lo acariciaba según iba apareciendo. Por último la despojé la remanente pieza de tela de seda de su cuerpo. Seguí besando la superficie de su tierna y sensitiva piel que había estado oculta, comenzando con el área de su vientre y tuve la impresión de que mis sonoros besos tenían eco causando cosquillas que generaban bastantes risotadas en Cristina.

"Instantes después, me levanté separándome un par de pasos de la cama para admirar la figura desnuda de ella, yaciendo alargada como una diosa. Su llamativa postura implicando una invitación a unirme a ella, resultaba imposible de rehusar; no obstante pretendía retrasar un poco mi entrada, mientras me despojaba de mi ropa imitando a un *stripper* como lo haría artísticamente. Debo decir que mi actuación dejó mucho que desear: el lento girar, retorcerse y el movimiento de mi cuerpo mientras lanzaba las prendas al aire no parecía ser tan defectuoso, pero mi cante puedo asegurar que resultaba desastroso; sin embargo me divertía con Cristina riendo convulsivamente y moviéndose continuamente de un lado a otro de la cama.

"Terminado el recital, salté y aterricé al lado de ella, fundiéndonos en un largo y voluptuoso beso… Era evidente que una avasalladora pasión principiaba a apoderarse de nuestros sentidos, encaminados al exclusivo propósito de consumar el ansia de poseernos el uno al otro. Embriagados por la audaz sensualidad que fluía de nuestros cuerpos, intercambiábamos frases que atropelladamente salían del corazón y que sonaban sublimes, aunque probablemente lejos del raciocinio. Recuerdo alguna que pronuncié: < tu fragancia es el frescor de una cascada con multicolores pétalos de rosas que baña mi cuerpo, que lucha en vano por retener todo su perfume >; < eres la mejor ofrenda que se puede presentar a mis ojos, un dulce y delicado manjar que quisiera devorar >. Mientras, nuestros labios y manos no paraban de acariciar partes estratégicas de nuestra anatomía. —Benito tomó un ligero respiro para encender un cigarrillo, lo que me permitió la oportunidad de intervenir-:

-Siento interrumpir una vez más. Todo suena tan excitante. Lo estoy pasando estupendamente escuchándote. Tú eres un hombre afortunado. Por favor continúa, te lo ruego. Él cumplimentó mi solicitud-:

-Durante el intercambio de caricias corporales que siguieron, tomé el pelo a Cristina recordándole acerca de nuestra delicada e incompleta última tórrida actuación en el diván, antes de tomar una copa y venir a la cama; ella no se pudo contener la risa antes de poder contestar: "Tú sabes muy bien que me gustaba mucho y ahora no puedo esperar a terminar el trabajo pendiente… ¡No me hagas sufrir tanto, mi amor…"

Considerándome un caballero, acepté el reto allí mismo, liberándome de nuestros abrazos y moviéndome rápido un lugar más interesante, descendiendo a la zona de su ijar; levanté mis ojos hacia ella y me respondió con una sonrisa y signo de asentimiento; entonces resbalé mi boca hasta situarla sobre el denso vello que cubría el contorno vaginal. Instantes después mis labios se posaron en la pequeña hendidura que formaba la vulva; pulsé la punta de la lengua en la húmeda y sensible cavidad moviéndola con sumo cuidado. A este delicado contacto, ella reaccionó agitadamente aferrando sus manos sobre mi cabeza, al mismo tiempo que intermitentes susurros de placer escapaban de su boca: Estos aumentaban cuando entretuve mi lengua pausada y repetidamente en su clítoris… Cristina añadió un impetuoso movimiento de sus caderas; balbuceando breves gritos placenteros de raros sonidos… Fue demasiado para resistir: El instinto animal para poseerla allí y entonces, salió a la superficie en toda su supremacía, desechando radicalmente cualquier otra opción racional. Alcé la vista y nuestros ojos reflejando lujuria y pasión se encontraron. Ella estaba tan desesperada como yo para consumar el acto sexual; ambos estábamos suspirando por ello, nada más importaba…

"Me coloqué encima de ella besando sus firmes pechos y pezones sacando mucho placer de esa pequeña parada, antes de alcanzase sus labios compartiendo un largo y humedecido beso apasionado; el abultado glande de mi alargado y erguido miembro viril estaba llamando a la puerta de entrada de su órgano sexual. Le sonreí y ella captó el mensaje: devolvió la sonrisa y retirando una mano de nuestro abrazo, agarró delicadamente mi pene emitiendo un suspiro… que le hizo exclamar de asombro: "¡Caramba… Es magnífico…!" Su contacto me causó una indescriptible sensación de gozo. Seguidamente, se abrió de piernas y me ayudó a penetrarla con suavidad; ella, al sentir mi rígido falo, empezó a mover alocadamente sus caderas y musitar inconsistentes sonidos de placer que hacían subir mi adrenalina con rapidez. Empujé y presioné despacio a través de los pliegues de la abertura membranosa que se expandía a los lados a medida que mi miembro viril se adentraba en sus entrañas. Golpeé sin prisa, pero sin pausa, la penetrante longitud del pasaje de su vulva con el glande de mi pene; ella debe haber sentido un volcán de amor dentro, ya que los rápidos movimientos de sus caderas parecían vibrar de placer. Después de un buen rato de locura haciendo el amor, nuestra actividad pasional se tornó más sincronizada, como asegurándose de que los dos gozáramos de idénticas sensaciones. La intensa pasión que demostrábamos nos hacía envolvernos en el acto sexual, forjándolo bello, estimulante y por añadidura fantástico. Cristina abrió su boca todo lo que pudo y emitió un largo suspiro…Sentí que ella había llegado a la culminación de su clímax…Nuestros labios se juntaron en un apasionante beso, durante el cuál sentí en mi interior una explosión… Acababa de tener un orgasmo… Mezclando nuestros jugos juntos… Eso fue una real bendición…

"Permanecimos largo tiempo allí tendidos. La placentera sensación era absoluta, única, inolvidable… No había habido espacio para inhibiciones de cualquier tipo por cualquiera de nosotros y nos habíamos dado el uno al otro en cuerpo y alma, sin reserva alguna. Nos comportamos como dos seres en época de celo, que deseaban aplacar el apetito sexual despertado el uno en el otro, hasta su éxtasis y pletórica consumación…

Demasiado pronto después, nos despedimos.

Terminado su relato, Benito me dirigió una socarrona sonrisa dispuesto a escuchar mis comentarios acerca del detallado episodio amoroso con una de sus notables clientas; aunque me encontraba todavía excitada con su jugosa historia, debía de aceptar la invitación insinuada así que manifesté:

-¡Oh…! Has visto que he seguido la narración de tu candente cita con la mayor atención. A decir verdad, me ha conmovido la abundancia de sensualidad y ternura que ha llenado la descripción de tu vivencia amorosa. En el curso de ella, he experimentado ardientes vibraciones recorriendo mi ser, a causa de su impacto. No cabe la menor duda de que se trata de una relación especial para ti. No obstante, espero que el lado sentimental de un caso tan singular, no ofusque tu cordura comercial hasta el punto de abandonar el barco que pilotas.

-No creas que no lo he pensado Andrea, pero no hay riesgo de envolverme emocionalmente; lo contrario sería una utopía. Cristina pertenece a un estrato social superior. Nadie, en su sano juicio compromete la seguridad que proporciona semejante posición. Puede, por ejemplo, permitirse el lujo de llenar algunos momentos de soledad con incursiones en el sexo extramatrimonial. Los múltiples negocios de su marido, requieren su presencia en lugares variados de la geografía; ella aprovecha parte de su tiempo sola, en entretenimientos diversos, cosa bastante natural tratándose de una joven dama, agraciada con suficientes medios económicos.

-Estoy de acuerdo contigo, Benito. Cuando se goza de una confortable posición social y financiera dentro del matrimonio, ello conlleva aumento de compromisos; el resultado tiende invariablemente a reducir el tiempo dedicado a la vida conyugal. La esposa es la que normalmente sufre las consecuencias en términos de reducida intimidad y frecuentemente, creyéndose desatendida se presta a buscar consuelo en otra parte. De esta forma me sentiría yo.

-Sí, Andrea, no hay que olvidar que las mujeres necesitan una mayor demostración de afecto que los hombres. La falta de ello les crea una cierta inseguridad. Por otro lado, ellas son más realistas y calculadoras; la mujer nunca pondrá en juego su status adquirido por cualquier flirteo o vínculo sexual ocasional fuera del matrimonio; la excepción podría ser que con la nueva relación pudiera mejorar aún más su nivel. En tales circunstancias, el lazo del amor no suele resultar muy consistente y pasa a segundo plano. La llamada del dinero es un poderoso imán que hace muy difícil sustraerse a ella. Dinero es una preciosa mercancía que todos necesitamos poseer; en algunos tentadores casos, atrae nuestro egoísmo con incontrolable fuerza; en esas situaciones resulta peliagudo resistir su magnetismo. Uno se acostumbra con mayor facilidad a las cosas buenas que proporciona poseer suficientes medios económicos.

-¿Sería Cristina un buen ejemplo de lo que acabas de comentar? –pregunté retóricamente-:

-Como puedes ver en mi caso particular, sería un grave error dejarme llevar por el sentimentalismo en mi relación con Cristina. Nada conseguiría.

-Ya sé que eres un hombre primordialmente pragmático y eficiente, que prefiere el negocio al placer en este orden.

-Así es Andrea, lo nuestro es pura y simplemente una relación de amantes amigos que satisfacen su mutuo afecto por cada uno. Mi papel es proporcionar los necesarios cuidados a mi alcance, a fin de que ella se pueda encontrar en todo momento que está conmigo relajada, feliz y que no eche nada en falta.

Como bien sabes, el punto álgido del programa psicológico y físico, radica en el acto sexual que, por inercia…, tiene su culminación durante o al final del encuentro.

-Me alegra ver lo claro que tienes que hacer para beneficio de la agencia y de nosotros. Llevamos ya diez meses en el comercio carnal de lujo y nuestros ingresos económicos se han incrementado haciéndolo que valga la pena. No sabría qué hacer sin ti, creo que todo se desmoronaría.

-No se te ocurra ni pensar en eso, Andrea. Tú eres mucho más fuerte de lo que te crees y, llegado el caso, saldría adelante ilesa de cualquier situación crítica. Dime, ¿qué piensas del tipo de mercado en el cual estamos envueltos?

-Es curioso comprobar la variedad de gentes que se involucran en estos juegos. No lo hubiera imaginado nunca. ¡Las cosas raras que una encuentra y experimenta…!   Debo hacer mención especial al excelente trabajo que proporciona Pedro, relativo a la filtración o elección de clientes: generalmente bien educados, que es lo importante. No me importa que la fisonomía pueda desmerecer algunas veces: no agraciados físicamente, o de avanzada edad. Todos somos humanos y trato de cumplimentar mis servicios con la máxima atención y delicadeza a cada caso. A menudo tengo que contenerme para no reírme de alguna de las extravagancias que me topo; pienso que cada uno tiene el derecho a gozar de sus propias fantasías. Me gusta ver que cada persona actúa sin inhibiciones y con sinceridad, eliminando hipocresía y falsas vergüenzas. Creo que también nuestro trabajo aplica tratamiento terapéutico: al final, el cliente parece encontrarse relajado, reanimado y renovado… Siempre se despiden mostrando un sonriente semblante.

-Estás haciendo un buen trabajo querida. Casi todos los comienzos resultan duros, como fue el nuestro. Nos ayudará demostrar una cierta capacidad de sufrimiento, capacidad y paciencia a través de la dificultad. También puede ser fundamental desarrollar la actividad de uno, tratando de hacerla una experiencia agradable, evitando quejarse. Esa es una de las mejores fórmulas de sobrevivir y progresar hacia otras oportunidades que sin duda se presentarán una u otra vez.

-Buen consejo, Benito. Espero que tengas en mente un buen proyecto para nosotros, donde probar suerte en mejores entornos ocupacionales. Confío que me pondrás en antecedentes pronto sobre ello.

-Descuida Andrea, serás la primera en saberlo. De hecho tu cooperación será esencial dentro del plan. Sin embargo debemos seguir adelante con el trabajo presente por ahora, al objeto de expandir "capital social". Existe gente interesante con influencia en el entorno en que nos movemos, algunos de los cuales podríamos añadir a nuestra lista. No conviene precipitarnos en estas cosas. Estaremos mejor preparados cuando la oportunidad se muestre más propicia surgiendo en nuestro camino. Todavía es algo prematuro para cambiar nuestro empleo; estoy considerando algo realmente especial: Técnico, interesante, audaz… He llegado a la conclusión que en esta vida gana quienquiera que tenga ambición.

El misterioso proyecto sonaba algo parecido a un enigma pero, comprendí que no era el momento de insistir tratando de descubrirlo. En lugar de ello, cuando nos levantamos, como un flash, pasó por mi mente algunas palabras de una canción popular que no pude evitar tararear:"¿Qué será…, será…? La vida te lo dirá…"

5

Mi buena relación con Felisa, aunque alejada la una de la otra, no había experimentado ningún cambio. Ella estaba con frecuencia en mis pensamientos y no podía evitar que me preocupara acerca de su vida sin la compañía de sus padres. Manteníamos contacto por correspondencia y mis cartas le informaban con detalle de mis actividades. Ella acostumbraba a animarme a seguir adelante, manifestándose deseosa de que llegase la oportunidad para poder unirse a mí y contribuir en el trabajo implicado. Sus escritos de apoyo mejoraron mi confianza y reafirmaban su lealtad hacia mi persona. No había duda alguna que la vida sería más fácil con ella a mi lado: Compartiendo sus anhelos, sentimientos y objetivos con una mujer tan sensitiva y femenina. La empatía que sentíamos la una por la otra nos unía estrechamente.

Aproximadamente un año después del establecimiento de BM Escort, recibí una especial carta de Felisa que leí con avidez:

-*"Querida Andrea:*

Por fin ha llegado el momento de la verdad; he estado suspirando por la ocasión de poder participarte la buena nueva; nuestro definitivo encuentro está a punto de suceder. Se ha llegado a un acuerdo para la venta de la propiedad heredada; el documento público de la compra-venta estará listo para dentro de de dos semanas, por lo tanto, estoy haciendo preparativos para reunirme contigo a lo sumo en unas tres semanas. El mero hecho de pensar en ello me pone nerviosa de alegría. Como ves las cosas se van arreglando poco a poco. Pronto estaré en condiciones de ayudarte con el dinero de la transacción y dispondrás de mi colaboración con vistas a crearnos un futuro estable. No te imaginas lo mucho que te echo de menos…

Después de que mis abuelos retornaron a su tierra, tu padre comenzó a pasar por casa casi cada tarde. Sus visitas intensifican mi recuerdo de ti. Él ha estado ocupado de la pequeña huerta, gracias a lo cual, no me han faltado los vegetales en la mesa. Nunca se lo podré agradecer bastante su ayuda. Es un buen hombre y le gusta hablar conmigo. Una vez que ha terminado su impuesta tarea, nos sentamos en el porche y le traigo una cerveza fría y yo tomo un descafeinado con leche. Invariablemente hablamos de ti. Pienso que él lamenta que no vivamos juntas; de vez en cuando procuro recordarle que mi deseo es poder llegar a vivir contigo:

esto parece que le reanima, porque sus ojos muestran un especial brillo. A través de estas charlas presiento que le estoy tomando un cierto cariño: es posible que la falta de mis padres me induzca a experimentar una nueva clase de sentimiento paternal hacia él.

También tu madre y hermana han estado atentas y serviciales: se han asegurado de que tuviera suficiente provisión de comida en casa. Como bien ves, toda tu familia se interesa por mí.

A Dios gracias, estaré pronto contigo... Estoy ansiosa por verte...!

Besos

Felisa"

Al terminar de leer, solté un profundo suspiro de satisfacción. Una peculiar sensación de felicidad me embargó; era como si de repente me crecieran alas y me sentía transportada en una nube admirando a su paso bellos paisajes... Todo ello resultado de haber recibido la mejor nueva que había estado esperando por mucho tiempo.

La gran noticia recibida, implicaba que tendría que actuar con rapidez con vistas a procurar encontrar una nueva morada, como tenía previsto poner en práctica, una vez haber sabido que la llegada de Felisa estuviera próxima a ocurrir.

Me puse en contacto con Benito y le participe el acontecimiento, que recibió con sumo entusiasmo; hablamos largo y tendido sobre el tema, sugiriéndome que investigara el proyectado cambio de residencia a la mayor brevedad posible, tomándome todo el tiempo libre que necesitara para ello.

Los días sucesivos, propuse concentrarme primordialmente en la búsqueda de un piso, que reuniera las condiciones y la necesaria amplitud para habitarlo tres personas con cierta dosis de intimidad.

Repasé las columnas de anuncios de alquileres de propiedad inmobiliaria y visité bastantes direcciones al respecto. Al principio solía concertar tres citas diarias; hallé la mayoría de ellas algo decepcionantes, a cusa del deficiente estado de conservación de las viviendas, como consecuencia del mal trato recibido por sus anteriores ocupantes. Poco tiempo después, sintiéndome cansada por el esfuerzo, decidí cambiar de táctica: dejé a un lado los asequibles arrendamientos y seleccioné lugares, ligeramente por encima de lo aconsejable bajo las actuales circunstancias. Me indujo a ello, el hecho de que pronto seríamos uno más para afrontar las facturas y, por otra parte, Felisa dispondría de medios económicos en caso de emergencia.

Puse cuidado en elegir la conveniente dirección a ser visitada, teniendo en cuenta la nueva estrategia implementada, que invariablemente radicaba cerca de un buen entorno comercial. Me ataviaba con esmero ante de realizar mi única visita al día. En seguida encontré la diferencia de relación comercial con mis nuevos interlocutores: las maneras eran más educadas y comedidas. Me satisfacía esta forma de tratamiento, aunque fuera más meditado y, por tanto, menos espontáneo que los anteriores.

Pronto, el nuevo método a seguir que había implantado dio el resultado apetecido: sucedió en el último lunes del mes cuando me personé a una cita acordada; pulsé el botón 1 A, del portero electrónico de un edificio en la calle de San Bernardo; una voz femenina contestó y después de identificarme, me indicó que entrase y esperase en el vestíbulo. Momentos después, dos señoras de mediana edad bajaron las escaleras y, una de ellas se presentó como la dueña del piso ático anunciado, introduciendo a continuación a su hermana. Seguidamente tomamos el ascensor hasta la última planta, donde el apartamento se hallaba ubicado. Me gustó el lugar desde el primer momento de mi inspección: la atractiva entrada daba a un amplio cuarto de estar con suelo de parqué y balcón desde el cual, entre otras magníficas vistas de la gran ciudad se divisaba, parte de la cercana *Avenida Gran Vía*; el resto del apartamento lo componían tres habitaciones, baño, aseo y cocina. El mobiliario y decoración se encontraban en aceptable estado. Por lo que respecta al alquiler solicitado, no me pareció desorbitado teniendo en cuenta el lugar y posibilidades que ofrecía la vivienda.

Finalizada la inspección del ático y manifestado mi interés por arrendarlo de acuerdo con los términos del alquiler, bajamos al primer piso donde habitaban las dos señoras. Allí en su confortable salón nos acomodamos para ultimar las condiciones del acuerdo verbal de renta que habíamos alcanzado. Todo ello, pendiente de su ratificación por escrito, a dos días vista, con el correspondiente contrato anual por escrito. La dueña hizo hincapié en el previo pago de dos mensualidades por anticipado: una de ellas, cubriría el último mes contratado, como protección contra un posible unilateral incumplimiento de contrato por parte del arrendatario. Otra de sus cláusulas ofrecía la posibilidad de renovación contractual, sujeto a la avenencia de ambas partes. Para facilitar el papeleo, suministré los detalles de la parte arrendataria.

Apurando el café con leche que me habían servido las dos agradables damas, me despedí de mis anfitrionas y salí a la calle. Dentro de mi ser se albergaba la grata sensación de haber logrado solventar el problema acuciante de la escasez de espacio doméstico que hasta el presente compartía; el pacto contraído con el nuevo alojamiento iba a solucionarlo.

*

La formalización del contrato de alquiler tuvo lugar en la fecha prevista. Ello nos permitió mudarnos al nuevo piso el primer día del mes entrante, en consonancia con lo que habíamos ideado. Este acierto, nos ilusionó hasta tal extremo, que no cabíamos en sí de gozo al comprobar que las cosas iban saliendo conforme se habían planeado.

Los primeros cuatro días de nuestra estancia en el nuevo piso, nos dedicamos primordialmente a pintar todas las paredes y techos que necesitaban una buena mano de pintura; este duro trabajo fue completado en tres días; el cuarto día limpiamos y lavamos todos los suelos. Fatigados y algo maltrechos por la ardua tarea realizada nos dispusimos a recuperar fuerzas con una buena ducha y nos vestimos con ropa nueva; luego, abrimos un par de cervezas y nos sentamos en el diván disfrutando de la bebida y contemplando el producto final del magnífico trabajo que habíamos efectuado. La diferencia era notable: resultaba agradable y gratificante observar la suave combinación de los colores beige y mate pálido, causando una satisfactoria impresión en ambos; nos miramos el uno al otro mostrando orgullo en nuestras demostradas habilidades pintoras, admirando el resultado final. Aún bebiendo Benito comentó:

-Realmente, no está nada mal lo que dos inexpertos pintores de brocha gorda, hemos logrado a base de ilusión y esfuerzo. No hay nada que temer, si las cosas se ponen feas o complicadas, podíamos comenzar una nueva profesión en este campo.

-Estoy de acuerdo, mi amigo. El síndrome del temor opera como un gran condicionante, soliendo inmovilizar la transmisión de positivas reacciones. Al no sentir miedo y poner a prueba nuestra firmeza y determinación para hacer lo mejor en cualquier necesidad o tarea que tengamos que enfrentarnos, es más que probable que se puedan conseguir grandes resultados.

-Yo también lo pienso, Andrea. De momento nosotros vamos progresando poco a poco; no obstante, creo que disponemos de un gran potencial de avanzar que persiste latente, el cual aún no hemos tenido ocasión de desarrollar todavía. Es de la mayor importancia tener paciencia y permanecer al acecho de cualquier nueva oportunidad que merezca la pena; oportunidades suelen presentarse al azar según las circunstancias; debemos estar listos y preparados y saber actuar en consecuencia…, mientras tanto tenemos que seguir aprendiendo.

-Estoy segura Benito que a partir de la próxima semana las cosas serán más fáciles de solucionarse. Recuerda que tendremos la suerte de contar con Felisa en nuestro proyecto. ¡Ella es una persona muy especial para mí! Estoy segura de que su aportación será esencial en nuestro programa de actividades, tanto material como moralmente. Ya sabes que nos compenetramos estupendamente y sincronizamos como si estuviéramos en la misma longitud de onda. La capacidad potencial del grupo se verá grandemente beneficiada por su colaboración. En el plano personal, debo añadir que su compañía es el mejor regalo que se me puede conceder. Apenas puedo esperar al cercano día en que por fin nos vamos a encontrar.

-Yo también me encuentro entusiasmado con su venida –mencionó Benito-, tengo el convencimiento de que Felisa va a ser un buen pilar para reforzar el equipo; tal vez el mejor que podamos obtener. Su probada amistad, diligencia y buenas maneras así lo atestiguan. Además sois parecidas y va a ser un buen ejemplo para mí comprobar de cerca lo bien que os lleváis.

-Trataremos de disimular en lo posible nuestro íntimo comportamiento enfrente de ti, querido amigo; con el fin de evitar que te guste demasiado nuestra actuación y como resultado de ello, tus celos se apoderen de ti y nos causen adicionales problemas domésticos…

Benito no pudo reprimir la risa que le produjeron mis palabras; en tono irónico repuso:

-¡Pero Andrea, creía que eras mi amiga! ¡No me dejes a un lado, quiero interpretar una parte importante en la orgía…! ¡Como un *ménage à trois!* A veces eres tan egoísta. Ya conoces que el placer erótico me atrae sobremanera y también sabes que estoy llegando a ser un experto en ello. Es mi pasatiempo favorito… Además estoy dispuesto a pagar, si fuera necesario. Cosa que sin duda rechazaríais teniendo en cuenta mis altas calificaciones en la materia… Por otro lado, yo debería cargarte por mis placenteros servicios, ya que me suelen pagar bien por ellos. Ya veo que te das cuenta que te estoy presentando tan tentativa oferta, y te lo estás pensando…

-Gracias por la oferta, querido. Sin embargo creo que nos arriesgaremos a rehusar tu generosa proposición… Quizás tengas más suerte la próxima vez. Nadie puede ganar siempre, ni siquiera tú mi amor… Sigue persistiendo, el premio merece la pena…

Con una larga y ruidosa carcajada de Benito concluyó nuestra estimulante conversación en ese día especial.

*

Por fin arribó la fecha en que llegaba Felisa. Me desperté más tarde de lo normal; la noche anterior apenas había dormido, debido a la excitación que sentía pensando en la proximidad de encontrarnos. Cuando finalmente me levanté y miré en el espejo, noté bajo mis párpados pequeñas ojeras por falta de suficiente sueño conciliador. Después me preparé un baño caliente con sales y jabón líquido hidratante que daría a mi piel mucho bienestar. Permanecí allí bastante rato chapoteando y disfrutando del agua espumosa, olorosa y del saludable efecto que transmitía al cutis y resto de epidermis. Notablemente mejorada, me sequé y coloqué una bata para tomar el desayuno en la cocina.

A través de la ventana, me di cuenta que no sería un día claro, sino más bien una típica mañana de principios de otoño, en el que el tono grisáceo predominaba en el exterior. Pensé que semejante inconveniencia temporal, no desmerecería la ocasión; absolutamente nada podría estropear el momento del encuentro con Felisa.

El tren tenía programada su llegada al mediodía; este simple pensamiento, hacía acelerar mis emociones. Los latidos de mi corazón iban en aumento, como si quisieran sobrepasar el compás del péndulo del reloj de pared en el salón.

Terminado el frugal desayuno, lavado los utensilios usados y colocados en su lugar, me dispuse a realizar, con cierta premura, otras pequeñas labores del hogar que necesitaban mi urgente atención. A continuación me tomé tiempo para acicalar mis facciones aplicando apropiado make-up, cuidando y cepillando mi cabellera; luego escogí mi mejor vestido para la especial ocasión, ya que quería impresionar, en lo posible, a Felisa. Posé mi figura delante del espejo y me sentí confidente de mi buena apariencia. Seguidamente, salí a la calle para tomar un medio de locomoción e ir a esperarla. El cielo se encontraba encapotado y una ligera llovizna empezaba a caer; abrí el paraguas para proteger mi pelo. Me encaminé a tomar el metro en una cercana parada, lo que me permitió llegar a la estación principal bastante antes de la llegada de Felisa. Emití un suspiro de satisfacción cuando comprobé que el tren llegaría a la hora señalada.

Tomé asiento cerca de la plataforma donde la locomotora tenía asignada su entrada en la estación, sintiéndome algo nerviosa mientras esperaba; los minutos pasaban despacio. El día continuaba siendo gris y la lluvia no remitía pero ello no me preocupaba; el fuerte deseo de verla cautivaba todos mis sentidos.

Algún tiempo después, percibí el fulgor de la húmeda silueta de la locomotora que hacía su entrada en la estación. Salté de mi asiento zigzagueando entre la gente y me acerqué a los vagones de pasajeros; desde allí mirando a través de los húmedos ventanales de su compartimiento, al final pude distinguirla. Me dio un vuelco el corazón como consecuencia de mi estado emocional a medida que nuestros ojos se encontraron. Instantes después ella descendió portando una maleta en cada mano que dejó a un lado en el suelo para permitir que nos fundiéramos en un fuerte abrazo.

Sin soltar nuestro abrazo, la voz de Felisa exclamó:

-¡Oh, Dios mío! ¡Cuánto tiempo separada de ti, te he echado mucho de menos! –Entonces aflojando su apretón conmigo y mirándome de arriba abajo, dijo-: te encuentro mejor que nunca. La ropa que llevas puesta te sienta perfectamente, otorgándote un aire de elegancia y sofisticación.

Aunque complacida, pretendí quitar importancia a sus comentarios replicando:

-Deja de echarme flores, tus halagos me hacen ruborizar. Yo también estoy gratamente sorprendida por el buen aspecto que muestras. No me extraña en absoluto, porque siempre has sido una hermosa criatura. Pero dejemos a un lado los piropos y sigamos disfrutando de este momento especial. Estarás de acuerdo conmigo en que resulta una gozada pensar que desde ahora estaremos juntas. Tú puedes ver que nuestro sueño se torna realidad y que una misteriosa y excitante vida se abre enfrente de nosotras, la cual afrontaremos con ilusión, fortaleza y ambición para facilitar salir adelante. No hay absolutamente nada que temer Felisa: ¡Estamos juntas! Hacemos un buen equipo. Lo peor ha pasado… Delante de nosotras está nuestro estimulante presente, concentrándose diariamente en nuestro bienestar; presiento que vamos a disfrutar en todo momento; eso es lo que importa. ¡Vamos; vamos a casa, mi querida!

*

Me tomé unos días de descanso con objeto de acompañar a Felisa en su adaptación al entorno madrileño. Con esta finalidad necesitábamos disponer de un tiempo para nosotras mismas, sin intromisión ajena. A este respecto había informado a Pedro de la conveniencia de restringir el tema de las citas en mi caso, ya que Benito únicamente estaría de guardia en BM Escort. Éste, con su acostumbrada cooperación, había concedido las facilidades para que esto ocurriera, cuando le sugerí la idea. Asimismo, previamente había acordado dejar el dormitorio principal que usaba, escogiendo uno de los dos restantes algo más pequeños; es probable que pensara que dos mujeres viviendo bajo el mismo techo, tarde o temprano, pasarían juntas gran parte de su tiempo libre, charlando de sus cosas e intimidades, en un mismo cuarto, y éste bien pudiera tratarse del dormitorio principal donde tuvieran más espacio para ordenar y guardar sus vestimentas y calzado.

La oportunidad de aprovechar el tiempo libre permitido según nuestro propio albedrío resulto provechosa en todos los sentidos. Primeramente decoramos nuestra habitación, proporcionándola de ese particular toque femenino que difiere y encanta a la vez. Previamente habíamos visitado tiendas de decoración y regalos, adquiriendo varios artículos como: lámparas de mesilla de noche, espejo pared, colchas, visillos cortinas, jarrones, flores artificiales, figuritas porcelana, y un par de modernos cuadros. Cuando Benito presenció el cambio quedó impresionado y no paraba en alabanzas. A fin de consolarle, no tuvimos más remedio que ofrecer nuestra ayuda en proveer a su cuarto con algunos detalles; con objeto de paliar el desfase y que no desentonara en demasía respecto al nuestro. El ático mejoró visiblemente con las atractivas adiciones, lo que repercutía en nuestra satisfacción personal y el hecho de que nos sentíamos más a gusto en casa.

Durante el período de tiempo que nos duró el afortunado asueto, sin apenas darnos cuenta, nuestra relación femenina siguió creciendo en intensidad. Nos comportábamos con absoluta espontaneidad. La conversación resultaba fluida y animada. Actuábamos con naturalidad. Reíamos abiertamente cualquier ocurrencia graciosa de una u otra. Tratábamos de complacernos mutuamente y nos sentíamos felices en cada instante. A veces, acompañábamos gestos y palabras con el cariñoso contacto corporal, exento de premeditación y sin pudor alguno cuando ocurría. Era una reacción instintiva que se recibía con agrado.

Recuerdo una de tales ocasiones de relajante estado de ánimo, en que nos encontrábamos saboreando una taza de café en el salón. Pienso que, también inconscientemente, en ella se estableció el precedente que dio marcha a que nuestra amistad se adentrara por una nueva trayectoria de intensa intimidad que no estaba programada de antemano. El hecho ocurrió impulsivamente:

-Es curioso –mencionó Felisa-, realmente tú siempre has sido la única persona con quien he deseado estar…, compartir experiencias y cosas…, en fin, vivir juntas…; creo que ahora estoy viviendo mi sueño hecho realidad. Tú colmas todas mis expectativas. Ya antes de conocer tu desviación sexual me atraía tu ser: este sentimiento siempre estuvo allí…, era latente, pero fijado en mi mente.

-¡Oh, Felisa…! Tu afecto por mí era bastante natural; me veías como varón; ahora es diferente… ¿Estás segura de lo que dices? –La miré a los ojos y ella asintió-. Esto suena como una declaración de amor. Si es así, me siento emocionada por ello. El cariño es recíproco por mi parte. Sin embargo parece algo prematuro valorar nuestros mutuos sentimientos tan hondamente. Lo que sí es verdad es lo alucinante que es poder estar juntas; entiendo que semejante estado de gracia se puede calificar como algo más que afecto por una y otra. Yo también siento algo especialmente dulce y fuerte por ti.

-Tú Andrea, piensa lo que quieras, pero deduzco que estás expresando más extensamente lo mismo que yo siento por ti. Te mereces un tierno beso para comprobarlo y así aclarar tus pequeñas dudas. Es hora de poner en práctica lo que sentimos una por otra…

Me eché a reír al contemplar su osadía; acto seguido no pude evitar que ella se lanzara sobre mí y sujetando mi rostro entre sus manos, comenzó a besar mi boca de una forma suave, dulce y continuada… Una especie de sobresalto me hizo abrir los ojos de par en par; luego, poco a poco, se despertó en mí la agradable sensación del contacto labial, forzando mis párpados a juntarse nuevamente; así permanecieron durante placenteros instantes, al mismo tiempo que reaccionaba con aquiescencia retornando los besos…, suaves…, húmedos…, jugosos… Estaba realmente experimentando un excitante idilio impregnando mis sentidos y la certeza de que entre nosotras estaba empezando un fuerte lazo de amor arrollando nuestros cándidos espíritus bajo su potente influjo.

De repente, Felisa aflojó su presión amorosa y mostrando una burlona sonrisa en su cara, asumió una confortable postura en el diván y comentó:

-Mi querida Andrea, estoy segura que habrás disfrutado tanto como yo, el boca a boca y las abundantes demostraciones de amor mutuo, practicadas en tan sugestivo y atrayente lugar como es el sofá.

-Tú eres un poco sarcástica, pequeña descarada; aunque me hayas cogido por sorpresa, los pasados dos días estuve pensando acerca del porqué tardabas tanto en ejecutar una iniciativa apasionada como la que casualmente has hecho hace unos momentos. Lamentablemente tuve que esperar con extrema ansiedad demasiadas horas para que eso sucediera. Veo que al final, te armaste de valor y fortaleza y te lanzaste hacia mí como un huracán. Estoy muy contenta por ambas; finalmente lo hiciste. Lo disfruté enormemente como tú bien sabes, encantadora Felisa.

-¿Quién esta ahora exagerando y siendo irónica, Andrea? Me haces reír tanto; deberías haber notado hace tiempo que me estaba enamorando de ti; en cualquier caso, estoy loca por ti de la forma que eres.

-Y yo también, mi queridísima. Somos afortunadas ahora, cuidándonos la una a la otra y nuestro amor…

Allí encontramos lo que habíamos estado buscando. Teníamos la una a la otra; el mundo se quedaba atrás.

A este precedente en nuestra incipiente relación amorosa, siguieron copiosas demostraciones de cariño entre las dos. Nos comportábamos como adolescentes en su primer encuentro pasional: el contacto corporal resultaba espontáneo, imprevisto e impetuoso…, aunque poniendo cuidado en los lugares públicos de no excederse demasiado.

En este respecto, pronto descubrí que Felisa no había experimentado actividad sexual previamente. Su virginidad se traslucía a través de su inocente semblante y modales candorosos.

En aquel tiempo tan especial para nosotras, la veía como una frágil flor de primavera perdida en el sombrío bosque, entre otras delicadas florecientes especies como margaritas, violetas, anémonas, campanillas y nomeolvides, tratando de sobrevivir a los azotes del tiempo y demás avatares de la naturaleza.

Se trataba de una joven exenta de malicia alguna; dotada de bondad, ternura y actitud positiva. Había demostrado poseer una firme voluntad ante la adversidad: vapuleada por los vaivenes de la vida, al perder a sus progenitores; saliendo incólume sola de la angustiosa desgracia. Tales atributos eran todo un buen complemento para cualquier exigente asociación o relación. Me sentía realmente privilegiada de poder compartir experiencias de la vida con ella a mi lado.

A veces nuestra conversación revertía hacia el tema del trabajo en BM Escort. Cuando esto ocurría Felisa, aunque había dado su consentimiento para colaborar en el negocio, parecía mostrar cierta reticencia en intención de expansionarse sobre el asunto. Al darme cuenta de este detalle, cambiaba de tópico a fin de evitar herir su susceptibilidad. Personalmente achacaba su falta de curiosidad en nuestra actividad profesional, sería debido a los importantes compromisos en la semana libre que habíamos acordado; por ejemplo: efectuar compras, la decoración del piso y mostrarle las principales áreas de la ciudad; incluyendo el impremeditado comienzo de nuestra relación amorosa. Es también posible que ella resintiera el hecho de el plazo citado se aproximase a su término y que, las nuevas responsabilidades inherentes a su nueva ocupación, pudieran de alguna forma dañar nuestra relación.

A este respecto, la última tarde de nuestra corta vacación, estando tomando el té en casa, Felisa manifestó:

-¡Nunca he sido tan feliz como en estos días! Cuando hemos pasado un maravilloso tiempo juntas, durante el cual hemos descubierto que nos amamos.

¡Es realmente fantástico disfrutar tanto! Supongo que será difícil acostumbrarse al cambio. Mi mente comienza a llenarse de temores al considerar que tendré que compartir mi sexualidad con otros seres distintos a ti. Antes de que nuestro idilio tuviera lugar, tenía asimilado mi integración en la empresa; sin embargo ahora me parece un gran contraste: más complicado. Me abruma sobremanera sólo el pensarlo. La razón es que te quiero mucho; ¡Eres todo para mí!

Por unos instantes me quedé anonadada por la intensidad de su explicación. Sentí que mis ojos se tornaban húmedos, compartiendo la sensación agridulce que reflejaban sus palabras. Me incliné y la besé tiernamente. Seguidamente recobre mi compostura y traté de reanimarla:

-¡No te preocupes, mi amor! Siempre estaré a tu lado, no importa lo que suceda. Nada cambiará en nuestra relación. El peculiar trabajo que implica la nueva tarea pretende ser sólo temporal. Es simplemente una forma de obtener buenos ingresos en un corto tiempo. El mundo da vueltas alrededor del dinero, enseñándonos a ganar nuestra independencia a través de su posesión. Tratar de acumular una considerable cantidad de riqueza constituye una necesidad a estas alturas. Aprovechamos este medio, por el tiempo actual hasta que una mejor oportunidad se cruce en nuestro camino, que nos sacará de nuestro físico envolvimiento en esta presente ocupación. Ten fe Felisa. Algo tiene que surgir más pronto o más tarde que coincida con nuestras expectativas. ¡Todo se arreglará!

Mostrando mi mejor sonrisa, la besé de nuevo. Noté que se estaba sintiendo reconfortada, ya que su rostro se iluminó, retornando las caricias adornadas con una mayor dosis sensual. Momentos después, con cierta excitación y un tinte de picardía, tomó la palabra:

-Mi querida Andrea, tengo algo muy importante que decirte —sus ojos se fijaron con determinación en los míos-: sabes que aún soy virgen y como comprenderás que esta especial condición en la que orgullosamente me encuentro, no deseo arriesgarla en las manos de ningún desconocido…, -hizo una pausa y una intrigante sonrisa apareció a flor de labios, antes de añadir-: creo que me queda muy poco tiempo en esta privilegiada y casta condición. Presiento que imaginas lo que pretendo decir: ¡Es a ti, a quien corresponde el honor de corregir la anomalía! —Soltó una carcajada al terminar de decirlo, mientras yo esbozaba una sonrisa de sobresalto y ella continuaba-: No lo puedo poner más delicadamente. ¿Estás en una posición para ayudar con la irregularidad? No contestes todavía —mi inevitable risa la paró por un momento de respiro y luego reanudó

su charla-:

-Cariño, nos queda poco tiempo para decidirnos sobre la anormalidad y consumar el acto sexual. Ya es tiempo para hacerlo. ¡Estoy desesperadamente ansiosa porque me hagas el amor! Sé que has querido respetar mi castidad, pero es tiempo de realizarlo ahora. Mañana puede ser demasiado tarde...

No la dejé seguir hablando. La pasión transmitida por sus palabras hizo estremecerme de excitación; la adrenalina surcaba mi cuerpo a marchas forzadas, ofuscando mi intelecto. La furiosa embestida de la lujuria carnal invadió mi mente. Sólo pensaba en una cosa: hacer el amor con ella. Ella tenía razón, el dilema requería nuestra urgente solución. Como ayudado por un resorte, salté del diván y tomándola en mis brazos, la llevé al dormitorio depositándola con cuidado en la cama; entonces nos besamos apasionadamente; instantes después, en medio de más demostraciones cariñosas, nos ayudamos y apresuramos a desvestirnos. Felisa aprovechó un pequeño intervalo para ir al baño, asearse y envolverse en una toalla que extendió sobre la sábana encimera donde yacimos entrelazadas, apretadas, ardientemente plenas de pasión...

Yo la acariciaba y contemplaba embelesada con admiración. Felisa poseía unos delicados hombros ligeramente bronceados, contrastando con sus bien formados y pálidos, firmes pechos y seductoras formas curvas de sus caderas. Respondiendo a mi atracción por su figura, deslicé la palma de mi mano a lo largo y ancho de su cuerpo una y otra vez, especialmente en el área frontal de sus senos, acariciando estos y jugando con sus rígidos pezones entre mis dedos; este sensual seguimiento fue aumentando mi excitación con cada caricia amorosa. Impulsivamente resbalé los dedos hacia abajo parando en su ombligo para depositar un beso, haciéndola inclinarse por un instante y emitir una carcajada. Seguidamente, descendía las puntas de mis dedos por su lisa ijada hasta el rizado y frondoso vello entre sus muslos, acariciando el área, incluida la vulva donde detuve la exploración del cuerpo con sensuales, suaves y húmedos besos que la hicieron generar convulsivos movimientos y sonidos guturales de placer.

Ya disparado nuestro apetito sexual, tomé su mano y la conduje hacia mi erecto falo; al sentirlo abrió de par en par los ojos, emitiendo un suspiro de sorpresa al tantear su abultado tamaño; no pude evitar reír a su curioso gesto; entonces con su otra mano libre presionando mi espalda, me atrajo hacia sí y guiando el glande lo posó sobre la apertura de los labios de su vulva que se abrieron a su mero contacto; luego colocó sus manos detrás de mi cabeza y nos besamos apasionadamente, mientras inducido por mi creciente excitación seguía aplicando lentos y continuos bríos a mi miembro viril para acceder dentro de su vagina. A cada cuidadoso golpe los lados de su tierna carne de alguna forma se estaban expandiendo. De vez en cuando aparecían algunas arrugas en su frente que implicaban dolor o angustia y, como defensa o protección, ella apretó su mejilla contra la mía; en aquel momento me di cuenta que mis empujes habían permitido a mi pene alcanzar el himen en su camino. Felisa me miró con cierta preocupación y me rogó:

-Cariño, por favor vete despacio… Ten mucho cuidado…

-Sí, mi amor, confía en mí. No te haría daño por nada en el mundo.

Traté de calmarla y seguí acariciándola. Ella reaccionaba al dolor que causaban mis persistentes tentativas de presión abrazándome firmemente y oprimiendo sus uñas en mi espalda. Sentí la punzante presión y me hizo esforzarme en aumentar la fortaleza en un empuje final, que obligó a mi miembro viril a arrasar a través de la membrana virginal y adentrarse en lo más hondo de los pliegues flexibles jugosos. En aquel instante, Felisa emitió un gemido y se aferró fuertemente a mí con una mano, mientas la otra agarraba una sábana con tal fuerza que las puntas de sus dedos desgarraron la misma. Un momento después, tan rápido como un flash, jadeaba de placer antes de alcanzar una especie de agitado éxtasis de deseo sexual al sentir mi pene, aún enhiesto, dentro de sus entrañas; ella pronunció algunos inarticulados signos de regocijo en su camino a lograr satisfacción plena, justamente antes de alcanzar su orgasmo… No pude esperar más tiempo: exploté dentro de mí, eyaculando profusamente mezclando nuestros jugos con algo de sangre extendida en nuestro sexo áreas y en la toalla de baño.

Permanecimos abrazados estrechamente un buen rato besándonos y disfrutando las consecuencias de nuestra primera experiencia sexual juntos...

Momentos más tarde, después de pasar por el baño, nos tendimos en la cama, agarradas de la mano y totalmente relajadas. Miré hacia Felisa: yacía a mi lado con sus ojos entornados, con aire sosegado, sereno y apacible; su resplandeciente rostro emulaba el reflejo de los rayos solares reverberando en las mansas aguas de un lago.

Daba la impresión de que nada material sería de interés para ella en esos instantes tan especiales, sólo el momento que estaba viviendo tan intensamente.

Cuando abrió los ojos pude comprobar su cara irradiando felicitad. Mostraba su rostro una gran sonrisa y exclamó:

-¡Te puedes imaginar cuánto te quiero, Andrea! ¡Acabas de colmar todos mis deseos! Ahora estoy preparada para lo que pueda venir.

-Yo también te quiero Felisa, y ahora después del paso tan íntimo que acabamos de dar, mi amor por ti es mucho mayor. Me has entregado tu virginidad, que es lo más preciado que una joven puede poseer. Cuando algo así sucede, el sentimiento y entrega no pueden ser más genuinos. Un especial privilegio que me fascina y nunca olvidaré.

A continuación me ladeé sobre ella y la besé; ella extendió sus brazos y me refugié en ellos; así permanecimos un buen rato, demostrando nuestro amor con suaves caricias y besos. Nada más importaba...

*

6

Felisa, antes de salir a cumplir con su primera cita, me pidió le aconsejara sobre mi experiencia relativa a la prestación de servicios en BM Escort a su clientela. A esta finalidad, preguntó:

-Escucha Andrea, ¿Podrías proporcionarme algún buen consejo que valga la pena considerar, para ayudarme a mejorar mis deberes a cualquier cliente de turno?

-Me pillaste desprevenida cariño, pero te diré en términos generales lo que yo hago. Primero: sé tú misma y muestra una buena disposición para complacer al interesado de la mejor forma posible que puedas. Hazle sentirse que es importante. El receptor del servicio te lo agradecerá, cuando él ve que tu tratas de satisfacer sus deseos.

Segundo: sé realista. Piensa que por ahora, este es el único empleo de que dispones, y no tienes otra elección que hacer un buen trabajo de ello. Tercero: deja a un lado cualquier otra consideración que te pudiera frenar en el buen desarrollo de tu ocupación actual, como inhibición, vergüenza, moralidad, cotilleo, etc. La simple verdad es que tú estás usando tu cuerpo y encanto para sobrevivir, evitando morir de inanición y privación; haciendo eso, no hieres a nadie, no robas, no incitas a la drogadicción.

-Gracias mi amor, intentaré poner en práctica tu filosofía pero, en el caso que me llegue a gustar demasiado mi nueva profesión, ¿Cómo evitar caer en sus redes en involucrarme permanentemente?

-Esa es una pregunta personal que sobre el papel parece fácil responder, pero en mi opinión encierra complejidad... Una contestación simple podría ser que si tu mentalidad está fijada en tales sentimientos promiscuos, probablemente no quisieras salir de la red. No obstante, creo que la respuesta correcta sería una combinación de actitud: buena disposición de ánimo para compartir la estimulación sensual y, aptitud:

habilidad e improvisación para generar un buen disfrute sexual. Aquélla debe ser positiva y ésta puede ser manipulada según te convenga.

-Por favor Andrea, suena un poco complicado lo que estás diciendo; ¿Puedes elaborar de forma más sencilla, concreta y práctica?

-De acuerdo Felisa: Debes ser astuta y muy cariñosa; eso te sacará del apuro. En lo que respecta al desarrollo del acto sexual, tú como toda mujer, gozas de recursos para sacarte ilesa del contratiempo. Todo depende de la forma sagaz que los uses. La hembra puede entregarse al varón sin ceder su libre personalidad interior. Si no tienes más remedio, o lo eliges así, puedes rendir tu cuerpo pero no tu mente; ésta permanece exclusiva potestad tuya y no puedes perderla, a menos que acuerdes cederla. Puedes encubrir coito con un hombre haciéndole creer a través de tu interpretación en el curso de la unión carnal, fingiendo que llegas a la culminación del orgasmo; pronto aprenderás la habilidad necesaria para aplicar el freno o restricción en un momento dado del acto sexual sin que tu compañero llegue a darse cuenta del engaño.

-Describiendo la diferencia en el recital sexual, el hombre normalmente es ardiente, impetuoso, apresurado y descuidado, mientras que la mujer es tranquila, calmada, metódica y más estable.

-Espléndido, Andrea. Y el hombre, ¿Es tan competente en simular orgasmo durante el transcurso del coito?

-Normalmente no, cariño. Como he dado a entender antes, La mujer ha aprendido a interpretar el papel de simulacro mejor, bien escondiendo o exagerando las sensaciones producidas durante la unión sexual. La razón pueda ser que ella esté psicológicamente mejor preparada para soportar el sufrimiento; por ejemplo: el hecho de parir le hace más fuerte mentalmente y resistente o adaptable a cualquier desgracia o situación adversa; también la creencia que desde los viejos tiempos, su rol en las relaciones sexuales ha sido sometido a los caprichos del varón, muchas veces en contra de su voluntad; estas dificultades y otras que tiene que sufrir en la vida, hace que una mujer agudice su ingenio para sobrevivir en un mundo de hombres.

Me tomé una pausa para sorber un poco de té, en la cafetería donde nos encontrábamos pasando algún tiempo antes de que Felisa tuviera que atender a su primera cita "profesional". No parecía sentirse nerviosa como me ocurría a mí en mi primera vez; de hecho ella exhibía una irónica sonrisa en su rostro cuando me recordó continuar hablando:

-Andrea querida, vamos; cuéntame más acerca de la conducta del hombre en el acto sexual. Pronto tengo que entretener a uno de ellos con mis servicios... Recuerda que sólo he tenido una maravillosa experiencia hasta ahora...

-Es verdad, mi amor – me tomé una pequeña pausa para sorber un poco de té, en la cafetería donde nos encontrábamos, luego continué-: Bien, el hombre por lo general comparado con la actuación de la mujer en el coito, demuestra más carencias en este sentido; su mayor fortaleza física y poderío, algunas veces le juega una mala pasada tendiendo a ofuscar su raciocinio, sutileza y natural trato de su pareja femenina; quién normalmente espera recibir algo como: atención total, adulación, estimulante conversación adornada con algo de humor. A él le pudiera ocurrir que no brindara el adecuado esmero que merece su compañera de cama. En tal caso, el varón se suele encontrar demasiado entretenido en consumar el acto sexual, a menudo con cierta torpeza de movimientos o precipitación; con el resultado de que la mente de la mujer permanecerá indemne y su libido intocable por el nirvana.

-Te agradezco mucho tus reconfortantes palabras, Andrea. Ya veo que has aprendido mucho por tu observación de la conducta humana; Reconozco que me has enseñado algunas reglas que espero recordar para poner en práctica cuando la ocasión se presente. Confío que encuentre gente interesante.

-Naturalmente mi amor, y cuando ello suceda, puedes tirar por la borda esas reglas de que hablas. A nadie le amarga un dulce...

Ambas no pudimos controlar la risa que mi respuesta produjo. Un poco después y aún sonriendo, Felisa se inclinó a un lado y me dio un beso; a continuación se levantó diciendo:

-Tus palabras me han proporcionado mayor seguridad. Nada malo me puede pasar; tengo suerte teniéndote. ¡Vales un Potosí! ¡Hasta pronto, mi amor!

Quedé uno poco abrumada por sus halagos. Seguí sentada admirando su alegre y silueta alejándose del restaurante. Me sentí sola sin ella. Me di cuenta de que la quería. Un par de lágrimas brotaron de mis ojos y suspiré:

-"Buena suerte, mi amor; te echo de menos..."

*

Al cabo de unos meses de la incorporación de Felisa, la actividad de BM Escort había incrementado sustancialmente. Resulta obvio que cuando la oferta de un popular placentero pasatiempo se aumenta, va unida una consiguiente proporcional equivalencia en la demanda de adeptos; no en vano está considerado como el oficio más antiguo del mundo. Ella se había adaptado al sistema sin mayores complicaciones, asumiendo su papel profesionalmente y durante la prestación de sus servicios, según me dijo, dejando a un lado cualquier escrúpulo o sentimiento que íntimamente nos vinculara en nuestra relación amorosa. De esta forma, en el ejercicio de su deber, desconectaba su mente en relación a nuestros escarceos amorosos y así facilitar concentrarse en su trabajo. Felisa gozaba de mi bendición en su ocupación; lamentablemente teníamos que ser prácticas, normalmente cada comienzo es difícil. Por lo menos la tarea nos mantenía juntas y disfrutábamos tremendamente de nuestro tiempo libre; considerábamos la temporal anomalía el medio para un fin.

A Felisa, siempre discreta, no le agradaba comentar acerca de sus relaciones proveedor/cliente; su innata prudencia y respeto a nuestra relación amorosa, le impedían proporcionar una detallada descripción de sus compromisos sexuales profesionales. En contadas ocasiones ella meramente solía referirse escuetamente a una conducta particular de una persona en una de esas citas.

Por mi parte, valoraba su reserva; consideraba importante no traer a casa "temas de oficina". Con excepción a esta regla en una ocasión, tomando café en el salón, ella deseaba decirme un par de singulares experiencias con clientes habituales:

-Cariño, en este negocio una no debe sorprenderse de encontrar cualquier cosa rara en el camino. He llegado a la conclusión que tengo que estar preparada para aceptar cualquier situación peculiar que se presente y tratarla de la mejor forma posible. Como nuestras huellas digitales muestran, todos somos únicos y poseemos diferentes características, por lo que nadie es idéntico a otra persona. Teniendo todo esto en cuenta, no pierdo el tiempo en visualizar de antemano la conducta de la próxima persona que vas a encontrar en una cita como las nuestras, aún cuando Pedro anticipe un bosquejo de la misma.

-Querida Felisa, encuentro práctica tu forma de actuar en tu trabajo; realmente soy de la misma opinión. Veo que puedes adaptarte muy bien a cualquier caso que se te presente. Estoy segura que eres capaz de demostrar suficiente paciencia y deseo de escuchar y agradar a tu cliente del mejor modo posible en cualquier circunstancia.

-Sí Andrea, trato de seguir en lo posible tu buen consejo. Me considero muy afortunada de estar aleccionada con alguna de tus experiencias; de lo contrario hubiera estado perdida en este terreno.

-Gracias mi amor. Ahora pienso que es hora de oírte contar tus dos historias.

-Aquí voy, querida: se trata de un hombre que raya en los cincuenta, de mediana estatura y constitución más bien fuerte, a juzgar por su ligera prominencia abdominal, entre otras cosas; cabello negro mezclado con pelo gris en las patillas, alrededor de orejas y detrás del cuello; pobladas cejas y ojos oscuros. Resto de facciones sin llamar la atención.

Normalmente muestra una seria y aburrida expresión sólo abandona en nuestros encuentros cuando alcanza alto goce sensorial; como si desesperadamente necesitara la terapia sensual para contrarrestar su carácter introvertido- llegado este momento, no pude evitar interrumpir interviniendo para comentar-:

-Es altamente sorprendente lo que un poco de humor, aplicado en el instante preciso, puede hacer para embellecer la comunicación. Ese recurso es algo como la salsa a una buena comida, que sin ella el alimento sería menos gustoso. Prefiero a una persona sencilla con un buen sentido del humor que a un monótono con buena presencia física. Para mi, el mejor camino a una satisfactoria conquista sexual es a través de ganar la mente de tu pareja…

-Estoy de acuerdo, Andrea. Justamente como lo hacemos nosotras, de la forma que nos reímos diariamente en el camino hacia nuestros ardientes encuentros… ¿No es así, amor mío?

-Claro que sí, Felisa. Tú eres un encanto para mí, dentro y fuera de la cama…, estoy loca por ti todo el tiempo, no hay lugar a dudas sobre ello, mi dulce amor…

- Es mejor que pares, cariño; Ahora no es el momento para eso. Te prometo una dulce y amorosa noche, pero no me desconciertes en este instante; estoy tratando de completar mi historia. ¿Dónde estaba? ¡Ah…! Ya sé:

-Su nombre es Felipe, o eso es lo que quiere se le llame. En cuanto a su indumentaria, normalmente porta un traje oscuro, pulcra camisa blanca, corbata tono grisáceo y relucientes zapatos negros. Su vestimenta le otorga un aspecto serio y aseado. Por otro lado, su conducta puede calificarse de prudente, reflejándose compostura en sus mesurados modales.

-Respecto a su actividad sexual, creo que echa en falta una adecuada imaginación por variedad de recursos; improvisación no es su punto fuerte. Prefiere dejarme la iniciativa en este campo; sin embargo, una vez iniciado el camino, se une a la fiesta con exaltación.

-Veo Felisa-injerí- que no te queda más remedio que usar tu imaginación para entretenerle... Tarea que no debe resultar fácil, supongo. Ahora dime: ¿Resulta su conversación interesante?

-No resulta un consumado parlanchín, sino parco en palabras; lo que sintoniza con su grave apariencia. Sin embargo su a menudo breves charlas tienen tendencia a ser amenas; en ellas algunas veces incluye referencias eclesiásticas y algún que otro aforismo. Es posible que pudiera ser un miembro de una iglesia Cristiana u orden religiosa de cualquier tipo, aunque el tipo de asociación conmigo contraste con ese principio o suposición. Sabe usar las palabra apropiadas en todo momento; creo que le gusta la forma en que presto atención a su elocuente dicción cuando me sermonea con algunas de sus máximas como: "< Dios es fuente inagotable de amor; lo perdona todo, porque la carne es débil. El acto sexual consentido entre dos seres no es pecado, meramente un sano disfrute. El hecho de conseguir placer de nuestros órganos sexuales en lógico e inevitable. Una vida de castidad, resultante de ausencia de excitación sensual y por añadidura exenta de pasión, no es una plena vida. Hoy en día, el poder de la Iglesia Católica, aunque todavía fuerte, nunca puede doblegar una persona con mente abierta, contra su voluntad. A medida que la ciencia avanza, muchos principios religiosos quedan obsoletos.>"

-Por lo que dices, suena como un hombre extraño e interesante al mismo tiempo- me atreví a sugerir; Felisa permaneció algo dubitativa y luego continuó-:

-A veces me pregunto cómo Pedro consigue algunos de los singulares clientes como los que me asigna en ocasiones. Es posible que aparte de sus amplios recursos sociales en que se mezcle, también se anuncie en algún medio de comunicación local; no me sorprendería en absoluto.

-Pedro puede ser imprevisible- añadí-, él no es una persona de una sola ocupación. Por otro lado, suele ser discreto en sus negocios.

-Bien Andrea, ahora deseo relatarte otro de los inusuales casos involucrados en mi reciente práctica sensual: Su nombre es... Raquel..., -breve pausa-. Comprendo por tu gesto de mueca que te has quedado sorprendida, al oír mencionar un nombre femenino. Sí mi amor, en mi opinión ella se comporta como una real dama: tiene cuarenta y un años y es viuda, atractiva, delgada, rubia natural, con ojos azules, sofisticada, extrovertida y obviamente..., lesbiana.

-Se casó muy joven con un constructor unos diez años mayor. De su matrimonio no hubo descendencia; pocos años más tarde adoptaron una hija que ahora se encuentra emancipada. Su marido murió hace algunos años de un ataque al corazón, dejándoles una extensa fortuna. Su tendencia lesbiana no se despertó hasta los últimos años de su vida conyugal.

-Suena excitante Felisa, por favor sigue.

-Bien, no hay tanto que contar, únicamente el contraste de la relación; pienso que no me parece apropiado extenderme sobre los detalles de nuestros encuentros. Mi participación en ellos es estrictamente profesional; no podía ser de otra forma. Me siento tan ligada a ti, que no deseo envolverme sentimentalmente con otra persona sea quien fuere.

Sus últimas palabras me hicieron levantarme y besarla y entonces repliqué:

-Lo sé cariño, a mí me pasa igual –expresé antes de que ella continuara;

-Volviendo al tema en cuestión, experimenté una especie de shock cuando recibí la notificación de nuestra primera cita con una mujer. Primeramente pensé en declinar el encuentro sobre la base de una clase de impacto psicológico sobre la posibilidad de que el nuevo caso, pudiera de alguna forma interferir en nuestra amorosa relación; pero pensándolo bien decidí seguir adelante con la citación, con la creencia de que nuestro amor es demasiado fuerte como para no preocuparse de cualquiera otra posible rivalidad, si la hubiera. Ya descartada esta consideración, acepté el nuevo reto puramente como una nueva transacción comercial -hizo un alto en el camino para encender un cigarrillo y después de exhalar el humo, manifestó-: una vez "roto el hielo" en el primer encuentro que tuvimos, sentí una favorable impresión en cuanto a sus buenas cualidades como mujer.

"Su compañía me cae bien, porque creo es una mujer sin complicaciones con una fácil y entretenida conversación. Despliega un aire de sensualidad que emana de su atrayente figura amplificada por su buen gusto y elegancia en el vestir. En este aspecto en una ocasión me invitó a ir de compras. Pude notar que atraía la atención de algunos hombres mientras andábamos visitando varias boutiques en un centro comercial. También es una mujer generosa: insistía en comprarme un bonito vestido que te enseñé, diciéndote que lo había comprado yo misma y así evitar una inconfortable explicación en aquel momento. ¿Es tarde para pedir disculpas por ese lapsus?

-Ni mucho menos cariño, eso fue una mentira cándida. Confío en ti plenamente.

Por favor sigue:

-La similitud con Raquel en cuestiones de placer sexual entre las dos sería ridículo para evaluar equitativamente; no hay posible equivalencia. El balance cae claramente a su favor. Ella desarrolla un extenso repertorio de sus habilidades en el amor carnal que dejaría a cualquier mujer ensimismada en sus demostraciones. Me ha dado buenas razones para cualificarla como una ninfómana erótica. Su habilidad en aplicar delicadamente su metódico muestrario de goce corporal, sin dejar nada a la imaginación, es notable. Se muestra intensamente envuelta en su tarea, transmitiendo un penetrante sentimiento de pasión tan arraigado que yo trato de copiar sus propios suaves procedimientos. En fin, su exhibición erótica excita mi apetito sexual hasta el punto de necesitar consumarse...

Una pausa fue creada por sí misma. Me dí cuenta que Felisa me estaba mirando. Permanecí callada y boquiabierta ponderando la intensidad de la parte final de su historia. Instantes después la vi sonreír y escuché su voz:

-Recuerda Andrea, que te preguntabas cuanto yo había mejorado en nuestros juegos bajo las sábanas y yo contestaba que estaba improvisando: ¡Ahora conoces la razón de ello...! -Ambas tuvimos que reír al unísono antes de replicar:

-Sí Felisa; estoy muy contenta por ello. Eres realmente magnífica.

-Gracias Andrea, contigo a mi lado el amor y la sensualidad fluyen fuertemente irradiando especiales sensaciones que colman mis sentidos. Tú eres lo mejor que pasa por mi vida. Me siento feliz de haberte encontrado. ¡Te amo profundamente!

-Tú sabes bien que también te quiero, mi amor. No te cambiaría por nada del mundo. Es una gran fiesta vivir juntos y cuidarnos la una a la otra.

Transcurrían los meses con relativa tranquilidad en BM Escort. El filtro de selectivos clientes continuaba funcionando bien, produciendo acomodados y mesurados usuarios. Como consecuencia, nuestro nivel de vida iba aumentando progresivamente. Podíamos permitirnos el lujo de comprar muchas de las cosas que antes nos estaban negadas, especialmente buena ropa de vestir más la oportunidad de ocasionalmente comer en restaurantes de renombre.

No obstante estas buenas noticias, Felisa y yo, valorábamos nuestra relación amorosa por encima de todo; por otra parte nos sentíamos preocupados, al faltar una mejor proposición, estar obligados a seguir haciendo nuestra lucrativa pero moralmente insatisfactoria ocupación. Sin embargo, nuestro constante mutuo cariño proporcionaba ánimo a nuestra tenacidad y paciencia hasta que afortunadamente, fuéramos capaces de encontrar una mejor oferta de empleo. Estábamos deseando fervientemente arribar a una aceptable solución a nuestro inconfortable apuro. Hacia este proyecto de cambio de trabajo, empleábamos la mayor parte de nuestro tiempo libre siguiendo mejorando nuestro aprendizaje del idioma inglés y de la electrónica.

Con referencia a Benito, él no tenía que experimentar ningún problema emocional como nosotras y era libre para disfrutar su papel de gigoló. Además de sus razonables ingresos, frecuentemente era invitado a asistir a algunas fiestas organizadas por alguna de sus agradecidas féminas clientas; algunas de ellas de cierta raigambre en la sociedad local. Sin duda su estrella le sonreía y él estaba complacido de dejarse llevar por su mágica atracción.

Sin embargo, en adición a esas prerrogativas, conociendo su inquieta mente, no me causó extrañeza alguna oírle decir un día que necesitaba nuestra presencia urgente; la razón era asistir a una reunión donde los tres debatiríamos sobre un importante proyecto que él tenía en mente. Él anticipó que la nueva aventura cambiaría el curso de nuestras vidas. Eso fue lo que nosotras esperábamos oír; la buena noticia nos dejó llenas de entusiasmo y esperanza de que cualquier fórmula que tendríamos que aplicar para establecer el negocio en cuestión, implicaría la certeza del abandono de nuestro presente empleo en BM Escort. Benito, en este punto, no quiso anticipar detalles del asunto por el momento; quería mantener el secreto por el tiempo presente, según manifestó; la razón era que tenía que atar cabos antes en algunos preparativos.

Dos días más tarde Benito nos contactó al mediodía, habiendo resuelto pequeñas dificultades que quedaban y comunicándonos el lugar de encuentro de la reunión. Había reservado una mesa para almorzar en un típico asador en las afueras de Madrid. Una hora más tarde conducíamos a lo largo de la carretera *La Coruña* hacia el lugar elegido. Lo pasamos muy bien en el viaje a nuestra convocatoria, conversando acerca de trivialidades y recordando nuestro pueblo y anécdotas pasadas, que nos hicieron liberar nuestras mentes de temas comerciales; esto último vendría más tarde. Al llegar al restaurante, nos acomodamos en la mesa reservada en una esquina y solicitamos algunos aperitivos, mientras esperábamos degustar el plato principal de cordero asado.

Benito se mostraba exultante, derrochando alegría y sintiéndose orgulloso; como si se tratase de hacer los honores de recibir a los invitados y actuando como si fuera el verdadero anfitrión, sin nada que escatimar; su natural generosidad quedó patente una vez más en la elección del vino tinto: *Rioja reserva del 89 (marca Marqués de Villamagna)* que se usó para escanciar con el suculento manjar. La opinión general fue que no habíamos saboreado nunca antes tan tierna y gustosa carne en su salsa natural: fue simplemente deliciosa. Asimismo la elección del vino resultó perfecto complemento al apetitoso asado de cordero.

Ocupábamos una mesa algo separada del resto, en un rincón del comedor, desde la cuál a través de un cercano ancho ventanal, yo podía contemplar algunos prados entre esparcidas casas rústicas y algún que otro chalet; más allá, entre manchas brumosas, se divisaba el verdoso sombrear de algunas choperas y en la distancia tierra de pastos y la ondulada campiña del lugar. A mí, me encantó el pintoresco, tranquilo y pacífico bello paisaje.

Durante un intervalo al final de la comida, pude comprobar como Benito admiraba el atractivo panorama bucólico con aire ensimismado, momentos antes de elegir hacernos partícipes de su secreto:

-Mis queridas colegas, esta puede llegar a ser una cita histórica para nosotros. Soy de los que creen que, poniendo en práctica cualquier sensata idea comercial, se puede conseguir algún que otro importante cliente que, a su vez, pueda acarrear más negocio, facilitando generar mayores ingresos –hizo una corta pausa para tomar un sorbo y prosiguió-: en el caso particular que nos ocupa, se trata de usar el boom que está adquiriendo Internet para tener acceso al mercado mundial. Con este propósito, he pensado crear una empresa, que con vuestro consenso y aprobación, puede llamarse *"BM Investments Consultants"* y registrarla en la red electrónica. El simple título puede ayudar a recibir consultas porque implica curiosidad y, a mi juicio, donde existe curiosidad se formulan preguntas. ¿Qué os parece la idea?

La proposición de Benito y la forma como la iba presentando, me sonaba a música celestial. Miré a Felisa, que permanecía en silencio y al parecer abstraída; observé sus brillantes ojos, boca abierta por la espectacular noticia recibida y rosadas mejillas, esto probablemente causado por los efectos del vino, claros indicios del estado de bienestar en que daba la impresión de encontrarse. Pensé que necesitaba algún tiempo para recobrarse, por lo que decidí contestar:

-Gracias Benito; esa es sin lugar a dudas la mejor noticia que nos puedes dar a estas alturas. Aunque no implica que recuperemos todavía la posesión de nuestro cuerpo para hacer lo que nos apetezca; al menos abre una puerta para alcanzar la solución pronto con un poco de suerte. Hemos conseguido realmente algo, porque nos da esperanza que a través de nuestro esfuerzo seremos premiados, usando nuestra capacidad mental para realizar otras cosas interesantes como tú sugieres. ¿No es así Felisa?

-Sí Andrea, ¡Apenas puedo aguantar la espera! ¡Estoy toda excitada por ello! Haré lo posible para conseguirlo pronto...

-Bien, todo está preparado –dijo Benito-. Vosotras sabéis que recientemente he estado almacenando en el piso el equipo hardware; procederemos con su instalación a fin de comenzar actividades lo antes posible; mientras, organizaremos el papeleo. Debo pediros tener paciencia por algún tiempo más; probablemente tendremos que llevar paralelamente las dos ocupaciones, hasta que nos consolidemos en la nueva profesión; en cuyo caso dispondremos de la oportunidad de dejar atrás el trabajo presente.

-Comprenderás Benito el gran deseo que fuerza a Felisa y a mí que urge desesperadamente a lograr el momento cuando podremos al final ser libres del actual insatisfactorio empleo. Hacia esta intención nuestra, como Felisa ha insinuado antes, vamos a unir juntos todos nuestros esfuerzos para estar realmente cualificadas para el próximo potencial proyecto profesional. Ambas creemos que nuestra situación en la ocupación presente es, poniéndolo fino, inadecuada considerando que estamos enamoradas la una de la otra. Ser capaces de salir de este entorno incómodo, nos proporcionará una mejor estabilidad emocional.

-Me doy cuenta de ello, mis amigas; mi trabajo, siendo básicamente el mismo, es mucho más atractivo… La razón, como bien sabéis es que no hay nada moral o por el estilo que me impida disfrutar de mi oficio…

-Tú eres un afortunado granuja, Benito interrumpió Felisa-; no hay comparación entre tú y nosotras. Estoy segura que te lamentarás cuando lo tengas que dejar, incluso por una mejor perspectiva de trabajo.

-Ciertamente Felisa, de cualquier forma, el repertorio de normas que aplico gusta a mi selecta clientela del círculo en que me muevo. La discreción es una de ellas, aunque no la más importante. Lo echaré de menos, como bien entendéis. Mi actitud es muy simple: Uno debe tratar a una dama como una reina; desvivirse por agradarla, adular su ego y atributos sensuales y disfrutar haciéndolo; de este modo atraigo su predilección y confianza; el resto viene fácil; veo amor y vida como una transacción: todo es cuestión de dar y tomar.

Se levantó nada más terminar su perorata, alzando la copa, tocando sus labios y, como si el acto fuera dirigido a sus recuerdos, cerró los ojos y vació el contenido de un trago, seguido por un ligero sonido perceptible al chocar la punta de su lengua contra el frontal de paladar al degustar con avidez el sabor de la última gota de vino.

-Sin lugar a dudas, eres un hombre atrevido y pragmático –dije-; te encanta la acción y tienes las ideas claras sobre lo que quieres. No tienes miedo de ninguna dificultad que pueda surgir en el camino. La vitalidad y aguante que muestras se contagia a nosotras; por otro lado, tu ambición por avanzar es ilimitada; espero que ese egoísmo no te haga perder los estribos. Recuerda que nosotras estamos en el mismo barco, así que actúa con cautela.

-Buen consejo Andrea, pero a veces uno no tiene más remedio que tomar algunos riesgos para poder alcanzar mayores metas en el menor tiempo posible.

Dudo mucho que una vida virtuosa me conduzca al triunfo financiero que persigo.

- Dejemos que la conversación adquiera tientes más ligeros –sugirió Felisa-. ¡Hagamos el presente aún más bello! No olvidemos que estamos celebrando la buena noticia que nos puede aportar en el inmediato futuro un cambio a otra profesión –y levantando su copa exclamó-: ¡Hagamos un brindis por ese deseo que tenga lugar pronto, y cuando suceda permitirá enterrar las complicadas experiencias del pasado…!

El liviano sonido del cristal al chocar, seguido de la ingesta del licor y la risa colectiva, hizo vivir el momento especial con intensidad, haciendo vislumbrar que algún día en el próximo futuro nuestras vidas estarían involucradas en un negocio más satisfactorio. El ambiente indicaba que estábamos preparados para dar el paso requerido; eso no importaba mucho en ese momento; estábamos disfrutando la nueva posibilidad que se nos abría. No obstante, recordé las pocas palabras de la melodía que canté cuando Benito me insinuó la idea de su proyecto:

-¿Qué será, será…? La vida te lo dirá…

La verdad era que continuábamos inmersos en el túnel, pero al menos podíamos visualizar una luz al final de él.

Un poco más tarde abandonamos el restaurante con la ilusión de un porvenir mejor ostensible en el semblante. Entramos dentro del vetusto coche y disfrutamos de algunos chistes durante en camino de vuelta a casa; No parábamos de reír y charlar, aunque el repertorio no impresionara; lo que me hizo pensar en el proverbio: *"Cuando el vino está dentro, el ingenio está fuera".*

7

No nos llevó mucho tiempo en instalar el hardware y demás mobiliario de oficina a fin de completar el despacho en nuestra empresa BM Investment Consultants.

El lugar de trabajo ocupaba la mitad del área del salón que daba al balcón, usando el resto como confortable acceso y atractiva antesala complementaria del mismo.

Considerábamos un sensato avance haber reorganizado la sala de estar de forma tan práctica como hicimos; nos hizo sentirnos orgullosos y nuestra confianza en nosotros mismos aumentó como resultado de ello. Para mí, fue como un sueño comenzando a formarse una realidad: Habíamos creado nuestra base de operaciones en casa, y tenía el presentimiento de que desde allí algo bueno saldría que nos conduciría al éxito. El tiempo lo diría.

Con toda probabilidad el único que echaría de menos la experiencia anterior sería Benito; su capacidad de activo donante de placer sexual a su harem disminuiría considerablemente; en este respecto tuve la osadía de preguntarle:

-Considerando lo que dejas atrás, ¿Crees tú que cambias a mejor? —Me di cuenta que recibió mi pregunta con perplejidad.

-No sé…, no puedo decir… Andrea. Tengo mis dudas. Este tipo de *"software"* que tenemos que usar en adelante no arrojará suficientes chispas para sentirme ardiente, como con el suave contacto de una sensual y fogosa dama…

No pude por menos que reír y acatar su exquisita respuesta.

-Comprendo Benito. Entonces, ¿Por qué lo haces? Tú no eres un masoquista.

-¡Por dinero, mi amor! Cuando posees riqueza, muchas cosas te salen gratis. La satisfacción que da el dinero toma prioridad a cualquier otro agradable sentimiento, exceptuando el de disfrutar de buena salud. Todas las demás consideraciones: gente, prestigio, amor, lealtad, interacción social e influencia, se rinden a su paso. Desde tiempo inmemorial, todo está en venta, de una forma u otra. Todo tiene un precio.

Sus palabras me dejaron anonadada; me dio razón para admirar su seguridad en sí mismo y personalidad; sus ojos brillaban al expresarlas…

*

Nuestra práctica de aprendizaje en el uso de la red informática estaba avanzando con normalidad. Nos habíamos fijado un tiempo de tres meses de ilustración en su entrenamiento, según las circunstancias lo permitieran, para adquirir práctica en materia comercial concerniente a la intricada contabilidad del negocio que intentábamos implantar.

Con este propósito en mente, nos asignamos algunos temas a ser investigados en profundidad y a través de ello, conseguir la experiencia necesaria en su estudio.

Benito escogió Propiedad Inmobiliaria, poniendo énfasis en contactar con constructoras y promotoras. Nuevas construcciones de complejos, urbanizaciones y bloques de pisos; solares y terrenos en venta. Investigar comisiones, formas de pago, financiación hipotecas. Estudiar normativas al respecto, gravamen imponible, notario y formalidades de registro de documentación.

Sus otras dos tareas adicionales radicaban en instruirse en el proceso de crear sociedades mercantiles y enterarse sobre impuestos locales; ordenanzas aduaneras sobre importación/exportación incluyendo fletes y facturación.

Felisa se especializaría en arte, principalmente en relación a antigüedades particularmente en pintura. Con vistas a desarrollar su conocimiento en este tema, asistiría a ventas por mediación de subastas públicas, además de visitar galerías de arte y exhibiciones del arte pictórico. Al mismo tiempo, ampliaría su información sobre el asunto, poniéndose en contacto con los apropiados marchantes de arte. Como deberes extras, siempre que fuera posible, estaría a cargo del mailing, archivo, publicidad en Internet, prensa local y facturación.

Por lo que a mí respecta, mis responsabilidades estarían en adquirir una buena experiencia en el complejo negocio bancario: tipo de cuentas incluyendo *"off-shore"*, intereses, cambio moneda, préstamos e hipotecas; transacciones financieras vía Bancos e Internet.

Mi otra ocupación se cuidaba del estudio del mercado de valores: inversión en Bolsa; vigilancia de cualquier variación de acciones de empresas consolidadas y otras más volátiles; estar al tanto de noticias de última hora, que pudieran influir en una posible tendencia alcista o a la baja de determinados títulos, por ejemplo: posibles fusiones, OPA, bancarrota y cambio del precio del petróleo. También ayudaría a Felisa con la facturación y otros temas de oficina, cuando fuera necesario.

Pronto nos pusimos manos a la obra; el ensayo resultó muy positivo, tanto que muchos días, a la caída de la tarde, solíamos reunirnos con vistas a intercambiar conocimientos de las distintas especialidades en que nos habíamos involucrado durante el día. Eso fue una buena forma para ampliar nuestro general conocimiento comercial.

*

Era un martes al mediodía cuando Pedro llamó al teléfono. Su voz sonaba más bien excitada, hablando deprisa, algo inusual en él. Con vistas a suavizar su confuso entusiasmo, hablé calmadamente tratando de frenar su incoherente lenguaje:

-Más despacio Pedro, ¿Te encuentras bien, querido? Tómalo con calma y clarifica tu galimatías. Esa forma de hablar no tiene ni pies ni cabeza.

-¡Ah…! Bien; lo repito poco a poco: ¡Hola Andrea, eureka! La pieza de caza está al caer. Esto puede ser el comienzo de una larga amistad…

-Es aún un enigma lo que estás tratando de decirme. ¿A qué juegas? –inquirí desapaciblemente.

-Sé paciente, Andrea. Eres demasiado joven para haber oído la última sentencia del film *"Casablanca"*-sentí en mis oídos una carcajada cuando terminó la frase-. Es posible que puedas recordar a *Humphrey Bogart*: un tipo duro que sabía cómo usar las palabras y que fue uno de mis ídolos. Sin embargo, tienes razón: hablé de la forma en que lo hice, porque quería despertar en ti una cierta curiosidad antes de comunicarte la buena nueva.

-Reconozco que sentí algo de curiosidad, Pedro; ahora por favor vete al grano, dejando a un lado el misterio.

-Entendido Andrea, ahí voy: existe un acaudalado individuo a quién suministré información sobre tu empresa BMIC hace un par de semanas. Esta mañana me ha llamado mostrando interés en conocer más a fondo los servicios que ofrecéis. Ha visto vuestra *Website* en Internet y ha solicitado mi mediación para fijar una cita con la dirección de *BM Investment Consultants*. Respecto a este requerimiento, me gustaría pasar por vuestro despacho para ampliar detalles y suministraros de antemano algunos datos del solicitante.

-¡Por fin…! –Exclamé al tope de mi voz-. ¡Es una gran noticia, cariño! ¡Por favor, ven cuanto antes! Te esperamos con los brazos abiertos. Tú eres un importante miembro del negocio de la empresa, que haces posible su desarrollo comercial; por esta razón tu ayuda es indispensable.

-Eres un ángel, Andrea. Sabes muy bien cómo adular; sigue por ese camino y llegarás lejos. Te veré más tarde, encanto. ¡Salgo rápido para allá! -Colgó y con una sonrisa de oreja a oreja me levanté volviéndome hacia Benito, que había estado siguiendo mis emocionales expresiones en el teléfono.

-¡Aquí vienen grandes noticias! Pedro está de camino ahora a nuestra oficina –dije-. Piensa que ha encontrado un cliente potencial para nosotros. Quiere hablar sobre ello –un clamor general se generó en la sala.

-Tengo un tío que vale un Potosí –comentó Benito que se levantó y se aproximó más cerca de mí-. Nunca para de sorprenderme el éxito que consigue en el variopinto mundo en que se mueve.

-Él abunda en carisma y alguna gente queda prendado de su magnetismo social –mencionó Felisa sin dejar de atender al mailing-. Esta faceta debe ser una cualidad familiar, ¿No es así, Benito? –se irguió un poco como si provocara y esperar oír el posible vanidoso comentario al respecto, lo que hizo en su acostumbrada forma replicando:

-Gracias Felisa, por observar eso en mí. Esos atributos importantes están implantados en el círculo familiar, como podéis comprobar cada día por mi natural encanto que expreso…, -nuestra estrepitosa risa por su audacia fue difícil parar; para apaciguarnos, recurrió a mover las palmas de la mano arriba y abajo en ademán conciliatorio para restaurar la calma-. Bueno niñas, volviendo al negocio, como el adagio dice: *no vendas la piel del oso hasta que le hayas cazado*. Disponemos solamente de conjeturas y esperanza. Sugiero volver al trabajo mientras seguimos esperando…

Después de media hora más tarde, Pedro llamó a la puerta. Felisa abrió y nos apresuramos a abrazarle y felicitarle por el éxito de su posible cliente; luego pusimos los asientos juntos formando un círculo, para seguir más de cerca su informe sobre el importante asunto en el que nos tenía que dilucidar. Sin dejarse rogar, comenzó su exposición que resultó ser larga y trascendente:

-El individuo en cuestión es un ciudadano ruso; el dice que su nombre es Nicolái Bochkov; un hombre de unos cincuenta años, ligeramente por encima de mediana estatura, corpulento aunque no en exceso; ojos oscuros y anchas facciones; su cabello oscuro es espeso y algo canoso en las patillas y detrás de las orejas, lo lleva corto. El porte grave y solemne, se manifiesta aún más por una depurada forma de vestir que tiende a favorecer su aparente aire de respetabilidad. A primera vista, en mi opinión, puede dar la impresión de que saca mucho placer de su acostumbrada representación como un importante empresario. No obstante, no parece ser persona extrovertida, sino más bien reticente y calculadora. Por otro lado, debo manifestar que encuentro su conducta social muy bien mesurada; al menos en las ocasiones que Gustavo y yo hemos coincidido con él; en este respecto, hemos observado que se esmera en ser cortés.

-Con referencia a mis pesquisas a tratar de inmiscuirme en su ocupación profesional, debo admitir que he fracasado miserablemente en obtener algo, que no deseara él mismo comunicar voluntariamente. Respecto a su interés con BMIC, supongo que le interesa establecer una relación comercial, que permita a su compañía recibir los servicios y materias que pudiera estar buscando de acuerdo a los objetivos de su empresa. Me ha pedido que prepare una cita donde podamos señalar y exponer el surtido de servicios que BM Investment Consultants maneja, por si se presentara la posibilidad de crear un vínculo de asociación entre las dos compañías. A esta finalidad, sugiero que nos concentremos en convocar la reunión tan pronto como sea posible para yo informarle de ello. Puedo prever que si la oferta de servicios que se muestre en la reunión resulta de su agrado, tendremos la oportunidad de atraer su interés y oírle explicar sus necesidades comerciales. En cualquier caso, es de la mayor importancia causar una buena impresión durante la presentación del producto BMIC a nuestros interlocutores. Vosotros sois los expertos y debéis estar bien preparados y ensayar de antemano todos los asuntos asignados a cada uno. Recordad que tendréis enfrente de vosotros el cliente idóneo y una buena gama de productos para ofrecer; la sola cosa que queda es probar que también tenéis la capacidad y habilidad para impresionar a vuestros potenciales clientes, usando vuestro propio conocimiento e ilustración oral acerca de la aplicación de cada servicio a vuestra disposición.

-¡Ah…! Lo siento, se me olvidaba: suele ir acompañado por su compatriota Seguéi Spasski, un hombre un par de pulgadas más alto que él; su edad alrededor de treinta y cinco años; un tipo robusto, de ancho pecho y fuertes brazos dando la impresión de que está físicamente en buena forma, probablemente como resultado de frecuentes ejercicios en el gimnasio y la práctica de cualquier otro deporte; pelo rubio y prominente mentón; le gusta observar en lugar de hablar mucho, como si deseara ocultar un alto secreto. Tiene claros ojos saltones que pueden producir una clase de escalofrío cuando te mira, unido al hecho de que sufre un tic nervioso al lado del ojo derecho y cuyo intermitente parpadeo le torna todavía más enigmático. Me resulta incómodo pensar verle enojado…

¡Excelente sinopsis tío! –Exclamó Benito-. Has hecho un buen trabajo introduciendo a los rusos a nuestra organización si alcanzamos un buen acuerdo con ellos. Por ahora todo lo que queda por hacer es concentrarnos en el asunto y fijar la fecha del lugar del encuentro. Necesitaremos al menos un par de días de antemano para preparar la agenda para la reunión y ensayar su contenido; de acuerdo con esto, el mitin se puede preparar dentro de tres días, quiere decirse lo más pronto, el próximo viernes, su comienzo hacia las 11.00 horas. El lugar lo dejo a la elección de mi querido tío.

-De acuerdo, antes tendré que ponerme en contacto con Mister Bochkov para informar la fecha y la hora que hemos propuesto; el lugar de reunión podría ser una sala del hotel donde trabajo. Os tendré al tanto del resultado.

-¡Bien hecho Pedro! –Gritó Benito-. Te alabo por la afortunada oportunidad que nos has presentado. Ahora vamos a hacer un descanso y tomar unas cervezas con tapas para celebrar tan especial ocasión; después retornaremos a nuestro despacho: tenemos mucho trabajo que realizar a fin de estar preparados en la gran tarea que tenemos enfrente de nosotros, lo que es una buena señal…

-Benito –dije ya en el bar-. Disfrutemos del momento una vez más; nos sentimos muy entusiasmados acerca de todo esto. Estoy comenzando a tener una buena premonición que las cosas pueden tornar mejor pronto. Hasta la fecha el camino para llegar aquí no ha sido particularmente fácil. Presiento que esa vía está llegando a su final. Brindemos por ello…

La reunión tuvo lugar, como sugirió Pedro, el siguiente martes a las 11.00 horas, en el hotel donde estaba empleado. La razón del retraso, según indicó Pedro, fue debido a que el señor Bochkov tenía la costumbre de jugar al golf cada viernes y algunos lunes. Al mismo tiempo también anunció que el contingente extranjero estaría formado por una delegación de cinco personas; además de hablar en inglés, tres de ellos podían conversar en el idioma español.

El posponer la reunión nos benefició, porque nos permitía más tiempo para repasar las materias y preparar los puntos de la agenda que se presentaría en el mitin; estos cubrían los servicios que nosotros considerábamos fundamentales para ser incluidos, y los cuáles habíamos estudiado con profundidad con vistas a adquirir conocimiento técnico y práctica; Tales temas aparecían reseñados en la lista del programa con un corto resumen debajo de cada materia señalando escuetamente el potencial comercial de su implementación.

Nos presentamos media hora más temprano el día de la cita y así ultimar preparativos *in situ*. La espléndida sala de conferencias contenía rojo alfombrado y varias piezas de mobiliario clásico a los lados de las paredes, incluyendo un viejo reloj de pared. En el centro se hallaba ubicada un amplia mesa ovalada de caoba en similar estilo y a su alrededor nueve sillas, con asientos y respaldos tapizados, que hacían juego. Encima, desde el techo colgaba un valioso candelabro; la pared del fondo, exhibía un ancho espejo, enmarcado en dorado, donde se reflejaban la mayoría de los objetos y muebles que contenía la estancia; aproveché esta circunstancia para elegir una apropiada posición para colocar mi dossier al lado de mis colegas; desde la cuál pudiera poner en práctica una especie de simulacro de observación o espionaje sobre cualquiera de las señales "ocultas" de nuestros interlocutores, si las hubiere.

A través de los dos balcones de la sala, engalanados con atrayentes transparentes visillos, pude entrever débilmente algunos magníficos edificios bordeando la gran plaza y ancha avenida por la que circulaba abundante tráfico.

Algunos minutos antes de la hora prevista para empezar el mitin, el grupo ruso llegó acompañado por Pedro, que comenzó introduciendo al jefe del clan: Mister Nicolái Bochkov. Él esbozó una amplia sonrisa al estrechar manos con nosotros. Luego él presentó al su segundo: Mister Sergéi Spasski, quien no sonrió tanto como su jefe. A continuación Pedro nos presentó a Mister Peter B. Delgado, un letrado y socio principal de un bufete de abogados con oficinas en Gibraltar y Marbella. Haciendo honor a su apellido, era delgado pero no parecía ser frágil o persona delicada, ya que usó una fugaz pausa introductora para introducir su gracia y dinamismo personal. Además era alto y bien parecido; sobrepasando los treinta años, ojos oscuros y cabello largo del mismo color, bien cuidado. Vestía un traje gris claro con chaqueta cruzada, camisa rosa pálido y corbata con finos adornos y fondo color *Bourdeaux*. Pensé que su apariencia resultaba a todas luces elegante. Adicionalmente, a causa de su afable expresión imaginaría que sería una persona sociable. Además era bilingüe en inglés y español. Me dio la impresión de encontrarme ante un individuo seguro de sí mismo y calculador.

Seguidamente Pedro nos introdujo a Nadia Yezhova, una esbelta y linda joven de veinticuatro años —edad que más tarde descubrí-; alta, cabellera rubia natural a la altura del hombro y su delgada figura de porte elegante; su traje de chaqueta con falda suelta acentuaba el azul claro de sus ojos; completaba el atuendo una blanca blusa transparente talla ancha ligeramente entreabierta arriba, sostén blanco, medias, zapatos y bolso en color marrón claro. Actuaba como Ejecutiva de Dirección. Tenía un buen conocimiento del idioma español y habituada al lenguaje inglés. Sin duda tenía un aspecto espléndido; Benito, a mi lado, no pudo reprimir un suspiro de admiración que no pasó desapercibido, a juzgar por la sonrisa recibida.

Por último, introdujo a Mister Igor Kiril, un joven de unos veintiocho años, alto y fornido, con un poco de sobrepeso para su edad; Pelo corto y rubio, ojos claros; contorno facial algo protuberante en partes, como mentón y nariz. La buena forma del armazón del torso, me dio la impresión que pertenecía a un exitoso atleta. Él practicó su aprendizaje coloquial del idioma español en Cuba, como un miembro del personal de la Embajada Rusa. Sus deberes eran principalmente como ayudante de Mister Spasski en asuntos de seguridad y organización comercial. Cuando le estreché la mano, la mía quedó aprisionada en su ancha y musculosa palma, lo que hizo encogerme un poco; gracias que sólo duró un momento hasta que relajó la presión. Me prometí que nunca más me acercaría demasiado a él.

Una vez que las formalidades de presentación terminaron, procedimos a ocupar nuestros asientos. Advertí que el señor Bochkov estaba flanqueado por el señor Delgado, a su izquierda y señorita Yezhova a su derecha; al lado de ella el señor Spasski y el próximo el señor Kiril. De esta forma, los menos duchos en el idioma español: Bochkov y Spassky, podrían ser fácilmente informados por sus compañeros inmediatamente durante la presentación de los productos, subsanándose cualquier posible interpretación equivocada.

Todo estaba preparado para comenzar exponiendo las actividades de nuestra compañía y servicios inherentes; todos los puntos insertos en la lista de la agenda del sumario en inglés y español, provista a cada miembro de la delegación rusa, para facilitar su seguimiento en la exposición.

Benito abrió el simposio y después de una explicación preliminar referente a la instalación del hardware del equipo de medios informáticos en nuestras oficinas, se metió de lleno a describir sistemáticamente lo que implicaban los tres primeros puntos, incluidos en el programa del mitin, en términos de la complejidad del trabajo en sí y consecuencia comercial.

Hablaba con claridad, despacio, mayormente en español pero cambiando al idioma inglés en los puntos fundamentales de su disertación. De vez en cuando hacía una pequeña pausa, porque se quería asegurar que todos entendían el significado de lo que estaba diciendo. El letrado interrumpía con frecuencia preguntando por aclaración de algunos puntos que él creyera aparecer confusos o dudosos, a algún miembro de su grupo, o bien para reafirmar el entendimiento ruso del mensaje recibido; en circunstancias como estas, Benito pacientemente suministraba las correspondientes respuestas en su mejor inglés.

Era evidente que nuestros interlocutores asistían al mitin con la intención de enterarse de la variedad de servicios que nuestra empresa ofrecería; no había duda sobre ello, eso estaba siempre sobre la mesa; Desde mi aventajada posición, ayudada por el espejo, seguía atentamente cualquier gesto insinuante, señal y movimiento corporal indicativo de subrepticio aviso entre alguno de ellos; en algunos casos, me di cuenta que el guiño del ojo de Spasski llegaba a ser más agitado que de costumbre cuando escribía algunas anotaciones. Quizás esta simple acción fuera un signo de que el tema en cuestión le interesara. En cualquier caso el que llevaba la carga tomando notas era la bella Yezhova, que nunca cejaba en presionar las teclas de su ordenador portátil. Respecto al Jefazo Bochkov, cuando la necesidad lo requería, con apenas perceptible movimiento de su brazo izquierdo, tocaba el codo del letrado Delgado, instándole a preguntar sobre el último comentario o explicación, lo que éste hacía con diligencia.

Finalizada la intervención de Benito, se dio paso al receso de veinte minutos, previamente fijado, durante el cuál se sirvieron snacks y *cava Chandon* por el personal del hotel. Este programado receso fue realmente muy saludable para nosotros y Pedro, como organizadores del evento; sirvió para romper el hielo con nuestros potenciales clientes y comprobar sus iniciales reacciones a lo que habían escuchado hasta el momento. No dijeron mucho acerca de ello a cualquiera de nosotros, prefiriendo el disfrute de la bebida y sándwiches; no obstante, Pedro me mencionó que estaban satisfechos con lo que habían oído por boca de Benito. Este comentario me estimuló sobremanera, así que tuve el valor de pedir otra bebida; el trago extra no alteró mi determinación de realizar un buen trabajo en mi turno de intervención para hablar que se estaba aproximando. Tenía los pies bien puestos en el suelo cuando retorné a exponer mis temas desde mi asiento.

El estado de confianza que me embargaba, había sido fortalecido durante el descanso, animándome a comenzar mostrando una amplia sonrisa a cada uno de los ciudadanos rusos, que a su vez reciprocaron; posiblemente cogidos por sorpresa. Esta simple estratagema me permitió vía libre para desarrollar mi propia forma particular de explicar las materias asignadas a mí y con las cuáles había adquirido cierta experiencia.

Según seguía hablando, noté que mi instrucción fluía sin dificultad alguna, basada en su práctico aprendizaje en los últimos días; no era un trozo de pastel enseñar o debatir sobre complejas e interesantes materias mercantiles y bursátiles como Bancos y *Stock Exchange*, donde no era aconsejable especular; me concentré en ser pragmática acerca de ello, sin dejar nada a la improvisación sino simplemente aplicando las reglas; elaborando en algunas de sus múltiples aspectos de actividades financieras en las que mi audiencia se encontraría familiarizada con su uso, como invertir en acciones, comprar y vender stock, depósitos bancarios y cuentas de ahorro, crédito e intereses préstamos, transferencia bancarias y transacciones electrónicas comerciales, hipotecas, etc.

En la cuestión de transferencias considerables de dinero entre países, aconsejé se comprobara si había restricciones monetarias a tener en cuenta; en este tema tuve que contestar un par de preguntas del grupo ruso. No hubo apenas interrupción en el resto de mi exposición, lo que me hizo sentir que mi mensaje conectaba con la audiencia. En cualquier caso, la esbelta Yezhova empleando su tiempo tecleando en su portátil computer; esto parecía ser una buena señal.

Sabía que Felisa había estudiado en profundidad sus asignadas materias comerciales, especialmente pinturas antiguas. Su turno de intervenir seguía al mío para exponer su aprendida experiencia. Pronto me sentí impresionada por la forma fácil y fluida que lo estaba haciendo; no parecía nada nerviosa o dudosa sino completamente segura describiendo sin aparente esfuerzo las distintas épocas y estilos de los principales Artistas de las obras maestras, explicando meticulosos detalles de la diferencia. A primera vista, tuve la sensación de estar escuchando a una experta en la materia. Detalló un cronológico resumen de los períodos artísticos entre los siglos XV y XX: *Renacimiento, Barroco, Rococó, Neoclasicismo, Romanticismo, Realismo, Impresionismo, Pos-impresionismo, Fauvismo, Cubismo, Expresionismo y pintura Abstracta.*

Desde mi posición pude atestiguar la atención general prestada siguiendo su disertación. Igualmente debo añadir que su actuación resultó brillante, a juzgar por el espontáneo aplauso recibido al final de su plática. Ciertamente me había emocionado su exposición.

Al término del simposio disfrutamos de una animada charla coloquial, hasta que el señor Bochkov decidiera el momento de partir; Agradeció en nombre de su grupo la información recibida que, según manifestó, sería estudiada en profundidad y después de ello, nuestra empresa sería contactada al respecto. La despedida resultó todo lo formal y cortés que correspondía a un encuentro sobre asuntos de negocio.

Una vez solos, nos sentamos a valorar el grado de interés que nuestros servicios hubieran acaparado en el grupo ruso. Teníamos la impresión que nuestro colectivo mensaje de las actividades comerciales a nuestra disposición y, disponibles para ofrecer, habían resultado positivas. Habíamos hecho el trabajo lo mejor que pudimos; ahora la pelota estaba en el corral ruso, y esperábamos que pronto oiríamos de una forma u otra.

-La forma como habéis presentado los temas comerciales –comentó Pedro-, me hizo sentir positivas vibraciones. Estos rusos tienden a ofrecer una inescrutable fachada pero, ¿Quién sabe…? Seamos realísticos; los tres de vosotros habéis presentado una variada gama de posibilidades comerciales. Creo que entre esa serie de oportunidades de servicios presentados, algo ha causado un impacto sólido en su ambición empresarial que les haga morder el anzuelo.

-Tengo la premonición –aventuró Felisa-, que hoy hemos sembrado las semillas donde próximamente pueda germinar el éxito comercial que todos esperamos. Esa es la mayor esperanza que embarga mis sentidos.

-Tuve tiempo de observar a nuestros visitantes –intervine-; Sus ojos permanecieron alerta: vigilantes y atentos siguiendo el desarrollo de la conferencia. Para mí, esta faceta para no perder nada en la presentación de los productos, les hacía vulnerables en su acostumbrada imperturbabilidad. Esto me dio el presentimiento que habían encontrado, allí y entonces, algo en que estaban interesados. Imagino que muchas de nuestras dudas se aclararán pronto. Apuesto que así suceda.

-Normalmente todos los comienzos son difíciles –dijo Benito-. No obstante, si perdemos esta vez, debemos continuar intentándolo. Hemos demostrado que somos un fuerte equipo; nada nos impedirá de alcanzar el éxito; disponemos de los medios y el personal idóneo con el valor y hambre de progresar. Nunca duden de eso.

Las últimas palabras de Benito nos motivaron aún más si cabe. Nos sentíamos contentos con nuestra contribución personal a la causa común de avanzar. No había nada más que hacer en la sala de conferencias; así que recogimos la documentación que habíamos estado usando y, acto seguido, abandonamos el lugar con semblantes sonrientes.

*

No tuvimos que esperar mucho tiempo: cuatro días después, por la mañana temprano, nos invitaron a asistir a un mitin privado el mismo día, a las 11.30

horas, en una suntuosa estancia del *Hotel Ritz,* reservada para reuniones especiales. La noticia despertó entre nosotros un sentimiento de gran expectación. Una vez en el hotel, me impactó el clásico estilo exhibido por doquier; hay mucho mobiliario época *Louis XV* en lugares estratégicos; haciendo juego con la elegante decoración y otros adornos metálicos dorados, como candelabro, lámparas y meritorios marcos de valiosos espejos. Otra sobresaliente obra que me atraía contemplar era el trabajo manual empleado en la elaboración de la inestimable y gruesa alfombra desplegada por salas, corredores y habitaciones.

Los cinco miembros del grupo ruso nos habían recibido con extrema afabilidad. El *maître-d'hôtel,* acompañado de un par de camareros, los tres pulcramente uniformados, se presentaron al grupo trayendo el mueble auxiliar con ruedas, cargado de la parafernalia de: bebidas, snacks, café, vasos, cubiertos y vajilla, incluyendo un cubo de hielo con una botella de cava.

Después de habernos servido los aperitivos y bebidas solicitados, el maître colocó la camarera en un rincón de la sala, para uso ulterior, y con los empleados se despidió, abandonando el local. Me sorprendió la forma peculiar en que había comenzado el mitin, por un instante saqué la impresión de que se trataba de una reunión informal. Pedro, sentado al lado mío, susurró que era inusual iniciar una importante negociación comercial como la nuestra con tal relajante intervalo nutritivo; sugirió mantener los ojos bien abiertos en caso de alguna inesperada eventualidad surgiendo durante el debate. Por mi parte, me agradó la iniciativa del comienzo tan estimulante. Más tarde me enteré que muchos varones rusos beben cerveza a la hora del desayuno, de donde provenía su idea tan innovadora.

El señor Bochkov empezó su intencionada concisa apertura de exposición, pidiendo excusas por tener que expresarse parcialmente en inglés y en español por obvias razones de limitación del lenguaje local; manifestó despacio que su grupo había estudiado a fondo las propuestas de servicios por parte de BMIC, detalladas en nuestra reunión anterior. Mencionó también que les habían causado una favorable impresión la serie de los servicios presentados porque la mayoría de ellos coincidían con sus expectativas. A este respecto, llegó al punto de ofrecer, en principio, lo que semejaba un acuerdo de contrato con BMIC por un período de prueba de seis meses. Su abogado señor Delgado, prepararía el necesario papeleo en el que estaría incluida una cláusula extendiendo el contrato por un año más, a conveniencia de ambas partes en el negocio. Si los términos de esta oferta eran aceptados, la operación conjunta estaría prevista comenzar el primer día del próximo mes, o sea dentro de diez días.

Al final de su breve pero transcendente comunicación verbal, el señor Bochkov nos entregó una copia, sin firmar, del sumario con las especificaciones contractuales y normas a reglamentar su proposición comercial. Seguidamente, presentó como portavoces a los miembros de su equipo para explicar el *modus operandi* de su proyecto.

Nadia Yezhova expresó, entre otras cosas, que su grupo con intereses en negocios internacionales, estaba buscando una empresa que pudiera representarles y actuar también en la capacidad de testaferros en sus negocios en España. BMIC podría cumplir este objetivo, teniendo en cuenta sus propuestas; en cuyo caso su corporación invertiría el capital requerido en las transacciones comerciales previamente acordadas.

BMIC recibiría las correspondientes comisiones de acuerdo con el gráfico de progresión de tarifas y precios; cualquier extra remuneración, si aplicable, se tendría en cuenta la naturaleza o envergadura del negocio y cuantía implicada a la hora de recompensar. Me sentí emocionada al oír su final declaración, implicaba financiar toda la operación. Pensé en ese momento, que todos nuestros esfuerzos no habían sido en vano para ayudarnos a llegar hasta allí. Esa maravillosa noticia sonaba a música celestial.

Lo que mi mente interpretaba, era el hecho de que nos ofrecían poseer la llave para abrir la puerta que conducía a nuestra independencia económica. Apenas pude creer lo que veía; miré a mis compañeros tratando de ocultar mi excitación con una mera sonrisa; sus ojos brillaban, quizás de pura ambición al considerar la próxima prosperidad implicada en nuestras vidas, como resultado de tal asociación comercial. Agaché la cabeza y me fijé en la copia de Bochkov, pero no pude leer; mis pensamientos estaban en otro lugar: visualizando las riquezas que hasta la fecha habían estado fuera de nuestras garras. Estaba viviendo un sueño despierta pero, con algo de pena y volviendo a la realidad, tuve que abandonar pensar en *el cuento de la lechera*...

Igor Kiril, habló básicamente sobre conductas profesionales en una sociedad comercial; lo que su grupo esperaba obtener de BMIC: Después de tres meses de operación y consolidación, una fluida relación asociativa comercial; absoluta dedicación a conseguir la meta de objetivos fijados, sin interferencia de extraños, lealtad y discreción comercial. Todo esto implicaba de después del ensayo, conjuntando formas de proceder del consorcio, de tres meses hubiera finalizado, BMIC tendría que dedicarse a atender exclusivamente los asuntos de los mutuos intereses económicos de la sociedad, con la venia de la dirección rusa. Si, como esperado, todo continuaría funcionando con normalidad durante el siguiente período de tres meses, el contrato sería prorrogable por un año según planificado.

Pedro B. Delgado, sintetizó la oferta de su compleja área consultiva como abogado del grupo ruso. Su oficina actuaría como intermediario, consejero, y controlador partiendo de asuntos legales y formalización de contratos, y misceláneos deberes como crear asociaciones mercantiles, si fueran necesarias; temas administrativos, *aduanas & excise* e impuestos locales, además de estar abierto a consultas y mantener mutuo enlace con BMIC para facilitar el fluido progreso de sus transacciones comerciales.

Al final, la conformidad a todo lo que se había hablado durante el mitin que había tenido lugar inmediatamente antes, podía verse en nuestros sonrientes rostros. Nuestros anfitriones nos sorprendieron con una invitación en el restaurante *Goya*, dentro del hotel. Ciertamente era un privilegio para mí, ser cortésmente servida en tan selectivo comedor y un lujo participar en el singular convite. Si ellos sentían que aún mantuviéramos cualquier duda sobre la importante oferta que nos pusieron sobre la mesa y necesitábamos convencimiento, a la hora de ordenar pedidos gastronómicos, nos recomendaron elegir lo más caro de la carta. Los manjares seleccionados deleitaron el paladar. Costosos vinos hicieron que la comida resultara aún más deliciosa; no creía que los rusos fueran expertos en vinos, ellos solamente ordenaban los más altos precios, en la especial circunstancia; con este sistema de actuar nunca se equivocaban.

Los brindis se sucedían intermitentemente generando más y mas cordialidad entre los participantes; el vino nunca está lejos de un buen acuerdo: el generoso resultado de la ingestión del mismo, permite que los participantes en el banquete

Conversen con espontaneidad, dejando atrás sus individuales antecedentes o estatus social. De forma similar afecta a las despedidas: tienden a ser más bien efusivas, como si los individuos que dicen adiós tuvieran una duradera relación de vecindad. Al salir de esta clase de orgía, tuve la sensación que un nuevo período de bienestar estaba apareciendo en nuestras vidas. Me encontraba exultante pensando que el grupo ruso nos acababa de presentar una excelente proposición que, en nuestra precaria situación, no podíamos rehusar. Después de alzar nuestras manos al salir en sus coches, decidimos caminar por el *Paseo la Castellana*. Nos reíamos incontrolablemente, felicitándonos uno a otro y mostrando nuestro asombro por las maravillosas noticias que habíamos escuchado. Andábamos seguros de nosotros mismos con la certeza de que nuestro inmediato futuro comenzaba a resolverse pronto; dejando a la imaginación imbuirse en especular altamente acerca de nuestra incipiente afluencia, aunque sonara desproporcionada en nuestra ruidosa amigable celebración.

-Uno puede acusar al vino por tales exageraciones, en el caso de que no se realicen de acuerdo a nuestras expectativas –comentó Benito-. Es importante tener sueños cuando nos sentimos llenos de confianza; ello significa que estamos vivos y deseando llegar a la meta: ¡El cielo es el límite!

-Es verdad, querido tío; es así como nos sentimos. No puedo esperar a comenzar operaciones. Estos rusos apestan a dinero y me encanta el olor que desprende. Debemos estar de acuerdo ya con sus condiciones e informarles tan pronto como sea posible. Me gustaría escribir hoy mismo aceptando sus propuestas.

-¡De acuerdo, hazlo! –Replicó Pedro-. Me ofrezco a entregar el escrito a mano. El próximo viernes su Embajada da una recepción, a la que Gustavo y yo estamos invitados.

-¡Caramba, tío! ¿Eres una especie de espía, o algo por el estilo? Espero que no causes cualquier incidente diplomático pasando un escrito.

-¡Oh no…! Nada de eso; El señor Bochkov quizás se sienta en deuda con nosotros; además la entrega será discreta, precedida por una sutil explicación verbal.

-Nosotros no pretendemos que nos desveles tus sórdidos secretos –dije provocativamente-. Es muy posible que tú estés ocultando una embarazosa disoluta vida pero, ¿Quién no tiene guardado un esqueleto en el armario?

Pedro exhibió una sonrisa sardónica y no quiso contestar; pero Felisa intervino:

-¡La carne es débil, amigos! Esta deficiencia parece ser una de las mayores razones causantes del origen y encubrimiento de cualquier secreto. Me atreví a interrumpir para tener la oportunidad de recriminar lo dicho por mi pareja Andrea.

-¡Mi querida Felisa! ¿Cómo puedes filosofar tan fácilmente, cuando hemos estado bebiendo tanto?

-Cariño, solamente para tratar de verificar el refrán: *los niños y los borrachos siempre dicen la verdad.*

Todos reímos a su sentido del humor. No recuerdo cualquier otra conversación coherente que tuviera lugar entre nosotros. Un poco más tarde nos acomodamos en una terraza de un restaurante y continuamos bebiendo por bastante rato; pensamos que teníamos tiempo de gastar algo de nuestro dinero a la caída de la tarde. Conversamos por más de una hora sobre trivialidades y sintiéndonos muy contentos. Nuestra general buena apariencia indicaba que la vida estaba empezando a parecer más brillante que de costumbre…

La noche se estaba aproximando, mientras el alumbrado alrededor ganaba en brillantez. Los cuatro de nosotros habíamos pasado un gran día juntos, disfrutando cada minuto del presente. Decidimos tomar taxis y volver a casa.

Justo antes de dormirme, besé a Felisa y pensé que en adelante, el sol brillaría más cada día.

*

8

El escrito aceptando los términos del contrato fue entregado en la fiesta organizada por la Embajada rusa, según acordado. Fue necesario programar varios mítines informales para delimitar y establecer apropiadas estrategias con relación a las actividades colectivas a seguir; asimismo el sistema de tácticas a utilizarse en cada una de ellas; fue generalmente asumido que aplicando el establecido curso de acción haría más fácil alcanzar el objetivo propuesto. Una vez finalizadas las sesiones de contactos, formalizamos el acuerdo de contrato y lo pusimos en práctica, comenzando operaciones bajo la tutela y asesoramiento de nuestros socios financieros.

Debo indicar que desde el primer momento mi exaltación por el nuevo reto eliminó pronto cualquier vestigio de nerviosismo que pudiera de pronto emerger; tal fue el poder de mi dedicación para tener éxito en mi reciente e interesante tarea: nada me distraería de concentrarme en el trabajo presente.

Habíamos establecido un sistema de reglas profesionales para aplicar con el máximo cuidado, urbanidad y transparencia en todos los proyectos a tratar. Este método simplificaba nuestra intercomunicación con el cliente potencial. Sabíamos que era primordial mantener una continua y fácil comunicación en todos nuestros asuntos comerciales y encuentro sociales; con esta idea en mente, establecimos un estrecho vínculo de contacto con nuestros asociados primero y con nuestros clientes, por ejemplo: a través del teléfono, Internet, además de mensajes por fax a la oficina de Nadia Yezhova y bufete de Peter B. Delgado. Aunque teníamos el poder como testaferros para negociar y firmar la transacción a que hubiere lugar, nuestros avalistas debían de ser informados previamente, porque como sponsors obviamente se reservaban la última palabra para modificar o aprobar antes de proceder con la firma de la correspondiente documentación. Dependíamos de ellos y teníamos que atraer su interés a cualquiera valiosa proposición comercial de turno; con este propósito, permanecíamos siempre buscando preferiblemente por grandes negocios potenciales; investigando y colocando anuncios en periódicos, revistas de propiedad y usando Internet con este fin.

Considerábamos que en este tipo de operaciones grandes, normalmente habría mucha más posibilidad de negociar un mejor contrato que cumpliera con nuestras expectativas.

Algunas de las operaciones comerciales envolvían considerables sumas de dinero, como por ejemplo: inversiones inmobiliarias (mayoría de operaciones), *Stock Exchange,* y en menor escala, Antigüedades. Pronto aprendimos a ser sagaces en negocios comerciales, lo que hizo feliz a todos los miembros del combinado equipo comercial.

En nuestro estado seguridad en nosotros mismos, algunas veces era fácil cometer alguna clase de comentario presuntuoso:

-¿Os dais cuenta que nos movemos en este negocio como peces en el agua? – Preguntó Benito-. Esta pregunta simple me exalta porque se ajusta a la realidad; algo que nunca hubiera creído llegaría al menos tan pronto. Estamos negociando grandes contrataciones como si tuviéramos una gran experiencia en estos asuntos, ¿No creéis así, mis pequeñas muñecas?

-Naturalmente querido –respondió Felisa-. La suerte está de nuestro lado y ¡Qué maravillosa suerte es! Estamos trabajando largas horas y disfrutándolas, algo que echaba de menos antes y que me mantiene relajada al mismo tiempo que produce un buen dividendo. Piensa acerca del montón de dinero que hemos ganado en tan poco tiempo… ¡Ni en mis mejores sueños pudiera haber imaginado tanta fortuna!

-En los cuatro meses que hemos estado trabajando en este proyecto, el volumen de negocio ha aumentado considerablemente –señalé-. Esta conquista es posible que pueda servir como un buen presagio, para una probable extensión de nuestro contrato a largo plazo, como espero conseguir.

-¡No temas querida! – Replicó Benito-. Sé que nuestros sponsors se sienten complacidos de nuestra hazaña hasta ahora y no presiento dificultad alguna en continuar de forma similar por un período mucho más largo. Tengo la impresión que estos rusos nos han tomado afecto, al menos comercialmente hablando. He llegado a esta conclusión porque Nadia Yezhova me ha sugerido la idea de que montemos una Agencia de Cambio de moneda, en un punto estratégico. Creemos que este nuevo tipo de aventura profesional puede ser productiva y rentable. Podemos alquilar un local idóneo y adaptarlo a este uso. También he pensado la idea de traer a nuestro amigo Enrique Fernández para dirigir esta rama de la empresa, una vez que hayamos establecido y registrado el nombre comercial de la nueva sociedad mercantil involucrada. ¿Qué os parece esta proposición?

-¡No pierdes el tiempo, socio! —Me apresuré a exclamar-. En especial la Incorporación de Enrique: un amigo de plena confianza y buena persona. Su contribución a nuestro proyecto sería fundamental y el grupo llegaría a estar completo. Estoy segura que todos le echamos de menos. ¡Eres un genio, compañero! ¡Ah…! Y no he pasado por alto que Nadia ha recomendado crear la adicional fuente de ingresos… ¿Acaso estás teniendo una aventura con ella? En caso de que sea cierto, estás probando que tienes buen gusto una vez más.

-Gracias, pero no vayamos perdiendo el tiempo dando rodeos, cariño -reaccionó él con una sonrisa en su rostro-. Limitémonos al asunto comercial; no mezcles el placer con el negocio. No debes especular ahora con cuestiones del corazón; este no es el momento, mi querida.

- Estoy segura que ella comprende como lo hago yo —añadió Felisa-. Gracias Benito por la gran noticia que nos acabas de dar. Estoy impaciente por dar la bienvenida a nuestro amigo a unirse a nosotros. Será gracioso el poder jugar dobles en un partido de tenis…, reímos su broma y continuamos regocijándonos un rato, mientras hablamos de su próxima llegada y el beneficio que su útil presencia aportaría a nuestro grupo.

*

Unos tres meses más tarde, Enrique Fernández tomó cargo de la *Currency Exchange Agency,* equipada con el último sistema electrónico en el mercado para proporcionar un perfecto servicio normal a nuestros clientes. A fin de colaborar con las tareas inherentes al nuevo negocio, se había empleado a una joven administrativa, de nombre Helen, en base a contrato temporal. Como resultado de esto, Enrique dispondría de algún tiempo libre para colaborar con otros asuntos BMIC, cuando la ocasión lo requiriera.

Todos estamos encantados con la presencia de Enrique: es muy carismático y se muestra sonriendo casi siempre; su mera figura alegra el tiempo pasado en su compañía: Es algo semejante al aire fresco que nuestro grupo necesitaba. Su presencia anima el ambiente. Simplemente oírle, resulta entretenido.

-Me habéis hecho un hombre –solía repetir los primeros días de su estancia-. Llegasteis en el momento justo a rescatarme; si hubieseis tardado un poco más, hubiera sido difícil distinguirme de un burro cualquiera en la granja. El olor nauseabundo de los establos impregnaba mi ropa semanal. Los días de viento se notaba menos, pero estos eran escasos. Sin embargo ahora, ya me veis: me cambio de camisa y ropa interior cada día y, estaréis de acuerdo conmigo que parezco un dandy. Me doy cuenta que las miradas de muchas mujeres se posan en mí, al pasar junto a ellas. Puedo imaginar el mensaje que esas ojeadas encierran: admiración, pasión, ardor, y quizás lujuria…

Benito decidió pertinente interrumpir:

-Debo confesar que al verte de nuevo, no te pude reconocer fácilmente; es por eso que, cuando entraste en el piso, aconsejé tomaras un buen baño. Respecto a las profundas miradas femeninas que atraes, es posible que te equivoque al descodificar esos mensajes en la forma que hiciste; pudiera ser que tú aplicaste la errónea contraseña: recuerda que la dama le gusta guardarla celosamente y normalmente no la suelta hasta que desee abandonarse en los tentáculos del acto sexual con su amante.

-Bueno, -refutó Enrique-, todo depende de si el buen semblante y aspecto físico del galán indica que posee una cartera llena. Aunque en mi caso, esto sólo es apariencia por ahora, no como vosotros gente rica. Soy de la opinión que una dama es un libro abierto, lista para olfatear el olor del dinero y cuando lo encuentra, pronto cae atrapada en su red.

-¡Para el carro, chicos! –Reaccionó Felisa-. ¡Qué impresión más mala tenéis de las mujeres! No somos tan materialistas como los hombres. Tampoco mostramos tanta ambición por ascender en nuestro trabajo, donde solemos ser más adaptables y subordinadas que los varones, y donde demostramos una mejor mayor actitud servicial desarrollando la tarea que nos encomiendan. Normalmente para nosotras no es esencial perseguir progresión; valoramos otras cosas útiles más, por ejemplo: contribuir a crear un buen ambiente laboral. En conclusión, somos más prácticas, teniendo los pies en el suelo, y menos idealistas que vosotros.

-¡Caramba con la delicadita Felisa! –Respondió Benito-. Nos has dejado *KO*. No parece el tan llamado sexo débil hablando; aunque admitimos que el argumento es válido. Es verdad, hablamos muchas veces tonterías y con frecuencia nos comportamos como animales salvajes. Pienso que de hecho los hombres somos mucho más ilusorios y las mujeres son más cautas.

Estaba siguiendo el debate con interés y creí oportuno intervenir en ese momento:

-¡Yo no presumiría en calificar a las mujeres como el sexo débil, compañeros! Más bien creo que la fortaleza o debilidad está en la mente, mostrando nuestra capacidad para afrontar el sufrimiento, o cualquier otra adversidad que tengamos que aguantar o superar. Mujeres más que hombres han soportado privación, humillación, violación y sufrimiento familiar desde tiempo inmemorial. El acto transcendental de parir es el sublime paradigma que prueba su entereza. El hombre lo tiene más fácil: Una mujer, bien sea su madre o esposa, cuida de él porque de hecho él es más débil y menos hábil en el buen desempeño de la rutina diaria que necesita un hogar.

-Estaría mejor que nos mantengamos en silencio de ahora en adelante sobre este tema, Enrique –añadió Benito-. Ellas están ganando el argumento así que, con tu aprobación, debemos aceptar la derrota. Como penitencia, sugiero que salgamos y les invitemos a cenar. Se lo merecen; ellas, no solamente nos cuidan sino que su trabajo no para hasta irse a dormir; algo para tener en cuenta, amigo.

-Acepto humildemente que hemos perdido y será un placer invitar a las damas –afirmó Enrique.

Felisa y yo nos sentíamos como cantando victoria; apenas podíamos parar de reír pensando en las palabras de Benito, reconociendo y alabando la capacidad de la mujer en general y la nuestra en particular. Empleamos solamente escasos minutos en acicalarnos para salir. Al dejar el piso, tomé a Felisa por el brazo y susurré en su oído:

-Ves cariño, es curioso: si hablas seriamente a un hombre, él se muestra atento y te trata con cortesía y además con generosidad. ¿No es eso una señal clara de debilidad, querida?

Felisa soltó una carcajada. Nuestro alegre semblante perduró durante el camino al cercano restaurante.

*

Respecto a nuestro trabajo, todos los indicios apuntan a que estamos en el buen camino. El acuerdo comercial firmado con el Grupo Ruso nos mantiene ocupados durante largas horas del día. Pronto nos dimos cuenta que no teníamos ninguna necesidad de buscar ningún otro cliente; por esta razón nos dedicamos exclusivamente a los asuntos concernientes a nuestra asociación con ellos, con la única excepción de la *Currency Exchange Agency* que además de servir a nuestros sponsors, trataba con el público en general.

Nuestros ingresos privados provienen de comisiones de gestionar la operación de transacciones comerciales desde su inicio. Admitimos trabajar duro buscando potenciales acuerdos de negocio y dilucidando consultas a este respecto. La simple táctica es concentrar el esfuerzo del equipo en solucionar cualquier negocio que debido a su supuesta importancia financiera requiriese nuestro total apoyo. De hecho un gran número de ellos, suelen ser económicamente muy atractivos. Nos ayudamos uno a otro a través de todas las fases y tramitación envueltos en el caso, como investigación, contrastar pruebas sobre la marcha, valoración y calidad del producto. Una vez alcanzado el acuerdo comercial, yo también intervengo con mi especialidad en asuntos bancarios, de acuerdo con la forma de pago elegida para la ocasión.

Pedro y Gustavo colaboran también con algo de su tiempo libre de varias formas, incluyendo las administrativas. En mi opinión Pedro podía llegar a ser un eficiente Director Comercial en la empresa; sin embargo, se encuentra muy feliz en su puesto presente en el negocio hotelero. Es posible que no le gustara demasiado trabajar jornada entera en una compañía fundada por un familiar. Por lo que respecta a Gustavo, tiene buena experiencia en el manejo del ordenador, por lo que es muy útil para nosotros, especialmente en lo relativo a la sección de facturación. A ambos se les remunera correspondientemente.

Cuando salimos al atardecer, solemos ir acompañados de Pedro y Gustavo, siempre que ellos pueden. Ahora lo hacemos con más frecuencia que antes, ya que nuestra situación económica ha mejorado notablemente y nos podemos permitir un mayor gasto. Les consideramos una importante parte de nuestro éxito actual. Sin Pedro no podríamos haber llegado tan alto como estamos en este momento. Él ha sido, sin lugar a dudas, nuestro Ángel de la Guarda hasta la fecha y en especial durante el difícil período de empleo anterior soportado. Lo mismo se puede aplicar a nuestro trabajo actual, introduciendo a nuestros sponsors; su ayuda ha sido de la mayor importancia: no lo podíamos haber conseguido sin su valiosa ayuda.

Recordaba que entre Pedro y yo, existía una pequeña cuestión pendiente por clarificar; era algo que había mencionado en el pasado y que, inadvertidamente, dejé pasar de cuestionar en el tiempo que ocurrió; aunque más tarde lo di vueltas en mi cabeza. Esperé el momento oportuno para hablar de ello y éste llegó de improviso en una de las fiestas en que nos encontramos a solas juntos. Entonces aludí a una conversación que tuvimos cuando se comprometió a entregar nuestra respuesta de aceptación de la propuesta rusa. Esperaba conocer lo que él parecía haber insinuado en aquella ocasión:

-Recuerdo Pedro que, refiriéndote a ti y Gustavo, dijiste: <*el señor Bochkov quizás se sienta en deuda con nosotros*> - le miré a los ojos, notando que se había sorprendido-. Me gustaría que si tú lo crees conveniente, me dijeras a qué te referías.

Una irónica sonrisa apareció el rostro de Pedro cuando replicó:

-Fue un fallo de mi lengua. No esperé que lo recordaras. Eres muy perspicaz y tienes buena memoria, muñeca —hizo una pausa instantánea antes de añadir-: pienso que mereces te confíe la oculta causa que dio motivo a mi misteriosa expresión, que espero no difundas bajo cualquier circunstancia; de lo contrario nos acarrearía graves problemas.

-Te prometo que guardaré el secreto, amigo mío.

-De acuerdo Andrea, espero que así sea. Bien, el caso es que el señor Bochkov tampoco se libra de poseer algunas raras anomalías sexuales; pero verdaderamente, ¿Quién no tiene alguna anormal experiencia sexual? Todos pecamos de una forma u otra: forma parte de la vida.

-Cierto, amigo; de acuerdo, pero vete al grano.

Reaccionó a mi mandato concentrándose en el asunto y relató:

-Gustavo y yo le habíamos observado en el Club, que tú conoces y que él, a veces frecuentaba acompañado de Kiril.

-No me hubiera imaginado que ellos visitaran ese lugar —comenté y le dejé continuar-.

-Pronto intercambiamos saludos al cruzarnos en el bar o el salón. Es posible que fuera debido a alguna clase de similitud entre nosotros y ellos: edades semejantes, posibilidad de entendernos uno a otro en español e inglés, o sencillamente, podía haber sido cualquier otra afinidad o parecido. El resultado fue que de alguna forma comenzamos a conversar entre nosotros; algunas veces nos sentábamos juntos para consumir un par de botellas de champán y snacks que, invariablemente insistían en pagar la cuenta. El primer de estos encuentros fue más bien formal; el resto de los otros, fueron gradualmente distendidos, aunque siempre mostrando buenas maneras.

"Mientras continuábamos bebiendo y normalmente durante la ingesta del espumoso de la segunda botella, el señor Bochkov se encontraba normalmente muy relajado, dejando atrás todas inhibiciones y volviéndose bastante carismático. Una obvia señal de que la conversación estaba desarrollándose cada vez más interesante y variada; incluyendo temas de contenido sexual que tornaba el diálogo más picante y tórrido; todos estos momentos placenteros, inculcaron en nosotros la presunción que de alguna manera, habíamos ganado su confianza.

-Sin duda – me atreví a interrumpir-; esta narración me compele a concentrarme en la historia. Por favor sigue; no puedo esperar para seguir escuchándola. No me importará lo indecente que pueda resultar.

-Nada vicioso ocurrió entre nosotros, aunque pensé que Kiril me dio la impresión que quería atraer la atención de Gustavo; sus constantes miradas a él me impulsó a pesar eso –se me acercó aún más y mirándome a los ojos , en voz baja continuó con parsimonia-: resumiendo, el caso es que…, en ocasiones Gustavo y yo les hemos proporcionado algunos…, jóvenes; no me hubiera sorprendido si también Spasski hubiera participado en este tipo de orgías, no obstante esto es sólo suposición por mi parte. El hecho es que hay bastante cantidad de jóvenes en la calle que quieren ganarse la vida de forma fácil, y nosotros hemos facilitado a algunos de ellos el vínculo para hacer eso posible. Entiendo que esto no es algo para sentirse orgulloso, sino lo todo lo contrario; sin embargo nadie es perfecto pero por otro lado, quizás nuestra bien remunerada colaboración fue el punto necesario para comenzar a poner la pelota rodando y acabar en el Grupo Ruso consiguiendo asociarse con BMIC. Resultó como una cadena de eslabones: una anilla conduce a otra. Hasta la fecha no existe ninguna queja: la fusión está proporcionando buenos dividendos a todos los involucrados.

-Sí Pedro, el establecido acuerdo funciona satisfactoriamente para ambas partes. Ahora volviendo a los preparativos para suministrar jóvenes, aunque lamentable, ¿Qué pasos tomas para entregar el pedido?

-Como he indicado anteriormente, es una pena que algunos adolescentes recorran las calles sin un trabajo específico donde puedan ir. Ellos son vulnerables y por lo tanto, algunos podrían aceptar remuneración de dinero en efectivo para cualquier actividad, lícita o ilícita, incluyendo participación en actos de tipo sexual. Hay muchas formas de entrar en contacto con estos clientes potenciales: a través de discretos anuncios en la prensa local, barrios marginales, gremio hostelería, clubes gays, etc. Ninguno de los jóvenes reclutados han puesto una demanda hasta ahora, porque los patrones tienen la costumbre de premiarlos generosamente.

-Aunque no esté involucrada en un asunto tan despreciable, Pedro, siento que no soy la que no te puedo recriminar por instigarlo. Todos somos esclavos o víctimas, de una forma u otra, del poder del dinero, que lo hemos convertido en un insaciable monstruo; como un tiburón devorándolo todo a su paso, incluyendo prejuicios morales.

En realidad somos marionetas en sus manos danzando su melodía. Supongo que no debería quejarme acerca de ello; mucha gente que son pobres les gustaría llegar a ser juguetes también para salir de su miseria, pero desgraciadamente se les han negado tal oportunidad.

-Tú, querida Andrea, has entendido bien y apreciado lo que tienes. Ahora, debemos circular y sociabilizar en la fiesta. Tienes una maravillosa sonrisa, así que haz uso de ella. Me estás haciendo hablar mucho y veo que mi copa está vacía, por lo que necesito llenarla…

*

Unos meses más tarde de la llegada de Enrique, recibimos en casa una carta de nuestro amigo Fernando Ojeda; Ambos tenían por costumbre escribirse. En su misiva nos informaba que había respondido a la llamada de la vocación religiosa. Estaba estudiando el período de prueba como estudiante en el noviciado de Burgos, donde se encontraba ingresado, entrenándose en el aprendizaje como novicio algunos meses después de nuestra partida del pueblo. Seguía escribiendo que estaba agradecido a Dios, por haberle librado de acarrear sobre sus débiles hombros la pesadumbre de tener que soportar, en el bar familiar, a los ruidosos clientes hasta el resto de sus días. Su padre no apreció mucho su repentina vocación.

Nuestra ausencia le había proporcionado el tiempo necesario para meditar sobre el sombrío futuro que le aguardaba. Nos habíamos marchado y él sólo tenía a Enrique para ligera consolación, ya que éste también deseaba salir del lugar a la primera oportunidad que se presentara. Le habíamos dejado con algunas pesadillas que le abrumaban, pensando que tenía que considerar seriamente tomar algún tipo de acción para salir del dilema de extrema incertidumbre en el que se encontraba atascado. Se dio cuenta de que le habíamos demostrado una forma drástica de tomar una decisión por nuestra partida, la que le había causado una sensación agridulce: por un lado, sentía que los agradables momentos pasados en nuestra compañía en el pueblo, nunca más se repetirían; por otro lado, que tal triste acontecimiento, ayudó a revelarle un futuro destino de servicio al Señor. Saltó de júbilo al ser consciente del rayo celestial que había irradiado su afligida mente; a este respecto, apreciaba nuestra involuntaria contribución que había hecho posible que la *Santísima Trinidad* iluminara el Cristiano camino clerical que se le abría: <*Los caminos del Señor son misteriosos*>. –añadió.

Como consecuencia, estaba trabajando fuerte con sus estudios, habiendo avanzado en ellos. Terminó su carta enviándonos sus bendiciones y deseando ver llegar el día en que nos encontráramos en el futuro.

La última sentencia escrita me hizo sentirme un poco nostálgica por el amigo dejado atrás. Miré alrededor y comprobé por sus miradas que ellos también compartían mi sentimiento por Fernando. Benito fue el primero que confirmó este hecho, diciendo:

-Le hubiéramos invitado a unirse a nosotros a la primera ocasión que se presentara; Dios actuó más rápido y el *pescado mordió el anzuelo*: Bastante buena *pieza*, debo decir.

-Estoy de acuerdo –afirmó Enrique-, de esa forma se ha librado de trabajar y pagar hipotecas… No hay duda de que es un chico listo. Algunas veces le ayudaba en la sacristía, aunque fuera sólo por el vino que bebíamos…, era una forma de retribuir mis servicios de protector, como él solía llamarme. Había momentos en que el cura nos miraba con ojos inquisitivos…, pero no recibía respuesta alguna que aclarase sus sospechas…; la razón era que previamente habíamos estado ensayando en el espejo para poner cara inocente como angelitos…, la mímica era tan acertada que la única cosa que nos faltaba en nuestra imitación eran las grandes alas blancas que iban con ello… El clérigo aparentaba aturdido y pronto se daba por vencido. Es posible que pensara que él mismo había sido la causa de su propia perplejidad, como consecuencia de esos momentos de éxtasis o trance evangélico incontrolables…, en los que las funciones sensoriales han sido temporalmente suspendidas…

A lo largo de su desopilante descripción del incidente de la sacristía, estuvimos riéndonos de tal forma convulsiva, que le hacía parar de vez en cuando para respirar hondo antes de continuar con su jocosa narración; su efecto en nosotros fue divertidísimo, y las persistentes carcajadas seguidas de las compulsivas contorsiones de nuestros cuerpos nos forzaban a derramar lágrimas de alegría y aferrarnos a nuestros asientos para evitar caer. Poco a poco recobré mi compostura y trate de restaurar el orden:

-¡Escuchad ahora! Nuestro amigo Fernando, aunque en apariencia físicamente débil, ha mostrado la entereza de tomar una decisión importante; esa conclusión me lleva a creer que interiormente demuestra poseer suficiente madurez para saber lo que realmente quiere hacer con su vida. Eso está de acuerdo conmigo. Estaría bien que, como insinúa, nuestros mutuos compromisos nos permitieran la posibilidad de visitarnos de vez en cuando.

-Quizás yo pueda ayudar en ese departamento –señaló Felisa-. Tengo una idea que podría funcionar en esa dirección. Me gustaría desarrollar esa posibilidad; dejarlo en mis manos y veré lo que puedo hacer. Permitidme que no divulgue mis planes en este momento. Estaré en contacto con vosotros, tanto si fracaso o tengo éxito en mi deseo de encontrar una conveniente solución para el caso.

*

La relación comercial entre BMIC y el bufete de Peter B. Delgado seguía funcionalmente, por medio de Internet, teléfono y fax, para beneficio de ambas partes; al igual que hacíamos con nuestros sponsors, a través de la oficina de Nadia Yezhova. Una vez recibido su asesoramiento y aprobación, procedíamos a finalizar y firmar la transacción del correspondiente asunto. Sin embargo había algunos casos que, debido al considerable capital envuelto en la operación, o complejidades tales como consultas legales, emisión e interpretación exacta de cláusulas a tener en cuenta, responsabilidad contractual o cualquier otra intrincación que fueran consideradas como especiales asuntos a tratar; En estos casos, necesitábamos la ayuda directa del abogado en la negociación y cierre de la transacción. A este respecto, el letrado debería viajar por avión a Madrid, siempre que su presencia fuera indispensable, cosa que ocurría raramente al usarse la comunicación electrónica y telefónica a tales fines.

Respecto al viaje aéreo, la primera vez que tomé el avión fue en un viaje de negocios a Málaga: El señor Peter B. Delgado me telefoneó desde Marbella solicitando la presencia de Benito y la mía. Mi contribución sería en el campo de especialista en asuntos bancarios BMIC, según dijo. Teníamos que viajar al día siguiente en el vuelo de la mañana. Su despacho había enviado un PTA (prepagado) para obtener los billetes en el mostrador de Iberia en el aeropuerto; un coche de su oficina nos recogería en el aeropuerto de llegada para llevarnos a Marbella, donde realizaríamos una parada en el Hotel Meliá Don Pepe para confirmar nuestras reservas de habitación, antes de continuar a su bufete; allí se nos informaría sobre el programa de nuestra estancia de dos días, que incluía una visita a Gibraltar.

Benito tampoco había viajado en avión antes. Nos considerábamos afortunados de estar a bordo de un aeroplano por primera vez; esta oportunidad nos hizo sentirnos como gente importante, especialmente cuando no tuvimos que pagar por los pasajes de avión. No pude evitar sentirme algo inquieta, como la mayoría de personas que experimentan su primer viaje por avión, particularmente en el despegue; cuando esto sucedió, estreché firmemente la mano de Benito como si dependiera de mi vida misma.

-Relájate, querida – el tono suave de su voz me fortificó-. Tómalo con calma; todo saldrá bien. Supongo que la mayoría de viajeros sienten un poco de miedo en esta circunstancia; algo como cuando comenzamos una nueva actividad o empleo; es una sensación instintiva causada por nuestra inexperiencia; en este tipo de situaciones resulta raro no sentir un tipo de aprensión por la novedad; entonces nuestra timidez en nosotros mismos aumenta mientras nuestra seguridad disminuye. Por otro lado a medida de que ganamos en experiencia práctica ocurre lo contrario: Timidez disminuye y seguridad en nosotros mismos aumenta. Nada que temer, Andrea.

-Gracias amigo, tus sabias palabras me hacen sentirme mejor. Trataré de recordarlas en mis sucesivos viajes. Tú das la impresión de que el problema no te afecta en lo más mínimo.

-No estés tan segura, cariño. Un poco de miedo está siempre ahí; lo que ocurre es que no lo exteriorizo, sino trato de olvidarlo; además la mayoría de las veces el temor inhibe cualquier reacción positiva que pudiera sacar a una persona fuera de peligro, o frena su camino hacia sus aspiraciones de progreso en su vida. Para ser práctico, Pienso que deberíamos tener la certeza si el sentimiento de miedo es real, o imaginario como sucede en muchos casos. Tenemos el ejemplo en nosotros mismos: No hubiéramos progresado tanto si hubiéramos sido tímidos, inseguros o aprensivos; Estaríamos aún existiendo ociosos en nuestra aldea. Recuerda el proverbio: *"Nada arriesgado, nada ganado"*.

Su última sentencia me hizo sopesar de viva voz sobre su implicación:

-Tomando riesgo es, como la vida misma, un juego donde uno gana o pierde; donde la suerte es determinante y donde los excesos son castigados: si juegas fuerte, la buena fortuna suele abandonarte.

-Estoy de acuerdo, Andrea. En mi opinión, buena o mala suerte contesta a un previo riesgo voluntaria o involuntariamente tomado. ¿Tienes algo más que añadir a esto?

-Imagino que sí, Benito. Prefiero mostrar un perfil bajo y comportarme con cautela cuando el peligro acecha; esta conducta general que sigo, no tiene nada que ver con nuestra decisión de abandonar nuestra gente del pueblo; en cuyo caso, probablemente el riesgo real, al menos para mí, hubiese sido permanecer al lado de ellos, como bien sabes. Por otro lado, comprendo que uno tiene que tomar riesgos calculados de vez en cuando para aprender nuestras limitaciones cuando uno pierde y las capacidades potenciales cuando se gana, sin olvidar actuar discretamente en cualquier caso como consecuencia.

-Quizás como adolescentes, estamos deseosos buscando la buena suerte y cometemos algunos errores en nuestros apresurados esfuerzos para conseguir de ellos premios; en la creencia que nuestra consistencia forzaría en nosotros la buena suerte. Al menos estamos demostrando buena disposición para mejorar. Esto no puede ser malo, ¿No crees, Andrea?

-Claro que no, todos lo hacemos. Es desastroso confiar en la suerte solamente, como todo el mundo debería saber. Normalmente aprendemos mucho por nuestras propias faltas, lo que nos recuerda no cometerlas de nuevo, ayudando a fijarnos en otras buenas cosas que debemos perseguir con firmeza para conseguir lograrlas. A este respecto, como a mí atañe, necesito contar con un pilar como tú, donde me pueda apoyar y con quién enfrentándose a obstáculos, no le importe en absoluto.

-Sigue haciendo eso, Andrea. Los halagos te llevarán lejos, especialmente conmigo; aunque no me considero tan bueno y fuerte como tú me haces ver.

-No es adulación mi amigo, es un hecho: La buena suerte que nos está favoreciendo hasta ahora, creo que es debida a tu dirección. No obstante, algunas veces no puedo evitar pensar que estamos viajando demasiado velozmente para nuestro confort: que estamos conduciendo en el carril rápido…

-Ese es el mejor camino para llegar más pronto a destino: El curso de la vida es complicado y rápido; uno debe obtener lo mejor de ello en el más corto tiempo posible; todo indica que lo estamos consiguiendo.

-¡Deseo que Dios te oiga y te proteja, Benito! Dios te bendiga…

*

9

Me gusta el viaje de negocios, lo encuentro relajante; no tengo que preocuparme acerca de preparaciones; todo está organizado de antemano, incluyendo alojamiento en uno de los mejores hoteles en destino. Estos viajes son como un bálsamo para mí; me alejan de la rutina de la oficina y del complejo mundo bursátil y asuntos bancarios por un corto tiempo; aunque debo admitir que de esa complicada ocupación sacamos dividendos substanciales. Durante el vuelo, paso el tiempo reflexionando sobre mis recuerdos del pasado, mi presente agradable empleo y mi vida placentera con Felisa, además de conversar frecuentemente con el colega de turno sentado a mi lado, lo que hace el viaje más ameno y satisfactorio.

Si pudiera escoger mi compañero de viaje, me gustaría ir con Felisa. Prefiero su compañía por obvias razones de tener una relación amorosa con ella. Las pocas veces que esto ocurre, es algo fabuloso vernos disfrutando como locas adolescentes de los beneficios gratis que ello implica, especialmente de nuestra estancia en el hotel... Allí tiene lugar una sucesión de momentos sublimes que si, vistos desde fuera, serían tachados de poco menos que escandalosos; todo eso es la consecuencia del estrecho lazo de amor entre dos adultos, inevitablemente generando amorosas formas de darse placer mutuamente siguiendo los jugosos recursos suministrados por su activa y fértil imaginación.

Lamentablemente su presencia a bordo no es frecuente como yo quisiera, sino más bien escasa; la razón es que sin ella el trabajo de la oficina quedaría visiblemente afectado por su ausencia; aunque Enrique se halla completamente cualificado para suplir absentismo, en el caso particular de viajar juntas, no es aconsejable que tenga que absorber las responsabilidades asignadas a ambas. En la rara ocasión que esto sucede, Benito tiene que permanecer todo el tiempo en el despacho para ayudarle con la tarea extra. No obstante, nos mantenemos en contacto con ellos a través del móvil cuando la necesidad lo requiere. Es verdad manifestar que Felisa conoce de memoria todos los pormenores de mi trabajo y la forma en que lo hago, ya que estamos siempre juntas dentro y fuera de horas de oficina; la dos consideramos esta experiencia una bendición por razones obvias.

Viajamos clase Club y una vez acomodados y completado despegue, me gusta beber champán en lugar de cualquier otra cosa. En una de esas ocasiones estando en compañía de Benito, cuando levantamos nuestras copas llenas del líquido espumoso le propuse:

-¡Brindemos por… Cristina! – El sobresalto que recibió por mi sorprendente proposición, le hizo derramar parte de su bebida en la pantorrilla; no pude evitar soltar una carcajada-. Creo que no es la primera vez que mojas tus pantalones a causa de ella, ¿Recuerdas? ¿Que pasó a tu apasionado romance con ella? Si se disipó, cuéntame la conclusión de tal idílica y tórrida relación. Ha pasado mucho tiempo desde que hablaste de ella, mi querido compañero.

-¡No seas complicada, Andrea! Tu sorpresa me ha cogido desprevenido; el brindis me trae a la mente agradables recuerdos de nuestro ardiente y velado flirteo. Como bien sabes, te detallé todo lo que ocurrió en nuestro primer encuentro *"tête à tête"*, que resultó de ser de lo más agradable también para ti por el mero hecho de escuchar la historia. Fue un real privilegio llegar a ser su amante. ¿Qué más quieres oír de mí ahora?

-Es verdad amigo, realmente no pude y tampoco quise olvidarlo; todo sonaba tan dulce y romántico que quedé envuelta bajo su destello. Con la finalidad de mantenerme al corriente "del cuento de hadas", por favor dime cómo se ha desarrollado hasta la fecha.

-Está bien Andrea. Trataré de continuar desde donde lo dejé: La citas se sucedieron con más o menos regularidad; nunca perdieron la intensidad de la primera vez; seguía llamándome al móvil a cualquier hora del día o de la noche; estaba dispuesto a contestar añorante llamada y cumplir con sus deseos: como el macho que aparea a la hembra en celo. Su tentadora voz solía conseguir que abandonara todo lo que estuviera haciendo y correr a su lado. Recuerdo que en una ocasión en la que me encontraba "atendiendo" en la cama a una dama de la alta sociedad, mi móvil sonó y quien llamaba era Cristina; tuve que pretender que eras tú la que me llamabas e improvisé que necesitabas mi ayuda para solucionar algunas discrepancias de archivo, ya que te encontrabas en una clase de dificultoso problema con un nervioso e impulsivo cliente.

-¡Dios mío, qué imaginación tienes en algunos momentos, Benito! –Exclamé mientras no paraba de reír-. ¿Se dio cuenta ella de que estabas mintiendo?

-No, nada de nada querida; ella parecía de lo más considerada después de creer mi justificada emergencia. Cuando me apresuraba a vestirme, le prometí como consolación que la próxima vez mi "repertorio" sería de lo más erótico, con vistas a paliar la deficiencia tan involuntariamente ocurrida.

-Así que la mentiste por mi causa; qué engañoso amante fuiste.

-Todo por una causa mejor, cariño. Por el camino telefoneé a Cristina y me enteré que me estaba esperando en el bar de un importante hotel, donde había reservado una habitación bajo mi nombre. Te imaginas cuando más tarde le dije que me había escapado de una cama caliente para estar juntos; no pudo parar de reír y consiguió plantearme una pregunta pertinente: "¿Y en nuestro caso, estás aún físicamente en forma para dar respuesta y aplacar los incontrolables deseos de mi pasión?" ¿Pones en duda mi capacidad? –contesté-. Es un reto que me encanta solventar; pronto comprobarás el resultado vencedor. ¿Cómo es posible que pudiera fracasar con esas seductoras y sensuales oleadas que destellan tu cuerpo y excitante vestido que llevas? No necesitas contestar.; lo haré por ti: tus profundos ojos oscuros…, tiernos tentadores labios…, todo lo cual me fascina hasta el punto de que no pueda resistirte… Estos ingredientes me ponen a tope y forman una receta para el éxito en y fuera de la cama… Te encuentro tan deseable que no puedo esperar a tomarte en mis brazos y llevarte a nuestra habitación…

-Por favor tómate un respiro, colega –me oí a mí mismo decir-; este es un asunto caliente que merece tratarlo despacio… Todo me suena encantador.

-También ella pensó así porque me interrumpió para decir en tono burlón: "No me asustes, ni pierdas la cabeza sobre ello; no quiero que mañana aparezca en primera plana de las revistas del corazón". Sin prestar atención, me aproximé más a ella y sintiéndome envuelto en su exquisita fragancia, mis labios se mezclaron entre los mechones de su cabello largo y acariciando el lóbulo del oído, susurré: Tengo hambre de ti… Ella volvió levemente su rostro hacia mí y separándose ligeramente, admiré sus expresivos ojos oscuros justo antes de que sus labios comenzaran suavemente a entreabrirse y posarse delicadamente en los míos.

"Nos levantamos y salimos del bar y la solté la mano para personarme en el área de la recepción del hotel y confirmar la reserva de habitación y obtener la llave, mientras ella caminaba para esperar al lado de los ascensores del lobby. Una vez dentro del elevador, estando solos, pude cumplir parte de mi promesa de llevarla en brazos; igualmente pude repetir la operación cuando en el pasillo hice lo mismo; ella sostenía la tarjeta que introdujo, sin desmontar, para abrir la puerta; de esta forma, poniendo buen cuidado, la deposité en la cama y seguidamente comencé a recorrer su rostro con mis besos…

-¡Fantástico, Benito! Te pedí que me dieras una breve descripción de la cita amorosa y me estás proporcionando todo un reportaje. Has sido muy generoso; ¡Me gustó mucho!

De pronto, tuve la impresión que algunas sombras de duda apesadumbraban su expresión. Sus pensamientos aparecían estar en alguna otra parte: lejos de mis últimas palabras; ¿Distracción, quizás? ¿O sintiéndose nostálgico de algo? Observé que parecía compungido cuando pronunció sus siguientes frases:

-Hemos estado disfrutando de estimulantes vivencias juntos llenas de vitalidad sensual y extraordinaria intensidad. Todas ellas aromatizadas con sensibilidad, delectación y dulzura; ¡De esta manera nos comportábamos en nuestros encuentros íntimos!

Quedé impresionada por la profunda definición de sus prácticas amorosas con Cristina; sin embargo su última expresión produjo en mí cierta amargura; percibí que implicaba una agridulce sensación en mi amigo, a juzgar por la exclamación envuelta. Tratando de confirmar mis sospechas comenté:

-Estoy un poco preocupada acerca de lo que significa: usando el tiempo pasado en tu última locución me sonaba como un adiós a esa relación; algo que temo oír. ¿Si mi suposición es correcta, por favor explícame por qué?

Mirándole directamente a los ojos, comprobé que estaba en lo cierto. Él asintió y comentó:

-Ley de vida, Andrea: Nada es permanente, tarde o temprano todo acaba.

Traté de animarle, por lo que mencioné lo primero que me vino a la mente:

-Bueno, ha sido una maravillosa experiencia para ti, que ha durado bastante tiempo; estoy segura que tú seguirás disfrutando por el estilo en muchas otras oportunidades similares.

-No insistas, Andrea. Lo he asimilado. Fue un soberbio episodio en mi vida y estoy agradecido por ello. Ya sabes que soy un hombre práctico.

-Ciertamente lo sé; me gusta tu pragmatismo Benito.

- Ahora escucha mi narración de cómo nuestra última cita se desarrolló.

-No puedo esperar a oírlo, mi querido amigo.

-De acuerdo, cariño. La relación continuó en existencia hasta el final de BM Escort, pero desgraciadamente no por mucho más tiempo. La probable causa fue la muerte de su marido, que tuvo lugar hace aproximadamente un año. Supongo que tan pérdida personal la hundiría en desolación, ansiedad y soledad; además de la preocupación por las nuevas responsabilidades a las que tenía que hacer frente. Asistí al cortejo del funeral desde una prudente distancia. Su marido había sido un prominente financiero y considerado una figura pública. Como viuda, se le suponía controlar el patrimonio matrimonial y asuntos hereditarios; incluyendo asistencia a mítines financieros con sus estrechos colaboradores y consejeros. Obviamente tenía que adaptarse a su complejo programa mercantil relativo a los negocios de su fallecido marido y ahora dejados a su cuidado. Sin duda esta amplia nueva tarea requeriría su máxima atención, por lo que llegué a la conclusión que ella había salido de mi vida para siempre.

-Bien, es comprensible, compañero —me aventuré a decir-. Dinero demanda atención.

-No obstante Andrea, un día invernal, más o menos tres meses más tarde, contesté mi móvil y quedé sorprendido de oír su agradable voz; se excusó por no haber podido entrar en contacto conmigo debido a su muchos compromisos financieros. Para reparar el daño por eso, me propuso una cita esa misma tarde en una cafetería popular de la calle Serrano. Le dije estaba horado en aceptar la invitación por la oportunidad de verla otra vez y manifesté mis condolencias.

-Suena interesante continuar la experiencia —se me ocurrió decir.

-Llegué al lugar al tiempo señalado, encontrándolo lleno de gente. Cuando me vio, sonrió y abandonó la mesa para venir a mi encuentro, saludándome con un pequeño apretón.

-"Estoy muy feliz de verte de nuevo" —dijo tomándome por el brazo y llevándome a su mesa, mientras seguía hablando-: "¿Cómo estás?"-sin esperar contestación, añadió-: "me han dicho que ahora diriges una empresa de inversiones ¿Es cierto? Estoy segura que estás orgulloso de eso y mucho más ocupado. Te deseo la mejor suerte en tu nueva aventura de negocio. Lo supe por Pedro, con quien me encontré en un restaurante –luego cambió de tema-: ha pasado tanto tiempo desde la última vez que nos vimos…"

-No tanto, sólo cincuenta y cinco días –ella sonrió por lo meticuloso de mi tiempo-. Es verdad, en el camino aquí los conté –su sonrisa facial se disipó cuando mencioné-: puedes imaginar cuanto lo siento por la pérdida de tu marido –a continuación, reposando mi mano en su brazo como señal reconfortante, exclamé-: ¡Qué buen aspecto tienes! Te encuentro un poco más delgada pero igualmente bella –en este momento el camarero llegó y le pedí un *gin & tonic* para ella y *whiskey & Ginger* para mí.

-"Gracias Benito. Me encuentro bien; como puedes imaginarte pasé por un mal trago, pero afortunadamente estoy bien ahora. El impacto psicológico recibido como consecuencia, me afectó durante un tiempo considerable; estoy segura que entiendes que teniendo todo puesto delante de mí, sin tener que resolverlo una misma, hay una grande diferencia; especialmente con relación al complicado entorno comercial en el que me he involucrado. Refiriéndome a este campo, tengo la impresión que estoy realizando un buen trabajo."

-Mis felicitaciones Cristina. Has demostrado ser una mujer fuerte. No esperaba menos de ti. Te veo altamente cualificada para tener éxito en cualquier área que te lo propongas.

-"Aprecio tu adulación; tú siempre eres tan amable. Ahora cambiemos de asunto: como te dije por teléfono, siento que estoy en deuda contigo por no haberte contactado antes."

-No hay necesidad de preocuparse por eso; no vale la pena; además tú has estado realmente ocupada.

-"Bien, la realidad es que las circunstancias han hecho que mi vida se vea inmersa en una serie de actividades que acaparan toda mi atención. Esta nueva responsabilidad no afectaría nuestra amistad, pero temo que tendrá un efecto desfavorable en nuestros esporádicos encuentros."

-Comprendo Cristina; somos adultos –creí conveniente añadir-. Tenemos que usar la cabeza y aceptar la nueva realidad y seguir caminos diferentes.

-"Eso es lo que pienso yo también Benito, pero antes me gustaría ofrecerte pasar unos pocos días de vacaciones conmigo en un tranquilo y relajante lugar, lejos del mundanal ruido. Podía ser el broche de oro a nuestra singular relación que, pase lo que pase en mi vida, retendré en mi memoria como algo muy especial."

-Me gustan tus bonitas palabras Cristina, sigue halagando mis oídos. Vamos, no puedo esperar a oír tu plan.

-"De acuerdo, puedo disponer de un chalet en la ladera de una montaña situado cerca del borde entre Burgos y Soria. Podíamos estar unos seis días comenzando el próximo fin de semana. La casa es confortable, las paredes construidas con piedra tallada y el interior con madera; tiene calefacción central y chimenea. Necesitamos llevar bastante ropa de invierno para protegernos del riguroso entorno invernal, ya que la temperatura fuera está bastante fría en este tiempo del año."

-¡Suena espléndido Cristina!

-"Así es, Benito. Necesito cambiar de aires y aflojar el ritmo; lo pensé despacio y decidí que tú eras la mejor compañía para este viaje. Dejaremos atrás el asfalto de la ciudad y caeremos en los brazos de la naturaleza. Recomiendo aislarnos de la actualidad de los asuntos mundiales, sin leer periódicos ni revistas, encender sólo TV para ver vídeo de películas como "Gone with the wind", "Rountree Country", "East of Eden", "From here to eternity", "Cat on a red tin roof"…Ah! Te recogeré con mi coche el próximo viernes por la tarde. ¿Que tal te parece? ¿Te gusta la idea?"

-¡Me encanta, cariño! Acepto tu oferta y estaré listo con tiempo, preciosa. Riendo ampliamente, nos besamos. Poco después, salimos del local y nos separamos. Seguí con la vista su atrayente silueta contoneándose hasta que desapareció al doblar la esquina.

Benito bajó la cabeza; posiblemente aún distraído por alguno de los contenidos de su conversación con Cristina en la cafetería. Yo guardé silencio a fin de no hacerle perder su concentración, como había permanecido durante el relato de su interesante charla con ella. De repente, despacio levanté mi mano izquierda y presioné la luz de servicio azafata para llamar su atención, al mismo tiempo que con la otra mano sostenía mi copa vacía; ella acudió inmediatamente botella en mano y sirvió el espumoso con una sonrisa. Quizás el sonido del líquido, o el ligero choque del vidrio, fuera la causa de que Benito saliera de su sueño en que parecía encontrarse momentos antes. Apenas me di cuenta hasta que oí su voz: -Creo que vosotros dos queríais dejarme fuera de la celebración con champán. Debería informar de esto al capitán, pero pensándolo mejor lo olvidaré si la azafata me rellena mi vaso. Uno debe vigilar con cuidado cómo las atractivas damas se comportan algunas veces.

Los tres reímos; ella al cumplimentar su deseo, comentó:

-Nosotros no tomaríamos tales libertades en nuestra compañía señor; por el contrario, presumimos de proporcionar un buen servicio a todos nuestros clientes –aún sonriendo, vertió nuevamente el burbujeante líquido, manifestando-: Disfruten del viaje.

-Gracias –seguidamente propuse-: Hagamos un brindis al amor; ¡La salsa de la vida! -Nuestras copas chocaron e ingerimos dos buenos sorbos; entonces Benito afirmó:

-Ahora estoy listo para continuar con la parte final del episodio.

No contesté; se dio cuenta mirándome que estaba deseosa que siguiera narrando:

-A media tarde del primer viernes de marzo, Cristina me llamó al móvil para saber si tenía todo preparado para nuestra semana de excursión. Contesté afirmativamente y le dije que estaría esperando su llegada, afuera en la acera enfrente la puerta de entrada. Mientras estuve allí por varios minutos, no pude evitar pensar que, a juzgar por nuestra conversación en la cafetería, este viaje sería con toda probabilidad, la última oportunidad que tendríamos de pasarlo juntos. Después de eso, como ella insinuó, cada uno seguiría en la vida caminos separados. En consecuencia, tendría que aprovechar la ocasión que se me brindaba de la mejor manera posible que pudiera. Quiere decirse: disfrutar al máximo con su compañía y en especial del lado sexual en nuestra vacación. Como señal de gratitud, me comportaría como su más dedicado, servicial y atento amante que ella hubiera imaginado tener.

-Estoy segura que no la desilusionarás en eso – me aventuré a manifestar.

-Ciertamente Andrea. De todas formas la dama se lo merecía; era una belleza prodigiosa y yo era afortunado ser su acompañante… De pronto el sonido de un coche frenando al lado de la acera enfrente de mí me sacó de mi reflexión: era un BMW. Cambiando un par de sonrisas, abrí la puerta del pasajero y lancé mi bolsa de equipaje en el asiento trasero, al mismo tiempo que me extendí para besar su mejilla y exclamar:

-¡Hola preciosa! Estoy a tu disposición; llévame adonde quieras. Lo importante es estar juntos; el lugar no me preocupa para nada, incluido el infierno.

-"¡Ah...! –exclamó-. ¡Qué buen comienzo! Es de lo más estimulante. ¡Vamos!" –Se trataba de un coche automático; presionó el pedal del acelerador mientras seguía hablando-. "Espero que el viaje y la estancia allí cumplan nuestras expectativas de un sueño hecho realidad; puedo apostar en ello. Mucho dependerá de la actitud positiva que pongamos en ello, como tú acabas de demostrar por las bonitas palabras de bienvenida. Confío que sigamos aplicando ese método; de esta forma cualquier pequeña cosa nos parecerá extraordinaria."

-Estoy de acuerdo querida, por ejemplo: Como tú o yo, por decirlo así..., -tuve que realizar una pausa mientras reíamos la ocurrencia-. Por otro lado, consideraremos que somos un prodigio de la creación a fin de disfrutar de un fantástico tiempo juntos. En cualquier caso, somos criaturas únicas y debemos comportarnos como tales: no existe en la tierra una copia exacta de cualquiera de nosotros; ¿No envuelve de por sí misma, esa simple reflexión en nosotros mismos, un sentimiento de gran trascendencia en esté mundo? Sin embargo raramente valoramos su importancia y el psicológico beneficio que podíamos sacar de ello.

-"Dios mío, Benito –ella mencionó-. Me tienes alucinada por el serio razonamiento de tu profunda forma de pensar acerca de nuestra presencia en vida; esos principios apenas les tenemos en cuenta o los olvidamos fácilmente por otros asuntos como el materialismo que tiende a envolvernos y que menoscaba los valores intrínsicos de las cosas simples que nos son esenciales."

-Lo tienes claro Cristina; aunque reconociendo nuestro verdadero propósito en vida, en términos prácticos, trato de disfrutar la vida a tope apreciando a través de mis sentidos cualquier cosa buena que tenga lugar alrededor mío, como si en ese preciso momento fuera, por ejemplo: Alicia en el país de las maravillas. Desechando la existencia del infierno en cualquier tipo de vida futura después de la muerte: el amor que nos profesa Dios no puede permitir la presencia de tal aberración. De hecho, creo que nosotros humanos hemos creado en nuestra presente realidad toda la miseria, tormento e infelicidad que implica el concepto de infierno. Pienso que la esencia de infierno está dentro de nosotros, yaciendo latente y esperando despertar con nuestra mala conducta.

-"Estoy de acuerdo contigo Benito" –dijo, palmando mi muslo con su mano y dejándola reposar allí por algunos momentos-. "Creo que complicamos nuestras vidas con frecuencia. ¡Come on, vivamos el presente permitiendo a nuestros sentidos libertad para gozar de esta bonita experiencia que ahora se nos abre!"

"Me dí cuenta lo mucho que Cristina estaba disfrutando al volante; seguía conduciendo a una velocidad razonable antes de llegar a la *Autovía Nacional (N1)*, en dirección a Burgos; una vez allí, presionó el acelerador y el vehículo subió en rapidez adelantando a otros coches. Nuestra conversación seguía fluida sobre temas menos elevados que los previamente usados; concentrándonos en términos coloquiales propios de la charla cotidiana; los tópicos más frecuentes los proporcionaba el cambio de relieve en la orografía cercana a la autovía.

"Después de conducir unos cien kilómetros, hicimos una parada en la primera área de servicio para repostar; luego aparcamos próximo al restaurante para tomar café: Algunos minutos más tarde, retornamos al coche y Cristina me pidió que condujera por un tiempo para sentir la experiencia; su invitación me causó satisfacción; desde que era niño quise tener la oportunidad de un día ser capaz de conducir un moderno automóvil automático. Al volante me sentía feliz por no tener que cambiar marchas y sentir que la velocidad aumentaba a la leve presión del pie sobre el acelerador y lo contrario, al aflojarlo con suavidad. Fue entonces cuando prometí a mí mismo comprar un vehículo similar a la primera oportunidad que se presentase.

"Conduje por un tiempo considerable. Cristina parecía muy relajada, recreándose con la vista panorámica que se ofrecía a ambos lados de la autovía, al mismo tiempo que me entretenía con su animado comentario. Apenas pude intervenir en la conversación debido a mi concentración en la carretera y el tráfico cercano. Su interesante charla incluía algunas ilustraciones relativas a los pueblos y zonas por las que pasábamos.

"Poco a poco el crepúsculo nos estaba envolviendo cuando abandonamos la autovía y entramos en la carretera de Soria. Momentos más tarde Cristina, familiar con el área, me relevó al volante; entonces pude tener la oportunidad de prestar más atención al panorama que a esa hora tardía se estaba tornando un poco sombreado. La luz del día estaba gradualmente perdiendo su remanente fulgor; volviéndose más tenue a cada minuto; cada vez menos brillante, difuminando los colores y contornos del irregular paisaje, hasta que el completo horizonte llegó a ser oscuro, perdiendo el reflejo de toda su brillante belleza como resultado. Me sentí apenado cuando eso ocurrió; incitado por un profundo deseo, quería detener la vista por un poco más de tiempo, pero pensé que la *"Diosa Naturaleza"* había cerrado la cortina demasiado pronto, parando mi disfrute. Buscando consuelo, miré a la prodigiosa Cristina y ella me animó con una radiante sonrisa y seductora voz, diciendo: "No está lejos ahora, cariño; pronto llegaremos."

-Dulces momentos sin duda, Benito –dije-. Deseo que pudiera haber estado allí. Por favor sigue. El avión sólo está a medio camino del destino y yo estoy disfrutando esto.

"Era noche cerrada cuando llegamos. Escasas luces indicaban que existían algunas villas esparcidas a lo largo de las laderas de la montaña. Cristina paró el coche enfrente de una de ellas; había luz dentro. Al volver la cabeza y mirar a través de la ventanilla de atrás del vehículo, no demasiado lejos de donde estábamos, pude divisar el reflejo del alumbrado de lo que parecía un pueblo en la distancia. Salimos del automóvil y sentimos la intensidad de la fría noche impactando en nuestros rostros y manos, así que nos apresuramos a la puerta de entrada y Cristina sonó la campana. Una señora de unos cuarenta años, robusta, ataviada con obscuro sweater, falda y gruesas medias negras abrió la puerta y saludó, invitándonos a entrar; seguidamente la siguiente conversación tuvo lugar:

-"Todo está en orden, señorita Cristina. He enchufado la calefacción central y encendida la chimenea. Como sorpresa de bienvenida, he cocinado para ustedes cordero asado esperando que les guste. La mesa de la cena está lista también."

-"Gracias Dolores, aprecio todo eso pero usted no se debería haber molestado tanto para complacernos; es muy amable por su parte. Desde mañana tenemos planeado comer fuera la mayor parte de los días. Sugiero que pueda venir diariamente hacia el mediodía, para adecentar lo que crea necesario en el hogar."

-"Eso está bien señorita Cristina. Aquí estaré. Ahora le entrego las llaves de la puerta y del garaje. Le aconsejo poner el coche bajo cubierta ya que es noche de heladas y puede que vaya a nevar pronto."

-"Gracias Dolores; ¿Puedo llevarla a su casa?"

-"No es necesario señora; No es demasiado tarde y no tardo mucho llegar allí paseando; de esta forma hago ejercicio"-descolgó su grueso abrigo y sombrero de la percha y se los puso; abrió la puerta y nos dijo adiós mientras contestábamos-:

-"¡Buenas noches Dolores, hasta mañana!"

"Pusimos el coche en el garaje; retiramos los paquetes y maleta que ella traía; después de cerrar, dejamos los bultos en el vestíbulo y en un impulso nos abrazamos, sintiéndonos contentos de estar solos en lo que parecía ser una confortable casa en el campo. Luego, examinamos las dependencias dentro, comenzando por el adyacente espacioso salón alfombrado, suavemente decorado en beige y exhibiendo mobiliario de estilo provenzal. Nos acomodamos en la esquina del sofá cerca de la chimenea, gozando del calor que despedía el fuego de leña de roble; sintiéndonos realmente confortables allí durante varios minutos. Luego visitamos la cocina pintada en amarillo pálido y exhibiendo muebles de madera de pino; la puerta del final de la cocina conducía a la parte de atrás que estaba cercada por un muro: contenía una caseta de madera y varios árboles jóvenes, más una parte ajardinada y donde crecían vegetales. Al retornar dentro, comprobamos la carne del asado en el horno que despedía un olor de lo más apetecible; no pude evitar humedecerme los labios con la lengua como anticipando su exquisito sabor; a este respecto, pensé que deberíamos apresurarnos con la visita al resto de las dependencias del lugar…

"El alfombrado continuaba escaleras arriba completando tres amplios dormitorios con similar mobiliario provenzal y en-suite baño; una vez colocada la ropa de Cristina y resto pertenencias en el armario y tomada una rápida ducha, cambiamos el atuendo del viaje en una más confortable vestimenta casera. A continuación corrimos escaleras abajo para disfrutar nuestra cena *tête-á-tête*.

'La mesa rectangular se encontraba cubierta con un puntilloso mantel de encaje blanco que debía haber implicado mucho trabajo manual de aguja sobre el material. En lo dos extremos de la mesa, se había colocado la selecta vajilla y cubiertos que la ocasión requería, con las servilletas haciendo juego con el mantel. Al lado de los cubiertos se situaba un candelabro de metraquilato mostrando una vela roja y en medio de ellos un jarrón fino exhibiendo una rosa roja de largo tallo complementando el adorno de la mesa.

"Cristina se hallaba en la cocina, trinchando las porciones sobre una gruesa tabla de madera, antes de ponerlas en la misma fuente honda de barro en la que se había asado la carne juntamente con los vegetales. Nos reímos cuando entré allí, observando cómo lo estaba haciendo y le felicité por ello. Luego escogí una de las dos botellas que habíamos traído, la abrí y volví a la mesa para situarla al lado del jarrón. Momentos después, la nueva cocinera apareció mostrando una amplia sonrisa, emulando a una heroína en los Juegos Olímpicos, transportando en sus protegidas manos con guantes de cocina la tentadora comida que habíamos estado esperando.

-"Benito -dijo-. Te presento el premio de nuestra caza, su nombre es lechazo" —inclino su esbelta figura cuando colocó la bandeja en el centro de la mesa-. "No lo confundas con lechuzo, que unos de sus significados (en americano) es: prostituto; ¿Te suena? Quizás la coincidencia te traiga buenos recuerdos, ¿No cariño?"

-En lo referente a nuestra relación, magníficos…, gloriosos…, espléndidos, como el banquete que vamos a tener. ¡Vamos, siéntate, mi amor! Permíteme que haga los honores cuidándote como un siervo esclavo.

"Le ayudé a tomar asiento y llené su plato con tiernas porciones de cordero, esparciendo salsa caliente sobre ellas y añadiendo pequeñas patatas, zanahorias y vegetales. A continuación me serví, y luego vertí el vino en su copa y en la mía; alzamos las bebidas y brindamos al amor. Seguidamente nos dedicamos a calmar el apetito con el delicioso manjar; ensalzando el gusto que su condimentación dejaba en el paladar; todo estaba sabroso y ambos acordamos que el asado y su preparación habían sido sobresalientes. Un par de copas más nos impelían a ser más generosos con nuestras alabanzas sobre la deleitable comida. Había pasado mucho tiempo desde que yo había comido de forma tan suculenta; asentí afirmativamente cuando Cristina me pidió acompañarla con repetir con el resto de carne que quedaba en la bandeja; en este punto hicimos otro brindis por Dolores. En estas favorables circunstancias concluimos que la noche especial nos pertenecía; no teníamos prisa alguna y seguimos disfrutando. Vaciamos el resto de la botella y Cristina me pidió hacer el último brindis, lo que me apresuré a cumplimentar:

-¡Por el presente, mi querida! –Tragamos la mayor parte del vino que quedaba en el vaso-. La respuesta es que depende de nosotros hacerlo bello. Todo es cuestión de concentrarnos en el tema actual y lo que pretendemos sacar de ello. En el caso nuestro, es precisamente proporcionar placer el uno al otro.

-"Estoy toda por ello" –contestó-. "Tiene sentido a lo que te refieres" –hizo una pausa y mirando su reloj, sonrió y añadió-:"hablando del presente, quiero seguir tu recomendación; esta noche no habrá ninguna interferencia o reparos en contra de nuestro mutuo apasionante deseo... Será fácil embellecer la actuación, porque tenemos el control de la situación y sentimos un fuerte deseo los dos...; sugiero que nos movamos al confort del diván donde nos podemos tumbar cerca de la chimenea, aunque no sienta nada de frío ahora..."

-Por un momento –dije-, pensé que no lo mencionarías...

"Me levanté y le agarré por su estrecha cintura; ella reaccionó colocando su mano detrás de mi cuello y juntos anduvimos los pocos pasos que nos separaban del sofá; allí intercambiamos un tierno beso antes de depositarla con delicadeza; luego, con un rostro sonriente se excusó para subir al dormitorio y cambiar su vestido "con algo más confortable" –como dijo-. Durante su ausencia, recogí algunos troncos de leña del montón al lado de la chimenea y les añadí al fuego.

"Después fui a la cocina y descorché la segunda botella que trajimos, dejándola en la mesita al lado del diván, añadiendo dos nuevas copas. Oí unos ligeros pasos y fijé mi vista en las escaleras; Cristina estaba descendiendo vistiendo un sexy transparente camisón como única prenda. Estaba realmente radiante; me aproximé al pie de la escalera y cogiéndola en brazos, inspiré su primoroso perfume y la deposité en mismo lugar que antes; entonces apagué las luces, excepto la más débil al lado de la botella. Llené los vasos y bebimos un buen sorbo; pasados un par de minutos, Cristina extendió su mano accionando el enchufe de la lamparita que quedaba encendida, dejando la estancia a obscuras; el resplandor de la hoguera era suficiente para alumbrar nuestros cuerpos; luces y sombras se intercalaban en el área donde nos encontrábamos, avivadas por la intermitencia de las tenues llamas de la lumbre; nos sentíamos de alguna forma llevados por las discontinuas oleadas luminosas y la placidez que desprendía el ambiente, tornándolo realmente romántico. Yo no podía retirar mis ojos de la belleza de Cristina y su atractiva sensualidad. Todo demasiado fuerte para resistir; sintiendo mi adrenalina incitando y la pasión aumentando, me despojé de mi camisa y pantalones. Mis labios no podían parar de besarla, y mis manos estaban ocupadas en acariciar su cuerpo bajo su camisón en toda su extensión. Ella alentaba mis caricias mostrándome el camino en ocasiones. Me inclinaba para besar una y otra vez sus firmes y desafiantes pechos y lamer pezones, esta última acción le causaba cosquilleo y no paraba de reír… Ella movía su mano entre mis muslos jugueteando en la zona de mi miembro viril hasta el punto de constante erección. Mi propia excitación estaba subiendo… Me arrodillé en la alfombra y le ayudé a despojarse de su transparente holgado quimono; yacía tendida en la moqueta sosteniendo mi mano; me agaché y coloqué mis labios en su vulva y su excitación la hizo sacudirse y temblar con pasión cuando acaricié su clítoris. Situó sus manos en mi cabeza e inclinándose a mi nivel me susurró:" Cariño, vamos a tendernos más cerca del fuego y hazme el amor". Nos levantamos y me quité la última pieza de mi ropa interior y nos tumbamos juntos al lado de la chimenea donde revelamos ampliamente el deseo sexual que sentíamos el uno por el otro. No pudimos reprimir por más tiempo la intensa pasión que nos embargaba; ésta se desbordaba con la fuerza impetuosa de un rápido torrente, aumentando su violento fluir a medida que se acercaba la plenitud del orgasmo; el impacto total de tal amorosa experiencia o el verdadero sentido de felicidad alcanzado, llega a ser difícil de explicar con sólo palabras, no importa lo bien y apropiadamente que se usen: ¡Tal sensación es mucho más…! ¿Algo como tener el Cielo en la Tierra?

-Probablemente, mi socio –afirmé.

-Exhaustos y felices, permanecimos un buen rato de espaldas en el suelo y cogidos de la mano; nuestra mirada estaba fija siguiendo el brillo de las llamas bailoteando en la superficie del techo y a nuestro alrededor , describiendo sus variadas piruetas en la obscuridad y silencio del salón. Nuestras mutuas caricias continuaban por bastante tiempo hasta cuando el fuego comenzaba a perder su intensidad; decidimos que era tiempo de retirarnos a nuestra habitación; me tambaleaba algo al recoger mis esparcidas ropas y subimos las escaleras. Al entrar en la cama Cristina comentó: "ha sido un largo y bello día; acércate más, agárrate a mi cuerpo y dame tu calor toda la noche, cariño". Me abracé a ella y poco a poco nos envolvió el sueño…

"A la mañana siguiente me desperté al alba; salí sigilosamente de la cama para evitar interrumpir el sueño de Cristina; me dirigí al cuarto de baño y miré a través de la ventana y en la escasa luz del amanecer, me sorprendió la abundancia de copos de nieve cayendo y algunos deslizarse por el cristal de la ventana hasta posarse y cubrir el alféizar exterior; observé más lejos y pude comprobar una extensa capa blanca cubriendo la superficie del lugar tanto como la vista me permitía alcanzar. No pude evitar permanecer algunos momentos contemplando el impactante paisaje que se abría enfrente de mí; luego, con una agradable sensación, volví a la cama.

"Cristina seguía durmiendo; estuve observándola durante varios minutos. Era la primera vez que la veía así y quería disfrutar del acontecimiento; yacía de perfil hacia mí, mostrando su fino cuello y suave contorneado hombro; exponiendo la mayor parte de su desnudo tórax con un pecho primoroso moviéndose despacio al compás de su respiración; esto hizo que mi vista se fijara por algún tiempo a su sensual vaivén. Con dificultad conseguí controlar mis salvajes instintos que me impelían a estrujar en mis brazos sus tentativos atributos. Como forma de calmarme, traté de concentrarme admirando sus atractivas facciones: ancha frente, cerrados párpados permitiendo visualizar la ondulante curvatura de la piel desde el borde de las cejas descendiendo a la línea visual, delicada respingona nariz y ligeramente protuberantes pómulos, sensuales labios, tierna barbilla y esbelto cuello. No pude resistir más el perfecto conjunto de estos incitantes atributos al lado de mí, así que impulsivamente comencé a acariciar suavemente sus senos con mis labios; ella reaccionó parpadeando sus pestañas seguidas de apertura de sus grandes ojos y extendiendo sus brazos diciendo:

-"¡Buenos días mi amor! Qué buena forma de despertarme, cariño. Es tan dulce de ti, recuerda hacer lo mismo mañana".

-Seguro, hermosa. Ya que me das permiso, te despertaré antes porque el tiempo pasa deprisa y tenemos mucho amor que compartir. Ahora tengo una sorpresa que darte: ¡Levántate y mira por la ventana! Hace frío; Tápate con una manta; estoy seguro de que te gustará lo que verás.

"Siguió mi consejo y al momento le oí gritar: "¡Oh… Está nevando…, oh… Qué bello!" Unos minutos después volvió corriendo y saltó sobre mí, dejando caer la manta al mismo tiempo; entonces exclamó: "¡Estoy en tus brazos, compartamos amor; vamos es hora de empezar, mi amor!"

*

-Allí siguieron unos días extraordinarios; probablemente los mejores de mi vida hasta la fecha. Fue la primera vez que había pasado unas vacaciones en pleno campo. Nos habíamos impuesto un programa de acción en el que incluía un tiempo amplio para el juego sexual; los escarceos amorosos los dividíamos en tres partes: en la mañana al despertar, antes de tomar café; a la hora de la siesta y la tercera, en el salón antes de retirarnos a dormir. El resto de las actividades tomaban segundo lugar a esta normativa. Cristina no podía parar de reír cuando le recordaba las prioridades y solía responder:

-"Sí mi amo, primero la obligación y luego la devoción", o bien, "el deber antes de cualquier otra consideración".

"La segunda gran motivación era la gastronómica: con vistas a aplacar nuestro apetito, incluyendo el desayuno, teníamos por costumbre comer en cualquiera de los lugares que visitábamos durante el día. A menudo degustábamos comida casera, rica en proteínas y también ingeríamos algunas vitaminas, todo lo cuál proporcionaba la necesaria energía para nuestro itinerario diario. Realmente disfrutábamos haciendo excursiones alrededor de los pueblos no lejos de nuestra base, con la idea de no perder nuestra siesta diaria; no obstante la perdimos en un par de ocasiones en las que nos encontramos dentro de bosques de pinos, donde los rayos del sol apenas podían penetrar en algunas áreas a través de las altas y frondosas ramas de las copas de los pinos de tan pintoresca región.

Íbamos bien equipados para afrontar cualquier contingencia que se presentara en cuanto al cambio del tiempo; aparte de dos días que nevó abundantemente, el resto eran fríos y claros con viento del norte en ocasiones.

También nos gustaba ascender a los altos parajes nevados; allí la vista panorámica resultaba más espectacular, admirando las enormes sombras de los bosques de pinos que salpicaban el paisaje, contrastando con la nevada cordillera.

"Regresábamos a la base cansados pero no exhaustos debido a los alimentos ingeridos en el camino. Nos duchábamos juntos: sesión de lo más vivificadora y estimulante sin duda alguna; allí solía recordar a Cristina que, cualquier frontera que cruzáramos durante el proceso de ducharnos no contaría a los efectos de suplantar una de las tres cotidianas normativas sexuales. Ella respondía con una carcajada y solía rebatir: "No temas, mi amigo; la mujer nunca falla en estos asuntos, porque es más fuerte y hábil que el hombre". Después, ataviados con ligeras prendas, bajábamos al salón y nos acomodábamos al calor de la hoguera; entonces acostumbrábamos a ver películas tradicionales en versión original, poniendo en práctica la idea de Cristina; a pesar de nuestro mutuo entretenimiento amoroso adicional, en el que estuviéramos bastante ocupados a lo largo de la exposición del vídeo, no nos importaba arriesgar perder algunas de las secuencias de la trama, toda vez que habíamos visto con anterioridad la película en español.

"Lamentablemente las cosas buenas y los momentos felices tienden a finalizar antes de lo esperado. Ambos reconocíamos que habíamos disfrutado de unas maravillosas vacaciones juntos. La mañana de nuestra salida llegó y no hablamos mucho; con frecuencia nos mirábamos sintiendo algo de tristeza pensando en el inmediato abandono del lugar y el hecho de que habíamos transformado un pequeño intervalo de nuestras vidas en algo importante y bello; todo eso de alguna forma mostraba que habíamos creado en ese tiempo, un pequeño edén en este mundo para nuestro disfrute donde habíamos encontrado felicidad; por eso soy de la opinión de que compete a nosotros mismos generar "cielo" o "infierno" en la tierra, dependiendo de nuestra conducta y circunstancias.

"En el viaje de vuelta la velocidad era notablemente más lenta que a la ida. También había menos comunicación entre los dos; quizás rememorábamos demasiado sobre la extraordinaria experiencia que habíamos vivido y también acerca de los diferentes caminos que nuestras vidas seguirían en adelante. De cualquier forma, siempre quedaría el grato recuerdo del tiempo pasado juntos, lejos del caótico ruido de de la gran ciudad.

"Al llegar a Madrid, el fuerte sentimiento que nos unía el uno al otro se disolvía gradualmente. Por una vez, asemejábamos más a un par de colegas dirigiéndose a empezar la rutina del trabajo en la oficina. Cristina paró el coche e intercambiamos el último beso superficial. Ella dijo: "Muchas gracias, nunca lo olvidaré... Hemos disfrutado de momentos dulces... ¡Buena suerte, Benito!" Recogiendo mis pertenencias, exclamé: "¡Ha sido fantástico... No lo olvidaré fácilmente... Buena suerte Cristina!" Ella, inclinando la cabeza, presionó el acelerador y el motor del BMW respondió raudo, siendo engullido por el intenso tráfico...

Benito guardó silencio unos instantes; pensé que era mi turno intervenir:

-¡Afortunado bastardo! –Se me ocurrió decir mientras el avión descendía preparándose para aterrizar-. Realmente has disfrutado mucho de esa gran experiencia; mucha gente pasa por la vida sin conseguir ser afortunado en la vida. Tú debes estar agradecido por ello.

-Sí, lo estoy, Andrea. La vida sigue...

*

10

Con frecuencia, en ausencia de Felisa, me viene a la mente el estrecho vínculo que nuestra relación de pareja ha creado entre las dos; tanto, que la echo de menos terriblemente en tales momentos. Esta añoranza es fiel reflejo del profundo afecto que siento por ella. Amor que es recíproco. Ambas valoramos el hecho de que al compartir amor, lo tenemos todo. Nos consideramos muy afortunadas compartiendo nuestras vidas y todo lo que ello implica. Apenas importó nuestra angustiosa experiencia en BM Escort; al menos no fue en vano lo que tuvimos que soportar durante el difícil y, afortunadamente, corto proceso de tiempo pasado allí; de alguna forma el faro de nuestro querer, iluminaba las turbulentas olas que se generaban en el mar revuelto donde estábamos navegando. Ahora, esa luz incesante nos ha llevado a las tranquilas aguas del puerto, donde la antigua miseria ha desaparecido.

Atrás queda el desasosiego causado por todas esas vicisitudes que la vida puso en nuestro camino, antes de crear nuestra nueva y estimulante empresa. No han quedado resentimientos por nuestra parte: eso fue parte del juego de la vida que tuvimos que aceptar para sobrevivir, porque no había cualquier otra alternativa en oferta. Ahora miramos hacia adelante disfrutando del presente y nuestro trabajo.

Felisa se siente tan apegada a mí, que le gusta copiar algunos aspectos de mi apariencia. A menudo me recuerda que tenemos en común, además del vínculo amoroso que nos une, otras facetas tales como similar color de ojos y pelo, misma estatura y talla, además de parecido gusto en el vestir. Frecuentemente, impulsada por su deseo de ponerse alguna de mis prendas, intercambiamos cualquier atuendo de nuestro vestuario, incluyendo bolsos. En esto último, en ocasiones, se han suscitados curiosas anomalías al salir individualmente de compras o entrar en restaurantes: se ha usado el monedero, visa y/o carnet equivocado al pagar la cuenta; normalmente el desliz pasa desapercibido. Reímos cuando una de nosotras cuenta la anécdota diciendo:"Lo que pertenece a una, pertenece a la otra". Una vez intenté recriminarle: "escucha Felisa, tú llevas la peor parte, porque aunque la foto aparezca con cabello largo, el nombre en mi

DNI es de un varón". Ella respondió sin inmutarse: "tranquila querida, hasta ahora no he encontrado ninguna dificultad; sencillamente trato de comportarme como un travestí. Nadie se ha atrevido a comprobar mi órgano sexual…; en cuanto a suplantar tu firma, tampoco tengo problema alguno; por otro lado, me encanta llevar tus cosas y DNI."

Su perenne sonrisa a flor de labios alegra el ambiente y me estimula. Para mí, ella representa el mejor remedio en mis momentos bajos, cuando me aqueja alguna dolencia; entonces se sienta al lado mío y comienza a fortalecerme; observo su iluminado semblante y escucho la sosegada y suave forma de hablarme y al poco rato, como por arte de magia, me contagia su serenidad, desvaneciéndose gradualmente cualquier malestar que me sucediera. En tales esporádicos momentos tengo la impresión que, sin realmente planificarlo de antemano, ella me hipnotiza o sugestiona durante el proceso y una vez alcanzado este estado mental, desaparece el pasajero contratiempo. En el transcurso de su intervención usa frases cariñosas, que considero como receptora, estar llenas de poética significancia, por ejemplo: "<eres un rayo de sol que me ha rescatado de la obscuridad, iluminando mi existencia>". "<Cuando estás conmigo lo tengo todo>"; "<añoro tus ausencias, porque entonces me falta todo>". "<Tu amor por mí, son las perennes olas del mar>"; "<mi amor por ti, es la orilla donde reposan>". "<Me gustaría llegar a vieja contigo, surcando a través del final de las tranquilas aguas del océano de nuestro querer>".

*

Los domingos, Felisa y yo, tenemos por costumbre no madrugar. Al despertar nos recreamos siendo perezosas y pasando un buen rato en la cama seduciéndonos con pequeños juegos. Más tarde, una vez tomada una taza de café con pastas, empleamos algún tiempo en limpiar las habitaciones y prepararnos para salir; a continuación tomamos el ascensor y dejamos la casa para tomar un taxi hasta el popular parque denominado *"El Retiro"*: un pintoresco y bien cuidado boscaje y muy frecuentado, predominando árboles de diferentes tipos, intercalados entre abundante vegetación; los visitantes pasean a lo largo de pavimentados caminos que se entrecruzan entre sí; lugar libre de contaminación en el centro de Madrid, que incluye un lago de gran tamaño exhibiendo un atractivo arquitectural monumento edificado en su lado principal.

Nos acomodamos en uno de los escasos pequeños restaurantes y degustamos *"churros"* con chocolate, un aperitivo ideal en la mañana. Después comenzamos a pasear a través de la vegetación hacia el lago, donde alquilamos una barca y remamos relajadamente sobre las tranquilas aguas por espacio de una media hora. Más tarde nos adentramos en la flora y paseamos por un rato hasta encontrar un lugar solitario fuera del camino y nos tumbamos sobre el verde a descansar confortablemente y chatear sobre nuestras cosas íntimas en nuestro tiempo libre al final una semana de trabajo. Dentro de esa animada conversación, Felisa mencionó:

-Sabes cariño que me gusta la poesía, así que en mis ratos a solas he creado un poema que ahora deseo recitarte y que he titulado:

TRIBUTO AL SOL

Me pregunto el porqué de tanta suerte,
el gozar de tu luz en la distancia,
y donde quiera que coincida tu estancia,
nada en el mundo supera el tenerte.

El porqué de tu ordenado recorrido,
constancia de mantener tu calor,
lo que a la vida concede valor,
sin lo que el mundo hubiera perecido.

El porqué tu misión nunca termina,
cuando tu luz abandona un paisaje,
la noche impera y a otro ella ilumina.

A tu beldad yo rindo vasallaje,
tu presencia mi carácter afina,
y cuando tú no estás sufre el paraje.

Cuando tú no estás, solo me he quedado,
echándote a faltar y agradecido,

por lo que durante el día has concedido,
la vida prosigue por tu cuidado.

Tu generosa obra no la seguimos,
y el amor que muestras no practicamos,
pues mientras vivimos nos complicamos,
con los problemas que nos desunimos.

Nos ofreces una vida tan bella,
y nos dejas la opción de concebirla,
que olvidamos, escogiendo querella.

Vida material impide sentirla,
nos ciega la ambición que ello destella,
cuando perdemos optar a entenderla.

Con frecuencia pienso y a veces sueño,
si la intriga mundana se detendría,
y la benevolencia se extendería,
y así del mundo, ella se haría dueño.

Desde la distancia tú ves la utopía,
final muy bello, pero irrealizable,
nuestra mentalidad lo hace impensable,
y ¿Si aquello vendría?, ¡Qué bueno sería!

Soñando me imagino ¡Cómo sería…!
El sueño se acaba al ver la realidad,
cruda…, tan distante de mi fantasía.

Sentir mundo que abunda en desigualdad,
donde prima el interés a cualquier vía,
y ¡Saber que escasea solidaridad!

*

-Me ha gustado mucho Felisa. Gracias, mi amor. ¡Es un poema precioso!

Estábamos reiteradamente deseosas de repetir estas especiales ocasiones pasadas juntas en privado entre la naturaleza en tal sitio ideal , así que cuando la coyuntura lo permitía, nos sentíamos agradecidas de la oportunidad de compartir nuestros sentimientos amorosos en dicho entorno; allí nuestros fuertes lazos cariñosos estallaban abiertamente como una cascada haciéndonos disfrutar plenamente; esa era la consecuencia de que cualquier tiempo pasado en tales condiciones llegara a ser muy gratificante. Normalmente permanecíamos allí hasta que la hora de comer se estaba acercando, cuando abandonábamos la zona para buscar un taxi y unirnos a Enrique y Benito en un restaurante cerca del centro de la ciudad.

Recuerdo que en una de estas singulares mañanas de Domingo, me quedé sorprendida que Felisa se levantara más temprano que de costumbre y que algo más tarde, volviera trayéndome una taza de café a la cama, lo que consideré inusual.

-¿Qué pasa, mi amor? – le pregunté, comprobando mi reloj-. No hemos intercambiado caricia alguna. ¿Por qué tienes tanta prisa? –indagué, situándome en una mejor posición en la cama.

-Hoy quiero llevarte a oír misa de once, en la iglesia de la parroquia que dirige…

Don Felipe.

Me quedé boquiabierta a causa del impacto causado en mí por su inesperado anuncio. Tomé un sorbo de café y a duras penas pude emitir algo coherente:

-Pero… ¿Por qué, cariño?

-Hace mucho tiempo que no comulgo –dijo, añadiendo-: Referente a nuestros arrumacos, te compensare por ellos esta noche, querida…

Está bien, mi amor. Me sobresaltó la noticia… ¡Don Felipe!... ¡Un Cura! Terminaré el café rápidamente y me arreglo, mientras me surtes los detalles…

Algo más de una hora más tarde, entramos en la iglesia unos quince minutos antes del inicio de la misa dominical. A esa hora, la extensa nave estaba llena de parroquianos; sin embargo Felisa deseaba situarse cerca del altar como había comentado:

-Para una vez que asistimos, no deberíamos perder detalles de la representación.

Nuestra perseverancia fue premiada y pudimos encontrar sitio en la tercera fina de bancos. Antes de arrodillarnos, mi mirada vagaba recreándose recorriendo el recinto; el día claro iluminaba el amplio espacio, abarrotado de público decentemente ataviado. Profusión de lirios y azucenas llenaban floreros alrededor del altar y presbiterio, otorgando al lugar una agradable impresión de contraste de colores blanco y amarillo, complementados con el policromado de las grandes vidrieras.

Este vagar contemplativo de la imaginación quedó bruscamente interrumpido cuando recibí un ligero golpe de codo en el costado. Miré a Felisa y con un leve movimiento de cabeza, me señaló que la puerta que conducía a la sacristía se estaba abriendo: Un grupo de cuatro personas en canónico atuendo irrumpían en el presbiterio: dos monaguillos lideraban otro clérigo que a su vez precedía a Don Felipe; obviamente yo estaba poniendo mi atención en él, todavía impresionada por la noticia recibida de Felisa; No obstante, por un instante pensé la segunda persona adulta me parecía familiar. Me dí media vuelta y fijé mis ojos en Felisa y comprobé que contenía con dificultad la risa; ese esfuerzo insinuaba que algo raro estaba pasando; desistí del empeño de tratar de aclarar la anormalidad que percibía y me concentré nuevamente el cuarteto, pero de repente, algo invadió mi mente y no pude evitar emitir un grito:

-¡Santo Dios…! –Algunos devotos cercanos giraron sus sobresaltados rostros hacia mí; pude ver por sus turbadas miradas, una especie de asombro ante un posible milagro que tenía lugar allí ante sus privilegiados ojos. Por otro lado, pudiera ser que hubiese errado en la interpretación de sus gestos y ellos significasen reprobación; como forma de consolación, me afiancé en la creencia de que los que están más cerca de creer en un milagro, son aquellos que lo experimentan en sí mismos. Esta reflexión personal me conduce a la pregunta: ¿Quién está en posesión de la verdad? Pienso que la mayor parte de las veces, la verdad es un punto de vista, o sea, versiones diferenciadas. En mi caso, el hecho de ver al compañero Fernando Ojeda enfrente de mí oficiando una misa, me parecía sobrenatural: inconcebible pero verdadero. De ahí el impulso de gritar.

- ¿Creando problemas, mi querida Andrea? –sentí susurrar en mi oído.

-Tú nunca me sorprendes, Felisa. ¿Cómo pudiste guardar el secreto contigo?

-¡Oh! Es una larga historia… No es el momento adecuado para decírtelo. Ahora debes dar gracias al Señor por la buena noticia. Prepárate a recibir la Sagrada Comunión de nuestro amigo; espero que no sufra un desmayo al verte. Guardemos silencio.

- Demasiadas emociones en un solo día –suspiré.

Momentos después, arribó la oportunidad de tomar comunión; Don Felipe y Fernando se situaron sobre el primer peldaño de los tres que accedían al presbiterio y comenzaron a repartir el sacramento de la Eucaristía a los fieles que allí esperaban. Felisa y yo, ambas algo nerviosas, esperamos un poco más, hasta que en la cola se produjeron algunos claros, que por entonces se dividió en dos filas. Justo al acercarnos a Fernando, nos dimos cuenta que éramos las últimas personas esperando. Nos reconoció al instante y medio a escondidas, sonrisas afloraron en nuestros rostros. Sin prisa él puso la hostia en la palma de mi mano y como señal de encuentro, nuestros dedos pulgar e índice se tocaron levemente, mientras pronunciaba con parsimonia: "El…Cuerpo… De… Cristo".

Cuando retornamos a nuestro sitio, el piadoso recato antes observado dio paso a nuestra alegría mal contenida, debido al placer de haber encontrado a nuestro amigo; aunque nunca cruzó los límites de conducta decente establecida para tal congregación de gente asistiendo a misa. Realmente deseábamos que la ceremonia terminase lo más pronto posible para poder reunirnos con Fernando. La espera nos hacía sentirnos excitables. Por fin la misa llegó a su final y nuestro compañero se adentró en la sacristía.

Permanecimos sentadas mientras el público abandonaba el templo. El tiempo pasaba lentamente y consulté el reloj un par de veces. Momentos más tarde la iglesia se quedó vacía; además de nosotras sólo quedaban las efigies que una y otra vez contemplaba. También supongo que la imaginación de Felisa vagaría igualmente por el recinto, ya que intercambiamos pocas palabras. Estuve cavilando en el simbólico contraste dentro de las diferentes iglesias cristianas; en la iglesia católica predomina la proliferación de estatuas que se exhiben, por lo general de forma ostentosa, y manera preponderante; pensé que de esa forma llega a ser más fácil impresionar y sobrecoger a sus fieles. Deduje que esa pomposidad era una natural consecuencia de la prepotencia de la iglesia católica mostrada desde la Edad Media a través de su gran poder, fuerza, riquezas, autoridad e influencia hasta nuestros días. En contraste con otras iglesias cristianas, donde su simbolismo está mayormente concentrado en imágenes de Cristo y su cruz modestamente representados.

Siguiendo un impulso susurré al oído de Felisa una pregunta:

-¿Aprobaría el humilde Jesús la forma en que Su Iglesia se ha desarrollado?

Felisa me miró y con una sonrisa a flor de labios respondió:

-Pienso que si Él volviera, probablemente no la reconocería como Suya.

Su inaudita contestación me hizo soltar una carcajada en el silencio de la extensa nave; un instante después la puerta de la sacristía se abrió y nuestro amigo Fernando apareció en el umbral portando un traje negro y cuello clerical. Los tres nos apresuramos a abrazarnos enfrente del altar.

-¡Es maravilloso que estés aquí! –Exclamé-. Qué sorpresa más bonita. ¿Cómo lo hiciste?

-Algunas veces los caminos del Señor son misteriosos. Uno de ellos me ha permitido vivir cerca de mis amigos de la infancia donde me puedo encontrar con ellos. Este es un momento muy especial para mí.

-Y, ¿En qué capacidad estás aquí? –Inquirí.

-Soy responsable de la oficina del coadjutor; ayudo al sacerdote en los menesteres de la parroquia y su rebaño de almas.

-Eso suena como un gran trabajo, mi amigo –dije-. Me gustaría contar con alguien como tú para encauzar mis numerosas faltas.

-Estoy seguro que no te estás comportando tan mal para tener necesidad de mi ayuda. Lo puedo asegurar.

-No lo sabrás hasta que te lo confiese.

-Esperaré con ilusión a que eso ocurra, mi oveja descarriada.

-De acuerdo, arreglad los dos ese tema –dijo Felisa-. Nos congratulamos por tu llegada para residir aquí; nuestras plegarias han dado su fruto… -la miré de reojo, frunciendo el entrecejo; oí a Fernando responder:

-Y las mías también… Santo Dios.

Salimos de la iglesia, dichosos de estar juntos; teníamos muchas cosas que contarnos. Continuamos hablando con premura bajo el sol del mediodía. Algo más tarde, encontramos una terraza de un bar, a la sombra de entoldo y sombrillas; allí permanecimos un buen rato, celebrando el encuentro con cerveza y tapas. Aproveché la oportunidad para ir al lavabo y usar mi móvil contactando a Benito y Enrique; en un principio pensaron que era una broma cuando les dije que Fernando nos acompañaría a comer; luego se sintieron entusiasmados por la noticia, insistiendo en que fuéramos puntuales para la comida de las dos en el restaurante.

Y lo fuimos a la hora fijada. Nuestros amigos estaban esperando a la entrada, donde se fundieron en un abrazo con Fernando; seguidamente entramos dentro y ocupamos una mesa en el comedor, adyacente a la que solíamos usar, ya que necesitábamos una quinta silla. Nos sentíamos extremadamente felices en tan importante ocasión, celebrando el encuentro de cinco amigos de la infancia, que no se habían vuelto a encontrar durante mucho tiempo: un importante vacío habido en nuestras estrechas relaciones. Ahora teníamos la oportunidad de de evocar algunas de nuestras vivencias juntos; rememoramos una profusión de anécdotas que nos hicieron reír; por ejemplo, aquella que tuvo lugar en las festividades del pueblo, en la que asistimos a una fiesta y Enrique se pasó del límite en la bebida, tanto que se puso enfermo y le tuvimos que acompañar a su casa; permanecimos en la puerta un par de minutos, escuchando la conversación familiar que siguió así:

-¡Enrique! –Exclamó su madre-. ¿Por qué estás arrastrándote escaleras arriba?

-Lo siento madre… Estoy mareado…, voy a la cama…

-¡Espera! –Contestó, agarrándole por el brazo-. Has tenido suerte que tu padre no ha vuelto todavía –descubriendo que había bebido demasiado-. ¡Oh, Dios mío… ¡Vienes cargado de vino…!

-Mamá… ¿Crees que…, debería haber hecho dos viajes? -Con una risotada, desaparecimos calle abajo.

La fiesta continuó a lo largo de de la apetitosa comida; el alimento había sido bendecido por Fernando.

-Nuestros cuerpos y almas están impecables –mencionó Enrique -; cualquier cosa que comamos o bebamos no nos pueden causar daño alguno, gracias a nuestro amigo. Qué bueno que no tendremos que gastar nada en drogas u otras medicinas.

-No existe panacea para el abuso, querido gamberro –replicó Fernando-, Una vez que se ha apoderado de ti, no lo puedes parar. Es aconsejable practicar la frugalidad; conviene levantarse de la mesa con un poco de hambre; el cuerpo lo apreciará.

-El mío no –respondió Enrique-; es de lo más inconsiderado y rebelde en esta cuestión. Por favor padre, no me hagas pasar un mal rato ahora que estoy disfrutando de una deliciosa comida. Tu bendición al final del banquete, solucionara el problema. Tengo fe en ello.

-Te deseo un camino de rosas en tu carrera sacerdotal –dijo Felisa-, libre de complicaciones mundanas como matrimonio, familia, vecinos, criar niños, hipotecas, contribución, tasas locales y fiscales, más dificultades económicas para llegar a fin de mes, etc. –Hizo una pausa y cambió de tema-. Por regla general los varones son machistas, incluyendo la Iglesia Católica que empezó calumniando y vilipendiando a María Magdalena, a quién muchos eruditos historiadores, según entiendo, creen que fue la compañera de Jesús y mejor amigo de entre sus discípulos; culminando con el genocidio de varios millones de mujeres enviadas a la hoguera, durante más de trescientos años de brujería impuesta por la nefasta Inquisición Católica en la Edad Media. Creo que si alguna vez existió el demonio, actuaba instalado dentro de la fuerte jerarquía Vaticana durante todo ese tiempo.

- El tema es demasiado fuerte para contender, querida Felisa. Dejemos los errores pasados ya que no se pueden rectificar. Además me gustan las mujeres; creo que son las mejores criaturas en este mundo. Vivir el presente es lo que realmente importa y estos momentos pasados con mis amigos son muy especiales para mí. Sigamos disfrutando la fiesta compañeros.

- Sabias palabras –añadió Benito-. Te deseamos suerte en tu celibato de castidad, a pesar del hecho de que vas a echar de menos muchos felices momentos con el sexo opuesto; lo que considero la mejor experiencia que uno puede gozar en nuestra mundana experiencia. ¿Valdrá la pena aplicar la necesaria fortaleza para resistir la tentación?

-Resulta difícil decirlo en este momento, hermano. No obstante, nadie está libre de pecado. Cualquier cosa que hagas, nunca pierdas tu fe.

Pensé que estábamos bebiendo gran cantidad de vino celebrando su llegada; esto me ayudó a unirme al general desatino:

-Dejemos los temas devotos a un lado. Es curioso como el duende del vino tergiversa la conversación; por otro lado, generando alegría al grupo lo que es una buena cosa. Creo que todos necesitamos una buena confesión de vez en cuando, amigos. Todo será perdonado por la intercesión de nuestro compañero. Sugiero que no perdamos la oportunidad de quedar en paz con nosotros mismos.

En similares términos continuó la larga sobremesa; una vez finalizada la divertida velada, acompañamos a nuestro amigo a pie. Queríamos gozar del privilegio de su presencia hasta el último instante. Una brisa fresca acariciaba mi piel refrescándola. El buen rollo continuó hasta alcanzar la puerta parroquial. Al decirle adiós, Enrique suplicó:

-Padre, ¡Reza por estos pecadores y danos tu bendición!

Levantando su mano y haciendo la señal de la cruz, replicó:

-Todos estaréis en mis plegarias. Dios os bendiga. Id en paz.

*

El último sábado de cada mes, el grupo BMIC está invitado a asistir el party que tiene lugar en la mansión de Nicolái Bochkov. Normalmente no hay demasiada gente presente, básicamente personas que tienen alguna conexión con el negocio del anfitrión; más algunos miembros de la Embajada Rusa. Alguna vez nos acompañan Pedro y Gustavo, lo que hace aún más amena la fiesta.

Según me informé, una firma gastronómica suministra todo lo relativo a los manjares y licores; esta mercancía se ofrece al público asistente por un esmerado servicio pulcramente uniformado. En una esquina del suntuoso salón principal, se sitúa una plataforma donde un cuarteto musical ameniza el festejo con piezas melódicas de música clásica. Esta espaciosa sala comunica con una terraza y bien cuidado jardín, con variedad de plantas, zonas verdes, franjas de flores y una piscina en el centro atractivamente diseñada e iluminada. Como el crepúsculo comenzaba a envolver el lugar, las débiles luces se encendieron automáticamente tornando el sitio aun más atractivo.

En ese encuentro social y respecto a la bebida, a Felisa y a mí nos gustaba beber vodka, aunque lo mezclábamos con zumo de naranja, como si quisiéramos copiar a nuestro anfitrión y jefe señor Bochkov en su preferida bebida; también seguíamos la misma línea al escoger caviar y salmón por nuestros más gustosos canapés. Sentíamos que después de ingerir algunos tragos, cualquier inhibición desaparecía al circular y ser sociable hablando con cualquier persona en el party, mostrando el debido respeto que todo individuo merecía; después de todo, estábamos allí para promover el interés de nuestro negocio, al mismo tiempo que disfrutábamos de un buen rato. Nuestra filosofía es el negocio y el placer, pero en ese orden, particularmente cuando se trata de un mitin con bastante gente importante, como ocurría en ese lugar.

En uno de esos festejos era cuando me di cuenta que entre Enrique y Nadia Yezhova podía haber algo más que amistad. Algunas veces solía pasar a su lado y verles entretenidos en lo que consideraba una, "más que amigable conversación". Al principio pensé que quizás él le estaba ayudando a pulir su conocimiento gramatical en español, o bien ella pretendía mejorar el léxico inglés de él. Ambas de esas posibilidades tuve que descartar algo más tarde, cuando Felisa y yo salimos a pasear por el amplio jardín; estábamos aproximándonos una zona obscura de arbustos, cuando oímos un par de gemidos; entre la maleza de la espesa vegetación, apenas pude distinguir la silueta de una pareja tendida en la espesura. Previamente habíamos notado la ausencia de Enrique del salón, así que dedujimos que uno de los dos cuerpos entrelazados cerca de nosotras, pertenecía a él; no era difícil suponer a quién la otra persona femenina tan pegada a él pertenecía. Cualquier cosa que estuvieran practicando no parecía nada semejante a impartir una clase gramatical sintáctica. Tratando de no distraerles de su cariñosa ocupación, sin ruido retornamos sobre nuestros pasos riendo todo el camino de vuelta al salón, donde nos reunimos con los asistentes y continuamos celebrando bebiendo más alcohol y brindando por el amor y sus complejas manifestaciones, recordando el feliz incidente en un entorno bucólico.

En la tarde del día siguiente, tomando una taza de café con Enrique, le recordé el incidente en estos términos:

-¿Qué tal te salió la lección nocturna, amigo Enrique? Confío en que nadie en el salón os echaría de menos, ya que todo el mundo estaba demasiado ocupado exhibiendo sus atributos personales y capacidad negociadora, mientras sostenían con sus dedos copas medio vacías del espumoso y otros licores, sin importarles que un par de amantes estuvieran "jugando" a la intemperie. Por otro lado, debo admitir que admiro tu valentía tomando riesgos; ya que no estabas allí para contemplar el paisaje sino responder a la tentación sensual.

-En la caza del amor a uno no le importa enfrentarse a un posible peligro, querida Andrea; ni la mente lo percibe de antemano. Uno sólo piensa en el placer de compartirlo.

-Nos paramos en el instante preciso; de lo contrario hubiéramos sido personas advenedizas en tu party privado.

-Como viste Andrea, nos gusta la naturaleza incluso de noche. Oí el eco de vuestra risa pero no lo bastante fuerte para distraer mi atención fuera de mi motivante distracción. Sin duda la obscuridad ayuda a concentrarse en el tema amoroso.

-¡Vaya pájaro que eres! Bien Enrique, cuéntame más acerca del tipo de relación que estas teniendo con Nadia, si crees que lo debes hacer…

-Sin ningún problema con eso, Andrea; espero que no me pidas una exhaustiva detallada versión sobre nuestras experiencias en el terreno íntimo; sería arduo y complejo señalar los pormenores del caso; entenderás que mantendré en reserva los puntos delicados de esos momentos íntimos que solamente a nosotros conciernen.

- De acuerdo, Enrique; esa es tu prerrogativa; descríbelo como gustes, pero infórmame de una forma u otra; soy persona adulta y, como sabes, trabajé en BM Escort, así que con referencia a actividades eróticas en actos sexuales, pocas tórridas experiencias escapan mi imaginación. ¿Me expreso claro, compañero?

-Absolutamente; bien, recordarás cómo entré en contacto con Nadia: tú misma me la presentaste en la mansión Bochkov; ella me impactó como una chica prodigiosa y elegante. Yo era un muchacho ingenuo que había llegado recientemente a Madrid desde un pequeño pueblo rural sin haber previamente encontrado nadie tan sensacional como ella; naturalmente me sentí sobrecogido por su belleza y personalidad; posiblemente porque bajo mi apariencia de campesino allí, mi presencia hubiera pasado totalmente desapercibida a sus ojos azules.

"Mas tarde, comunique mis conclusiones a Benito sobre mi primer encuentro con Nadia y el me proporcionó algunos buenos consejos: "Es perjudicial juzgarte a ti mismo. No te apresures a valorarte, antes considera la posible reacción que tu mera presencia haya despertado, hasta que un diálogo se haya establecido. Además, sacando primeras conclusiones te puedes equivocar; la realidad rara vez se ajusta a la apariencia. Primero observa, y no tengas prisa en juzgar; toma tu tiempo y veras las cosas desde todos los ángulos. No te desanimes. Todos cometemos errores y aprendemos de ellos."

-Gracias Benito, lo tendré en cuenta. Ahora debo proseguir con el tema de mi relación con Nadia Yezhova:

"Pocos días después de haber abierto la Agencia de Cambio de divisas, fui gratamente sorprendido verla de pie enfrente de mí. Ella comentó que venía en visita de cortesía antes de comenzar a realizar otros encuentros de negocios bursátiles con la Agencia. Me levanté y le invité a sentarse y Helen nos hizo café y hablamos de diversas cosas; creo que con frecuencia poseo una mirada franca y fija mirada que algunas veces puede parecer indiscreta; El hecho fue que no perdí cualquiera de sus movimientos en su asiento, algunos de ellos llenos de sensualidad, o esa era la impresión que yo saqué de ellos, a menos que la butaca donde se sentaba fuera inconfortable. A menudo cruzaba sus piernas sin razón aparente; tal intermitente movimiento conseguía reducir a un mínimo el área de sus piernas que su minifalda debía cubrir, extendiendo la visión de sus bien formados muslos; semejante deliciosa vista hizo aumentar mi adrenalina y olvidar las sabias recomendaciones de Benito sobre cautela en conducta social. Fue muy duro para mí tener que resistir aferrarla en aquellos momentos; no recuerdo cómo pude haber salido ileso de tan dura y complicada prueba que se me presentaba. Puede ser posible que ella notara en mi semblante alguna dosis de inquietud, o algo por el estilo; lo cierto es que, de pronto, desplegando la sonrisa más grande que he visto, hizo ademán de levantarse, extendiendo su brazo hacia mí; impelido por un resorte, me levanté y estreché su mano, quizás demasiado efusivamente a juzgar por la mueca que reflejó su rostro. La seguí hasta la acera donde, sin parar de sonreír, se despidió y entró en el mercedes con matrícula diplomática que tenía aparcado al lado. Permanecí quieto respirando hondo por más de un minuto, antes de volver a entrar en la oficina, no sin antes pasar por el lavabo.

Cuando terminó su narración del primer encuentro *tête à tête* con Nadia, respeté su silencio temporal; inspiró profundamente, causando su área pectoral que se expandiera y seguidamente emitió lanzó un prolongado audible suspiro al expeler el aire; entonces decidí que el instante había llegado para comentar:

-Mi querido Enrique, los "apuros" que pasaste para sufrir suenan como una placentera delicia; es una pena que yo no estuviera allí para testificarlo. Ahora sé buen chico y por favor, continua con tu entretenida historia; soy toda oídos…

-Bien, después de ese encuentro, Nadia frecuenta nuestra Agencia, lo que proporciona muy provechoso nuestro negocio conjunto, como tú puedes fácilmente entender debido a los numerosos intercambios de transacciones en efectivo de divisas extranjeras. Como puedes comprobar, sus visitas al despacho no tiene nada que ver con mi…Irresistible carisma, aunque el suave trato personal siempre se tiene en cuenta. Al término de cada operación, tenemos la costumbre de salir y, después de dejar el dinero seguro en el coche, entramos en el bar próximo para tomar algo y pasar un rato hablando. Esta híbrida asociación: mitad mercantil, mitad amigable, nos ha hecho conocernos mejor uno a otro y como consecuencia, gustarnos más.

"Viste con exquisita elegancia: lleva conjuntos que, aparte de ensalzar sus encantos, impele a uno aprobar su buen gusto, aunque esto último es lo de menos para mí, ya que presto más atención a la belleza y sensualidad que emana de ella; este pensamiento me lleva a menudo a visualizarla desnuda y yo lamiendo por todas partes su cuerpo; persiguiendo la posibilidad de esta traviesa y excelente idea, estaba poniendo en práctica todo el atractivo a mi disposición para impresionar y seducirla.

No encontré la tarea difícil de superar: el magnetismo que despide su aura satura con facilidad mis sentidos y este sentimiento soluciona el propósito sin aparente esfuerzo. Posiblemente ella percibió en mí algo especial que le atraía, quizás mi extrema docilidad, o cualquier otra cualidad desconocida en mí, ¿Quién sabe? El hecho fue que un día en el bar, de pronto me preguntó: "¿Qué haces este fin de semana?" Y sin esperar mi respuesta añadió: "Lo podíamos pasar juntos". Me quedé asombrado de lo que oía; no pude decir nada coherente; "Nada…, cómo…? ¿Qué…?" Me di cuenta de que tenía que actuar rápidamente; concentrarme en su propuesta; sin pensarlo pude sugerir: "Cualquier lugar cercano… Me gustaría visitar Toledo" – entonces, apoyando el codo sobre la mesa del bar, y sosteniendo mi cabeza con la mano me eché a reír. Reía a causa de la rapidez de mi respuesta; nunca antes había tenido la intención de visitar Toledo; sin embargo en ese preciso instante llegó a ser imperativa esa propuesta porque esa ciudad era la más cercana a Madrid, y de esa forma pasaría más tiempo fuera de la carretera, para usarlo acariciando a mi chica… Pensé que no era una mala idea y continué sonriendo.

"El jolgorio de Nadia repercutía en mis tímpanos. Alcé la vista y nos miramos fijamente; secamos algunas lágrimas producto de la risa mientras hicimos un gesto para abandonar el lugar. Escogió ese momento para hacer un comentario: "OK, te recogeré a las cinco en punto. "Sólo necesitas llevar contigo tu cepillo de dientes…, y una sonrisa. Adiós, cariño."

"Nadia fue puntual. Estaba esperándola impacientemente en la acera. Cuando la divisé en el Mercedes descapotable saludé blandiendo mi cepillo de dientes en la mano izquierda, mientras con la derecha hacía el signo del autostop, al tiempo que mostraba mi pantorrilla al aire; el resto de mi equipo de afeitar lo llevaba en mi bolsillo. Nadia emitió una carcajada al parar el coche al lado mío diciendo a viva voz: "Venga dentro, le llevo adonde quiera, señor; no pude resistir la tentación de su pierna desnuda." Yo respondí: "Es un buen cebo que nunca falla, señorita. Siga por ese camino y conseguirá el resto…" Rió y me miro con ojos muy abiertos mostrando una expresión como si visualizara la invitación-; abrí la puerta del coche y la besé en la mejilla, sentándome a su lado; continuó risueña al apretar el acelerador. Ella llevaba puesto un conjunto suelto compuesto por una blusa de seda escotada y minifalda, dejando al descubierto parte de sus encantos, acariciados en parte por suaves oleadas de viento, en los cuales detenía mi mirada una y otra vez para beneficio de mis sentidos y de la ocasional caricia.

"Viajábamos hacia el sur por la autovía de Andalucía. El tráfico era intenso y bullicioso, con camiones de gran tonelaje. El paisaje que atravesábamos desde las afueras de Madrid, me parecía bastante desolador, predominando el terreno baldío, propio de sequía, con poca y dispersa vegetación; de todas formas, no me importaba lo que ocurriera en el estéril entorno fuera del vehículo, mi mente estaba admirando la fabulosa vista dentro del automóvil. Allí, a mi vera estaba el mejor espectáculo que pudiera soñar; me sentía totalmente en paz conmigo mismo, concentrándome en ella; en esos momentos nada más me importaba; La velocidad que imponía Nadia, generaba una brisa contraria que bamboleaba su rubia cabellera de un lado a otro de sus mejillas; este incontrolable y divertido entretenimiento me hizo pensar acerca del aumento de la sensualidad que hacía irradiar tal natural elemento físico al chocar con la zona de su semblante, lo que hizo fijar mi atención en su rostro por bastante tiempo.

"No tardamos mucho en desviarnos y alcanzar la carretera que nos llevó a Toledo, donde arribamos antes de la puesta del sol. La elección del hotel había sido excelente, ya que era renombrado, y le felicité por ello; no me preocupé por comprobar las dependencias del inmueble porque toda mi atención estaba puesta en Nadia; hasta cuando tomamos el ascensor estaba impaciente por llegar a nuestra habitación. Al final abrimos la puerta de una espaciosa suite; era la primera vez que había estado en una pieza excepcional de hotel con antecámara, dormitorio con extensa cama y amplio baño, todo en perfecto orden. Salté sobre la cama aterrizando diagonalmente sobre ella y probé su anchura recreándome en su dilatada superficie visualizando la posterior diversión…

"Sin esperarlo, de pronto Nadia saltó sobre mí y nos entrelazamos en un abrazo, luego preguntó: "¿Estás por casualidad pensando lo mismo que yo?" y, como yo reía, se le ocurrió colocar su dedo índice sobre mis labios para que guardara silencio y continuó: "no necesitaremos tanto campo para practicar nuestro recital amoroso porque nos agarraremos uno a otro con pasión la mayoría del tiempo; ¿No te parece?" aún sonriendo respondí: " es verdad, mi amor; pero la amplitud me dará espacio para maniobrar, en el caso que tu incesante apetito sexual persiguiendo a este inocente muchacho me vuelva loco hasta el punto de querer buscar refugio." –Eso la hizo emitir una carcajada y luego replicó: "Aunque todo fuera verdad, incluida tu mencionada

"inocencia", no podías escapar de mis garras; dalo por seguro. Sin embargo te trataré con la mayor delicadeza, tú pobre chaval" –habiendo dicho eso y con una sonrisa en su rostro, salió de la cama y entró en el lavabo.

"Unos minutos más tarde salió del baño y me presentó una proposición "indecente" que me alegró mucho: "Si quieres ahorrar agua, podíamos tomar un baño juntos, querido cowboy.""

"Antes de saltar del lecho, ya había descorrido la cremallera del pantalón…, entonces tan rápido como una bala, me puse a su lado y nos besamos mientras ayudábamos a desvestirnos el uno al otro. Mis inquietas manos estaban ocupadas en acariciando cada centímetro de su anatomía, instigadas por una especie de incontrolable estímulo, al mismo tiempo que la despojaba de sus escasas prendas, las que quedaban esparcidas por el suelo. La atraje junto a mí, uniendo nuestros labios en un largo beso pasional; experimentando las primeras sensaciones por la combinación de incitaciones sensuales que, como resultado, tenían lugar allí; sus suaves senos fijados a mi pecho enviaban placenteros mensajes a mi cerebro, siendo reiteradamente contestados lamiendo sus pezones y usando la palma de mi mano para acariciar la zona de su vagina; a veces su vulva rozaba mi enhiesto miembro viril haciéndolo más gordo, a medida que mi excitación aumentaba por minuto…

"Aflojé mi presión amorosa cuando Nadia me susurró: "La fiesta sólo está comenzando cariño; pienso que conviene refrescarnos un poco en el baño." Acordé diciendo: "tienes razón, mi amor." Situé mi brazo alrededor de su cintura y entramos en la zona del baño; previamente Nadia había preparado la bañera; la espuma del gel y sales cubría la superficie del agua templada, el aroma que despedía resultaba agradable.

"Nadia se deslizó dentro de la bañera, manteniendo a flote su risueño semblante que me hacía señas para acompañarla, lo que cumplimenté rápidamente; teniendo cuidado para evitar molestarla lo más mínimo cuando me escurrí despacio en el agua. Resultaba divertido tratando de encontrar una posición adaptable a nuestros cuerpos, mientras resbalábamos varias veces entre el chapoteo, las burbujas de espuma y nuestros gritos de alegría; Nuestra accidental pérdida de equilibrio, nos hacía soltar la carcajada, máxime cuando a modo de sostén tuve de improviso, en un par de ocasiones, que apoyar mi mano en uno de sus pechos reaccionando con un respingo, lo que hizo que mi rostro cayera de bruces debajo de la espuma. No fue fácil encontrar el truco de adaptación al estrecho espacio evitando caer sobre ella o herir cualquier miembro contra los lados de la bañera, pero pronto lo conseguimos saliendo ilesos del percance.

"Tomábamos turnos en masajear uno al otro el área de los órganos sexuales. Un entretenido y excitante trabajo. Es imposible explicar ahora el sentimiento de éxtasis que tenía lugar allí, no hay palabras para reflejarlo con exactitud. Cuando tocaba el turno a Nadia, me atraía hacia sí y el impulso me daba una mejor oportunidad para besar sus labios… El placer y estimulación que provenía de tal delicado frote, a veces me impelía retirar su mano y tomar control de la situación, para evitar eyacular fuera de sus entrañas, como deseaba. Su rostro ruborizaba de deseo y obviamente era muy difícil resistir la tentación, pero pensé que por el momento que debía resistir y contener los fuertes impulsos impregnando mi mente para hacer lo contrario; "¿Podía hacerlo?" Me consideraba una clase de "novato" en estos asuntos; recientemente había abandonado un área rural, lejos de cualquier entorno social, donde apenas se presentaba nunca una oportunidad de este tipo, por lo que me encontraba totalmente inexperimentado.

"¿Cómo podía controlarme por más tiempo en una situación como la que tenía enfrente de mí?"

"Allí me encontraba participando en un banquete sexual: una circunstancia que no hubiese podido imaginar entonces ni en sueños. De pronto me sentí afortunado por ello. Volví a la realidad y me centré en la hermosa dama que estaba conmigo, justo debajo mío, con sus esbeltas piernas tan separadas como pudo en la situación; con mi mejor delicadeza hice lo mejor que pude para ofrecerle todo el placer físico que pudiera; mi inquisitivos dedos acariciaban todas partes de su anatomía, especialmente las más sensitivas, poniendo toda mi concentración en ello; mi voz emitía con ternura las mejores palabras que se me ocurrían, recreando sus oídos en lo que estaba haciendo; ensalzando cada uno de sus atractivos, al mismo tiempo que aplicaba extrema suavidad a mi mano acariciando su zona vaginal, moviendo mis dedos dentro de su sensitiva carne. Ella me miró con esos amorosos ojos azules mostrando que deseaba ser forzada

ya que agarró mi abultado pene y en un tono suplicante pidió: "por favor Henry, hazme el amor, cariño." Su sentencia mencionando mi nombre me cautivó, así que junté mi mano a la suya y empujé despacio mi miembro dentro su sexo, haciéndola emitir gemidos de placer trasladándola rápidamente hacia el clímax. Este indescriptible momento fue demasiado para mí, haciéndome temblar con pasión fuera de control, subiendo mi placer a su máximo nivel y haciéndome alcanzar el mejor orgasmo que siempre había tenido. Sus suspiros de placer se disiparon algunos momentos después de apretarme estrechamente con un convulsivo movimiento, clara indicación de que se había derretido…

"Aún abrazados y dentro de ella, permanecimos así durante varios minutos acariciándonos; relajando y descargando la alterada adrenalina, permitiendo que la revuelta pasión retornara mansamente a su cauce. Al encaramarme al borde de la bañera le pregunté:

-¿Te gustó la clase de natación impartida por este amateur?

"Ciertamente, Henry. Fue brillante, propia de un buen profesional. Quizás puedas hacer esto para vivir… De hecho te comportaste magníficamente. Me dejaste exhausta, cowboy.

-Lo creo, sirena.

"Media hora más tarde, nos mezclamos entre la multitud que transitaba por las angostas calles del viejo barrio de la ciudad, alrededor de la catedral. Visitamos ésta, durante cerca de una hora, admirando las maravillas de su arte exquisitamente trabajado en mármol y alabastro a lo largo y ancho de cada pared de las numerosas salas que exhibían con el más mínimo detalle la impresionante obra; aunque, para mí, lo que más llamó mi atención fue una escultura que representaba a la Virgen y el niño, *La Virgen Blanca,* ambas imágenes mostrando una sonrisa muy especial: natural, serena, calmada, apacible y radiante… Su mensaje impregnó mi ser y todavía lo percibo, era belleza y felicidad personificadas: Nunca he visto mejor sonrisa esculpida.

"Después de la estimulante visita, continuamos visitando lugares de interés. La puesta de sol ya había dado paso al comienzo de una noche cerrada. Nadia portaba un elegante vestido negro que acentuaba su delgada figura, rubia cabellera y labios rojos, atrayendo las miradas de algunos viandantes. Como bien sabes Andrea, yo vestía la misma ropa casual que había estrenado a la venida: camisa blanca, pantalones vaqueros y zapatos de tenis, ya que no había tenido otra opción que seguir la regla de Nadia en el tema de traer sólo el cepillo de dientes.

"Hicimos un par de paradas en los bares típicos para beber vino y tomar tapas. La mutua confianza que habíamos adquirido dentro de la bañera, se reflejaba en la fluida conversación que manteníamos. Habíamos superado la barrera de la amistad, transformándonos en amantes aquella misma tarde. Sin duda, un gran paso adelante.

"Para cenar, elegimos un asador que nos habían recomendado en la recepción del hotel, donde se especializaban en platos de carne asada. Se trataba de un lugar confortable y con buen servicio. Nadia me sugirió que tomara una comida rica en proteínas, comentando a ese respecto: "Deseo que puedas afrontar la tarea de superarte en nuestro próximo tórrido encuentro sexual y para ello, una buen pieza de carne solucionara el problema; no me gustaría que fracasaras en el intento tomando una ensalada, mi amante salvaje; sería demasiado embarazoso, ¿No crees?" "No temas cariño; no tendrás razón para quejarte; además no me gustan los vegetales. En ningún caso, no acabarás decepcionada después de mi extraordinaria actuación amorosa, que te prometo cumplir, tú bella criatura;" me levanté y la besé a modo de confirmar mi propósito. Luego, ella ordenó, con una sonrisa en su rostro, la chuleta de ternera más grande para mí, a la brasa y para ella asado de cordero lechazo. Para el vino elegí un par de botellas de *Marqués de Cáceres.*" Momentos después, el camarero descorchó una de las botellas y procedimos con un brindis al amor y a nosotros. La noche era joven y éramos los dueños del tiempo; mientras conversábamos en armonía, apreciábamos que no teníamos prisa; además el hotel no se encontraba lejos del lugar; por lo tanto seguíamos bebiendo despacio y apreciando las pequeñas cosas de la vida en nuestra conversación y el hecho importante de estar juntos pasando un buen rato. Instantes después, el camarero de mesa nos sirvió los platos solicitados y nos pusimos a degustar la deliciosa comida; probamos los primeros gustosos bocados y la segunda botella fue descorchada; poco a poco iba ganando la batalla con la chuleta ayudado por el vino, que se iba diluyendo por momentos. Quedaban los huesos en nuestros platos y la segunda botella estaba vacía. Sintiéndonos muy felices con nuestra culinaria alimentación y declinando beber más, pagamos la cuenta y abandonamos el restaurante.

"En el camino de vuelta al hotel, la sostenía del brazo; ella había bebido tanto como yo, pero sus pasos eran menos precisos. La brisa nocturna nos refrescaba la piel estimulando nuestra energía; las calles estaban todavía bastante llenas con una mezcla colorida vestimenta usada por un abigarrado público disfrutando ruidosamente la noche. Al llegar al hotel, nos apresuramos a tomar el ascensor, ya que deseábamos estar solos; instantes después, abrimos la puerta de nuestra habitación y tomé en mis brazos a Nadia; ambos caímos juntos en la cama, toda vez que Nadia se había aferrado estrechamente a mí al trasladarla. Me solté de su sujeción y no pude por menos que reír pensando en el intenso panorama sensual que se abría comenzando a ofrecerse a los dos en la larga noche; con esta excitante perspectiva en mente, empecé a desnudarme de mi atuendo aplicando la parsimonia y ritmo de un stripper, todo ello hecho bajo la burlona supervisión de Nadia, antes de irme al cuarto de baño para una visita rápida; seguidamente volví para ayudar a mi impresionante chica a despojarse de todas sus prendas de vestir, lo que resultó también de lo más divertido; luego, Nadia se internó en el lavabo para completar arreglos menores. Mientras estuvo allí, me metí en la cama esperando su vuelta y cuando lo hizo, todo el cielo se abrió para nosotros, experimentando las caricias y felicidad propias de hacer el amor durante la mayor parte de la placentera noche…

"A la mañana siguiente, permanecimos juntitos en cama durante mucho tiempo. Una de las veces que Nadia se levantó, sacó de entre sus cosas un libro que me entregó afirmando: "toma cariño, aquí tienes la Biblia del erotismo; lee y practica algunas de las enseñanzas en mí, si puedes hacerlo." Considerando esto un nuevo desafío, contesté: "pienso que te he dado suficientes demostraciones de ello anoche, lo prueba el hecho de que te dormiste antes que yo lo hiciera." Nadia, mostrando una sarcástica risita en su rostro replicó: "de acuerdo, anoche dormí maravillosamente gracias a ti y como bien dijiste, soñé mas que tú; esta es la razón que me siento tan activa esta mañana; ¿Te convencerá esto, mi amor?" "Sí, supongo que tiene sentido"- tuve que admitir.

"En la portada del libro aparecía el título: *Kama Sutra;* su autor era un clérigo Hindú con el nombre de *Vatsvayana* que lo escribió en el siglo *IV*; pasamos un buen rato ojeándolo; comentando algunas ideas, consejos y sketches, mostrando el antiguo acercamiento oriental a las prácticas eróticas Tratando de continuar con el desenfreno, pusimos en práctica una de la disparatadas posturas ilustrada en uno de los gráficos insertados en el libro. Tengo que confesar que fracasamos en el intento por la dificultad de adoptar el cambio de necesarias posturas, lo que resultaba de lo más cómico y nos impelía a reírnos continuamente. Antes de seguir con otro raro ejercicio, comenté: "¡Dios mío! Ese clérigo tenía una imaginación versátil en temas sexuales; bien, al menos creó una buena selección de juegos amorosos para sacar a la gente del aburrimiento de la época: en esos tiempos carecían de fútbol, baraja, dominó y prensa rosa…"

"El tiempo restante en Toledo pasó muy rápido. Disfrutamos de cada momento en que estábamos despiertos, hasta que volvimos a Madrid.

-Querida Andrea, debo decirte que de nuestra asombrosa estancia en Toledo, dos cosas predominan en mi mente; la primera se refiere a Nadia: saqué la conclusión de que es una hermosa mujer que vive a tope el momento presente, sin escrúpulos o prejuicios; sobre el tema de las relaciones sexuales se puede calificar de ninfómana, una clase de depredadora sexual, descartando cualquier culpa de sus acciones en este campo. Ella está llena de vida y vive para eso. En lo referente a mí: Ella me enseñó a sentir pasión sin mezclar amor duradero.

-¡Esa fue una maravillosa experiencia! –Exclamé-. ¡Tú, afortunado bastardo!

*

11

Todo discurría con normalidad en nuestras relaciones con nuestros patrocinadores Rusos. Ellos parecían sentirse satisfechos con los resultados que producía nuestro mutuo acuerdo comercial. Frecuentemente mostraban su aprobación con el considerable resultado positivo que el negocio generaba. Eso era lo menos que podíamos esperar manifestar de ellos, porque: en cada transacción comercial, actuábamos con total transparencia informándoles, anticipando nuestras opiniones sobre el caso. Ellos por su parte, tenían que revisar la operación y aportar adecuado consejo, si aplicable, para ser tenido en cuenta; seguido del verbal consentimiento final para proceder a cerrar la transacción del acuerdo comercial y firmar el correspondiente contrato.

Como implica lo anteriormente citado, esperábamos continuar operando y produciendo considerables beneficios por muchos años, desde nuestra base en Madrid. Cualquier indicio indicaba continuar en esa dirección.

Sin embargo, en el transcurso de una de las periódicas reuniones, contando con la asistencia de Peter B. Delgado, algo inesperado sucedió que nos ocasionó cierta inquietud. El señor Bochkov comenzó evaluando positivamente nuestros esfuerzos en alcanzar los objetivos marcados por su Grupo y BMIC. En su estimación, los beneficios habían excedido las más altas expectativas para el período de tres años que acababa de finalizar. Se sintió muy satisfecho por "la excelente colaboración prestada resultante de los extraordinarios ingresos conseguidos a través de ese tiempo," según indicó.

A continuación, ante nuestro asombro, informó la intención de su Grupo de transferir la base de su operación comercial a Marbella, con la esperanza de que pudiéramos aceptar su oferta de continuar encargándonos de los negocios bajo los mismos términos y condiciones como hasta ahora. Luego delegó en Peter B, Delgado para explicar las razones del cambio de base de operaciones.

El letrado expuso en detalle la conveniencia comercial de cambiarse a Marbella, con el propósito de tener acceso directo al boom inversionista en la construcción teniendo lugar en su área. Numerando sus numerosas provechosas vertientes comerciales. A ese respecto, subrayó la urgente necesidad de establecer la nueva sede en esa ciudad y comenzar operaciones tan pronto como fuera posible. En su entusiasmo, predijo que los beneficios de tan sabia acción, experimentarían un espectacular aumento, incluso poco después del inicio de la inversión comercial.

El período para completar el cambio y organizar la infraestructura necesaria no debería exceder de seis meses. En el ínterin, era aconsejable dar de baja BMIC y crear una nueva compañía mercantil con sede en el nuevo destino; además del cierre de la Agencia de Cambio de Moneda en Madrid y abrir una nueva en Marbella; estos asuntos administrativos correspondían formalizarse en el Bufete de Abogados.

Finalizada la sesión, mis compañeros y yo nos excusamos, con vistas a analizar solos la nueva situación presentada por nuestros patrones y asociados Rusos. Con este dilema en mente, nos aislamos en una mesa del rincón de una cafetería; procedimos a considerar objetivamente las ventajas y desventajas que implicaría continuar con BMIC o bien, desmantelar la firma en su forma actual o integrarnos en la nueva. Para ayudarnos s decidir, Benito hizo un croquis al efecto en una servilleta, donde enumeramos a un lado los beneficios, y al otro los perjuicios, de nuestro problema. Cuando comprobamos con cuidado el resultado, todos llegamos a la conclusión que no teníamos más opción lógica que aceptar la propuesta ofrecida por nuestros avalistas, si queríamos continuar en el próspero camino que habíamos escogido para nuestro éxito económico.

-No hay duda alguna sobre ello –sentenció Benito-, nuestros sponsors financieros nos están conduciendo a nuestra independencia económica. Podemos ver que su deseo es seguir contando con nuestros servicios y deberíamos sentirnos privilegiados en aceptarlo. Rehusar semejante buena oferta, sería desastroso en las presentes circunstancias. No podemos prescindir de ellos; ¡Sería estúpido perderlos!

-Mi padre me compró un billete de tren de ida a Madrid y cuando abandoné el pueblo me dijo al salir: Enrique, como estoy corto de dinero, el mejor consejo que te puedo dar es, que no vuelvas la cabeza atrás ni para comenzar una carrera; mira al frente y cuando has alcanzado algo que valga la pena, agárralo y no lo dejes escapar. ¡No vuelvas para informar de un fracaso…!

-Tu padre es un bromista también -manifestó una sonriente Felisa-, aunque te dio una buena recomendación. Yo tampoco podría votar en contra; me gusta lo que estoy haciendo, especialmente el lado artístico de mi trabajo; es una extraordinaria experiencia.

De esta forma estampamos nuestra conformidad al nuevo proyecto. Luego conversamos acerca de cosas relacionadas con el cambio de lugar de operaciones y sus implicaciones; también el hecho de que ninguno de nosotros tenía un inmueble en propiedad en Madrid, jugaba a nuestro favor al no retrasar la transferencia a la nueva base operacional señalada, dentro del plazo establecido previsto a tal fin. Además nos sentíamos felices considerando la oportunidad de comenzar trámites, en el ínterin, para comprar nuestras propias viviendas en el área de Marbella. Los cuatro estábamos realmente entusiasmados visualizando la posibilidad de ser capaces de adquirir nuestras propias residencias.

-Ni en mi más maravilloso sueño –comentó Enrique-, hubiera imaginado que yo podría empezar buscando, tan pronto después de mi llegada, mi propia propiedad privada. Me siento como un chico estrenando zapatos nuevos. Es una pena que mi padre no tenga un fax o teléfono…

-Todo a su debido tiempo, querido amigo –mencioné-. Es demasiado pronto para vender la piel del oso hasta que no se haya cazado. Considérate una persona afortunada como el resto de nosotros; cálmate y disfruta de la ilusión de todo ello hasta que sea una realidad tangible; entonces –creo-, que será el momento preciso para sacar a tu padre del gallinero, cobertizo y pequeña propiedad que posee y haga una visita a tu estupendo dominio…

-No puedo esperar a que eso suceda Andrea; pero me controlaré para no morderme las uñas pendiente del resultado y seguir tu consejo; lástima que haga tanto calor para ponerme guantes mientras tanto.

- En mi caso –Felisa señaló-, me encuentro muy excitada al pensar de poder pronto compartir un nido de amor contigo, mi amada Andrea. Eso será mi respuesta a todos mis mejores sueños: un increíble sentimiento de felicidad hecho realidad.

-Eso es recíproco mi amor –repliqué-. Es todo lo que añoro; sólo ser tu amante pareja. Nada me complacerá más…

-Suena estupendo percibir la pasión que sobresale de vosotras dos – manifestó Benito-; pero sería mejor reservar vuestra adulación para la intimidad; de lo contrario, tanto Enrique como yo nos vamos a encontrar fuera de lugar y dejaros solas para continuar vuestra amorosa charla.

-La envidia no os llevará a ninguna parte, muchachos –dijo Felisa-. Seguid buscando la suerte con las bellas damas…

Varias veces brindamos por el éxito de nuestros comunes deseos. Hacia el final de la celebración nos sentíamos en tal feliz humor, alzábamos nuestras copas simplemente para oír el sonido de los vasos al chocar. Pensé que, en ese momento, no ofrecíamos una buena vista para ser observada, pero qué importaba. Cualquier coherencia en el manejo de las palabras y frases precisas gradualmente se disipaba; causando extenso destrozo en el correcto uso de la dialéctica y sintáctica forma de expresarse; perdiendo la mayoría de lucidez que tenían antes de que el vino ofuscara nuestro intelecto. Como excusa en defensa de nuestra estúpida conducta en aquel preciso instante, creo que algunas veces conviene cambiar el orden de la oración al azar, para forzar una divertida chispa lingüística en la conversación, lo que ayuda a reanimar una reunión de amigos.

Una hora después salimos a la calle con rostros sonrientes; todo alrededor nuestro se veía hermoso. Era un gran día: los rayos del Sol brillaban de manera esplendorosa…

Algunas veces echo de menos a mi familia, especialmente mi hermana Sofía; nos escribimos con frecuencia: ella me mantiene en contacto con su forma de vivir y expectativas futuras, acontecimiento locales, entorno familiar y cuchicheos del pueblo.

Algún tiempo atrás, en una de sus cartas me informó que a nuestro padre, después de muchos años en su trabajo, se le había concedido un temprano retiro debido a sus deficiencias asmáticas y cardiovasculares. Naturalmente me sentí preocupada acerca de su salud, pero ella me aseguró que no me debía intranquilizar porque él seguía llevando una vida normal, sin fumar y tomando sus medicinas bajo la supervisión del médico local, que le visitaba con regularidad.

Su última misiva, recibida hace un par de meses, me produjo gran satisfacción al conocer que una vez terminados sus estudios de magisterio, tuvo que acudir a un examen competitivo sobre vacantes de enseñanza, logrando pasar el test con alta puntuación. Como resultado de ello, le concedieron una plaza de maestra en un pueblo de la *Comunidad de Castilla y León*. Después de una corta estancia en su nueva localidad, se vio adaptada a su puesto de trabajo y nuevo entorno social, entre los que se encuentra a gusto. Ella siente gran estima por sus convecinos, quienes la respetan y colaboran con ella en cualquier circunstancia.

Una vez acondicionada su vivienda y consolidada su posición, decidió invitar a nuestros padres a vivir con ella. Ellos se mostraron encantados en aceptar y procedieron a tramitar la venta de su limitada propiedad. Afortunadamente la transacción no tardó mucho tiempo en completarse. Pronto después de eso, consiguió su ansiada compañía.

Cuando terminé de leer su carta, un fuerte deseo me impelía ir y visitarles: era la llamada de la sangre que impregnaba mi ser y me impelía ir a visitarles; la respuesta a ello no se hizo esperar. Una semana más tarde, alrededor del mediodía, viajaba en tren *Talgo* hacia la capital de provincia, cercana al destino. Pocas horas más tarde bajaba del tren en la estación, donde tomé un taxi que me llevó hasta la dirección; cuando el coche paró la emoción que sentía al ver a mis padres esperándome en la puerta de la casa, hizo que mis ojos se llenaran de lágrimas de felicidad y salí rápida del vehículo para fundirnos en cálidos abrazos.

El alboroto causado por nuestros abrazos y ruidosa charla, hizo que Sofía saliera rápidamente y me extendió sus brazos para que me refugiara en ellos, juntando nuestras mejillas fuertemente; por desgracia había pasado mucho tiempo desde que nos separamos a causa de mi salida del pueblo donde vivíamos; en esos momentos especiales, de alguna forma tratamos de compensar esa ausencia por medio de nuestras mutuas demostraciones emocionales de afecto familiar. Una vez recobrada nuestra compostura, pudimos seguir hablando más relajadamente mientras disfrutábamos estando todos juntos otra vez.

-Estoy tan contenta de estar aquí con mi querida familia —dije-, pasando los días libres que puedo disfrutar por el momento —estuve obligada a hacer una pausa, para besarles uno a uno otra vez-; este es el mejor regalo que pueda tener, para compartir vuestra compañía.

-Apenas podía esperar que sucediera esta ocasión –habló mi madre-, Estoy tan feliz por poder tener ahora junta a toda mi familia, aunque sea por poco tiempo. Doy gracias a Dios por ello.

-Me uno a las palabras dichas por tu madre –afirmó mi padre, estrujando mi mano-. Es una real bendición estar junta toda la familia.

-Vamos dentro –sugirió Sofía sosteniendo mi equipaje-; entremos y te enseñaré tu habitación; después nos acomodaremos en el salón para tomar algunos refrescos y canapés –mirando mi figura, añadió-: estás estupenda, querida hermana.

-Gracias Sofía, todo es porque estoy feliz con vosotros tres. Por otro lado, tú también estás magnífica, mi muñeca.

La visita a mi familia fue corta pero plena de satisfacción personal. Sólo me pude quedar tres soleados días en su pueblo a causa de previos compromisos laborales. Viví intensamente el tiempo pasado allí entre ellos. Nunca mencionábamos el pasado, en cualquiera de nuestras conversaciones; nos concentrábamos en disfrutar del presente en armonía con nosotros mismos. Existía un aire de fiesta a lo largo de todo lo que hicimos entre nosotros. Supongo que a un extraño observando a, mi hermana y a mí, parecíamos a dos competidores enfrascados en proporcionar el mejor cuidado personal a nuestros agradecidos padres; ciertamente era un privilegio para mí ayudar en todo lo que podía para ellos.

Durante la ausencia de Sofía en su trabajo, por las mañanas acompañaba a mis padres en un paseo por los caminos vecinales, atravesando la vega del pueblo; allí proliferaban abundante jardines y huertos de vegetales, sobresaliendo el intenso verdor de la exuberante variedad de sus densas hortalizas. Algo más lejos, el río deslizaba sinuosamente su relumbrante caudal a lo largo de sus riberas y espesas choperas con sus profusas hojas verdes. El lugar y sus vistas panorámicas me parecían asombrosas: mantuve mis ojos abiertos en admiración de tan impresionante paisaje: me parecía como si el tiempo se hubiera quedado quieto por generaciones.

Podía sentir los beneficios terapéuticos que proporcionaba su contemplación: Notaba en mí, relajación y paz interior; esta sensación me obligaba instintivamente a inhalar profundas respiraciones. Podía ver a mis padres también disfrutando del paseo rural; especialmente a Genaro, quién con frecuencia me recordaba lo beneficioso que resultaban estos paseos por el campo para su delicada salud.

Al atardecer, repetíamos la experiencia en compañía de Sofía; solíamos escoger una ruta diferente, al pie del terreno montañoso del contorno. A medida que avanzábamos a través de cuestas, la undulante panorámica llegaba a ser cada vez más impresionante a nuestros ojos. De vez en cuando transitábamos cerca de caseríos o granjas diseminados entre los campos de cereales. No lejos de donde nos encontrábamos, divisamos una bonita estructura de un edificio que sobresalía entre el resto en la zona y que atrajo nuestra atención; estaba situada por sí sola en la ladera; la villa y un extenso muro que la cercaba estaba pintado de blanco; ya que deseábamos ver la propiedad desde cerca, ascendimos en sentido opuesto al camino asfaltado que conducía a la carretera y que se originaba a la entrada de la mansión. A través de la verja de hierro, pudimos comprobar su construcción clásica situada a unos ciento cincuenta metros de distancia nuestra; supuse que la imponente propiedad había sido construida relativamente reciente. Un nuevo camino de grava, bordeando un campo de cuidado césped con una espaciosa y bien diseñada piscina en el centro, conducía a la entrada del elegante porche, sostenido por dos blancas columnas redondeadas; allí pude también distinguir una larga mesa oval de madera y sus sillas alrededor, para uso de los comensales; algo separado pude ver la puerta de un doble garaje; al lado opuesto, otras tres columnas del mismo tipo sobresalían del ancho ventanal con cortinas de visillos que impedían mirar dentro del salón o aposento. En el césped, varias tumbonas azules se hallaban esparcidas a los lados de la piscina; a la orilla de la línea del camino y el verde, se había plantado un hilera de árboles ornamentales jóvenes. El resultado de todo ello producía una sensación de belleza, lujo y confort atractivamente fusionados dentro de su perímetro.

Sofía y yo nos miramos, con ojos de asombro, suspirando…, y ella exclamó:

-¡Fantástico! ¡Su nombre debería ser *Bella Vista*!

Asentí con un movimiento de cabeza; con cierta desgana tuvimos que retomar el camino de vuelta… Volvimos la espalda hacia la mansión y nos deleitamos una vez más en contemplar el paisaje del valle y la ondulada línea del horizonte en la distancia. Caminábamos despacio el viaje de retorno al hogar. El ocaso vespertino estaba a punto de completar su ciclo diario en nuestra limitada y magnífica panorámica; a causa de la rotación de la tierra sobre sí misma, la línea del horizonte estaba gradualmente dejando atrás la vista del sol; a través de esos preciosos momentos disfrutamos de mayor placer contemplando la exhibición de la gama de colores producidos por los rayos del sol golpeando de lado algunas de la nubes sobre nuestro contorno: un absorbente caleidoscopio de colorido que poco a poco perdía en intensidad, mientras la obscuridad comenzaba a asentarse…

Ese sencillo día con mi familia fue uno de los momentos estelares de mi vida.

Por la noche en casa, una vez que nuestros padres se retiraban a dormir, Sofía y yo solíamos coger un par de sillas y sentarnos al lado de la puerta a tomar el fresco. Nos gustaba la oportunidad de estar solas y dialogar sin interrupciones sobre nuestros gustos, expectativas y cosas diversas. Aquí menciono algún ejemplo:

-Veo que aún no tienes novio, Sofía. ¿Por qué?

-No tengo tiempo para pensar en ello, ni tampoco ahora la inclinación, Andrea. Es demasiado pronto para mí para involucrarme en una relación de ese tipo. Quiero tener más tiempo para atender a los padres. Más tarde consideraré la opción, pero no por el momento.

-Pero, ¡No tienes alguien en mente, Sofía? Un buen joven podría estar en mi lugar ahora y hacerte sentir el baile de mariposas en tu estómago. La noche es larga y cuando mamá y papá se van a la cama, tú deberías tener tiempo para experimentar romance.

-No tengo a nadie en mente por ahora. A decir verdad, cuando era más joven me gustaba mucho Benito, pero él nunca me prestaba atención. En cualquier caso, me encuentro feliz aquí; en un sitio como este es fácil sentirse contenta con muy poco. ¿Qué piensas tú?

-Estoy completamente de acuerdo; si te conformas con lo que tienes y cómo eres. No obstante, esto aplica a cualquier lugar donde uno se encuentre.

-Es verdad, Andrea; una positiva disposición de ánimo es esencial para ser feliz, ¿No crees así, hermana?

-Sí, definitivamente, pero en mi opinión, la mayor parte del tiempo la felicidad es muy inestable; con frecuencia es una quimera que perseguimos con determinación; Creo que sólo tiene lugar cuando hay ausencia de dolor o mala suerte; también creo que la felicidad en la vida humana tiene mucho que ver con la positiva actitud mental para actuar objetivamente en cualquier caso; de cualquier forma es demasiado volátil: apareciendo y desapareciendo; en relación a la situación de bienestar o sufrimiento que crea la circunstancia, como dos opuestos estados psíquicos que se suceden uno a otro, o solapándose: positivo y negativo; causando los altibajos que desequilibran nuestras vidas; reconfirmando el axioma que: *Nada es Permanente*.

Sofía permaneció en silencio, quedando pensativa algunos instantes…, luego me miró a los ojos y comentó:

-Me ha hecho muy feliz tu compañía. Es tarde Andrea. Vamos a la cama, mañana tienes que madrugar. Te echaré mucho de menos, querida hermana.

-Yo también te echaré de menos Sofía. Me iré sintiendo nostalgia de tu compañía, de todo esto… ¡Ha estado magnífico…! –Impulsivamente nos levantamos y nos fundimos en un abrazo.

*

El fuerte vínculo amoroso entre Felisa y yo continúa llenando nuestras vidas de alegría al igual que al principio; hacemos vida de pareja y trabajamos juntas; nos consideramos afortunadas y nunca pensamos que esta clase de monotonía pudiera herir o disminuir la llama del amor en una u otra, sino al contrario. Nuestro lema es que mientras exista verdadero amor entre las dos, nada más importa tanto; seguimos disfrutando de nuestra mutua compañía. Lo definimos como una comunión de dos seres que valoramos altamente nuestros mutuos sentimientos de amor, muy por encima de cualquier otra consideración. En nuestro caso, cualquier otra posible atracción mundana se desvanece y su lugar es ocupado por nuestro particular mundo de empatía, intimidad y deleite por cada una.

Entre nuestras aficiones, nos gusta estar al corriente de los cotilleos de las revistas del corazón y los programas de televisión al respecto. En una ocasión, cuando estábamos viendo una serie de comentarios sociales de prensa rosa, de pronto vimos aparecer en la pantalla a Carlos, mi primer cliente de BM Escort, acompañado por su esposa y dos niños, formando parte de los asistentes a una boda; salían de la ceremonia de matrimonio de su hermano, un conocido juez, en sus nupcias con una dama de la *jet set*. Felisa y yo nos quedamos sorprendidas, pero no completamente perplejas, cuando escuchamos al comentarista identificarle con un nombre diferente y describiendo su ocupación como un diputado del partido del Gobierno. Como Felisa deseaba comentar algo, dijo:

-Ahí tienes otro ejemplo probando que la vida es una caja de sorpresas, querida Andrea; y como en este caso, son los hombres los que generalmente tratan de engañar. Me pregunto lo que te informaría acerca de su actividad profesional, si alguna.

-Estoy de acuerdo en ambos casos, Felisa; cada día una suele aprender algo nuevo, como este ejemplo muestra, los hombres normalmente tiene mucho más que esconder. Como su profesión, una vez mencionó que era un profesor, pero nunca pormenorizó sobre ello y yo no estaba allí para poner preguntas…, sino cumplimentar la transacción que me llevaba allí.

-Afortunadamente esa clase de negocio no duró mucho, gracias a Dios…

- Puedes decirlo otra vez, Felisa. Ahora nos sentimos libres…

A menudo Felisa tenía que dejar la oficina para asistir a varias citas como experta en antigüedades. Un jueves cuando volví a casa al atardecer, la encontré engalanada de pies a cabeza.

-¿Tuviste un buen día, cariño? —me preguntó.

-Si, amor. —entonces admirando su atavío, pregunté-: ¿Qué sucede que estás tan radiante? ¿Cerraste otro de tus buenos negocios, quizás? ¿No es eso?

-Demasiadas preguntas, Andrea. Sí, querida; he hecho el mejor negocio de mi vida, mi amor.

-¿Qué clase de obras maestras has adquirido, Felisa?

-¡Oh…! Sólo una, pero de esas que no tiene precio. Su valor es incalculable: es realmente una joya…

-No creo que será para tanto. Tú no puedes arriesgar mucho sin consultar de antemano con la oficina – osé aclarar.

-Pero lo he hecho, cariño…! Es un bebé! El médico lo ha confirmado: estoy embarazada…

No podía creer lo que oía. Me quedé atónita, paralizada e incapaz de reaccionar con lucidez. Sonaba imposible lo que acababa de escuchar. Inmediatamente la estreché entre mis brazos, mientras derramaba lágrimas de alegría por la gran noticia; entonces oí nuevamente su voz:

-Andrea, mi amor. Prepárate pronto. Vamos a celebrar el gran acontecimiento.

Me apresuré a vestirme para la ocasión y media hora después tomamos un taxi hasta un renombrado restaurante, especialista en carne asada. Nos sentíamos muy felices, como si la noche nos perteneciera; una vez acomodados, ordenamos buenas piezas de cordero asado y para beber escogimos una botella de *Vega-Sicilia, cosecha 1987 marca UNICO, Ribera del Duero*; teniendo en mente nuestra determinación de que el precio no sería obstáculo para el gasto que fuera, en una noche tan especial como la que se trataba. Durante el tiempo que duró la cena, no apartaba mis ojos de su risueño semblante; ella mostraba una especial radiación en su rostro, lo que me impelió a verla más hermosa que nunca; mientras que seguíamos chateando agradablemente sobre

Nuestra buena suerte, expectativas y proyectos referentes a la implicación del bebé que estaba formándose dentro de su matriz. Una nueva esperanza impregnaba nuestros espíritus. De pronto quisimos abonar la factura, ya que nos dimos cuenta que ambos deseábamos volver a casa cuanto antes y así lo hicimos…

*

La noche continúa su avance. Apenas puedo dormir en la movible cama del hospital. Un gran silencio se ha apoderado del lugar; en esa quietud aún puedo vislumbrar el lento goteo del suero inyectándose en mis venas, desde el reverso de mi mano. Mis recuerdos continúan manteniéndome despierta la mayor parte de la noche...

Ahora reflexiono con satisfacción en el regalo que la vida nos ha concedido por el acontecimiento del embarazo de Felisa. Curiosamente, me había estado preparando para la prevista operación de cambio de sexo unos días antes de recibir la gran noticia; durante un par de semanas había asistido a algunas citas para comprobar mi salud a través de una metódica etapa analítica: orina, presión sanguínea, tensión, peso, y electrocardiogramas; además de los cuatro años anteriores, inyectándome los adecuados implantes de hormonas femeninas; completado con la ayuda profesional impartida por psicólogo y psiquiatra.

Me causa risa pensar que el miembro viril que desde años he considerado inútil, ha servido de gran utilidad a última hora; de pronto sirvió su propósito causando que Felisa estuviera embarazada; yo denomino a esta coincidencia un gran acontecimiento que ha llegado a tiempo. No tiene nada que ver con este extraordinario suceso el hecho de que no lo aborrezca menos, a pesar de haberse portado magníficamente; no derramaré ninguna lágrima al comprobarlo expulsado después que la operación haya tenido lugar; su separación de mi cuerpo, me permitirá sentirme una mujer completa; por ejemplo: podré bañarme desnuda siempre que lo desee sin sentir bochorno de ninguna clase... Este singular proceso suena a aprovecharse de usar algo para mi propio interés y a continuación desecharlo para siempre. La vida está llena de comportamientos egoístas; me consuela el hecho de que, en este caso, descarto algo enteramente de mi propiedad, que me ha estado molestando. Me encuentro cansada de tantos recuerdos... ¿Está divagando mi mente? Quizás... Me entra sueño...

Por la mañana, me despertaron dos nuevas enfermeras que me tomaron la tensión y registraron un nuevo electrocardiograma; Después me pidieron que me diera una ducha con jabón antiséptico que me habían suministrado con anterioridad; me dijeron que volverían media hora más tarde para preparar la zona operativa en mi cuerpo. Tan pronto como se fueron, comencé a cumplimentar lo solicitado, entrando en la ducha y tomando mi tiempo en mi aseo personal, especialmente en la parte a ser intervenida. Me entretuve pensando en el hecho que sería la última vez que usara mi órgano masculino, causa principal de mi tribulación psicológica. En ese momento, me sentí agradecida de poder sufragar de mi bolsillo, los gastos inherentes al cambio de sexo por la intervención quirúrgica que pondría fin a mi problema.

Hacia la hora señalada, retornaron las enfermeras; me hicieron una serie de preguntas relativas al período de hormonación, visitas al psicólogo y psiquiatra, si tenía alergias a la penicilina o cualquier otra clase de medicación farmacéutica; mis respuestas eran anotadas en un formulario que incluía mi consentimiento a la operación. Al estampar la firma, les comuniqué que el día anterior había firmado uno semejante, cosa que al parecer habían pasado por alto.

Una de las enfermeras permaneció para preparar el campo donde la operación tendría lugar. Ella, mostrando un gesto de autosuficiencia, comenzó a rasurar sin humedecer las tiernas zonas involucradas: escrotal, base del pene, anal y glúteos. Mis muecas eran fiel reflejo de que sufría lo indecible durante el proceso de la pesadilla del afeitado; las delicadas partes, por las que discurría la hoja de rapar aislando el monte de pelo que las cubría, resentían la resistencia del cabello a la áspera velocidad que imprimía su manipuladora; de pronto recordé que estaba en una habitación de pago y osé apropiado reprender la enfermera en estos términos: "por favor enfermera, vaya despacio para no dañar la piel; usted no es el cirujano, ni tampoco yo estoy aún anestesiada." Supongo que mi aviso le hizo darse cuenta de que se hallaba en un lugar privado, así que ensayó, no sin dificultad, una de sus mejores sonrisas; una faceta en la que tampoco aparecía estar muy agraciada, pero por lo menos continuó mejorando su cuidado. Al final de su actuación, aplicó una loción aséptica denominada *betadine* en la zona afeitada; luego cubrió el área con paños esterilizados y gasas para impedir posible infección antes de mi traslado al quirófano.

Media hora más tarde, un celador y una enfermera trajeron un *trolley* y lo colocaron al lado de la cama; me ayudaron a acomodarme en la litera y me llevaron a la sala de operaciones, donde esperaban un par de enfermeras; allí, me instalaron sobre la mesa operatoria; cerca de su cabecera se hallaba la maquinaria prevista que componía el equipo anestésico a usarse en la intervención quirúrgica; muy cerca de la mesa, había una estrecha mesa de metal con una bandeja cubierta con un mantel verde donde se exhibía todo el instrumental quirúrgico esterilizado necesario para la operación.

Instantes después, entró el cirujano, el cual me había visitado el día anterior dándome ánimos, acompañado del anestesista; iban protegidos por el completo uniforme esterilizado. El anestesista me resumió el proceso anestésico que seguidamente iba a comenzar; una enfermera tomó la pieza de metal cubierta de una capa de goma negra y la ajustó dentro mi boca cercana a la garganta y me entubó, añadiendo el tubo de goma de la bomba oval de oxígeno al orificio metálico de mi boca. Instantes después, perdí la noción de todo lo que siguió…

Al ir recobrando la consciencia, notaba que me encontraba en mi cama; poco a poco sentí un dolor aumentando en intensidad en mi bajo vientre. Aún no podía asociar la causa de ello, hasta el momento en que alargué mi brazo y toqué las partes afectadas que estaban cubiertas de paños; entonces a pesar del malestar, me di cuenta de que la operación había sido un éxito; cerré los ojos en agradecimiento y emití un suspiro de satisfacción. La enfermera llegó al poco tiempo y confirmó que todo había salido bien, de acuerdo con las expectativas.

La convalecencia post operativa en el hospital, en principio fijado para un par de semanas, me resultó larga. Comprendía que era imprescindible aplicar buen cuidado y atención durante el período de recuperación; así evitando cualquier posible infección o complicación, como consecuencia de actuar deprisa; mi anhelo por recuperarme tan pronto como fuera posible, chocaba contra esa necesaria fase de tiempo establecida. Debo de reconocer que disponía de un buen equipo de enfermeras que me cuidaban y llegamos a congeniar estupendamente; alababan la valentía que había demostrado al consumar la operación y se cuidaban de que tomara mi medicación y las comidas que me prescribían. Prestaban especial atención a curar el área operada, cambiando gasas, limpiando completamente la piel afectada y aplicando diversos ungüentos con diligencia y esmero.

Entre las enfermeras que me habían asignado, una en particular de nombre Isabel, destacaba en mi estimación; era la más joven, generalmente mostrando en su rostro una gran sonrisa y peculiar alegre disposición para ayudar; tan pronto como aparecía en mi habitación, invariablemente me saludaba con amables y animosas frases como las siguientes:

-¡Hola dulce pastel! ¿Cómo está mi paciente favorita ahora? – Sin esperar a que la contestase añadía-: ¡No me digas! Mirándote a la cara, puedo ver que disfrutas de la vida.

-Eso es porque me haces reír y entonces sufro más, Isabel. Debería estar seria, ya que mis partes sensibles alrededor de mi pelvis aún duelen.

-No temas, Isabel está aquí; la que soluciona tus delicados problemas – entonces, inclinándose y bajando su voz, preguntó: Dime, ¿Estás echando de menos tu ausente gran pene? Para de reír y contéstame decentemente; recuerda que todavía soy virgen.

-Lo siento, Isabel. Es una pena que ya no podré corregir ese impecable estado de gracia en que te encuentras...; perdí la oportunidad justo por tres días..., debería haberte conocido el pasado jueves para eso..., disponía de la cama y lamentablemente tuve que pasar la noche a solas... Para de reír ahora, Isabel. Soy una mujer completa ahora. Antes de desechar mi pene, lo puse en un buen uso y como resultado, mi amante está esperando un bebé. No un mal disparo, ¿No crees tú?

-Verdaderamente lo creo, Andrea. Tu nombre debería estar en el Libro Guinness de Récords, registrando ese último tiro tuyo. Siento que te desaproveché, ¡Hubiera sido un premio doble...!

-Lo lamento yo también; una no puede ganar siempre. Esperaré a conseguir mi premio cuando llegue el bebé. Habrá mucha alegría en nuestra casa...

-Me causas envidia, querida Andrea. ¡Te deseo suerte!

-Gracias Isabel. Eres fantástica. Te echaré de menos cuando abandone el hospital.

Al final de la primera semana en el hospital, me sacaron la mitad de mis puntos y dos días después los restantes. En la mitad de la segunda semana el cirujano que practicó la operación me visitó otra vez y, después de examinar la zona afectada dijo que la piel del escroto se hallaba pegada firmemente al área herida, así que en unos pocos días me librarían del hospital.

Estaba contenta que pronto mi convalecencia se programaría en casa hasta que mi completa recuperación tuviera lugar. Gracias a Dios y a mi fuerza de voluntad me encontraba en la dirección correcta para estar en buena forma otra vez.

En el hospital, lo mejor que me pasó fue cuando recibí la visita de mis amigos, y en particular Felisa. Ella radiaba belleza por todas partes en su estado de esperanza y repetía continuamente que me echaba de menos. Con cierto sarcasmo me decía:

-De ahora en adelante mi amor, nuestro repertorio sexual tenderá de alguna forma a reducirse. Tendrás que compensarlo de alguna forma... Necesitarás improvisar bastante poniendo a trabajar tu fértil imaginación con el fin de remediar la gran pérdida que experimentaste en el hospital... No me decepciones mi queridísima...

-¡Oh, eres terrible! Pero te quiero muchísimo y lo haré lo mejor que pueda, mi amor.

Mis colegas Benito y Enrique solían visitarme por la tarde, actualizándome en el trabajo del despacho, al igual que Felisa. También Pedro y Gustavo me visitaban; estos dos, me entregaron otra tanda de confidencial y comprometedoras fotografías más vídeo para mi archivo privado. Nuestro amigo Padre Fernando venía cada tarde; me daba su bendición, esperando que sus plegarias aplacasen al Altísimo, en lo que consideraba un peligroso camino al cambiar la anatomía de mi cuerpo que el Creador me había asignado; porque según él, me había atrevido a modificar la anatomía fisiológica y orgánica que en su magnificencia me había concedido al nacer. Al final de sus visitas, parece que dio marcha atrás en su estricta interpretación, con una citación

Bíblica: "quien esté libre de pecado que tire la primera piedra".

*

Ya estaba todo a punto para efectuar el inminente traslado de la base de operaciones a la Costa del Sol, a causa de fuerza mayor. BMIC había causado baja y en su lugar, se había fundado FEBAIC, configurada por las cuatro primeras iniciales de nuestros nombres. Para conmemorar el cierre en Madrid y la apertura de la nueva Sociedad Mercantil (FEBA Investment Consultants), celebramos una cena de despedida un viernes a principios de verano en el hotel Ritz.

La noche era clara. El acto tuvo lugar en la extensa terraza del hotel; algunos parches de luna llena se podían entrever a través de resquicios que dejaban las espesas hojas de las abundantes ramas de los grandes árboles *plátanos*, que formaban una especie de techo en el anexo jardín. Felisa y yo, deambulábamos debajo de la enramada, previo a ocupar nuestros lugares en la larga mesa preparada en el espacio superior, a la salida del restaurante Goya y entre la fuente, al lado de las escaleras de mármol. Felisa llevaba un holgado vestido oscuro de noche que le hacía, en cierto modo, disimular su estado de buena esperanza y resaltar su belleza. Era obvio para mí, ella era la mejor vista que podía contemplar, a pesar de la magnificencia del lugar. Le transmití este pensamiento con palabras, pero lo desechó como demasiado exagerado.

Llegados nuestros patrocinadores, el grupo Ruso se acomodó a la cabecera de la mesa, seguido de los señores Delgado; Enrique tomó asiento al lado de Nadia y enfrente, al lado de Peter, se situó Benito; a continuación Felisa y yo nos sentamos enfrente de cada uno y a nuestra vera teníamos a Pedro y Gustavo. Seguidamente nos presentaron el servicio a la carta.

El gran jefe Bochkov, poniendo en práctica una vez más su personal elección de bebidas, ordenó el mejor champagne para acompañar los entremeses de salmón y el especial jamón ibérico. El camarero trajo dos botellas del espumoso de marca: *Bollinger "Grand Année 1990"*; encima portaba el sello: *"By appointment to H:M. Queen Elizabeth II"* ; obviamente en *Buckingham Palace* tienen un gusto exquisito, que imagino no saldría tan caro como el precio del Ritz. Después del primer brindis, todos nos sentimos libres para gozar con los manjares presentados que harían las delicias del paladar más exigente; afortunadamente estábamos allí para apreciar la generosa oferta de apetitosos alimentos.

Felisa y yo escogimos pescado como plato principal y para beber pedimos una botella de *Corton Charlemagne*, un delicioso vino blanco especialmente recomendado por el *Maître*, cuya botella nos repartimos entre las dos. El resto de los comensales preferían comer carne escanciada con un par de selecciones de vino rojo de alta calidad.

Ayudados por este desenfreno culinario, la velada discurría en un ambiente de lo más festivo. Después de todo estábamos celebrando un acto en el cual nos reuníamos para prestar homenaje a un ciclo comercial muy fructífero, temporalmente suspendido debido al cierre de su sede en Madrid.

Además, todos estábamos con plena confianza esperando continuar en la misma línea de incrementar producción desde nuestro proyectado nuevo centro de operaciones en Marbella: Toda indicación mostraba que nos hallábamos avanzando en la buena dirección. Mis colegas y yo recibimos apropiadas felicitaciones desde el grupo Ruso referentes al considerable volumen de negocio generado; asentando su confianza en nosotros para alcanzar los nuevos objetivos fijados para el próximo proyecto a ser realizado en la *Costa del Sol*.

Como la orgía seguía su curso y a medida que el vino ingerido disminuía en las botellas, la amistad entre todos nosotros aumentaba y la camaradería llegaba a ser más familiar; incluso el personal de servicio parecía haberse contagiado por nuestra alegría, mientras cualquier botella vacía era inmediatamente retirada y convenientemente reemplazada por otra nueva con la ayuda de un sonriente camarero.

Ninguno de nosotros deseaba tomar postre; la comida había sido deliciosa y la mayor parte de nosotros nos encontrábamos felices bebiendo varios licores. Los varones Rusos, riéndose ruidosamente, seguían bebiendo vodka frío. Peter y esposa charlaban con Nadia, Enrique y Benito mientras bebían whiskey, la elección de los muchachos, con hielo y las chicas mezclado con seven up. Pedro, Gustavo y nosotras, injeríamos líquidos suaves. Todos pasábamos un buen rato juntos celebrando nuestro éxito colectivo, mientras el reloj avanzaba marcando las horas nocturnas.

La conmemoración también nos servía a los cuatro amigos del pueblo, para despedirnos de nuestros queridos compañeros Pedro y Gustavo; especialmente Pedro por su dedicada ayuda y reconociendo por nuestra parte que sin su excepcional apoyo, no hubiéramos podido llegar al éxito alcanzado. Mis colegas y yo, nunca podríamos pagar su dedicación hasta vernos vencer a través de las dificultades que se encontraban en nuestro camino, y conseguir un estatus de negocio confortable. Rememorando su lealtad hacia nuestra causa, me sentía privilegiada de sentarme a su lado en aquella fiesta de celebración; Felisa y yo realmente disfrutábamos de la compañía de los dos y nuestras charlas entre sorbos y brindis, algunas de ellas incluyo a continuación:

-Andrea –pregunto Pedro-, ¿cómo has conseguido en tan poco tiempo un DNI con tu nuevo nombre? Me tienes asombrado.

Su pregunta me pilló por sorpresa; le miré fijamente a los ojos, sonreí levemente mientras tragué un buen sorbo antes de contestar:

-¿Te acuerdas de Carlos, el primero y mejor cliente que me conseguiste? Fui afortunada porque se portó muy bien como un caballero. En realidad no es su nombre real, pero no importa; lo que realmente importa es que me solucionó el problema.

-Pero…,¿Cómo le convenciste para que cooperase? ¿Fue una tarea fácil o complicada?

-Nada es fácil en política, querido Pedro; estoy segura que conoces eso. Siempre uno tiene que dar algo a cambio.

-¿Y que le ofreciste? Si puedes decírnoslo. Conociéndote, sólo se me ocurre que no fue una sesión sexual gratis. ¿No es verdad?

-Nada de eso, Pedro; simplemente le ofrecí lo mismo que Felisa propuso al cura, alias "Don Felipe", para conseguir el traslado de Fernando a su parroquia de Madrid: le mostré el incriminatorio y confidencial material fotográfico suministrado por ti, guardado bajo llave en mi archivo. Una oferta disuasiva que no pudo rehusar. Después de enfrentarse a la evidencia, la única cosa que "Carlos" me pidió fue interponer una demanda de cambio de nombre, apoyada por la demostración documentada del proceso de operación de cambio de sexo. No tardé mucho en recibir una sentencia favorable y como prueba de ello, aquí tienes el nuevo carnet de identidad, -dije mostrándolo-. ¿Te gusta?

-Sí, mucho. Ciertamente pareces dulce y femenina, cariño.

-Bien Pedro, la mayor parte del mérito te corresponde; tu ayuda ha sido esencial para nosotros, gente inexperta, colocarnos en la buena posición que estamos; te consideramos como nuestro Ángel Guardián, - y alzando mi copa hacia él dije-: Dios te bendiga por lo que has hecho, querido amigo.

Me apercibí que se había emocionado por mis palabras, al ver que sus ojos se enrojecían al contestar:

-Estoy tan contento por ti, Andrea. Hice algo equivocado; lo sé, consiguiendo la evidencia por medios ilícitos; pero algunas veces uno debe de estar preparado para afrontar la falacia, hipocresía y doblez, acaparando información incriminatoria para si eventualmente uno necesita usarla como salvaguardia o fuerza de disuasión; como ha sucedido en los dos casos que nos ocupan.

-O.K. amigos —Gustavo intervino-: ¡Brindemos por eso! ¡Pienso que fueron actuaciones brillantes! ¡Propongo brindar por la buena suerte donde quiera que nos encontremos después de esta loca despedida de Madrid! —El grupo levantamos las copas y vaciamos de un trago el resto de la bebida.

-Estoy tan triste por tener que partir —dijo Felisa-; pero la vida sigue adelante interfiriendo en nuestros caminos.

Llegó el momento en que la mayoría de las mesas se quedaron vacías; una indicación de que se aproximaba la hora de abandonar el confortable lugar. Pasamos un poco más de tiempo terminando de vaciar las botellas. Poco después, miré alrededor y comprobé que nuestro grupo se había quedado sólo en el área de la terraza; seguidamente noté que el señor Bochkov hizo la señal para abonar la cuenta; momentos más tarde el *Maître d'Hôtel* trajo el cheque y lo entregó junto con las dos botellas de *Cava* como regalo; una vez pagada la cuenta sin apenas mirar la factura, y comprobando que el espumoso se había vertido en las copas, el gran jefe se puso en pie con dificultad; entonces levantó su copa llena e hizo el brindis final —llamando la atención al resto de nosotros-, mezclando desigualmente algunas palabras rusas en su corto y emocional lingüística forma de arenga, comenzando con: "¡*Zdeastvuyte!*"¡Hola!, "¡*Nasdorovie!*" ¡Salud!, Después de lo cual la mayoría de nosotros le copiábamos bebiendo de una vez. Obviamente, él se animó por su primera tentativa y continuó gritando: "¡*Spasibo!*" *Gracias,* luego suavizó su voz diciendo: "Vi-Mne-Nravites" Me gustan ustedes; después vibrando un poco por el esfuerzo, al fin, finalizó con: "¡*Do Svidaniya!*" Adiós.

Finalmente la combinación de vino y emoción nos hizo a todos colegas por igual y nos abrazamos por turno unos a otros antes de partir...

*

12

Una semana después de la fiesta del Ritz, establecimos nuestra residencia en Marbella, considerada *la joya de la Costa del Sol* y la ciudad más cosmopolita; allí, la naturaleza ha dotado a su franja costera de bellos paisajes, además de abundantes días soleados y un clima especial que beneficia al organismo.

Felisa y yo, habitamos en un apartamento de nuestra propiedad dentro de la urbanización *Puente Romano*, donde algunos pisos son de propiedad privada y el resto pertenecen al hotel del mismo nombre. El nuestro, un bajo, forma parte de uno de los bloques de seis viviendas, ubicados en una zona cubierta mayormente de vegetación del sur. Su dilatado jardín, primorosamente cuidado, se extiende a ambos lados del sinuoso riachuelo que brota al lado de la base el puente romano original, sito debajo del patio del hotel; el deslizante arroyo hasta el linde de la playa, forma un par de estanques a lo largo de su curso; allí, una pareja de cisnes de plumaje blanco exhiben sus largos y curvados cuellos, desplegando majestuosos y elegantes movimientos al deslizarse por la superficie acuática. En mi estimación el atractivo lugar puede parecerse a uno de esos parajes idílicos que se atribuyen al supuesto Edén. Allí crecen gran variedad de exóticas plantas, abundantes floridos espacios, resaltando los lechos de flores; palmeras, pinos, hibiscos, adelfas, plataneros, bambúes y diversos tipos de arbustos ornamentales. Tres atrayentes piscinas se hallan diseminadas entre el verde; la de mayor atractivo por su particular diseño y posición, es climatizada, con una cascada que vierte al arroyuelo a sus pies; esta piscina se encuentra en la parte posterior de nuestro aposento, enfrente de la terraza, semioculta por la vegetación. Existe un restaurante y bar a lo largo de la piscina durante el horario de baño, más un local adónde se administran colchones y toallas que cubren las tumbonas que los bañistas solicitan. Felisa y yo, desacostumbradas a ser servidas con el debido estilo, quedamos agradablemente sorprendidas de oír a Antonio, un bien educado miembro del servicio, informándonos que el servicio de tumbonas es gratis para propietarios en la zona hotelera. La misma regla aplica para suspender los cargos de comunidad y aparcamientos. Tales medidas beneficiosas se pusieron en práctica después de llegar a un acuerdo las dos partes al conferir al hotel la administración del suelo en todo el complejo. A este respecto Felisa, alzando un vaso de cerveza, propuso un brindis:

-Vamos querida; ¡Bebamos por la buena noticia!- Me uní a ella y añadió-: disfrutamos de este paraíso gratuitamente; increíble... Imagínate la cantidad de dinero que estamos ahorrando...

-Sí, mi amor. Realmente somos afortunadas. Estas prebendas deben costar un montón. Entran dentro de nuestras bendiciones, son muchas...

-Efectivamente, Andrea. Especialmente la que llevo dentro de mi matriz, esa es la mejor de todas...Como testimonio de aprobación a sus palabras, me levanté de la tumbona y cogiendo su mano me incliné para besar su barriga; a continuación le ayude a levantarse y fuimos a mojarnos en la ducha antes de saltar a la piscina; allí estuvimos un buen rato nadando y jugando. Al salir del agua, nos pusimos en la ducha otra vez; luego volvimos a ocupar nuestros sitios envueltas en nuestras toallas; Minutos más tarde decidimos darnos un paseo en traje de baño a través de los jardines, andando el camino asfaltado a la vera del torrente en dirección a la cercana playa.

En nuestro camino hacia allí, pasamos al lado de la segunda piscina situada en una despejada esquina. El riachuelo terminaba en una charca circular donde se supone filtraba su corriente acuífera a través de algún sistema de cañerías, antes de alcanzar el camino de gravilla que separaba los exóticos jardines de la zona de la playa. Pocos metros hacia la derecha se encuentra la conocida terraza del restaurante *Roberto´s* enfrente de la playa y adyacente a la tercera piscina. Es de destacar, a la hora del almuerzo, el despliegue de uno de los mejores menús que se puedan presentar en cualquier prestigioso establecimiento gastronómico; allí se exhibe calidad, cantidad y gran diversidad de alimentos listos para aplacar el gusto más exigente. El cliente elige sobre la marcha lo que desee y cuantas veces se lo permita su apetito. Se complementa la vasta oferta con carne a la parrilla, a petición del consumidor.

Benito y Enrique habitan en una bonita villa situada en una ladera rodeada de vegetación exuberante, en el área de *Nagüeles*, no lejos de donde nosotras nos encontramos. De hecho, ambos inmuebles se han adquirido a nombre de nuestra empresa FEBAIC; sin embargo como socios y amigos, hemos acordado repartirlos a conveniencia de las dos partes. El logotipo de la compañía, comienza con las iniciales de nuestros nombres; cada uno tenemos la facultad decisoria para actuar con independencia llegado el caso en cualquier contingencia: tal es la confianza que hemos depositado en cada miembro de la empresa. Nos hemos comprometido a que nuestra relación profesional sea transparente y amistosa; así cumplimos con el lema: *todos para uno y uno para todos*.

Con ese propósito en mente, Enrique fue el primero en comentar:

-Espero que no tengamos que enfrentarnos en una situación complicada de los *Cuatro Mosqueteros*. Soy bastante malo manejando mi espada…

-No hay necesidad —contestó Benito-. Ellos tenían que luchar contra sus enemigos, no entre ellos mismos. No obstante no estaría tan seguro de lo que dices, Nadia probablemente tendría una opinión diferente a esa. Recuerda que estáis juntos y la veo que te visita con mucha frecuencia —no pudimos evitar soltar una buena carcajada…

-Eso ha sido un golpe bajo, Benito —dijo Felisa aún riendo-. Nunca más verdadero… Pero en serio, me pongo al lado de lo que dice Enrique. La leyenda nos dice que el cuarteto se llevaba bien entre ellos, como hacemos nosotros.

-Hablando seriamente ahora —añadí-, nuestro grupo se está comportando impecablemente; confío en que nada en este mundo estropee esta conducta, mis amigos.

*

El grupo ruso habita en una mansión, dentro de un perímetro de diez mil metros cuadrados, instalada en una exclusiva zona cercana al campo de golf *La Quinta*, en la región de *San Pedro de Alcántara* y cerca de la carretera que conduce a *Ronda*. La excepcional villa se ha construido en estilo clásico. La propiedad exhibe estimulantes características como columnas romanas, gran hall con imponente escalera de mármol y amplios ventanales. La parte baja incluye una espaciosa cocina con área de comedor y extenso salón con salida a una amplia terraza con escalinata de mármol dando al bien cuidado jardín tropical. Próxima a la sala de estar se encuentra otra habitación usada para oficina donde se encuentra los accesorios y ordenadores de última tecnología, al servicio de los ejecutivos rusos Nicolai Bochkov, Sergei Spasski, Nadia Yezhova e Igor Kiril dirigiendo sus negocios y manteniendo contacto asiduo con nuestra empresa FEBAIC: sus Investments Consultants y Testaferros. También en la planta baja hay dos dormitorios dobles con baño en-suite; uno es una habitación para huéspedes y el otro lo usa Igor Kiril; sus terrazas gozan de bellas vistas de montañas y la costa.

En la planta alta se ubica la VIP suite, del jefe Nicolai Bochkov, con espaciosos ventanales y puerta a la amplia terraza privada desde donde se puede contemplar espectaculares vistas panorámicas del contorno; la suite incluye una anexa sala de estar y estudio, con confortables muebles. El amplio cuarto de baño de mármol incluye un atractivo Jacuzzi, separada ducha y WC área. Asimismo, en esta planta existen dos en-suite dormitorios más con terrazas privadas, Uno usado por Sergei Spasski y el otro por Nadia Yezhova.

La mansión exhibe su remarcable piscina con dos pilares románicos erigidos cerca de uno de sus lados enmarcando una impactante vista real de la montaña *La Concha* de Marbella.

Detrás de la casa está un edificio conteniendo los garajes, almacén y el cuarto de servicios del staff.

Después de haber sido invitados por primera vez a la propiedad, mis colegas y yo, felicitamos a nuestro anfitrión destacando la magnificencia del lugar. Más tarde, al volver a casa, hicimos algunos comentarios sobre lo que habíamos visto:

-Es curioso —declaró Benito-. Que asombroso contraste que juega la vida de acuerdo con las circunstancias. Por generaciones la inmensa mayoría del pueblo ruso ha sufrido privación, pobreza, destitución, guerras, hambre, frío; por mencionar unas pocas adversidades. Ahora con democracia e innovación su nivel de vida está creciendo paulatinamente. Gracias a Dios, vemos ahora la gran diferencia económica que nos separa con nuestros socios, que viven en tales maravillosos lugares, como el sitio que acabamos de ver. Estupefacto… ¿No es así?

-Bien, -replicó Enrique-. Gracias a ellos alguna de sus riquezas revierte a nosotros. Sin ellos, con toda probabilidad estaría aún en los campos de mi pueblo, sudando por un pordiosero medio de vida y teniendo que llevarme a la boca la misma comida cada día. El dinero hace dar vueltas al mundo, abrillantándolo y ayudando a esparcir Felicidad.

-Bien, amigos —dije- pero no es oro todo lo que reluce; desgraciadamente hay mucha mierda envuelta en ello.

-De acuerdo –manifestó Felisa-. Lo he experimentado en mi antiguo empleo para ganarme un sueldo. De cualquier forma, creo que no es más feliz quién posee más riqueza sino el que menos necesita para sobrevivir.

*

Por lo que respecta a nuestro flamante despacho, está situado en la segunda planta de un moderno edificio de oficinas en la céntrica *Avenida Ramón y Cajal*. Por otra parte, para la Agencia de Cambio, se ha habilitado un local comercial en la misma avenida, a pocos metros de la oficina.

El tercer inmueble alquilado, es una espaciosa nave en un polígono industrial; allí, son temporalmente almacenadas antigüedades y cualquier otra mercancía que sea necesaria. Un jubilado anticipado de nombre Antonio actúa como conserje, al cargo del material inventariado.

Tomando como referencia los tres primeros meses de nuestra actividad mercantil, el volumen de negocio ha experimentado una considerable expansión con relación al mismo período de la época anterior. El factor principal de tal aumento es el boom inmobiliario teniendo lugar dentro del área metropolitana de Marbella; hacia esta vertiente se dirigen nuestras mayores transacciones.

Con la nueva base operativa y aumento de infraestructuras, hemos conseguido mayor fluidez y mejor sistema de comunicación con el bufete Peter B. Delgado, manteniendo estrecho contacto diariamente. De esta forma, redunda en beneficio de las dos partes, en especial de Peter que no tiene necesidad de viajar frecuentemente como antes; él aprecia no tener que viajar a Madrid como antaño, para asistir a nuestras reuniones sobre transacciones inmobiliarias y de otro tipo. Ocasionalmente ahora nos congregamos en almuerzos de trabajo, normalmente en *Roberto's*; en ese atractivo y bucólico gastronómico entorno, desarrollamos una fácil comunicación que beneficia nuestra mutua relación de trabajo.

*

Las ventajas de poder disfrutar del tiempo de ocio en una ciudad costera como Marbella son manifiestas. La naturaleza parece impregnar el ambiente; tiende a mostrarse por doquier bajo la forma de diferente abundancia de árboles y plantas que embellecen calles, parques, paseos y rincones, al mismo tiempo que contrarresta el avance del asfalto.

Quienquiera que se pueda encontrar en cualquier parte dentro del área metropolitana, no se encontrará lejos del mar o las montañas; ambos se pueden contemplar desde muchos puntos de la metrópoli.

Existen al menos quince campos de Golf que se extienden a lo largo de la región de Marbella, varios de ellos alrededor de *Guadalmina, San Pedro de Alcántara,* y *Nueva Andalucía.* También, cerca de ese distrito, *Puerto Banús* ha llegado a ser uno de los puertos deportivos de élite del mediterráneo más prestigiosos, con sus yates de lujo, rodeado de atractivos edificios residenciales y comerciales; mundialmente renombrado por sus numerosos restaurantes, bares, tiendas de modas, agrupación de gente cosmopolita, concentración de coches de alta gama: *Porsche, Ferrari, Mercedes, BMW, Convertibles, etc.* La actividad del gentío que llena el *Puerto* puede verse de día o de noche. Hay un Centro Comercial al lado de la plaza que antecede al *Puerto* y en el lado opuesto, al otro lado de la autovía se halla el *Casino.*

La costa proporciona vistas espectaculares de playas locales y paisajes en el área, algunos de los cuales se localizan a lo largo de los *Paseos Marítimos.* El casco antiguo del centro de Marbella retiene su histórica atracción con estrechas calles y blancas casas andaluzas con tiendas y boutiques visitadas por turistas pululando por ellas y llenando terrazas y restaurantes en su camino, disfrutando de refrescos, cerveza, licores, apetitosas tapas y típica comida española; especialmente en *La plaza de los Naranjos* y alrededores; por todas partes proliferan plantas y flores, colgando de balcones, ventanas y paredes. El resto de la urbe se extiende por varios kilómetros cercana a la costa, ofreciendo abundantes espacios abiertos con refulgente verdor de vergeles a lo largo y ancho de su exótica área.

*

A Felisa y a mí nos gusta salir a pasear por la tarde entre semana y a cualquier hora en los fines de semana; después de volver del trabajo, organizamos el apartamento y nos ponemos el chándal para salir a andar a lo largo del paseo marítimo en dirección al centro de Marbella. Paseamos relativamente despacio teniendo en cuenta el estado de embarazo de Felisa. Nos recreamos admirando la amalgama pictórica de la cambiante panorámica que proporciona el trayecto: tupida vegetación, pequeños bosques de pino, playas, bañistas, gente tomando el sol, oleaje, yates navegando, transeúntes, cercanas villas, restaurantes, verdes laderas, montañas y horizonte. Los primeros días solíamos llegar hasta el puerto pesquero, más tarde decidimos que era conveniente reducir la distancia considerablemente, llegando hasta la altura de los terrenos del *Marbella Club* y luego ascendiendo la escalera al lado de la piscina, nos adentramos en sus jardines para salir por el hotel y cruzar la autovía por el paso de zebra, con el fin de tomar un ligero refrigerio en la *Venta los Pacos*, antes de retornar a nuestro *nido* en *Puente Romano* por el mismo lugar.

A menudo, en esos agradables paseos, solíamos comentar acerca de nuestro fuerte vínculo amoroso y el hecho de sentirnos tan felices viviendo juntas y esperando un bebé nuestro. En una ocasión Felisa presentó una inusual observación pidiéndome que comentara al respecto:

-Andrea, algunas veces pienso que nuestras vidas están condicionadas a un destino predeterminado, como si nuestro papel o trayectoria en la vida estuviera ya escrito para cada uno de los seres humanos. ¿Cuál es tu opinión sobre esto?

-Bien, mi amor; ese es un complejo pensamiento. ¿Puedes presentarme un ejemplo práctico de ello?

-Supongo que sí, vamos a ver, después que una persona haya fallecido por causas naturales, o debido a un accidente, la mayoría de la gente dice: que era su destino, o que estaba escrito.

-Mi querida Felisa, ese fácil comentario está frivolizando una muerte. Creo que es mucho más peliagudo que eso. No puede predestinarse nuestro futuro, ni el día ni la hora en que morimos. Nada está escrito en ello; por el contrario, creo que cada uno está formando y cambiando su llamado *destino* a través de su conducta, acciones, elección de correcta o incorrecta opción que presenta la vida, educación, necesidad y/o buena o mala suerte. Por ejemplo, no puedo visualizar a un Dios asignando destinos a niños que mueren en un accidente de coche, guerras, desastres naturales, o cualquier otro fatal accidente. Está suficientemente probado que las medicinas alargan nuestra vida. Para mí el uso del término predestinar como fatal final es una creencia errónea. Uno es o debiera ser el master de su propia vida, luchando para seguir adelante en su existencia con la ayuda de su voluntad, salud, medios a su alcance, esperando buena suerte en el camino.

-Gracias Andrea, eres tan pragmática. Eso tiene sentido y tus palabras han aclarado mis dudas sobre el tema. Ahora, démonos prisa para llegar a casa; me gustaría tomar un baño…

Algunas noches, antes de cenar, cuando todo está en calma, Felisa y yo solemos darnos un chapuzón en la piscina. El bar se encuentra cerrado a las 20.00 horas y los empleados del servicio de piscinas se han ido, así que el lugar se halla vacío, con excepción de los ocasionales viandantes que transitan por la senda asfaltada, del otro lado del arroyo, camino del hotel o de la playa. El despliegue de tenues luces al pie de árboles y puntos estratégicos, crea un agradable contraste de claros y sombras en el exuberante jardín tropical que agrada la vista y hace estimular la imaginación con relajantes pensamientos.

En el calmado atardecer de semejante entorno romántico y comenzar el crepúsculo a instalarse, deslizamos nuestros cuerpos suavemente en el agua evitando atraer la atención hacia nosotras, tomando un baño a deshoras. Rara vez el guardia de seguridad pasa y cuando lo hace, saluda. Todo permanece silencioso excepto por el ocasional canto del grillo emitiendo su monótona cadencia, el esporádico ruido del chapoteo que hacemos al nadar con cierta cautela y el suave sonido de nuestra conversación. Una y otra vez alargo mis brazos y con las palmas de las manos recorro la prominente curvatura de la barriga de mi amada; tratando de sentir el ligero movimiento del diminuto ser viviente en su interior; cuando presiento que ocurre, me zambullo y beso el lugar; mi cómica acción hace a Felisa perder el equilibrio y reírse. En uno de esos momentos le sugerí:

-Si el bebé es varón, me gustaría llamarle Félix; aunque por tu ligeramente alta posición del vientre, creo que será una hembra; en cuyo caso propongo que la llamemos Elisa.

-¿Elisa? No has pronunciado bien mi nombre, cariño.

-Sí, nombrándola Elisa es lo más cercano a tu nombre. Sólo habrá una Felisa en mi vida. En cualquier caso se parecerá mucho a ti, aunque algo ligeramente diferente –hice una pausa, alcé la cabeza y alargando mi brazo y ayudado por mi dedo índice, señalé al firmamento exclamando-: ¡Mira hacia arriba! Es una noche estrellada. Bonito ¿Verdad? Una de las más brillantes eres tú. Elisa llegará a ser una gran estrella, pero nunca brillará ante mis ojos tan brillantemente como tú lo haces, mi amor —sostuve sus mejillas entre mis manos y la besé; cuando recobró su respiración dijo:

-Tú dices esas cosas de tal bonita forma que mi mente se maravilla en admiración, incapaz de reaccionar con coherencia. Me gusta el símil que estás usando; siempre es agradable oír algo como eso. Dime —señaló mirando al cosmos con ojos inquisitivos-, ¿Adónde está tu estrella? ¡Busquémosla! La noche es larga…

-¡No, Felisa! Desistamos del empeño; además es una modesta estrella y por esa razón no aparece a la vista todavía: Quizá es del todo posible que esté comenzando a adquirir alguna clase de brillo, ¿Quien sabe…?

-No para mí, mi amor. Está realmente allí; entre ellas brillando —permaneció pensativa por un momento y luego exclamó-: ¡Vámonos ahora mismo! Hay muchas cosas maravillosas que son impropias de experimentarse bajo el agua… Vamos… Nuestra cama nos está esperando; allí aplacaré mi sed de ti…

*

Elisa nació un sábado por la mañana, a mediados de otoño. La noche anterior Felisa sintió severos dolores de contracciones dentro de su barriga, una clara indicación de la proximidad de dar a luz; seguidamente la conduje al *Hospital Costa del Sol* donde fue admitida en Urgencias y después de haber sido examinada, inmediatamente fue transferida a una habitación en la tercera planta, ubicada en la sala del paritorio.

Pasé el resto de la noche a su lado tratando, no sin cierta dificultad, de encubrir mi excitación y nerviosismo. La enfermera que había estado supervisando el desarrollo de su embarazo vino al amanecer, acompañada por un celador y después de comprobar que estaba a punto de romper aguas, la llevaron en su cama al quirófano; yo la seguía juntando nuestras manos hasta la entrada; luego me retiré a la sala de espera.

El tiempo pasaba muy lento a medida que me movía de un lado para otro en la sala. Por fin, la enfermera entró con la buena noticia: "Felisa ha dado a luz una niña y ambas están bien". No pude responder porque la emoción impregnó mis sentidos; lagrimas de alegría llenaron mis ojos. La enfermera me recomendó salir y tomar una taza de café, mientras preparaban a Felisa y bebé y después volviera a la habitación del paritorio para verlas. Seguí sus instrucciones y media hora después caminé deprisa a la habitación. Entré rápido y lo primero que noté fue la sonriente cara de mi amada ; A su lado había una cuna con un bulto de ropa, donde sobresalía una cabecita de un color sonrosado, con diminutas facciones; esa era la más hermosa vista que yo había contemplado jamás. Estuvimos admirándola bastante tiempo; fueron los momentos más especiales y plenos de amor de toda mi vida: estando en compañía de los dos seres más queridos. Desde ese instante éramos una familia completa, algo que quedó grabado en mi mente. Permanecí todo el día contento con las dos personas que más quería. Tuve el honor de ser testigo de la primera toma de leche de Elisa; sus pequeños labios comenzando a acostumbrarse a aferrarse al pezón, chupando la leche maternal: un momento singular que quedará reflejado en mi pensamiento.

Por la noche, a instancias de Felisa, retorné al apartamento; habiéndolas dejado atrás, sentía que el lugar estaba demasiado vacío. Al irme a la cama, estuve mirando de costado un buen rato la cuna vacía de al lado. Me ilusionaba pensar que al día siguiente estaría ocupada por un ser tan querido. Me tomó un largo tiempo en dormirme, rememorando el día más feliz de mi vida y visualizando lo que implicaría la bendición del nuevo miembro familiar. Sonreí al pensar de que se trataba de mi hija, que no había nacido por obra y gracia de algún "espíritu", u otra forma ajena a mí: tuve la buena suerte de actuar justo a tiempo. Luego no recuerdo más…

Desde entonces, nuestro centro de atención está en Elisa; todo gira a su alrededor. Felisa aprovecha el período de su ausencia del trabajo, para dedicar ese tiempo a su cuidado. Además hemos empleado una niñera de nombre Teresa, vecina de San Pedro, para ayudarle con el bebé y el trabajo doméstico.

Pasado un tiempo prudencial amamantando a Elisa, Felisa consideró conveniente comenzar a darle el biberón, al que se ha acostumbrado en apenas tiempo; de esta forma, Felisa se siente más relajada durante las últimas semanas de su baja por maternidad. Mientras tanto, en la oficina, procuro suplir en lo posible a mi amada, en varias de sus responsabilidades laborales. El hecho de vivir juntas nos proporciona la facultad de intercambiar todo tipo de información en cuanto al desarrollo de nuestros mutuos cometidos; llegando a conocer los entresijos del mismo; por esta razón, cada una de nosotras ha adquirido el nivel de conocimiento y entrenamiento para estar en condiciones de poder sustituir una a otra en cualquier momento dado, o contingencia como la presente.

Cuando regreso a casa, después de una jornada laboriosa, la melancolía desaparece cuando abro la puerta y Felisa me recibe con una gran sonrisa, como si hubiera pasado un largo tiempo fuera de casa; entonces susurro en su oído:

-Cariño, lo mejor del día es cuando vuelvo a casa y te sostengo entre mis brazos.

¡Nada es comparable!

Ella, invariablemente contesta:

-Mi amor, te eché de menos; siento que estoy en una nube desde el instante que oigo la puerta abrirse y ver tu presencia aparecer en el umbral y cuando te aproximas y me besas, ¡Nada es comparable!

Entonces me acompaña a la cuna a ver a Elisa y allí no siento el menor vestigio de cansancio, sino todo lo contrario.

*

Ocurrió otro acontecimiento que nos llenó de ilusión: Sofía vino a pasar unos días para conocer a su sobrina. Pasamos agradables momentos en su compañía. Se desvelaba por ayudar y atender a Elisa en todo aquello que necesitaba. Aproveché parte de mi tiempo libre para enseñarle los lugares de importancia. Un sábado la conduje a Marbella mostrándole la localidad y sus alrededores, lo que la entusiasmó; al regreso, paramos en *Puerto Banús,* dejando el coche en *El Corte Inglés* e hicimos algunas compras; luego dejamos las bolsas de la compra en el coche y nos adentramos en el *Puerto*, mezclándonos entre la abigarrada gente admirando la extensa exhibición de amarrados yates, la profusión de élite boutiques, numerosos restaurantes y coches de alta gama. No sentamos en una de las numerosas terrazas y tomamos refrescos mientras recreábamos la vista en el divertido bullicio enfrente de nosotras. Tuvimos abundante tiempo para charlar de nuestras cosas y me informó acerca del precario estado de salud de mi padre, a causa de una disfunción en el sistema orgánico corporal, lo que le había obligado a dejar su trabajo. Para evitar cualquier posible recaída, tomaba buen cuidado de sí mismo, habiendo dejado de fumar y de beber alcohol, además de tomar sus medicinas prescritas por su médico. Aparte de esto, nuestros padres se sentían muy felices de vivir con ella.

Pensé que había llegado el momento para cambiar el tópico de conversación:

-¿Has vuelto a ver *Bella Vista?*

-Sí, hermana. Me enteré quién es el dueño: un señor mayor que tiene algún problema de salud; entre su equipo de servicio, tiene una enfermera que le cuida; la conozco y me ha introducido a él.

-¿Vive solo? –indagué.

-Normalmente sí, aunque tiene varios hijos adultos que habitan en la cercana capital de provincia con sus propias familias; ellos suelen venir a visitarle regularmente. El dijo a su enfermera que cuando muera, según consta en su testamento, la mansión y su contenido serán vendidos y los beneficios serán repartidos a partes iguales.

-Eso es una buena decisión para evitar disputas sobre la herencia entre los beneficiarios –comenté y luego le pregunté-: ¿Te sigue gustando la villa?

- Cuanto más veo la propiedad, más me gusta. Cada jueves, nuestros padres y yo, tenemos la costumbre de acompañar la enfermera Mariana en su retorno de su tarde libre. Al llegar allí, nos tomamos la libertad de entrar dentro de la casa, e interesarnos personalmente por Don Gonzalo acerca de su salud, deseándole se recobre pronto. Él suele invitarnos a tomar el té y refrescos en su compañía. Nos gusta el lugar y nuestros padres congenian con él.

-¡Qué maravilloso sería poder pasar la vida en un lugar como ese! –manifesté.

-Me mantendré en contacto contigo en el momento que se ponga a la venta. He aprendido de ti Andrea, que la vida es tan bella como queramos hacerla: la más preciada cosa que tenemos, sin importar el lugar donde uno viva; tenemos nuestra imaginación y sueños para embellecerla. Todos perseguimos y hallamos la fugaz felicidad donde quiera que estemos…

-Si Sofía, pero un buen entorno facilita el camino…

*

Uno de esos días, Benito y Enrique organizaban una cena en su villa, conmemorando la visita de Sofía. Nadia también había sido invitada. Al atardecer, Benito había pasado a recogernos a las tres féminas; Teresa permaneció en casa para cuidar a Elisa hasta nuestro retorno. La sorpresa fue ver aparecer a Benito pilotando un flamante descapotable BMW; le felicitamos por ello y él respondió:

-El coche pertenece a Enrique y a mí; todo lo que poseemos es compartido entre nosotros, porque la mayoría del tiempo estamos juntos y además nos llevamos bien como una familia.

-Es tan bonito ver una amistad tan fuerte como la vuestra –alegó Sofía.

-Quizás nuestro arreglo –replicó Benito-, es aún mejor porque todo se basa en una relación sin lazos u obligaciones o presiones matrimoniales que lo puedan empañar en cualquier momento; cada uno de nosotros guarda su propia independencia e individualidad intactas para obrar como quiera. No obstante, sabemos todos, que este acuerdo verbal puede resquebrajarse dependiendo de muchos otros factores que pueden afectarle en su entorno, como podía suceder a toda relación, según pase el tiempo.

-La última oración aplica a cada asociación –procuré añadir-, pero en términos prácticos, el presente es lo que importa y eso vale con todos nosotros, gracias a Dios.

Pronto llegamos a la villa, situada en un espléndido paraje. Descendimos del coche e irrumpimos en el atractivo hogar de los chicos. Una experta firma había sido la encargada de la decoración de toda la casa, con resultado satisfactorio. En el salón nos recibieron Enrique y Nadia que parecían exultantes y algo sonrojados, como si todo lo que hubieran estado haciendo, hubiere salido a pedir de boca… Al menos se podía atestiguar una tangible prueba de buen comportamiento: una mesa bien preparada, y un par de candelabros colocados en los finales del mantel luciendo velas rojas encendidas, iluminando el conjunto de servilletas, vajilla, cubiertos, cristalería y cuatro rosas rojas indicando los lugares donde las damas se sentarían a cenar.

El plato principal suministrado por una firma de catering se hallaba en el horno, presto a exhibirse cuando llegara su turno. En un final de la mesa se sentó Sofía y en el otro extremo Nadia; los cuatro empleados de nuestra compañía FEBAIC, nos sentamos a ambos centros, uno enfrente del otro. Los anfitriones Benito y Enrique, ayudados por Nadia, hicieron los honores de servir los manjares. Aprobamos la idea, ya que nos permitía a las tres damas restantes ser excluidas de tales deberes domésticos; sólo nos autorizaron a plantar quejas en el caso de que los alimentos fueran de baja calidad o si el servicio mostrara falta de profesionalismo en las circunstancias; por otro lado, tal acuerdo nos concedía libertad para concentrarnos en disfrutar del banquete y de los valiosos vinos.

Los variados entremeses fueron servidos en primer término, incluyendo salmón, jamón ibérico y caviar ruso aportado por Nadia; Comenzado el ágape, nos dedicamos a calmar el apetito, gustando las numerosas pequeñas porciones de snacks y productos mencionados siendo saboreados con fruición, acompañados de un excelente frío vino blanco, dentro de una distendida conversación entre amigos, animada por una tenue música clásica de fondo.

Aproveché un momento de pausa para dirigirme a Nadia:

-Querida Nadia, debo felicitarte por tu brillante elección de música; supongo que lo hiciste tú, ¿No es así?

-¡Oh, sí! Has acertado. Es *El Lago de los Cisnes, de Tchaikovsky*. Me alegra que te guste. En mi opinión fue el mejor compositor ruso del siglo XIX. En música tomó una posición independiente y muchos de sus trabajos siguieron una tendencia occidental.

-Es maravilloso escuchar eso –dijo Enrique-, ¿Puedes poner más de lo mismo a continuación?

-No puedo rehusarte nada, cariño... -Una pequeña pausa involuntaria se creó-: si todos están de acuerdo, he reservado *Serenata* para el próximo plato fuerte y con toda probabilidad el ballet *Nutcracker* para la sobremesa.

-Sé que de hecho tú eres muy generosa, querida... replicó Henry, y todos rieron...

-Temo –añadió Felisa-, que es posible que pierda parte del *Cascanueces* en la sobremesa por causa de mi bebé Elisa; lo lamentaré porque, estoy pasando un rato estupendo con vosotros aquí.

-No importa -adujo Benito-, la noche es joven todavía. El vino tinto está listo y voy a traer el apetitoso plato principal. No se levanten de sus sitios, amigos. Todo está previsto.

-Bien hecho Benito –mencionó Sofía-, tú siempre has sido mi chico favorito desde que estuvimos en el Instituto. Aquellos fueron los días para mí...

-Tú también me gustas, Sofía. Estoy muy contento de que estés ahora aquí... Bien, debo ahora cumplir mi promesa, puedo ver que estáis hambrientos.

Un orgulloso Benito retornó al momento, portando con guantes de cocina una bandeja de arcilla repleta de tiernas chuletas de cordero lechal cocidas en rica salsa, que colocó sobre el centro de la mesa y empezó a servir primero a Sofía, que apreció su gesto devolviéndole su mejor cómplice sonrisa; siguió sirviendo al resto de las damas comenzando con Nadia y terminando conmigo. El resto de la carne se repartió entre los dos anfitriones. Enrique llenó los vasos de vino tinto. Tuve que admitir que la carne estaba caliente, tierna y suculenta y nos concentramos en ingerirla despacio para agradar mejor al paladar, hasta que no quedó nada en nuestros platos, sino los huesos. Lo mismo ocurrió con las tres botellas de vino que bebimos a lo largo del exquisito plato fuerte y la alegre sobremesa.

Todo a lo largo de la velada, pude darme cuenta de Sofía sintiéndose extremadamente feliz y prestando demasiada atención a Benito, sentado a su lado; ella continuaba riendo sus gracias y nunca la había visto disfrutar tanto; entonces recordé decirme que de pequeña le gustaba Benito y observé que le sonreía continuamente. Con esta consideraciones en mente, y después de ver a Sofía mostrándose radiante a lo largo de este acontecimiento especial, pensé que era tiempo de abandonar la fiesta; hice una seña a Felisa para que me acompañara al lavabo y durante el trayecto de vuelta a la mesa le sugerí que era hora de volver a casa y ver a Elisa; Sofía me miró y me envió su tácito acuerdo para que las dos dejáramos la fiesta; Benito, sonriendo a Sofía, inclinó su cabeza en señal de aprobación; aún riendo él salió y nos condujo hasta Puente Romano. Le dimos un beso al salir del coche, agradeciéndole por el estupendo party dado y deseándole pasar una buena noche, "con o sin sueño"-como dije. Por contestación en la noche silenciosa, Benito emitió una sonora carcajada…

*

Existen otra clase de celebraciones más sofisticadas, en cuanto a la forma lujosa de presentarlas, como las festividades exhibidas en la mansión Bochkov. Normalmente tienen lugar el último viernes de cada mes a las 20.30; a ellas asisten representativos con influencia en el local círculo financiero y otros prestigiosos nombres, incluidos varios residentes rusos. De acuerdo con la información recibida de Nadia, los preparativos mantienen ocupados a Kiril y a ella ese día, sobre todo desde el mediodía; a esa hora la furgoneta de la firma proveedora llega con el suministro gastronómico y accesorios, incluidos vinos, cerveza, otros licores y refrescos, más cualquier otra necesidad para el festín. La mercancía es descargada en el almacén ubicado detrás de la mansión, bajo la supervisión de los dos. Toda esa mañana, los grandes jefes Bochkov y Spasski la pasan disputando su partido de golf en el cercano campo de la zona.

Una vez que el party comienza, normalmente dura hasta bien entrada la noche. La seguridad en el exclusivo complejo urbanístico, es estricta en extremo; todos los nuevos visitantes se deben identificar al guardián de la entrada, quien registra los datos en el ordenador: vehículo, nombre, DNI o pasaporte y la mansión a ser visitada. Cada propiedad está cercada por altos muros que preservan su privacidad.

Una vez dentro de la villa Bochkov, mi primera impresión fue de admiración por la suntuosidad ofrecida por el lugar; la limpieza y orden de sus bien cuidados jardines, atractivo diseño de la piscina y exorbitante abundancia del caro mobiliario y objetos decorativos esparcidos por los amplios aposentos. Todo daba una noción de lujo, confort y extravagancia de inversión por doquier.

Siempre que gozo del privilegio de estar allí, trato de visitar cada sitio de la enorme casa; incluyendo el centro administrativo donde trabaja Nadia; el despacho más grande que la oficina de FEBAIC, tiene cuatro ordenadores también. Varias veces, en visita de trabajo, he pasado algún tiempo en su despacho intercambiando información sobre temas comerciales y contables.

Como comentario anecdótico, recuerdo que en uno de esas reuniones sociales el señor Nicolái Boshkov se acercó a Felisa y a mí comentando:

-Debo de felicitar a las dos por vuestro muy eficiente trabajo profesional que mostráis. Estoy muy contento de ello.

El cumplido nos pilló desprevenidas, ya que nunca esperábamos oír de él tal agradable comentario; también me sorprendió escuchar a Felisa contestar parte en ruso:

-"Spasibo", agradecemos eso, señor Bochkov.

Pareció que le gustó su respuesta a juzgar por su amplia sonrisa y siguiente comentario:

-Otra cosa que me sorprende algunas veces es que, en mi opinión, se parecen mucho; similar altura, color de pelo, expresión y sonido de voz; eso es la causa que en alguna ocasión cuando hablo por teléfono con cualquiera de las dos, tengo que solicitar su nombre. Tienen que perdonarme por ello; como saben no es descortesía por mi parte.

Mostramos nuestras más amplias sonrisas, como una especie de apreciación por su justificación y excusa. Entonces pensé apropiado ofrecerle una demostración, en ese momento, para clarificar cualquier distinción confusa, que pudiera encontrar en nuestra pronunciación; para realizarlo, abrí bien mi boca y hablando despacio articulé:

-Ahora... Señor... Bochkov..., puede enterarse..., darse..., cuenta...; la razón es..., el tono de voz..., de la región..., donde..., nacimos..., -Tuve que reírme cuando terminé, y lo resumí en inglés lo mejor que pude; después, para comparar, pedí a Felisa repetir mi explicación:

-Es tu turno, querida. Por favor ajústate en lo posible a lo que dije; ¿Puedes?

No pude comprender cómo consiguió repetir palabra por palabra lo que dije, pero lo hizo meticulosamente, incluso en inglés. Al final de la sesión fonética los tres soltamos la carcajada. Luego el señor Bochkov dijo:

-Debimos haberlo ensayado antes que yo comenzara a beber vodka... Ahora estoy tan confundido como antes... Hasta más tarde... –Se despidió alzando su vaso y dejándonos riendo a rienda suelta...

*

Después de haber pasado unos meses, la pequeña Elisa va forjándose un bebé más consistente; sus dientes comienzan a forjarse. Ella empieza a apreciar nuestros cuidados a través de la feliz expresión de su infantil rostro. Tan pronto como nota nuestra presencia, reacciona moviendo sus tiernas piernas convulsivamente, hasta que la tomamos en brazos. Felisa, hace bastante tiempo que le ha retirado el pecho; en su lugar alterna los biberones con potes de comidas para niños, de venta en farmacias y algunos supermercados. Todo parece indicar que se aproxima el día en que, con nuestra ayuda, aprenderá a dar sus primeros pasos; además de comenzar a aprender a comunicarse con esos peculiares sonidos emitidos tratando de copiar sin mayor éxito, en esa etapa, unas pocas repetitivas cortas palabras de nuestro léxico coloquial, que nos hacen reír.

Rara vez salimos por la noche, ya que preferimos estar en casa con Elisa, excepto por los acostumbrados paseos de fin de semana cuando la sacamos en su cochecito a lo largo de jardines y camino público al lado del mar; pocas veces al atardecer salimos un rato cuando duerme o está con Teresa, andando el corto camino hasta el hotel y entrando en el piano-bar para tomar una cerveza; allí escuchamos alguna balada melódica por el afable y carismático pianista Manolo, quien tan pronto como nos ve suele elegir tocar la pieza *Para Elisa*, un lujo para oír, especialmente en nuestras circunstancias. En este romántico lugar, próximo al patio con sus elegantes terrazas, iluminada exuberante vegetación, estanque y cabecera del riachuelo, disfrutamos algunos agradables momentos mientras Elisa duerme cerca. A pesar de la belleza del lugar no retrasamos mucho nuestra estancia allí. El magnetismo del bebé nos impele a volver pronto a casa.

*

No es de extrañar que toda mi atención estuviera centrada en el trabajo y en las dos mujercitas más importantes del mundo para mí; por este motivo olvidé que había pasado bastante tiempo desde que Sofía nos había visitado, hasta cuando recibí su carta. Entonces me enteré que la demora en contactarnos, había sido debida a que deseaba retrasar informarnos acerca de un importante asunto, que le había tenido preocupada por bastante tiempo. La razón fue sencillamente que llevaba embarazada los últimos siete meses. Me quedé estupefacta al leerlo; mis ojos seguían clavados en la escritura. Continuaba explicando que Benito era el padre de la criatura, concebida la noche de la fiesta en su casa. Una vez que él regresó de dejarnos en el apartamento, los sentimientos entre los dos se descontrolaron; ayudados por el acogedor ambiente, el vino y un par de anfetaminas. Escribió que Enrique y Nadia se habían retirado escaleras arriba momentos antes; Sofía, embelesada, había sido incapaz de resistir sus encantos de seducción, causándola caer en sus brazos. Una noche de pasión les envolvió entregándose a una orgía sexual durando toda la noche, excepto cortos intervalos de sueño, en la larga sesión amorosa. Al alba se vistieron y tomaron café con biscuit, antes que Benito la condujera de vuelta al apartamento.

Sofía entró de puntillas, usando la llave que Felisa le entregó en el party, y andando despacio entró en su cuarto. Antes de dormirse, recordaba con una sonrisa en sus doloridos labios, la ternura y pasión con que Benito la había tratado.

Terminaba su misiva informando que nuestros padres, al igual que ella, habían aceptado el "incidente" con todas sus consecuencias, como uno de los hechos naturales de la vida, sin recriminación alguna. Genaro pensó que siempre es una bendición la llegada de un bebé en un hogar; el inocente presunto nuevo miembro trae consigo mismo el poder de embellecer las vidas del resto de los miembros de la bien avenida familia. Los tres estaban esperando con impaciencia la llegada del nacimiento del bebé, porque, sin lugar a dudas, su llegada estimularía sus monótonas vidas. Una ecografía había mostrado que se trataba de un varón. Otra razón de la dilación en escribir, era que no quería presionar a Benito antes que naciera su hijo; a quién se le daría también el nombre de su padre. Ella había planeado el retraso informativo, con vistas a llevar un período relajante de embarazo, evitando así la posibilidad de envolverse en una desfavorable reacción por parte del padre del niño, si se le hubiera notificado antes de tiempo. También indicó que ella entraría en contacto con Benito pronto después del nacimiento.

Cuando terminé de leer la carta, permanecía algunos momentos sopesando la buena noticia familiar; ciertamente la llegada del bebé sería un regalo del cielo, especialmente para mi hermana y nuestros padres. Inmediatamente comuniqué la buena noticia a Felisa; su entusiasmo la hizo saltar y arrebatarme la carta de mi mano, empezando a leerla ávidamente; Cuando terminó de leer, me abrazó y nos entró una risa estridente por un rato.

Cerca de dos meses después, un sábado al alba nació de madrugada el pequeño Benito. Al atardecer de ese día acompañada de Felisa, fuimos a visitar a su padre para felicitarle; Felisa conducía nuestro recientemente adquirido Mercedes automático, color metálico. Benito no nos recibió con su forma habitual de alegría; parecía compungido y confuso por la noticia que unas tres horas antes le había hecho partícipe Sofía. Sin duda, aparentaba como si algo le hubiera herido interiormente; una especie de impacto psicológico. Comprendimos que, por su parte, necesitaba algún tiempo más para recobrarse de sus efectos negativos, ya que su mente parecía no estar tan fresca y positiva como de costumbre; tratamos de estimularle lo mejor que pudimos. Abrimos una botella de vino que trajimos y los tres comenzamos a beber hasta que se terminó. Esto y la charla humorista que producíamos, le hizo recobrar parte de su compostura, pero sacamos la impresión que habíamos fracasado en el intento de borrar de su mente, todas sus preocupaciones; algo más tarde nos excusamos y le dejamos tiempo para meditar sobre su problema. Debíamos volver con Elisa.

Fuera era noche cerrada; nada más entrar en el coche y emprender el camino de vuelta, me vino a la mente como un flash un curioso pensamiento: "la noche, antes de dormirnos, es cuando nos quitamos las máscaras que por el día llevamos puestas; entonces retornamos a nosotros mismos, sin necesidad de escondernos detrás de cualquier camuflaje más o menos engañoso; la inmensa mayoría de nosotros no lo tomamos en cuenta para reformarlo: al día siguiente continuamos usando la misma careta…"

-Te mantienes callada, Andrea –oí decir a Felisa-. Una moneda por tus pensamientos, querida.

-¡Oh…! Lo siento, mi amor. Mi mente estaba millas lejos… ¡Sigamos viviendo el presente, Felisa! Mañana, como el futuro, nunca llega…

Ella me sonrió y sus labios me enviaron un beso; entonces paró el coche; habíamos llegado. Movió su cabeza próxima a la mía y susurró en mi oído:

-Tú eres lo mejor que me ha sucedido en mi vida, mi amor. Vamos dentro a ver Elisa y luego, rápidamente a la cama; tengo hambre de ti…

*

Al día siguiente, Benito invitó a comer a un cercano restaurante. Antes de revisar la carta, le aseguré que mi presencia allí, no significaría influenciarle lo más mínimo sobre el asunto de una forma u otra; o cuestionar cualquier decisión que juzgara oportuno tomar; a este respecto le dije: "la relación entre mi hermana y tú es un asunto privado que no me concierne a mí para nada."

Mi postura sobre el caso, pareció relajarle un poco más. Comenzó a hablar con naturalidad, presentando su visión del inesperado acontecimiento en el que se veía involucrado. Aducía que existían obstáculos infranqueables para considerar la opción de formar parte, con su presencia física, del vínculo de la nueva familia. Primeramente, Sofía y él habían desarrollado una buena amistad que a causa de una inusual fiesta, había desembocado en un encuentro pasional;

no habían dispuesto del tiempo necesario para poder encenderse la llama del amor entre los dos, o al menos en lo que concernía a él. Es cierto que habían disfrutado de una experiencia amorosa, llena de intensidad, en la cual habían concebido su bebé; en su opinión, esa cita casual no era vinculante o concluyente en su relación.

Secundariamente, Benito pensaba que su prioridad yacía en su dedicación al trabajo, que podía verse afectada si añadiera nuevas responsabilidades familiares en su entorno; además Sofía desempeñaba una buena profesión como maestra en su lugar de residencia; por otra parte, ella cuidaba a sus padres allí. Todos estos impedimentos tornaban impracticable la posibilidad de vivir los tres bajo el mismo techo.

No obstante, se sentiría orgulloso de conocer a su hijo y haría honor a sus obligaciones paternas; accedería a darle su nombre y apellidos, al igual que cumplimentar los requisitos del registro; con vistas a hacer esto posible, me invitó a acompañarle, tan pronto como fuera posible al lugar del nacimiento. Asimismo suministraría la cuota económica mensual de manutención, que se acordara con Sofía. Finalmente se comprometía a mantenerse en contacto siempre que fuera posible, y arreglar los detalles de su testamento, para incluir su hijo como beneficiario en el mismo. Terminó diciendo que estaba absolutamente seguro que su hijo se hallaba en las mejores manos, a fin de progresar en la vida dentro de un entorno perfecto, al cuál se sentía ansioso de visitar pronto.

Analizando su razonamiento y la circunstancias que se daban cita, concluí que su posición ante el problema, era a todas luces ecuánime y práctica. Así se lo hice saber, de lo que quedó complacido.

-Estoy tan contenta de que hayas llegado a una correcta y civilizada conclusión del problema, Benito. El acuerdo beneficia a todas las partes, respetando y permitiendo continuar con sus propias vidas sin ninguna interferencia.

-Es lo menos que pude hacer bajo las singulares condiciones del caso, mi querida Andrea; además, como bien tú supones, y la destreza que mi negocio espera de

mí, estaré libre para concentrarme en ganar tanto dinero como fuera posible para el beneficio de nuestra Empresa y por lo tanto de todos nosotros.

-Bueno, mientras eso te haga feliz, es todo lo que importa. Recuerda ahora que formamos parte de la misma familia y que me importas mucho tú.

-Me considero privilegiado haber llegado a ser parte de tu familia, aunque haya sido a causa de una noche loca en el party. En cualquier caso, tú y yo hemos desarrollado fuertes lazos uniéndonos y ahora parecen ser aún más fuertes.

-Para de ser tan bueno, Benito; me estoy emocionando —entonces cambié de tema y manifesté-: Estoy deseando ir contigo y visitar tu familia y la mía, querido.

-Y también yo, Andrea; saldremos al amanecer; apenas puedo esperar. Adiós por ahora, cariño.

Hechos los preparativos para un largo viaje por carretera, de madrugada nos hallábamos conduciendo por la *Nacional 340*, en dirección Málaga-Granada, para conectar con la *Autovía del Mediterráneo (A-IV)* en la ruta del Norte. Era una fría mañana de invierno transitando a través de interminables paisajes montañosos que atrajeron mi atención debido a su espectacular belleza y variedad; todo ello se complementaba con la ilusión que sentía ante la oportunidad de conocer a mi sobrino y pasar unos pocos días con toda mi familia. Benito estaba entusiasmado acerca del viaje por idéntica razón y me aleccionaba sobre diferentes aspectos de la topografía que iba apareciendo a la vista.

Una vez que dejamos atrás el desfiladero de *Despeñaperros*, la panorámica presentaba un cambio drástico; la nueva sensación disminuyo sobremanera en mi valoración: era como si de repente alguien te hubiera quitado de la boca un sabroso dulce.

Cuando comenzábamos a atravesar la extensa planicie de *La Mancha*, el paisaje contrastaba en clara desventaja con otros accidentes geográficos que habíamos dejado atrás. El terreno incitaba al tedio a causa de su falta de de variedad topográfica y relieve natural; lo encontraba demasiado llano , árido y privado de bosques. Es probable que durante la primavera su vista llegara a ser mucho más atractiva cuando los viñedos se cubrieran con sus anchas verdes hojas. En el momento presente, estaba circulando por campos desnudos; No recomendaría el lugar a nadie para uno inspirarse: es altamente probable que *Cervantes* no hubiera visitado el área hasta el verano. Por otro lado, entiendo que

Don Quijote necesitara una buena dosis de locura para aventurarse en afrontar la azarosa travesía. ¿Adónde había ido a parar el contraste de luces y sombras, montañas, valles y ríos? Me consolaba el pensar que lo encontraríamos no muy lejos y principalmente al final del trayecto. Era una inconveniencia temporal, unida al hecho que la autovía en esa área no tenía curvas, sino se componía de largas rectas; esto, a veces me iba haciendo mella, desluciendo mi estado anímico; me sobrepuse pensando acerca del estimulante premio moral que recibiría al final del viaje.

Decidimos parar en la primera *Venta* que encontramos para estirar las piernas, ir al servicio y tomar café y snacks; también compramos un par de botellas de vino y buen queso *manchego* para la familia. En mejor disposición y gracias a la parada efectuada para recargar energía, continuamos el viaje.

Hacia el mediodía habíamos alcanzado las afueras de Madrid; seguimos por la autopista de circunvalación *(M-50)*, evitando el centro de la capital, hasta encontrar la autovía *(A-1)* en dirección Norte. Conducimos a lo largo la nueva vía disfrutando la alta vista panorámica ondulante que se nos abría desde la periferia de Madrid; estábamos aproximándonos a la nevada sierra *Guadarrama* y eso para mí fue una impresionante vista en contraste con los obscuros bosques en sus laderas. A la primera oportunidad hicimos un descanso para tomar un ligero almuerzo y admirar la sorprendente vista; media hora más tarde, continuamos conduciendo a lo largo de verde terreno montañoso con bosques de pinos en sus pendientes, boscajes de robles y espesura de matorrales. En los valles, entre esparcidos pueblos, aldeas, caseríos y caminos, prodigaban los prados, choperas, el incipiente verdor de los brotes de la siembra de cereales y el contraste de algún otro erial o barbecho.

A media tarde, llegábamos a destino. Vimos a Sofía y mis padres esperando en la puerta. Paramos el coche, salté y corrí para abrazar a los tres y la emoción se desencadenó, derramando lágrimas de alegría. Benito estaba detrás esperando a que nos separásemos; cuando ocurrió saludo a mis padres y besó a Sofía en la mejilla; luego entramos en la casa y contemplamos la bella visión del bebé Benito dormido en su cuna; sólo poder mirar sus diminutas facciones producía en mí una dulce sensación. Tratamos de no hacer ningún ruido, para no despertarlo, pero fue difícil soportar la oportunidad de recogerlo; así que hice un ruido deliberado y mi sobrino abrió despacio sus ojos y alumbró toda la estancia. Sofía lo colocó con cuidado entre sus brazos, mostrándoselo a su padre, que daba la impresión de estar felizmente agitado. Él depositó un beso en la frente de su hijo y, con ayuda de Sofía, Benito tomó el bebé en sus brazos, sosteniéndole durante algunos minutos, sin habilidad aparente; luego besó otra vez al niño y se lo entregó a su madre, quién me lo pasó a mí, ya que me encontraba ansiosa de tenerlo en mis brazos. Ese momento especial lo consideré el punto culminante del día; impulsivamente, estaba dirigiendo a mi sobrino irracionales amorosos comentarios, como si él pudiera entenderlos.

Más tarde, después de dar el pecho al niño, todos salimos a dar un paseo. Benito empujaba el carrito, mientras nosotros no parábamos de hablar. Después de caminar una distancia prudencial, llegamos a *Bella Vista*; Benito expresó su admiración por el lugar y el paisaje que le rodeaba; comentó al respecto:

-¡Santo Cielo! Nunca pensé que podía encontrar tan impresionante mansión como ésta, en este paisaje bucólico, no lejos del pueblo. Quienquiera que sea el dueño, debe llevar una muy feliz vida ahí, lejos de la locura de la muchedumbre y el tráfico rodado.

-Conocemos al dueño, un señor anciano que sufre un desorden cardiovascular –mencionó Sofía-. Por lo tanto, no se siente tan feliz a causa de esa deficiencia; nos llevamos bien con su enfermera y algunas veces nos invita dentro, a tomar el té.

-¿Cómo describes la disposición de la villa? –preguntó Benito.

-Magnífica por todas partes y bien cuidada por los empleados del servicio. Es una pena que no la hayas visto, Benito.

-¡Oh…! Eso no es esencial -contestó Benito-, te creo; lo importante es que te guste.

La puesta de sol se estaba ocultando por el ondulante horizonte, así que decidimos regresar del interesante paseo; en el camino de vuelta a casa, yo empujaba el cochecito acompañada de mis padres, permitiendo a Sofía y Benito andar juntos detrás, a corta distancia. Pensé que necesitaban conversar privadamente. El bebé había vuelto a dormirse.

La cena, preparada por mi madre, resultó exquisita y animada. Benito daba la impresión de encontrarse muy a gusto y había abierto una de las botellas de vino que habíamos traído. Llenó las copas y propuso un brindis por el buen futuro del niño, y otro por todos nosotros. Al final, Benito trajo a la mesa el queso manchego comprado en la *Venta,* que fue una delicia al paladar, y que deleitó a Genaro y Josefa. Todo a lo largo de la cena, Benito se encontraba feliz, aunque no hablaba mucho, como nosotras mujeres; obviamente él nos dejó llevar el peso de la conversación, como normalmente las hembras hacemos en casa; Él fue listo al concentrarse en pasar un buen rato allí.

Benito pasó la noche en el sofá del salón. Nosotras hablamos mucho antes de dormirnos; Sofía se sentía muy feliz y llena de gratitud por la visita y los resultados prácticos obtenidos. Su hijo era lo más importante de este mundo y lo quería para ella y había sido permitida cumplimentar su deseo. Obviamente con esta conquista en mente, se durmió antes que yo lo hiciera; pude observar que su rostro mostraba una sonrisa serena, que valía la pena admirar. Todavía mirándola, me dormí…

A la mañana siguiente, en unión de Benito y Sofía, visitamos la oficina de registro de nacimientos, registrando el nombre del bebé como Benito Moreno Gómez. Los tres nos sentíamos realmente contentos después de completar el honorable deber. Más tarde al mediodía, toda la familia celebró la ocasión con una suculenta comida; que servía también como una despedida, porque Benito y yo saldríamos pronto después de la comida, debido a una cita previamente fijada para el atardecer después de nuestra llegada a Madrid. Todos nos sentimos tristes por tener que partir y derramamos alguna lágrima, antes de que nosotros pudiéramos volver nuestra espalda a la casa y nos apresuramos dentro del coche. Realmente había sido una muy agradable corta estancia con nuestra familia.

Llegamos a Madrid al atardecer y una vez confirmada la reserva de nuestra habitación del *Hotel Velazquez,* subimos y telefoneamos a nuestro amigo Fernando Ojeda, saludando y recordándole que estaríamos a tiempo para la reunión; después tomamos un ducha y nos arreglamos, cambiando nuestro atuendo; minutos más tarde, bajamos al lobby para disfrutar de una buena taza de café, donde pasamos un rato relajándonos del largo viaje.

A las 20.30 horas recogimos a Fernando; los tres nos fundimos en un abrazo, antes de dirigirnos a un popular restaurante ubicado en una esquina de la calle *Serrano.* Queríamos hacerle un buen regalo después de tanto tiempo sin verle, así que ordenamos el mejor plato en el menú, acompañado de un par de botellas de vino tinto *Rioja Gran reserva Faustino I.*

-Hemos venido sólo por verte —recalcó Benito cuando la orden fue servida-, ha sido una especie de peregrinación a fin de obtener tu bendición. Al mismo tiempo, aprovecho para comunicarte que he pecado muchas veces: la tentación ha sido más fuerte que mi resistencia.

-Explícate, querido Benito —replicó Fernando, mostrando un repentino interés por su dañada condición espiritual, tanto como con la gustosa carne en su plato-. La carne es débil y Dios perdona todo. Este lugar no es el más apropiado para oír confesión, pero puede servir —ingirió un buen sorbo de vino haciendo un gesto agradable, como si hubiera alcanzado la correcta inspiración divina para el presente caso.

Benito comenzó a exponer lo mejor que pudo el propósito de su viaje y la razón que lo motivó. Mientras tanto, el Padre Ojeda, quedó inmerso entre degustación del apetitoso manjar y sorbos de buen vino, al mismo tiempo que repetía intermitentes muecas con los ojos muy abiertos mostrando que seguía con atención y algún que otro sobresalto, su exposición del percance. Cuando se llegó a los pasajes relatando los más sórdidos detalles, Fernando se ayudaba con un mayor trago de vino, respirando hondo a modo de alargar su suspiro, que hacía expandir su pecho, seguido de santigüacion; este ritual servía como un claro signo de contrarrestar la magnitud del pecado. El penitente, completada su narración y dando la impresión de sentirse acongojado, esperó la reacción del sacerdote. Éste, -hizo una pausa para servirse de la botella y, tomando otro buen trago para iluminar su mente sobre el delicado asunto, limpiar su boca de las partículas gastronómicas que quedaban y después de aclarar su garganta al toser-, envió una generosa mirada benevolente a Benito y sentenció:

-Te has portado mal, oveja descarriada; sin embargo, tu buena obra al final del desliz, indica arrepentimiento por lo que hiciste; por esta razón el resultado de este episodio es un empate a los ojos del Señor -sonriendo hizo otra pausa para tomar otro sorbo y entonces levantó su vaso diciendo-: te felicito por ser padre, aunque el móvil haya sido *un golpe bajo*, fuera de la legalidad eclesiástica – Benito y yo no pudimos contener una risotada clamorosa, antes de que prosiguiera-: te agradará escuchar que no se aplica penitencia alguna por tu mala conducta: te será bastante duro no ver cada día a tu hijo.

Benito agradeció su generosidad y yo aproveché el momento para intervenir, dirigiéndome a Fernando:

-Cómo ves tu vida bajo el manto protector de la iglesia? Podemos hablar sinceramente entre amigos; si necesitas alguna ayuda, dínoslo y veremos lo que somos capaces de hacer. Te echamos de menos y deseamos tu bienestar.

-Lo sé, mis amigos. Me habéis ayudado en el pasado. Ahora me siento feliz con mi presente ocupación; naturalmente tenemos nuestros problemas internos, aunque ninguno de ellos se relaciona con la falta de medios económicos. El buen Dios es generoso con nosotros en ese aspecto.

-Y también lo es la Agencia Tributaria y el Gobierno con todos esos múltiples millones que conceden cada año a la acaudalada Iglesia Católica; Tengo entendido que incluso el más rico país del mundo: los Estados Unidos de América, no subvenciona a religión alguna y, mucho menos con esas exageradas sumas de dinero del contribuyente que se os regala cada año, cuyo uso social resulta de lo más dudoso...

-Querida Andrea, soy un pequeño peón en la iglesia que desea ser feliz dentro de la institución, sin ambición de alcanzar las escalas del poder.

-Eres afortunado sentirte de esa forma, amigo Fernando y del hecho de que perteneces a la *Empresa Corporativa* más próspera del segundo milenio; su riqueza material, se supone inconmensurable. Por siglos se han vendido indulgencias a cambio de dinero y no me sorprende que, con frecuencia, la *palabra de Dios* se use con el mismo propósito. A Jesucristo le gustaba rodearse de los pobres: Él fue humilde y consolaba a aquéllos que sufrían de adversidad y enfermedad; echó a los mercaderes del templo: es bien conocido que desde al menos la *Edad Media*, la Iglesia Católica le gusta reposar a la sombra del árbol de los ricos, lejos del masivo infortunio; también pienso que en la lista de sus santos, debería incluirse: *San Dinero,* uno de sus mayores y mejores objetivos; al que supongo que muchos de sus altos cargos pudieran *adorar* en privado, como si se tratara del *Becerro de Oro,* al que se alude en un pasaje de las *Sagradas Escrituras.*

-Hermana Andrea, me siento angustiado por lo que dices; tus palabras son producto de una mente atormentada, impropias de una persona bautizada católica.

-Querido padre Fernando, siento defraudarte; no me siento como tal: bautizaron mi cuerpo, pero no mi mente, o mi alma; ésta se encuentra más cerca de una religión más pobre, por ejemplo: budismo, hinduismo u otra semejante, que nunca ha tenido que derramar sangre ajena, como uno de sus medios, para imponer su fe. Ellas también tienen el mismo Dios, pero se interpreta diferentemente: impartiendo amor y nada de temor; creo fervientemente que sus fieles se acercan mucho más a cómo es Él.

-No estoy en una posición para rebatir tu argumento, Andrea. Tú has bebido menos que yo y se muestra por la longitud de tu razonamiento. No tomaré en cuenta lo que has dicho, aunque por mucho menos que eso se ha excomulgado a gente.

-O quemados en la hoguera... ¡Ah...! Sí...! El castigo y el temor a Dios. ¿Por qué interpretáis la *reacción Divina* como medida punitiva? Estoy segura que a Dios no le gustaría ser tachado de ser temido, sino más bien de ser amado.

-He aprendido –intervino Benito-, que nadie tiene la exclusividad de la verdad. Lo único que sé ahora, es que vamos a hacer un brindis por nuestro amigo Fernando, deseándole ser feliz siguiendo el camino que decidió escoger – hicimos una pausa, para ingerir el resto del vino y soltar una buena carcajada; luego exclamó-, ¡No nos compliquemos y vivamos el presente! No olvidarse que: *¡Cada uno arrima el ascua a su sardina!*

*

13

Habían pasado cerca de tres años desde el establecimiento de la base de operaciones en Marbella, acumulando importantes resultados comerciales. La mayor diferencia proporcional en el número de transacciones mercantiles anuales, en relación con el período madrileño, correspondía al área de la industria inmobiliaria, que sobrepasaba el sesenta por ciento de aumento. El resto de los factores que contribuían a lograr excelentes resultados satisfactorios, habían experimentado también aumentos, con la excepción del sector de las antigüedades que había decrecido ligeramente; aunque se mantenían los contactos con subastas y marchantes del ramo en la capital.

Una de las opciones para celebrar para festejar la bonanza comercial, fue organizar un viaje de negocio y placer de fin de semana a *Mónaco*, con salida un jueves. La idea la pusieron sobre la mesa, nuestros asociados financieros y fue aceptada con rapidez, además un par de premios por transacciones especiales y reajustes de comisiones. Los afortunados participantes del grupo eran, por el lado ruso: Nicolai Bochkov, Sergei Spasski e Igor Kiril, acompañados por cuatro jóvenes azafatas asistentas. Benito y yo llevaríamos la representación de FEBAIC; se creyó conveniente que los remanentes miembros del negocio conjunto: Nadia, Felisa y enrique, permanecieran en sus puestos, en el ínterin; de esta forma se aseguraba la continuidad y coordinación del trabajo a desarrollar.

A este respecto, la tarde anterior al viaje, hablamos los cuatro amigos sobre la incidencia comercial y social que tendría lugar en el largo fin de semana.

-Hay que ver la buena suerte que tenéis –mencionó Enrique-. En la mayor parte de los regalos de este tipo, Felisa y yo somos los que quedamos atrás para defender el fuerte. No es justo.

-No te quejes amigo –yo medié-. Pagáis el precio por ser los más capaces y versátiles en la oficina; además nuestros sponsors nos han escogidos por ser los más veteranos en la empresa; no los más hábiles; no os debéis preocupar por vuestra mala suerte, porque disfrutaréis más quedándoos con Nadia, especialmente tú, sin posibles interrupciones en lo que puedas hacer…, mientras que yo estaré echando de menos a mis dos mujercitas.

-Gracias, mi amor –dijo Felisa-. Nosotras también te echaremos de menos; siempre lo hacemos cuando estás fuera. Cuídate mucho.

Benito permaneció en silencio, como si estuviera distraído. De pronto pareció despertarse de su estado de letargo, e intervino:

-Estaba sopesando una idea que quiero presentarla a los dos que os quedáis: durante nuestra ausencia, tenéis una nueva oportunidad de cooperar con Nadia; nadie mejor que tú, maníaco sexual Enrique. Sugiero que pongas en práctica tus poderes de persuasión para hipnotizarla, si esto resulta necesario. Tú lo has hecho conmigo, cuando encontrándome deprimido y nervioso, necesitando tus hábiles servicios que ayudaron a mis problemas de salud se esfumaran. ¿Cómo has aprendido a dominar esa habilidad?

-Me dí cuenta que parecía posible que yo estaría dotado con algunos poderes para hipnotizar, desde cuando en el pueblo practicaba con perros que me ladraban; les miraba profundamente a los ojos y paraban su ladrido y huían con la cola entre las patas. La hipnosis es un factor importante para relajarse, y como forma de inducir al sueño. Es algo como un hobby para mí. Leo libros sobre ello, para aprender su técnica y atiendo cualquier representación, simposio o entrevista en TV que trata sobre los poderes psíquicos, con el mismo propósito en mente. Lo encuentro muy gratificante adquirir algún conocimiento en ese interesante campo.

-Tú tienes un buen conejo de indias para practicar… -Benito tuvo que hacer una pausa, ante la risa general que siguió-, Nadia viene bien para experimentar…, -el regocijo seguía en aumento-; ella estará contenta, todos sabemos que así será; además también le gustará que la sugestiones, alcanzando un estado de sueño, y dándote la oportunidad de encontrar algunos de sus mejores guardados secretos.

-Buena idea, Benito. Te prometo poner en práctica tu sugerencia este fin de semana, cuando tengamos tiempo para nosotros mismos. Es una pena que vosotros no os quedéis más tiempo fuera…

Benito le dirigió una mirada de complicidad, luego mirando a Felisa, manifestó:

-Nuestra ausencia también te proporciona a ti una muy buena oportunidad para seguir congeniando lo mejor posible con Nadia; trata de cooperar lo más posible con ella y ofrécele tu ayuda; de esa forma, pudieras enterarte más acerca de los entresijos de su trabajo y sistema de archivo que, por otro lado, es un complemento del nuestro; así sabremos todas las fases de su desarrollo. Para darte más tiempo para investigar eso, sugiero que desde el próximo jueves, fecha de nuestra salida, lleves a su oficina algunos de nuestros expedientes, con la excusa de consultar con ella algunos menores detalles; ella pudiera pedirte ayuda para disminuir el peso de su trabajo, así que muéstrate tan encantadora e inocente como puedas, con vistas a permanecer en su oficina el mayor tiempo posible. Estoy seguro que, con lo lista que tú eres, aprenderás bastantes cosas que puedan beneficiar a nuestra empresa. Tu experiencia en muchas áreas de tu profesión es muy sólida, así que harás un buen trabajo de ello.

-Adulación te llevará lejos, querido Benito –contestó Felisa-. Ciertamente eres un buen estratega y nuestro indiscutible gran timonel. Espero que nuestra travesía continúe libre de inabordables obstáculos.

-

Embarcamos al mediodía en el aeropuerto de Málaga, con dirección a Madrid. Después de aterrizar y esperar a realizar la conexión a *Nice,* se unieron al grupo las cuatro jóvenes y bellas rusas, dos de ellas rubias, que también habían sido invitadas. Ellas sonrieron tímidamente en el momento de la presentación. Sus estilizadas figuras llevaban el sello de modelos de pasarela, con sus delicadas facciones y complexión pálida; su elegante atuendo sobresalía entre la multitud de pasajeros en la terminal. Benito se acercó a mi oído y susurró:

-Los rusos saben cómo recoger los bien parecidos pájaros; no me importaría alimentarlos en la intimidad…

-No desesperes, mi amigo. Probablemente tendrás tu oportunidad a bordo del yate; recuerda que una de ellas sobra; los rusos varones son sólo tres, así que juega tus cartas bien más tarde. Sólo necesitas ser tan encantador como sueles ser… Quizás nuestros sponsors contaron contigo…

-Es mi día de suerte, Andrea; No me había dado cuenta, gracias por el consejo.

-Nosotras mujeres somos más rápidas pensando, que vosotros lentos hombres; o dicho con otras palabras: cuando tú vas, yo vengo.

-Puedo verlo; no dudo de ello.

Hacia las seis de una tarde soleada, llegamos al aeropuerto de Niza; allí nos recogieron tres Mercedes-Benz y entrando en Niza, siguiendo la avenida *Promenade dès Anglaises,* fuimos conducidos a lo largo de tortuosos y bellos paisajes costeros, con diseminadas villas por doquier, hasta que arribamos al *Port de Monaco,* adónde se hallaba anclado el súper yate de recreo que nos proporcionaría alojamiento.

Lo primero que me llamó la atención al poner el pie a bordo, fue la impresionante vista que ofrecía la ciudad de *Monte-Carlo* enfrente de mí. Había hecho anteriormente un par de visitas al lugar por motivos bancarios; esta era la primera vez que tenía la oportunidad de admirar la impactante panorámica de la urbe, desde la popa de un yate anclado en el *Quai Albert I,* al comienzo del atardecer.

Permanecí allí unos pocos minutos contemplando el contraste efecto de luces y sombras esparciéndose a lo largo y ancho de la vasta área de imponentes edificios embelleciendo los diferentes desniveles, que caracteriza la atractiva y popular comercial metrópoli. Ciertamente, fueron agradables momentos observando el magnífico espectáculo vespertino desarrollado enfrente de mí.

Habíamos tenido acceso a bordo vía pasarela; retirando nuestro calzado y colocándolo en amplias bandejas de mimbre en un lugar indicado a la entrada trasera del salón, engalanada con columnas de mármol *Michelangelo;* anduvimos sobre una gruesa alfombra bien diseñada cubriendo toda la superficie. Fuimos recibidos por el Capitán y algunos miembros de la tripulación ofreciendo champagne en el bar del adyacente suntuoso salón, donde pude ver en una esquina un gran piano. Después de varios minutos socializando y mientras el contingente ruso era felizmente entretenido por el Capitán y algunos empleados en el *Main Deck,* para placar su sed, Benito y yo, hablamos con el Director de Crucero quien no ofreció un Tour de inspección del yate de 85 metros de eslora.

Cruzamos el magnífico salón comedor con dos mesas de roble con espacio para dieciocho asientos cada una, confortable sillas tapizadas en seda hecha a mano; cortinas de seda, techo reflectante, tenues luces por encima y puntos estratégicos, además de candelabros realzando la elegante estancia. Tomamos el ascensor y llegamos al último piso: *Sun Deck,* proporcionando privacidad, intimidad y vistas espectaculares desde nuestro lugar dominante. Allí, en un final se sitúa el *heli-pad,* que puede también servir como terraza circular para tomar el sol y, en el opuesto final, existe un *Jacuzzi* rodeado de tumbonas. En el extenso bar, miembros de la tripulación sirven cualquier cosa, desde un refresco a un buffet caliente las 24 horas del día.

Bajamos al: *Bridge Deck,* donde visitamos el *Bridge* y el dormitorio del Capitán. La impactante: *VIP* suite con un separado TV salón y estudio y doble sofá cama. Otra TV plasma enfrente de la cama *king-size.* El cuarto de baño en mármol *Michelangelo* incluye una separada ducha y *Jacuzzi* baño. También visitamos el centro de negocios, salón del *bridge deck* y el comedor al aire libre.

En el *Upper Deck,* se encuentra la *Master suite,* midiendo 120 metros cuadrados; el dormitorio contiene una 180º ventana panorámica, con una puerta a un *deck* privado.

Una enorme California *King-size* cama enfrente una retractable televisión plasma de 42", vestuarios para el varón y la dama, dos baños Jacuzzi, estudio privado y dos despachos completan la impresionante suite. Asimismo en este *deck* hay situados otras dos habitaciones *singles* para invitados, más otro doble para el mismo fin. Además está la librería/cinema, botes salvavidas y lanchas.

Desde el *Upper Deck* descendimos por la escalera principal, directamente al *Lower Deck* visitando el *Health Centre* que está ideado para mejorar la salud y belleza. El tranquilo epicentro es un espacioso curvado salón diseñado alrededor de un Jacuzzi en mármol. Largas finas losas de mármol *Azul Paraíso,* fijadas desde el suelo al techo con paneles de cristal iluminados con distintas fuentes de luz, causando dispersión de espectros de fenómenos ondulatorios en colores púrpura, azul y verde. Nos reclinamos en las tumbonas colocadas alrededor de la pared circular, enfrente del Jacuzzi y contemplamos el acuario, ubicado bajo la parte del techo estrellado iluminado por fibras ópticas. Los programas están diseñados para tranquilizar y formar el cuerpo al mismo tiempo que se relaja la mente. Además de un bien equipado gimnasio, existe un salón facial y tratamiento corporal, cuarto de masaje, salón de peluquería y manicura, también separados cuartos de vapor para hombre y mujer, saunas, duchas y principal zona *Spa* /Jacuzzi; suite de prácticas salud para varón + Jacuzzi y fémina suite para mismo fin/Jacuzzi. Una segunda área de relajación, proporciona calma, además de profesional pericia esteticista.

Después volvimos al *Main Deck*, adónde están situadas el resto de las dobles y singles suites, amuebladas al más alto estándar, con paneles de madera de roble, colchas y cojines bordados en seda, sofás, una mesa escritorio, LCD pantalla de televisión con DVD y, amplios cuartos de baño en mármol.

Desde allí, paseamos de vuelta al *Main saloon*, donde el party continuaba; supuse que nuestra ausencia no se habría tenido en cuenta demasiado, ya que el contingente ruso había cambiado a beber vodka y estaban envueltos en charlas con las chicas en su propio idioma. A Benito y a mí nos sirvieron dos copas de *Dom Pérignon* al unirnos al grupo, Benito hizo un brindis exclamando: ¡Viva Rusia! Ellos, aunque algo desconcertados se apresuraron a compartir la proposición; Nicolái Bochkov propuso uno nuevo: ¡Viva España! Esa invitación rompió el hielo y nos hizo repetir un par de bebidas más en armonía. Consideré eso, un buen comienzo en el lujoso entorno del súper yate y la vista panorámica de Monte-Carlo al atardecer; excepto las delicadas féminas, que parecían mantener su serenidad, mostrando mayor recato, el resto disfrutábamos abiertamente de la bebida, en especial Spasski, un personaje inusual, introvertido y tipo serio, que aparentaba haber perdido todas sus inhibiciones, sin dar ninguna importancia al intermitente aumento de su tic nervioso en el ojo derecho, mientras ingería sucesivos sorbos de frío vodka. Minutos más tarde, nos dimos cuenta, para consolación de la tripulación, que debíamos parar de beber y dirigirnos a nuestras habitaciones individuales, con vistas a acicalarnos antes de volver a las 20.30 horas para asistir a la cena en el salón comedor.

A la hora señalada nos acomodamos alrededor de la atractivamente preparada vasta mesa, exhibiendo un hermoso centro de flores naturales, selecta mantelería, valiosa vajilla y cubertería de plata. Presidía la mesa el señor Bochkov, flanqueado por dos bellezas rusas, en el lado opuesto se sentaban Spasski y Kiril entre las otras dos ninfas rusas y, cerrando el grupo Benito y yo. Tres miembros de la tripulación en impecable esmoquin nos servían y atendían a nuestras necesidades.

Comenzamos degustando caviar *Beluga*, que me hacía la boca agua por su exquisito sabor; tomaba con ello un vino blanco muy frío: *Corton Charlemagne*, que consideraba hacía juego con el delicado manjar. Los variados platos presentados después, eran especialmente deliciosos también. Respecto al vino tinto, el gran jefe Bochkov, siguiendo su costumbre de ordenar lo mejor de todo, el *Chief Steward* le sirvió: *Petrvs;* en el momento de probarlo frunció el entrecejo y lo rehusó, pidiendo en su lugar para sus compatriotas cerveza, *Scotch* whisky y vodka frío. Benito y yo, aprovechamos la oportunidad de que nos sirvieran el vino de la botella rechazada; desde el primer sorbo que tomamos, tuvimos la impresión de considerar tal vino, como el mejor que habíamos paladeado en nuestras vidas; tanto que cuando vaciamos la botella, seguimos pidiendo la misma marca, continuando bebiendo y riendo a rienda suelta mientras duraba la orgía. Nuestras vecinas bellezas nos continuaban mirando con total sorpresa; les ofrecimos vino y terminaron prefiriendo nuestra bebida a la de ellas. En tales circunstancias, llegamos a ser todos amigos; eran dulces y receptivas; Benito les preguntó:

-¿Por qué los rusos tienen ese extraño hábito de beber cerveza y vodka con sus comidas?

-Bueno —contestó Martina- esos han sido las únicas bebidas que por generaciones hemos tenido. No hemos tenido tanta suerte como vosotros.

-Me ha gustado la cantidad de caviar Beluga que he comido por primera vez en mi vida —inquirí-, ¿También tú?

-Naturalmente —replicó Elena-. Esa ha sido la primera vez también que lo probé. Vengo de una humilde familia.

-Yo también, Elena. Todo el mundo debería tener la oportunidad, al menos una vez en la vida, para experimentar cosas como ahora lo estamos haciendo. Benditos sean.

-¿Qué os gusta más de nuestro país? —Preguntó Benito-. Podéis contestar todas.

-Buen clima, alimentos, la vida de la calle, tapas, gente contenta, los cumplidos en general…

-¿Os gustaría vivir en la loca España?

-Bien, posiblemente —declaró Elena-; pero eso sería difícil: apenas tenemos tiempo para conocer a jóvenes locales. Actuamos como secretarias asistentes de ejecutivos de una empresa rusa en Europa. Tenemos buen salario, pero escasea el tiempo libre.

-Es una pena —dije-. Tened paciencia y vosotras dos tendréis éxito. Estáis aún en un período de transición. Nosotros también atravesamos un tiempo difícil; ahora nos veis tomando los mejores alimentos y bebiendo el mejor vino, mientras disfrutamos de vuestra agradable compañía. Esperemos que el filón de buena suerte dure por mucho tiempo, aunque nada es permanente, para bien o para mal…

-De cualquier forma —añadió Benito-, recordad que vuestra mente es libre; es importante que disfrutéis del presente, como lo hacemos ahora. No permitáis que el futuro os abrume. ¡Vamos! Tomemos otro trago de vino…, -el pulcro camarero que nos atendía, cumplimentó el deseo rellenando una vez más nuestras copas-. La vida es demasiado preciosa para que sea estropeada —levantamos nuestros vasos y Benito hizo el brindis-: ¡La mejor suerte para vosotras dos, hermosas damas! —parte del resto del grupo se apresuró a alzar también sus copas; entonces tomamos otro buen sorbo, quedando el recipiente vacío una vez más.

-Muchas gracias por vuestras buenas palabras y el ánimo que nos habéis dado —sentenció Martina-. Sois estupendos.

Al final del banquete el señor Bochkov solicitó la presencia del *Chef* para felicitarle por su excelente exhibición gastronómica. Luego continuamos la sobremesa, cambiándonos al salón principal, completo con bar, ocupando sus confortables asientos y sofás, mientras que los músicos de a bordo, dos damas y un varón, vestidos de gala, comenzaron a tocar melodías y otras canciones modernas en la noche de ese ostentoso entorno.

Bailando y bebiendo alcanzamos, no sin dificultad de movimientos y articulación de palabras, las altas horas de la noche. Benito parecía encontrarse en su apogeo; estuvo danzando con cada una de las bellezas rusas: no tenía competición alguna en este campo. Al final desapareció con una de ellas. Respecto a mí, bailé ocasionalmente con alguna de las jóvenes; mi mente estaba a menudo echando de menos mis dos damas en casa. Los varones rusos se comportaban como si no hubieran echado de menos a la pareja ausente; parecían estar medio borrachos de tanta ingestión de vodka. El resto de las chicas fueron repartidas entre sus compatriotas; estaban ayudándoles a volver a sus habitaciones…

El viernes por la mañana, se dedicó a tramitar asuntos bancarios. Las jóvenes permanecieron a bordo, tomando un desayuno tardío y disfrutando mientras esperaban.

Habíamos salido del yate precedidos por Nicolái Bochkov; yo portaba mi PC portátil, Sergei Spasski el suyo, e Igor Kiril un maletín, lo mismo que Benito. Tomamos un ascensor en el túnel de un pasaje cercano que nos dejó en la *Avenue de la Costa;* en esa avenida visitamos uno de los dos Bancos en nuestra agenda. El Director nos ayudó según acordado previamente. Realizamos varias operaciones, algunas de ellas nuevas y completamos otras que quedaban pendientes. Cuarenta minutos más tarde, salimos y continuábamos por el *Boulevard des Moulins,* y nos internábamos en otra entidad bancaria, con idénticos fines. Esta vez nos llevó cerca de una hora completar todas las diligencias que teníamos pendientes. Todo ello resultó una muy provechosa mañana de trabajo.

Satisfecho con el trabajo efectuado, Bochkov nos invitó a acompañarle a su apartamento situado en el *Roccabella Building,* en *Avenue Princess Grace* para "tomar una bebida mientras se admira la panorámica" –según dijo. Nadie se atrevió a contradecirle, así que descendimos por la *Avenues de la Madone* y *des Spelugues,* llegando cerca del lugar.

Ya en la magnífica *penthouse,* observamos desde nuestra privilegiada posición la espectacular panorámica de Monte-Carlo; sus playas debajo, separadas por la zona del club *le Sporting,* hasta el estadio de fútbol *Louis II;* pasando por *Grimaldi Forum,* siguiendo por el área del *Casino* y el parque; sin olvidar el Port Monaco, lleno de barcos, entre ellos nuestro súper yate, continuando con el *Palais Princier* y el puerto *Fontvielle.* El esplendor que ofrecía el paisaje dejaba en mí un perdurable sentimiento de asombro. Mientras contemplábamos la escena, estábamos bebiendo champán *Cristal (Louis Roeder vintage 1994),* sin lugar a dudas mi favorito espumoso. Media hora más tarde, decidimos volver por taxi al yate.

Las jóvenes damiselas siempre se presentaban perfectamente arregladas: bien maquilladas y ataviadas con finos tejidos, que dejaban al descubierto parte de sus encantos. Parecía difícil evadirse a su contemplación, aunque más bien resultaba obligatorio admirar sus sensuales facciones, por lo menos a mí. No estaba para nada sorprendida que sus *dueños,* al final del almuerzo, cena o party, in orden jerárquico las tomaran de la mano y les acompañaran a sus suites… Benito estaba incluido en el juego de la *caza*, llevándose la última joya; éste alucinaba de la suerte que tenía; de esta forma, las chicas eran tomadas por turnos; así cada varón probaría cada una de ellas, cuando le tocara en suerte. En mi opinión, la compañera de turno de Benito, parecía ser la más afortunada; me di cuenta de ello porque ella, invariablemente le escoltaba mostrando una gran sonrisa en su rostro; debe haber sido como resultado de la novedad, la forma caballerosa de comportarse con ellas, o quizás por su habilidad sexual, de lo que había dado buena prueba en su antigua remunerada ocupación como gigoló. Para reafirmarme en mi suposición sólo tenía que mirar a las otras tres chicas cuando acompañaban a sus compatriotas: carecían de brillante mirada en sus ojos al abandonar el salón; me recordaban a esos corderos que se conducían al matadero del pueblo para ser sacrificados…

Alzando mi copa y saboreando un trago de *Moët et Chandon (Dom Perignon, vintage 1992)* pensé: "pobre féminas; es inmoral que alguna gente posea tanto dinero y otros tan poco…" No puedo hacer nada al respecto; sólo anhelar que su presente adversidad, desaparezca pronto y que ellas alcancen su deseo de libertad para no verse utilizadas… Por la noche, el grupo completo asistió a una gala musical en el *Sporting Club*. Tuvimos que esperar unos quince minutos en la antesala del recinto principal, entremezclados con elegantes parejas de la sociedad monegasca, que iban acudiendo al acontecimiento. Nuestros atavíos no desmerecían en absoluto con los atuendos del resto de los integrantes; especialmente los vestidos llevados por nuestras bellas damas, que atraían muchas miradas de aprobación.

Cuando las puertas fueron abiertas dando acceso a la impresionante sala de música, un miembro uniformado del personal nos acompañó, cruzando la zona del baile, hasta la mesa reservada por el grupo, próxima al escenario. Desde nuestra posición podíamos ver la entrada del resto de los asistentes que transitaban por el mismo sitio que habíamos seguido nosotros, por lo que pensé que sería como si estuviera observando un desfile de modelos de pasarela; algunos de ellos se paraban en el centro y sacaban fotografías.

Eché una mirada al menú y primero comprobé el precio exorbitante de novecientos cinco francos (excluyendo bebidas); obviamente no importaba ya que era una invitada de nuestros sponsors; básicamente, el primer plato consistía en trozos de langosta, aderezados con vegetales; el plato principal, lomo de cordero con vegetales similares. No pude evitar pensar que la cocina francesa es buena y detallista, pero falla en generosidad al presentar las porciones; algunas veces, son más bien frugales, lo que va bien para mantener una delgada figura; como consolación, recordé que por la noche, no se debe comer mucho, así que consideré que era suficiente para mí; no obstante el vino y el champán eran muy buenos, como correspondía al lugar y la ocasión. Previamente, una vez que las mesas habían sido totalmente ocupadas la luz principal fue apagada y en su lugar se encendieron las tenues luces que dejaron a la extensa sala inmersa en el contraste de luces y penumbra entremezclándose en el relajante ambiente; embelleciéndose aún más, cuando el techo giratorio se abrió, permitiendo que las estrellas se pudieran entrever desde nuestros asientos. Cenar en tales placenteras condiciones resultaba de lo más gratificante.

Acabada la cena, no así las bebidas, comenzó el show con una representación mágica de lo que pareció como un contorsionista pianista, con traje completo y librea blancos, al piano del mismo color, actuando sobre un fondo oscuro, en el que ambos flotaban en el espacio, al compás de la melodía que se estaba interpretando y cuya *hazaña* gustó sobremanera.

Después se dio paso a la atracción principal de un cantante de renombre internacional; él cantó un extenso repertorio de baladas populares y alguna que otra canción; su buena actuación y voz melódica deleitó a los espectadores. A este acto le siguió otro, actuando el grupo de baile del club que agradó sobremanera.

Seguidamente, *l'Orchestre du Sporting* continuó amenizando un baile, al que agregamos los miembros del grupo, entre asiduos descansos para recobrar algo de energía y tomar un buen trago y, más tarde retornar al baile. Lo estábamos pasando muy bien, especialmente las bellezas rusas que derrochaban alegría disfrutando de la fastuosa fiesta.

Al final, salimos fuera y doblando la esquina del hall de entrada, tomamos el ascensor que nos descendió a *Jimmy'z,* la popular discoteca rodeada de vegetación; el lugar sobresale por ser el centro de ocio de la juventud elitista de Monte-Carlo y ricos potentados. Allí continuamos la orgía entre baile copas de champán *Dom Perignon* hasta altas horas, cuando todos volvimos al yate, donde me dispuse a pasar otra noche durmiendo sola, a excepción de los compañeros de marcha…

No estaba acostumbrada a beber tanto alcohol como ingerí aquella noche; así que como consecuencia tenía mal de estómago y un poco de dolor de cabeza, que me impedía dormir adecuadamente; me levanté a las 06.20; aún no había comenzado a amanecer; me lavé la cabeza y me puse la gruesa bata blanca; luego salí a dar una vuelta alrededor del barco para refrescarme y aclarar mi mente; Ascendí la escalerilla de popa deseando tumbarme en una de las alargadas butacas en la trasera del *Bridge Deck;* mientras me aproximaba a la cima de la escala, oí ruidos suaves que provenían de la zona de la terraza donde solíamos desayunar; de puntillas, alcé ligeramente la cabeza para ver lo que pasaba; había luz en el salón del Bridge Deck reflectando en el área del comedor exterior, donde podía ver desnudos en las dos mesas, a los tres mandatarios rusos y a las tres doncellas; me sobresaltó lo que podía ver: Bochkov yacía en una mesa con una de ellas encima de él; Spasski y Kiril sentados en el borde de la otra; las jóvenes estaban practicando lo que se requería de ellas: era erotismo directo al más crudo estilo. Permanecí allí, estática, sin hacer ruido, tratando de pasar desapercibida hasta el final del proceso. Pronto me di cuenta que parecía importarles un comino si ellos pudieran atraer cualquier atención o no, de otra forma hubieran permanecido en sus camarotes privados. Obviamente deseaban probar colectivamente otro tipo de extravagancia sexual al aire libre. Ellos eran los dueños y señores del barco en esos días, e imponían sus reglas; tal pensamiento me relajó y seguí observando su repertorio hasta que la sesión se terminó y regresaron a sus cabinas. Supuse que el personal de servicio tendría trabajo extra, antes de preparar las mesas para el desayuno, que por parte mía, trataría de tomar en otro lugar. Me sentí mejor por la extraña experiencia, el dolor había desaparecido y silbando, volví a mi cama *king-size.*

Me desperté tres horas después; sentía un ligero balanceo en la cama y noté que el barco se movía. Salí de la cama y fui al baño para acicalarme; luego me puse un par de pantalones cortos y camiseta y me dirigí a desayunar frugalmente, ya que tenía poco apetito; era otro día soleado y la superficie del mar estaba en calma; al poco rato apareció Benito sonriendo; le puse al corriente con relación al temprano erótico episodio que tuvo lugar en el Bridge Deck y él no podía parar de reír al enterarse; me dijo que le hubiera gustado participar en la colectiva orgía sexual, pero reconoció que había pasado una gran noche con Elena en la intimidad de su cabina; luego nos acomodamos en las tumbonas al lado del Jacuzzi para tomar el sol. El resto del grupo llegó unos minutos más tarde, algunos de ellos mostrando visibles ojeras, signo claro de una noche ajetreada.

Desde mi ventajosa posición, estuve observando la glotonería de los barones rusos, arrasando con cada pieza de alimento que sus manos podían agarrar. En realidad no era nada nuevo: se pasaban el día comiendo y bebiendo; tenían costumbres raras: bebían cerveza, en lugar de café o jugos en el desayuno; en las comidas, no tomaban apenas vino, porque pronto cambiaban a whisky. Lo que me gustaba de ellos era su afición al caviar *Beluga*, un manjar de lo más delicioso que me fascinaba probar.

Las horas de navegación iban pasando surcando sobre buenas condiciones marítimas no lejos de la orilla, en dirección a *Saint Tropez*, donde el yate estaba previsto llegar hacia las dos de la tarde. Ciertamente era un interesante pasatiempo contemplar la frondosa vegetación y bellos paisajes que nos estaba ofreciendo la *Côte d'Azure*, contrastando con el acentuado color azul del mar que la baña y bordea, mostrando a su paso hermosas panorámicas a cual más esplendida. No hay duda de que la naturaleza ha sido muy generosa con esa parte del mundo, que la humanidad sigue cuidando para su confort y disfrute.

Llegamos a destino y el barco ancló a una distancia prudencial de la costa. En frente de nosotros y a lo largo de playas de arena blanca, delimitadas por exuberante vegetación, se hallaban anclados numerosos yates privados de menor eslora. Tal *enjambre* de naves congregadas en la abierta bahía agrandaba la belleza natural de la zona. Todo ello, me dio la impresión de encontrarme en un inmenso puerto deportivo a mar abierto; las aguas marinas permanecían sin visible oleaje, tranquilas y sobresaliendo su intenso color azul, difiriendo del refulgente blanco de los abundantes barcos allí agrupados. El almuerzo fue servido a bordo, con vistas a continuar contemplando la impactante panorámica, desde nuestro estratégico punto de observación.

Después de comer, ya vestidos para bañarnos, embarcamos en una lancha que nos dejó en la playa; fuimos directamente al *Club 55*, para tomar unas copas antes de nadar. El lugar estaba lleno a rebosar, pero tuvimos suerte de encontrar una mesa, cuyos ocupantes se disponían a abandonarla. Los nueve de nosotros ocupamos nuestros asientos y Bochkov ordenó las bebidas como de costumbre. El sitio me pareció diferente a cualquier otro que había visitado antes, y sin embargo atractivo y curioso.

Se había montado dentro de un paisaje bucólico al lado de la playa; construido de forma rústica entre vegetación y olivos; existían varios bares diseminados entre la flora, para mejor atender la multitud de clientes solicitando calmar su sed; algunos de ellos se cubrían con techos bajos compuestos de uralita o tela impermeable. Pasé al lado de la cocina y me sorprendió su extensión, actividad y limpieza. No me extrañó que el lugar estuviera lleno de clientes.

Lo que más me impresionó fue la belleza y elegancia de las jóvenes damas esparcidas por doquier; la mayoría de ellas portaban ligeros vestidos transparentes de seda ensalzando sus figuras y exudando sensualidad. Nunca antes he visto algo por el estilo en un Club de playa. Los varones jóvenes en bañador eran apuestos también. Pensé que todo eso daba un aire de distinción al Club. Comenté con Benito la particular atracción que despertaba el lugar; indagamos y un hombre local nos dijo la razón de ello: los miembros del Club eran los dueños de los yates que existían en la vecindad a lo largo de la costa, normalmente anclados en la bahía; la mayoría de estos socios tenían cincuenta y cinco años o más. Otra prueba tangible de que el dinero hace al mundo dar vueltas, atrayendo mujeres bellas como la miel a las moscas.

Seguimos charlando e ingiriendo alcohol por más de una hora. Los magnates rusos bebían como cosacos, posiblemente lo eran; Spasski tragaba frío vodka, y el resto whisky. Las chicas y yo, tomábamos *Dom Perignon* mezclado con algunas gotas de *Cassis*, que añadía un ligero color *Bordeaux*, eliminando la leve acidez del espumoso.

Congeniaba con las cuatro bellezas y conversábamos mayormente en inglés, aunque dos de ellas conocían algo de español coloquial; la bebida y el agradable entorno hacían más fácil la comunicación. Las cinco de nosotras no tardamos en irnos a la playa, ocupando tumbonas, dejando atrás al sexo fuerte en su inútil lucha contra el alcohol.

De vez en cuando nos lanzábamos al mar y jugábamos dentro del agua; estaba disfrutando con su compañía la única vez que me había quedado a solas con ellas. La paz y tranquilidad se perdió cuando más tarde, el resto de nuestros compañeros llegaron ruidosamente dando pasos imprecisos y todos se lanzaron rápidamente al agua; cuando salieron del baño cayeron derrumbados sobre lo colchones playeros, donde se durmieron para el beneplácito nuestro.

Al atardecer, volvimos al barco y después pasar el tiempo necesario en nuestros camarotes, para bañarnos, acicalarnos y vestirnos, nos reunimos en el bar del salón principal para beber champán, antes de sentarnos a la mesa para cenar. Ésta resultó otra suculenta experiencia; Todos presentábamos una buena presencia y, la alegría de haber disfrutado de cada minuto del día; a juzgar por la sensación que permanecía en la feliz expresión de nuestros semblantes. Después de la sobremesa, decidimos subir al *Bridge Deck* y admirar la vista panorámica.

Era un noche cerrada y las brillantes estrellas hacían juego con el resplandor de las luces que provenían de los incontables yates que se ubicaban en la ensenada, todo ello semejando un romántico paisaje navideño. Permanecimos en nuestras tumbonas conversando, bebiendo y contemplando el impresionante espectáculo de luces y sombras en el tranquilo entorno. Nadie tenía prisa para ir a la cama, no hasta mucho más tarde, cuando Bochkov tomó la iniciativa de retirarse con la escogida dama y, naturalmente el resto siguió su decisión al pie de la letra…, todos me dieron las buenas noches y yo realmente quedé satisfecha de permanecer allí por algo más tiempo. Me sentía como si estuviera hablando a las estrellas; perteneciendo allí; estando cerca de la naturaleza; pensando en mis dos damas en *Puente Romano*…

Por la mañana, estábamos navegando hacia *Cannes*, adónde pasaríamos el resto del día entre nuevas francachelas, que nos alejarían nuevamente de la rutina de la vida real, hasta el siguiente día tomar el avión de vuelta a casa.

Al llegar a Puente Romano, entrar en el apartamento y abrazarme a mis dos mujercitas, comenté:

-Os he echado mucho de menos. Tengo mucha suerte, porque vengo de un sueño y ahora estoy en otro hecho realidad, mucho más bello.

*

Nuestro negocio comenzó a declinar en algunos aspectos, en la mitad del tercer ejercicio anual. Sabíamos que habíamos ido demasiado deprisa operando tramitaciones comerciales desde el comienzo del año previo. Quizás fuera conveniente desacelerar por un tiempo y reducir el ímpetu; consolidar algunos de los más importantes logros, por ejemplo: contratos de adquisiciones inmobiliarias. Benito no compartía esta opinión; su innata energía, visión y eficiencia le incitaba continuamente a desarrollar algo de importancia e interesante, esto le impedía ir despacio; él tenía hambre de tener éxito y prosperar para ser económicamente independiente lo antes posible llevando a nosotros con él. En calidad de socio con mayor contacto con la dirección rusa, decía que últimamente había percibido, que algunas de nuestras importantes recomendaciones, no habían obtenido la prioridad de acción aplicada anteriormente. La nueva filosofía implantada por parte de ellos, le hizo pensar que quizás todo era debido a algunas tácticas dilatorias con algún propósito en mente, el cuál no podía descifrar.

Me dijo que había consultado el tema con Peter Delgado, quien no dio mucha importancia al caso. No obstante informó a Benito que, a causa de un revés contractual comercial en uno de los antiguos países satélites de la unión soviética, la liquidez del *cash-flow* había experimentado un recorte, pero le aseguró que la Corporación era lo suficientemente fuerte para corregir la temporal deficiencia, si llegara a ser absolutamente necesario.

Sin embargo, Benito no permaneció inactivo bajo la situación; una semana más tarde nos reunía en una cena en Roberto´s restaurante; allí, en un ambiente relajado, se explayó a sus anchas sobre el caso y las dudas que tenía sobre la veracidad del argumento de Peter. Nos recordó que una vez antes, tuvimos que dar de baja nuestra anterior Empresa, al final del último ejercicio trabajando en Madrid con el grupo ruso. Para enfatizar la seriedad de la contrariedad señaló:

-Puede que sea posible que estén tratando de poner en práctica una táctica similar, para establecer otro negocio empresarial y más tarde, con o sin ayuda nuestra, proceder como de costumbre. Creo que debemos ponderar esta implicación.

-Eso —sugerí-, requiere un encuentro *tête-à-tête* con ellos para clarificar la situación. Puede resultar beneficioso poner en práctica esa idea.

- Lo he hecho ya, pero no me ha servido de nada. Por el momento se están portando de forma elusiva. Puede ser una estratagema teniendo lugar detrás de todo esto. Estando preparado para esta posibilidad, he estado haciendo alguna investigación referente a competitivas ofertas de negocio que me han puesto recientemente sobre la mesa.

Entonces él reveló la noticia que había guardado para sí mismo: una Compañía Sudamericana estaba interesada en establecer negocios con nosotros; además ellos podían ofrecer mejores condiciones económicas en bases similares. En principio pensó inapropiado entrar en negociaciones con otra empresa comercial; tampoco pensó oportuno distraer nuestra atención con la oferta propuesta. Sin embargo, debido a su insistencia, había asistido a un par de mítines con la Dirección, con el fin de estudiar más a fondo los entresijos del asunto.

Benito evaluando los pros y contras de la propuesta, llegó a la conclusión que se trataba de una oferta positiva para tenerse en consideración; particularmente cuando las acciones rusas, dejaban mucho que desear; por otro lado, pensó que por nuestra parte, no estábamos en la obligación de llevar solamente una cuenta, por buena que llegara a ser; recordaba que de pequeño, su madre le había dicho: *nunca pongas todos lo huevos en la misma cesta.* Él continuó manifestando que, si contratáramos otro cliente en nuestros libros, y si la sospecha fuera a materializarse en el sentido que nuestros actuales socios "abandonaran el barco": "no nos quedaríamos con el culo al aire". Finalmente dijo que era imperativo aceptar la oferta.

Terminadas las deliberaciones que siguieron sobre la importante propuesta recibida, llegamos a la unánime decisión de apoyar la postura de Benito y aceptar la oferta.

-Pensé que había llegado el momento adecuado para intervenir –dije-: a efectos administrativos y facilitar la separada contabilidad, archivo de contratos sobre nuevas transacciones, códigos de acceso, operaciones comerciales, etc. Creo que vamos a necesitar una compañía mercantil adicional.

-Buena idea –contestó Benito-. Para denominarla, podíamos usar otro anagrama, reordenando las iniciales de FEBAIC, por ejemplo ABEFIC (ABEF

Investment Consultants). Aplicaremos la misma infraestructura y experiencia para la nueva empresa.

-Suena perfecto, similar y práctico –señaló Felisa-. Tienes ingenio, Benito; parece que lo tenías todo bien atado.

-Está bien –añadió Enrique-, otra demostración que "compañero de fatigas" es un genio. Sólo le falta hacer milagros.

-Eso quisiera yo –comento el aludido-. En este respecto tú estas mejor cualificado; acuérdate que tú has sido capaz de obtener interesante información privada de Nadia Yezhova para tenerla en cuenta si la necesidad lo pide; todo eso lo hiciste sin que ella despertara de su estado de somnolencia en el cuál fue inmersa por tus habilidades hipnóticas. Resulta sorprendente que entre los datos de su "voluntario" informe verbal secreto, nos hayamos enterado que en realidad es sobrina de Bochkov. No me sorprende que sepa tantas cosas. Lo que has obtenido está muy cerca de ser milagroso, mi amigo. Te mereces un monumento erigido en la plaza de nuestro pueblo.

-Lo sé amigo, soy una modesta persona y me contento con esta cena que te cargarán. Por otra parte, no olvidemos que Felisa no perdió su tiempo tampoco; estuvo muy ocupada ayudando a Nadia en el despacho de ordenadores. Hasta, Nadia y yo, la dejamos sola en dos ocasiones; una para cuando subimos arriba para darnos un buen revolcón, seguida de lenta preparación de una ensalada para tres; otra en la tarde, presentando una merienda. El amor toma prioridad en tantas cosas…, como siempre debe ser. Recuerda a los Beatles: *Todo lo que necesitas es amor…*

-No tuve tiempo para estar celosa, querido Henry –dijo Felisa-. Empleé todo ese tiempo en poner en práctica en investigar algunos importantes detalles informativos que habías sonsacado a Nadia, bajo "sospechosas circunstancias", como son el hipnotismo. Ahora sabemos que la rica ninfa decía toda la verdad.

Benito no pudo reprimir su satisfacción por el comportamiento de ambos y lo resaltó con palabras:

-¡Bien hecho!, os felicito por no desperdiciar vuestro tiempo, mientras la pobre Andrea y yo, estábamos fuera en la *Côte d'Azure*, sufriendo de un aburrido largo fin de semana, pagando alguna penitencia por malas obras en el pasado, sin apenas algo decente para comer o beber y guardando nuestra castidad intacta, como Andrea puede confirmar, al estar tan enamorada de Felisa —entre risas interminables, se oyó la voz de Enrique, alto y claro:

-Sí, sois realmente un par de santos: un ejemplo a seguir y que a un montón de gente, incluyéndome, le hubiera gustado seguir vuestros pasos libres de toda mancha impúdica o disoluta adquirida en la Costa Azul, mientras nosotros permanecíamos aquí descansando y no haciendo nada...-Las carcajadas continuaron y después hicimos algunos brindis a cada uno de nosotros, el grupo y el éxito de la aventura; luego partimos.

Benito y Enrique regresaron a casa en coche; Felisa y yo comenzamos a andar a través del estratégicamente iluminado jardín tropical y mientras nos aproximábamos a casa, le pregunté:

-Dime mi amor, ¿Cómo pasaste tu tiempo libre durante mi ausencia, o cuando ponías en cama a Elisa?

-Me entretuve pensando en ti, cariño; ¡Te echaba tanto de menos! Recordaba que te gusta escribir sobre tus experiencias, así que comencé a leer tu manuscrito, lo que me encantó; dices cosas muy bonitas de mí. Me gustaría escribir un día cómo tú lo haces.

-No tantas como te mereces, Felisa. Respecto a tu deseo de escribir, tú puedes hacerlo tan bien o mejor que yo, si te pones a ello; estás suficientemente capacitada para hacerlo, si la circunstancia lo requiere; también te gusta la poesía; Podías escribir en el manuscrito y yo apenas me daría cuenta, porque pensamos más o menos de la misma manera y disfrutamos de idéntico concepto de vivir el presente alegremente paso a paso.

Ahora, ¡Vamos, mi amor! Apresuremos el paso y entremos en casa, para compensar en la intimidad, mi escasez de expresiones cariñosas en el pasado, acompañadas de ardientes caricias sensuales, que aislarán tus sentidos del mundo exterior...

*

14

Una vez por semana, normalmente en fin de semana, hacíamos una visita al *Casino* en compañía de nuestros socios rusos. Recuerdo la primera vez que Nicolái Bochkov nos invitó. Nos había permitido apostar con su dinero; la única condición era que teníamos que seguir sus reglas de juego "para no perder", según dijo. Tal radical razonamiento no me convencía para nada; no obstante, no había razón para contradecirle a priori y mucho menos cuando era su invitada. La segunda cláusula era que en el caso "improbable" de no ganar, él absorbería la pérdida total; en caso de la previsible ganancia resultante, sería dividida en partes iguales con el jugador involucrado, ya que cada uno de nosotros no podía jugar por sí solo más de media hora, dos juntos sin exceder una hora. Ciertamente era una oferta muy generosa, porque no había riesgo alguno por nuestra parte. Pensé en el axioma español: *a caballo regalado, no le mires el diente.*

La táctica a seguir era simple: sólo se podía apostar en los colores rojo o negro de la ruleta, sin cambiar color, por un máximo de cinco veces consecutivas, doblando la apuesta. Cuando se pierde una apuesta, se dobla sin exceder las veces permitidas, con objeto de recuperar la pérdida y ganar en la última que se ha doblado. Cada vez que se gana, se recoge lo apostado más igual cantidad ganada y se comienza de nuevo apostando la misma cantidad que se apostó por primera vez.

La seguridad de ganar estaba basada en su fuerte creencia de que nadie tiene tan mala suerte de fracasar cinco veces seguidas en un mismo color. Bochkov y Spasski compraron los *chips*, algunas veces al ser bien conocidos, usaban sus tarjetas de crédito o cheques en la operación: Nosotros recibíamos individualmente una cantidad substancial de chips y comenzábamos a jugar juntos, aplicando las reglas a rajatabla. Al final del juego, excedía la cantidad de fichas recibidas y como yo, mis compañeros, así que devolvíamos la cantidad de fichas que habíamos recibido de lo rusos más el cincuenta por ciento de las ganancias y nosotros cambiábamos las nuestras por efectivo en ventanilla.

Disfrutábamos ganando esa clase de dinero con cierta facilidad: la buena suerte nos acompañaba; nunca llegamos a doblar en la quinta vez consecutiva.

*

Seis meses después de haberse constituido la nueva empresa mercantil, hicimos un balance mostrando un estimulante y positivo resultado; nos felicitamos de las altas cifras del volumen alcanzado. Nuestra primera premonición había sido justificada porque, día a día, la nueva compañía ABEFIC, iba entrando con buen pie en el mercado de las altas finanzas; consolidando algunos importantes contratos de negocios, a lo largo de los primeros tres meses de la operación; sobresaliendo transacciones inmobiliarias e inversiones bursátiles; nuestra experiencia en FEBAIC, en casos similares, nos ayudó a completar todos los acuerdos con relativa fluidez. Esta última empresa, sigue su curso adelante, aunque algo ralentizado en algunas ocasiones, por la disminución de disposición de liquidez lista para el mercado, debido a la implementación de algunos cortes en el presupuesto del último ejercicio comercial. Esta ocasional coyuntura la aprovechamos para intensificar nuestras actuaciones en los nuevos contratos de ABEFIC, donde se concentran sólidos recursos económicos que simplifican el trabajo.

Otra faceta importante en el acuerdo con los adicionales nuevos asociados, es la adquisición de dos atraques en pantalanes de los puertos deportivos de Marbella y Estepona, para amarrar un par de yates de una veintena de metros de eslora.

Con referencia al interesante y complejo servicio de facturación, dentro de mi sección, funciona de forma similar a FEBAIC, incluidos fletes de mercancía en cargueros fondeados en el puerto de Málaga.

La cúpula de la empresa de nuestros nuevos sponsors, la compone gente relativamente joven. En primer lugar está Don Diego Mendoza: una apuesta persona, entre treinta y cinco y cuarenta años, de mediana estatura, moreno, ojos oscuros y más bien algo grueso; su ligera prominente barriga, no desdice su aparente buena constitución. Su carácter suele ser abierto dentro de su entorno y cauto en terreno neutro; dispuesto a sonreír a las primeras de cambio y emanando carisma en su conversación. Su refinada indumentaria, entra dentro de los cánones del buen gusto. He observado que, a pesar de hallarse innatamente investido de indudables dotes que hacen amena la interacción social en su presencia, él prefiere mantener un *low profile,* tratando en lo posible pasar desapercibido. Para mi gusto se porta como un excelente diplomático; desde que me lo presentó Benito, me gustan sus afables maneras; esto también me induce a pensar que controla, calcula y sopesa la situación como un avispado comerciante.

Su segundo, es Álvaro Vázquez, de unos treinta y cinco años, alto, bien parecido y delgado; el resto, similares características a su superior, quizás por ello se llevan tan bien como aparentan. Por sus acertadas intervenciones, me da la impresión de ser un individuo meticuloso, inteligente y calculador: un buen dirigente a tener en cuenta.

Después viene Pablo Ochoa, unos cinco años más joven, alto y fornido, moreno y ojos grandes oscuros que pueden llegar a intimidar a más de uno, en una situación comprometida. También goza de buen gusto en el vestir. En cuanto a su carácter y aptitudes, no entro a discernir por falta de contacto frecuente; su actitud no me parece la apropiada para mí, pero quizá resulte la correcta para su trabajo. Por otro lado, muestra que me respeta.

En la misma línea se encuentra el cuarto en jerarquía: Oscar Núñez, incluida la edad y parecido; exceptuando su permanente sonrisa, lo que puede despistar a cualquiera en una complicada situación.

Cercana a la Dirección de la Empresa, Lucía Ruiz, una bella y carismática dama de veintitrés años: Ella lleva los temas administrativos de la compañía y con la que trato a menudo. Este cotidiano contacto nos ha llevado a congeniar, facilitando la fluidez del trabajo.

*

En una de las charlas que Felisa y yo sostuvimos sobre nuestras dos empresas, tomando una copa en la terraza mientras Elisa dormía, comenté:

-Creo que hemos acertado creando una nueva, porque últimamente ésta produce más beneficios que la anterior; respecto a la primera, su presente reducción de inversiones pueda ser achacable a problemas económicos surgidos en el Este de Europa.

-Es posible Andrea, pero recuerda que el consorcio ruso ha invertido al mismo nivel, ininterrumpidamente durante bastantes años; parece normal que ahora usen el freno para reducir la inversión de alguna forma. Sin embargo dudo que sus recursos hayan disminuido, el *impasse* puede haber sido debido a otras razones.

-¿Qué otro tipo de razones crees que pueden ser? –Pregunté:

-Sólo puedo suponer, Andrea. Sabemos por Enrique que el grupo ruso proviene de familias que se adueñaron de la mayor parte de la producción armamentista en los antiguos países satélites de la antigua Unión Soviética; lo hicieron mediante fuertes inversiones en aquellas fábricas en países del *Telón de Acero,* que se habían destinado para el desguace. Las compraron, usando sus poderosos contactos, más o menos a precio de ganga.

- Son la gente importante que uno conoce lo que hace prominente a una persona –añadí.

-Si, eso ayuda. De todas formas, también sabemos que el negocio de tráfico de armas en muchos países está protegido, formando parte de una industria más; en otros está favorecido por intereses de dudosa moral y a veces sobrepasando la legalidad. En los acuerdos de compraventa de armamentos, grandes cantidades de dinero son ingresadas en secretas cuentas numeradas de algún *paraíso fiscal* y cercanos países Austria y Suiza. Tú y Benito lo conocéis mejor, porque habéis acompañado a Nadia y Bochkov a alguno de esos lugares y otra vez que fuisteis juntos.

-Definitivamente, Felisa; en cada país una aprende algo nuevo; en cualquier caso, tú lo sabes porque entre nosotras no guardamos ningún secreto; recuerda cariño, que de hecho vivimos juntas como una pareja casada; compartimos absolutamente todo en esta loca vida, mi amor.

-Ya que mencionas la fatídica palabra, creo que un montón de nosotros estamos persiguiendo mayores riquezas; pisándonos unos a otros para llegar allí, sin importarnos nada más. A veces pienso si estamos haciendo lo correcto; parecemos sentirnos bien dentro de este círculo vicioso que estamos creando y, que nos está haciendo perder cualquier sensibilidad hacia el necesitado. Temo que si no somos capaces de ir más despacio y gozar de más tiempo para nosotros, disfrutando otras cosas que se nos conceden gratis y que las echamos en olvido, todos podíamos terminar como los *lemmings* despeñándonos por el acantilado.

-No te pongas tan dramática –dije para animarla-. Sólo estamos explotando un par de filones de oro que hemos descubierto; toda mina, como el fuego y la vida misma, tiende a extinguirse antes o después. Hay que aprovechar oportunidad de disfrutar del rendimiento que produce mientras existe.

Felisa se quedó pensativa un instante y cambió de asunto, comentando:

-Tomando café con Nadia el otro día, me atreví a preguntarle la impresión que tenía sobre cada uno de nosotros; ella pretendió esquivar la pregunta, deshaciéndose en elogios del grupo en su conjunto y qué afortunada se sentía trabajando con nosotros. Insistí sobre ella para que matizara en lo que, según su opinión, serían algunas de nuestras mejores cualificaciones individuales, si las hubiera; entonces especificó que Enrique y yo somos los menos ambiciosos del grupo y como consecuencia, los más felices y vulnerables. Ella también está de acuerdo con Spasski al decir que Benito y tú, sois los más ambiciosos y emprendedores; por lo tanto, más difíciles de manipular. En particular, ella piensa que tú posees cualidades similares a las suyas, porque bajo presión, actúas con cabeza fría usando tu inteligencia de forma positiva y calculadora.

-¡Cielo! –Repliqué-. Se ha retratado a sí misma. Tendré más cuidado en adelante; desconocía que proyecto esa impresión; como se dice en España: *la procesión va por dentro,* aunque no salga a la superficie, lo que a veces es bueno; no obstante, cualquier presión implica dosis de estrés y eso daña, en unos más y en otros menos.

Felisa permaneció un momento callada y nos miramos; entendimos que era hora de concentrarnos en nosotras mismas. Era noche cerrada y las estrellas refulgían en el firmamento y a través de palmeras, árboles y resto de alta vegetación cercana, donde una ligera brisa hacía balancear parte de su ramaje, produciendo un agradable pasatiempo visual.

Ella me alargó su copa vacía que rellené con vino blanco fresco y se lo pasé; vertí también en el mío y me uní a su brindis: "¡Deseando que disfrutemos muchos momentos tan sencillos y especiales como éste!" Chocaron nuestros vasos y bebimos un buen sorbo; luego, acercamos nuestros labios y al contacto se mojaron suavemente con nuestra mutua saliva, sin prisa alguna; mientras sonriendo repetíamos pequeños besos, incitados por el placer emanando de nuestro contacto facial; entre caricias, continuábamos charlando sobre nuestras cosas íntimas, y Elisa; creando fantasía, mientras expresábamos nuestros mutuos sentimientos, deseos, proyectos y esperanza.

Estábamos soñando con ojos abiertos, rodeadas de paz y belleza nocturna. De vez en cuando guardábamos silencio, dedicándonos a hacer ejercicios respiratorios, pretendiendo guardar en nuestro interior el relajante aroma natural que impregnaba el lugar. Eran momentos dulces y estimulantes donde se podía casi palpar la extraordinaria felicidad de sentirme viva en compañía de la persona amada. Entonces pensé que Felisa tenía razón: que las mejores cosas son las que se nos dan gratis para deleite sensorial: Sol, vida, salud, día, naturaleza, belleza, música, poesía… Algo más tarde, tomándola de la mano, le propuse:

-Felisa, mi amor; todo esto me cautiva, pero tu encanto me atrae mucho más. ¡Vamos dentro! Continuemos soñando despiertas, más cerca de Elisa…

*

Han pasado un par de arduos meses. Estoy sola en casa, descansando en una tumbona y contemplando la naturaleza enfrente de mí. Es un día soleado que torna más atractivo y sereno el lugar; presto atención a cualquiera de los más triviales detalles enfrente de mi vista. A veces cierro los ojos, y mi mente evoca algunos agradables acontecimientos sucedidos en el pasado, o divaga en algo nuevo. En ocasiones, siento que todo ello tiende a estimular mi espíritu; también despliega mi imaginación con variedad de imprevistos monólogos interiores; algunos de ellos extraños, tan raros como algunos sueños. Otras veces, la soledad me hace meditar sobre mí misma, y apreciar más cualquier cosa, a pesar del exiguo valor que pudiera tener; este simple ejercicio me proporciona la valiosa fortaleza interior y satisfacción, impidiendo llegar a deprimirme.

En tales casos, el pensamiento que embarga mi mente es que dispongo de algo muy preciado; que valoro y tengo en alta estima para ayudarme en cualquier crisis que, en cualquier circunstancia, tiene lugar en mi vida y que es: El presente. Mientras existo, es mi compañero; así tomo como mi deber disfrutarle lo mejor posible o, al menos, hacerle soportable. En un fugaz momento, algo podría ocurrir que pudiera destruir todo lo que uno ha creado, volviendo la vida al revés, y desde entonces nada sería lo mismo.

Soy de la opinión que la vida es una carrera sin final preconcebido; el éxito o fracaso, tiene mucho que ver con, adecuada o inadecuada preparación, elegir la correcta o incorrecta opción y buena o mala suerte. Tomo como símil los accidentes de tráfico que diariamente ocurren en la carretera, donde la gente, en un instante, muere o resulta herida y la familia se rompe. Se ve en la televisión o leemos en la prensa y nunca pensamos que nos pudiera suceder a nosotros mismos; algunos de esos accidentados, probablemente pensaron la misma cosa; las causas son diversas, entre ellas casuales e indiscriminadas: estar en el lugar preciso, en el momento equivocado…

Siento mis párpados algo pesados; comenzándose a cerrar… Emito un suspiro y sigo evocando…

*

Un miércoles al mediodía, en que Teresa llegaría tarde a realizar sus tareas domésticas, salí del despacho y fui a recoger a Elisa de la guardería. Primeramente conduje a la casa para sacar comida del frigorífico y luego proseguir a la guardería. Al regresar con Elisa, dejé el coche en el parking, entramos en casa y comprobé el contestador automático que decía: "Hola cariño, tienes el móvil fuera de cobertura. Teresa debe estar al llegar. Hay cambio de planes. Peter ha llamado comunicando que los rusos nos invitan a comer. Salimos los tres en taxi hacia el exclusivo restaurante en *Las Chapas,* donde almorzamos la semana pasada. De esta forma, no tendremos problemas de limitación de bebida y comida. Es almuerzo de trabajo. Te veré allí. Te echo de menos. Ahora tengo prisa. Te quiero. Un beso.

Al acabar el mensaje, lo borré y entonces oí la llave y timbre de la puerta: era

Teresa entrando; excusó su retraso que había sido debido a que tuvo que acompañar en autobús a su madre al hospital para una revisión oftalmológica. La reconforté y después de arreglarme un poco y besar a mi pequeña, salí a tomar un taxi en la parada del hotel Puente Romano; era la hora punta y quería librarme de conducir cierta cantidad de kilómetros a lo largo de la carretera *Nacional 340.*

Unos veinte minutos más tarde, el taxi abandonaba el nutrido tráfico de la autovía, saliendo a la carretera secundaria en dirección al restaurante, a lo largo de ligeras cuestas que bordeaban pequeños bosques de pinos y otro tipo de vegetación tropical, entre la cual se veían dispersadas bonitas villas blancas. Doblando una de las bocacalles, nos cruzamos con un Mercedes-Benz color oscuro con ahumadas ventanas, que bajaba a gran velocidad; volví la cabeza cuando pasó al taxi, viendo que el coche tenía matrícula diplomática, lo que me pareció raro. Momentos más tarde el restaurante apareció a la vista. Pedí al conductor parar antes a cierta distancia, y aboné el importe. Quería andar un par de minutos para tomar aire fresco antes de llegar.

Al subir las escaleras dando acceso al restaurante, escuché conmoción del público en la puerta de entrada; un pequeño grupo de personas se agrupaban con rostros pálidos y algunos agitando sus brazos con asombro, mientras comentaban sobre algún percance. Me aproximé a ellos y me pareció raro no ver a ninguno de mis amigos. De pronto me impactó el shock; me quedé helada; las piernas me fallaban. Un individuo, señalando dentro gritó: "¡Los tres están muertos...! ¡La cara de la mujer ha sido destrozada! Hay sangre por todos sitios."

No tuve valor de acercarme más a la escena de la masacre. La cabeza me empezó a dar vueltas... Me estaba poniendo enferma. Tuve que sentarme en un banco, cubriendo mi rostro entre las manos. Un reguero de lágrimas se deslizaba por mis mejillas, humedeciendo lo que encontraba en su camino. Oí al Manager gritar: "¡Márchense! ¡La policía ha dicho que no toquen nada, están al llegar!"

Cerré mis puños y me levanté para entrar en el toalet adyacente, donde vomité; luego me lavé y en silencio abandoné el lugar. Estuve andando abstraídamente, cruzando calles con pasos inseguros. Oí la sirena de un coche policial subiendo por la calle contigua y esto me volvió a la horrible realidad. De alguna forma, recuperé algo de mi fuerza y apresuré el paso. Apreté los dientes odiando a los bastardos que cometieron el macabro crimen. Un terremoto acababa de sacudir mi vida, dejándola con un desolado espíritu lleno de furia contra los responsables de la felonía. La vida, proyectos y expectativas de tres magníficos jóvenes habían sido destruidos de una vez.

Todos ellos tenían sueños y esperanzas que querían alcanzar; todo ello había sido tirado por la borda por los asesinos. No deberían salirse con la suya, por el horrendo crimen que habían cometido.

De alguna forma, como un flash, sentí que mi mente se relajaba al pensar que tendría que controlar mi odio hacia los culpables, con vistas a que fuera capaz de planificar objetivamente, cualquiera estrategia positiva bajo las terribles circunstancias acaecidas; por otro lado, debía ir con sumo cuidado ya que, con toda probabilidad vendrían a por mí.

Estos pensamientos prácticos me dieron el coraje para actuar de una forma racional y coherente; acto seguido, comencé a usar mi móvil mientras caminaba por el camino en dirección a la autovía.

Mi primera llamada fue a la Agencia de Cambio: "Hola Helen…," le informé de la macabra circunstancia, lo que le alarmó sobremanera; con premura, le pedí que cerrara la oficina; vaciar la máquina automática de cambio de divisas y colocar el cartel de *out of order* y *closed;* mas organizar la contabilidad. Si no tuviera suficiente tiempo para depositar el dinero en la cuenta ABEFIC, lo podía hacer al día siguiente por la mañana. Los documentos contables serían enviados a mi atención, en el Hotel Puente Romano, donde les recogería en un próximo futuro. También le informé que yo tendría en cuenta la pérdida de su trabajo, compensándola generosamente tan pronto como fuera practicable. Contactaría con Don Diego para recomendarla, en el caso de que cualquier apropiada vacante se produjera en su negocio empresarial.

Después, llamé a Sofía en su colegio, y ambas llorando, la puse al corriente de la desgracia del terrible crimen ocurrido, solicitando notificar del horroroso suceso, a Amparo, hermana de Benito y su padre; al igual que a los padres de Enrique. También le di el número telefónico de Fernando Ojeda para contactarle y estar listo en los próximos días, para organizar los funerales. Le recordé que de acuerdo con los deseos de los difuntos, una vez realizadas las autopsias pertinentes, los cuerpos debían ser incinerados, como también hubiera sido mi caso si la misma desgracia me hubiera sucedido. Asimismo le informé que toda la información para las familias involucradas, sería canalizada a través de ella, con la ayuda de Fernando.

Seguimos hablando de lo que debíamos hacer en la contingencia; le prometí que la llamaría otra vez en la noche para coordinar detalles. Le aseguré que su ayuda sería esencial, invaluable e imprescindible para que yo pudiera concentrarme en otros importantes asuntos que reclamaban mi total atención.

A continuación, telefoneé a Teresa y lloré también al comunicarle la fatal noticia; especialmente cuando mencioné que Elisa había perdido una de sus dos mamás. Le pedí que inmediatamente llevara mi pequeña a su casa, recogiera su ropa y cuidara de ella, hasta que Sofía se presentara a recogerla después que los funerales tuvieran lugar. Le aseguré que le remuneraría su constante dedicación con nosotras y trataría de recomendarla por otro trabajo, a la primera oportunidad que tuviera.

Seguidamente llamé a Don Diego. El impacto de la horrorosa noticia le sobrecogió; el impacto psicológico le pilló desprevenido ya que daba muestras de encontrarse: "realmente dolido tanto en el terreno personal como en el profesional." Le informé que necesitaba urgentemente visitar mi oficina para realizar varias operaciones informáticas y contables mutualmente beneficiosas para nuestras Compañías. Con este propósito en mente, le pedí considerar la posibilidad de suministrarme la necesaria protección mientras estuviera gestionando el asunto, que me ocuparía más o menos una hora. También le solicité que me concediera hacerle una visita, después de abandonar mi despacho y de parar unos minutos en mi apartamento. Don Diego respondió que esperara hasta que me contactase al móvil.

Encontré por el camino una cafetería y entré para tomar un pequeño refrigerio y un café con leche. Mi última llamada fue al servicio de taxis, reservando uno para una hora después, con recogida en la cafetería. Durante mi estancia en el bar, mi mente volvía una y otra vez a las escenas de horror que había experimentado en el restaurante, preguntándome: "¿Qué me va a pasar ahora?" La primera cosa que pensé fue que me había quedado sola. Eso, posiblemente, no me importaría demasiado lo que me pasara. Había perdido, en un momento, lo que más anhelaba, especialmente mi amorosa compañera y amigos de la infancia. Toda esa dicha era demasiado preciosa para poder ser reemplazada. La única consolación era que estarían en mi memoria para siempre.

Coloqué mis codos sobre la mesa y las palmas de mis manos en mi frente y cerré los ojos por algunos momentos; quizás me cundiera la apatía y me diera todo igual… Pensé que el espíritu nunca muere, sólo abandona el cuerpo; pensé adónde estarían sus espíritus y si transmitían mensajes uno a otro… Algo me estaba diciendo dentro de mí que tenía que seguir y luchar para sobrevivir.

Poco antes de que llegara el taxi, el móvil sonó y oí la voz de Don Diego confirmando todo lo que le había solicitado; no sé cómo ocurrió, pero pude esbozar una sonrisa.

Al salir del taxi, enfrente de la entrada al edificio donde se ubicaba la oficina, me fue difícil evitar tener un sobresalto al ver un par de policías locales aproximándose a mi lado; estos agentes me tranquilizaron al sonreír e identificarse como la escolta que había pedido; me acompañaron hasta el despacho, en cuya entrada montaban guardia Pablo Ochoa y Óscar Núñez, los dos sempiternos compañeros, lo que hizo serenarme aún más, cuando nos cruzamos y enviamos solapados saludos. Entonces los agentes bajaron las escaleras y se apostaron en la puerta de entrada.

Mi primera actuación fue recopilar algunos archivos, documentos y otras valiosas referencias; los coloqué dentro de dos maletines que llevaría después. Mientras hacía esto, mi vista se desviaba a menudo hacia las sillas vacías de mis malogrados compañeros, al mismo tiempo que mis ojos reflejaban mi tristeza. Pensé: "Dios mío, vaya desperdicio de vidas…"

Seguidamente, envié un fax a la Compañía de transporte que estábamos usando, para que enviasen un camión al polígono industrial donde se encontraba nuestro almacén; con vistas a recoger todas las mercancías listas en el recinto y transportarlas de acuerdo con las instrucciones en el fax. La factura se pagaría en efectivo en destino a la entrega de la mercancía; asimismo les informé que les llamaría por la mañana para enterarme de los cargos y verificar la hora de llegada prevista en destino.

Luego, telefoneé Antonio, el Supervisor de la nave, notificándole acerca del último servicio que desarrollaría por nosotros y las extrañas circunstancias que motivaron el cierre del almacén. Al final de nuestra conversación le enviaría el correspondiente fax confirmando la operación. Le agradecí los servicios prestados y le recordé comprobar con su Banco, la remesa de una generosa transferencia. También le participé que trataría de interceder con alguien, a fin de contactarle para otro cometido similar.

Después, llamé a José Luis: un conocido marchante de antigüedades, con almacén en el polígono industrial de *Parla* (Madrid). Con él manteníamos contacto comercial y habíamos pasado agradables ratos; tenía la costumbre de no cesar de hablar, y la habilidad de poder venderte lo que se propusiera. En ese momento, no disponía apenas de tiempo, así que fui directa al grano: "¡Hola querido! ¿Quién soy?" Respondió en un instante diciendo: "Suena como

Felisa…" Corté la conversación y dije: "No hables; sólo escucha. ¡Tengo prisa…! "Le informé del asunto, diciéndole que le enviaba un fax confirmando todos los detalles. A la recepción de la mercancía debía pagar en efectivo el importe total del transporte, y tener preparado otro camión para el destino final. También le comuniqué que le llamaría cuando el género hubiera llegado y hubiese tasado el nuevo importe de gastos. Le aconsejé comprobar en su cuenta corriente a su conveniencia, para demostrar que había hecho otra provechosa transacción comercial. Le recordé que fuese absolutamente discreto. Mostró su aprecio y la única cosa que se atrevió de decir fue: "Aún te quiero Felisa, tú siempre fuiste mi Reina, pero nunca me prestaste atención…" Corté la conversación.

A continuación, comencé a usar el ordenador, primeramente avisé al Banco local para que pagara los acuerdos de alquiler. Había tiempo para entregar las llaves hasta el final del próximo mes. Después, continué enviando transferencias electrónicas. Me concentré en poner al día ABEFIC (South American asuntos); saqué dobles copias de cada operación y recogí archivos. Luego, trabajé con FEBAIC (Inversiones Rusas); en esta área no fui tan cuidadosa. Realmente disfruté *modificando* asuntos de negocios muy importantes; desvié a otras cuentas, pendientes transferencias substanciales de dinero. Sentí placer cambiando el proceso de contabilidad profesional seguido en el pasado, a un nuevo procedimiento. Después de eso, vino lo mejor de la operación: actuar por primera vez como un *hacker* en informática, usando la facilidad de conocer la contraseña que daba acceso a la secreta información tecnológica; lo que usé para mi beneficio personal. Justicia estaba comenzando a ser aplicada. Hablando en términos de tecnología electrónica, en combinación con cambio climático, creo que en el tema FEBAIC, el equipo de *software* había sido *golpeado* por un tornado.

Miré mi reloj y comprobé que había excedido el tiempo previsto en media hora. Hice una señal a Pablo de que había terminado. Él usó su móvil para contactar sus colegas en la puerta.

Al salir a la calle, entramos en un Audi de gran cilindrada que estaba estacionado al lado de la acera. Pablo era el conductor y Óscar sentado a su lado; me senté detrás, con mis dos maletines, flanqueada por los dos Agentes; unos minutos más tarde, llegamos a Puente Romano; salí del coche y coloqué mis dos maletines en mi Mercedes, aparcado al lado del Escort que también usábamos. Los policías me escoltaban. Entré en el apartamento y quedé embargada en un sentimiento de soledad en el piso vacío. Me desnudé y protegí mi pelo con un capuchón, luego tomé una rápida ducha para aclarar mis lágrimas y refrescar el cuerpo; allí recobré mi compostura, recordando que tenía que ser fuerte, de hecho más fuerte que el problema para salir adelante. Me cambié de ropa y puse algunas prendas de vestir y calzado en una maleta. Rellené varios cheques. Recogí mi PC portátil, más documentación y pasaportes que guardaba bajo llave. Al salir, visité la recepción del hotel para dejar correspondencia; después de colocar el nuevo material en el Mercedes, me situé al volante.

Estuve siguiendo el Audi durante aproximadamente media hora a través carreteras secundarias a lo largo de paisaje bucólico. Paramos en un lugar idílico con profusión de flora bien cuidada, enfrente de una mansión situada al pie de un terreno montañoso. La puerta de hierro de entrada a la propiedad se abrió y seguimos conduciendo por un camino de grava, hasta el porche donde nos esperaba Don Diego.

Salté del coche y él me abrazó, ofreciéndome condolencias por la gran pérdida; luego, me tomó por el brazo y me condujo al amplio despacho, donde Álvaro, el segundo de a bordo, estaba esperando; momentos más tarde, Pablo y Óscar llegaron con los maletines, saliendo a continuación.

Examinamos juntos todo el desarrollo de nuestra operación conjunta; Don Diego y Álvaro, mostraron su aprecio por los satisfactorios resultados obtenidos en nuestro proyecto, lamentando que tuviéramos que dar carpetazo a tal provechosa asociación. Les suministré toda la documentación que necesitarían en adelante, con evidencia de su estado contable, juntamente con los poderes notariales que guardábamos como *testaferros*, o sus representantes inversionistas.

Después de solucionar el papeleo, solicité de Don Diego que prestara su atención a un especial *asunto sentimental* que necesitaba solucionar antes de que me alejara lejos del área marbellí; lo que introduje en estos términos:

-Le estoy pidiendo que considere la posibilidad de otorgarme los últimos tres favores.

-Déme una idea —remarcó Don Diego.

-Todavía estoy en una poderosa posición, teniendo un poder notarial para tratar sobre asuntos de la conexión Rusa.

-Sé más precisa –pidió el jefe con ojos bien abiertos.

-Existen importantes negocios sin terminar necesitando mi atención, por el hecho de haberme quedado aún como único propietario de tales asuntos pendientes, especialmente con referencia a un complejo inmobiliario, además de otros regalos. Es una oferta difícil de rehusar: *Les affaires sont les affaires,* -dicen los franceses.

-¡Explícate mujer! –Demandó Don Diego.

Expliqué con gran detalle los casos involucrados; también mi nombre aparecía en algunas compañías mercantiles, y disponía del poder de tramitar transacciones, transferencias, etc. Al final de mi intervención expresé lo que ellos tendrían que hacer a cambio de conseguir el premio. Si aceptaban mi proposición, dejaría en sus manos los apropiados documentos oficiales para la correspondiente transacción en Notaría, después de cumplimentar el acuerdo, en cuyo caso podrían contar también con mi presencia, si fuera necesaria.

Saqué la conclusión de que el *Boss* quedó impresionado por mi *razonamiento,* porque antes de decir adiós, comentó:

Es una pena que perdemos una buena colaboradora; sea como sea, le deseo buena suerte; lo necesita para tratar de evadir las peligrosas circunstancias por las que está atravesando. Estaremos en contacto.

-Gracias, Don Diego; en cualquier caso, pienso que todavía estamos en *Business,*

¿No es verdad?

-Posiblemente, querida. Le llamaré al respecto.

-Estaba disfrutando la experiencia juntos, Don Diego. Me hubiera gustado habérseme permitido continuar como antes pero, como ve, *nada es permanente.* Le deseo también buena suerte.

-Gracias por todo, bella mujer. Tenga mucho cuidado. Me gustaría verla de nuevo.

La sesión había durado un par de horas, animadas con algunos refrigerios que me hicieron recobrar algo de energía. Comenzaba a atardecer. Conduje por un tiempo por los mismos lugares hasta que llegué a la autovía que conducía a

Gibraltar. Esa fue la primera vez que conducía el Mercedes en esa dirección; todas las previas visitas a Gibraltar, fueron al volante del Ford Escort, un tipo de coche que pasaba desapercibido; Benito y Enrique tenían otro igual y algunas veces usábamos ambos en el mismo cometido; teníamos por costumbre llegar allí a primera hora de la mañana, mezclándonos con otros coches; siempre nos fue fácil cruzar la puerta de hierro, como se llamaba antaño a la entrada; Para mí, es una paradoja que el lugar siendo considerado *paraíso fiscal,* la aduana de entrada dispone, en mi opinión, de un *ancho filtro* donde el coche pasa a través sin mayor problema y en cambio, a la vuelta en la salida de la aduana española, el filtro es muy estrecho, puesto que una gran mayoría de tráfico rodado está sujeta a supervisión. Como anécdota, no llevábamos la rueda de repuesto y nunca nos multaron por ello.

La creciente obscuridad estaba sombreando la Roca al tiempo de mi llegada. Dejé en coche en un parking cercano y paseé hasta el hotel donde hice una reserva, bajo nombre distinto; necesitaba cubrir mis huellas. Lo primero que hice fue desnudarme y tomar una buena ducha; después usé el móvil para llamar a un hotel en Marbella y reservar cuatro habitaciones; más tarde llamé a Sofía; me dijo que había contactado a las familias que le había requerido. Las personas disponibles tenían reservas de avión saliendo de Madrid al día siguiente a las 14.30 horas. El pequeño Benito quedaba al cuidado de su abuela. Una amiga de ella la conduciría, en unión de su padre, al aeropuerto de Barajas, donde se encontrarían con Fernando Ojeda y el resto.

Le informé que todos tenían reservas de habitación en el Hotel Don Pepe, en Marbella, en principio para tres días, todo estaba pagado. También le comuniqué que había dejado un sobre en su nombre, en la Recepción del Hotel Puente Romano, conteniendo un manojo de llaves, incluyendo copias de la villa de Benito y Enrique y tres coches y la dirección de la casa, por si no la recordaba, aunque había estado una noche allí; además de cuatro cheques en blanco firmados para solucionar todos los gastos que se causaran y sacar dinero del Banco. Le recordé que yo no podría asistir a los funerales por razones obvias y aconsejé que los tres coches debieran ser llevados por el grupo a sus lugares de origen. Para no divulgarse, le confié que había arreglado varios compromisos para estar totalmente ocupada durante los próximos nueve días viajando para solucionar bastantes problemas. Estaría de vuelta la noche previa al último día, para una corta estancia y después, continuaría con mis viajes por un tiempo considerable. Le pedí que, una vez se encontrara con Elisa, después del funeral, la llevara a vivir con ella, hasta que yo pudiera juntarme con ellos permanentemente; entonces sería libre para estar para cuidarla. Mientras tanto, tendría que confiar en ella;

Le di las gracias por toda su ayuda.

Sintiéndome más relajada después de la extensa conversación, salí y tomé el coche hasta *Catalan Bay* a cenar pescado fresco con vino blanco; me di cuenta que apenas había comido durante el día más largo de mi vida y era hora de hacerlo, así que me di un festín y terminé vaciando la botella. Seguí recordando a mis mejores amigos de mi vida en el camino de vuelta y las cosas buenas que hicimos juntos. Nunca morirían, al permanecer en mi mente, su memoria es como una llama incombustible. Mi corazón siente dolor por ellos. Al abandonar el coche, andando de vuelta al hotel, de alguna forma, una sonrisa se posó en mi semblante hasta que, cansada, me derrumbé en mi cama.

A la mañana siguiente, tomé un frugal desayuno y luego salí portando un maletín y mi PC portátil; visité un par de Bancos que con anterioridad había realizado asiduos trámites bancarios. Había sido un éxito haber creado en Marbella la base de nuestras operaciones, por las ventajas que ofrecía; una de ellas era la proximidad de Gibraltar: *La cercana lavadora*, que solíamos denominarla; era un lugar importante, fácilmente accesible para nuestras transacciones comerciales. Desde allí se originaban algunos de nuestros recursos financieros que teníamos que usar; algunos de ellos, dando curso a la imaginación, llevaban puesta la misma etiqueta usada en el viaje de ida a *La Roca*: Primero, el dinero entraba por carretera, depositado a favor de de una sociedad mercantil; más tarde, esta misma Compañía invertía en inmuebles, terrenos, valores bursátiles u otros legítimos bienes en España, usando transferencias electrónicas a través Internet, o sistema bancario; otras veces, desde una cuenta bancaria en Gibraltar, se aplicaba un sistema similar a cuentas numeradas, u otra cuenta de depósito, a favor de otras corporaciones comerciales en Europa, o cualquier parte del mundo.

Al final de una mañana de trabajo, saqué resultados satisfactorios. Seguidamente compré un periódico español y en su portada aparecía la fotografía de un macabro crimen cometido en Marbella. Eso me recordó que tenía que actuar rápido y con cautela, tratando de sobrevivir; pensé que el mejor método para hacer eso, era cambiar con frecuencia de lugar.

Antes de tomar el avión al atardecer, telefoneé a Sofía que me informó se habían entrevistado con la policía; tuvieron que sufrir los duros momentos de tener que identificar los cadáveres; habiéndose recuperado los documentos de identidad que portaban y sus escasas pertenencias. Tenían que esperar hasta después que las autopsias fueran procesadas por médicos forenses; Fernando estaba ultimando los preparativos para realizar las exequias que, en principio, estaba previsto que tuvieran lugar en la tarde del día siguiente, respetando los deseos de los finados. El tercer día de su estancia, sería usado para descansar, visitar las casas vacías, llevar los coches al hotel y recoger a Elisa en la tarde; esperaban salir por carretera temprano en la mañana del cuarto día.

*

Unos días más tarde al anochecer, recibí otro adverso impacto psicológico; Sofía me llamó, diciendo que según mostrado en televisión, un par de presuntos homosexuales habían sido asesinados en su apartamento que compartían en la calle *Claudio Coello* de Madrid. Una vecina dijo que la noche antes había oído una corta discusión y algunos ruidos; por la mañana, al no verles salir a su trabajo, llamó a su puerta en vano, por lo que telefoneó a la policía. Según su comentario, congeniaba bien con la pareja, mencionando sus nombres como Pedro y Gustavo, dos personas queridas en la comunidad. Las primeras sospechas especulaban sobre un posible robo, probable causa del fatal desenlace.

Me invadió una gran pena e impotencia; la ira sacudió mi cuerpo y pensé: "los bastardos siguen causando estragos entre mi gente; tratan de eliminar testigos de sus tropelías; deben de estar buscándome desesperadamente."

Me consolé algo cuando comentó Sofía que Elisa y Benito se llevaban bien y confirmó al respecto: "Se gustan uno a otro; lo pasan muy bien."

*

Al atardecer del octavo día fuera, jueves, estaba de vuelta en el aeropuerto de Málaga, donde me recogieron y condujeron a la mansión de Don Diego; Allí quedaban algunos flecos por atar en asuntos pendientes. A lo largo de aquel mitin, repasamos todos los detalles, hasta que alcanzamos un completo y unánime acuerdo; luego fui invitada a cenar con Álvaro y Don Diego en privado.

Después de la larga sobremesa, fui a la cama en una de las habitaciones para invitados.

Me desperté temprano en el último viernes del mes; escuché el relajante cantar de los pájaros, y me aproximé a la ventana, abriéndola; allí enfrente mío, la naturaleza desplegaba un paisaje espectacular; contemplé el contraste entre el verdor del campo de golf, el azul del claro día y la línea ondulante del horizonte. Desde aquella posición, pensé en los afortunados golfistas que podían permitirse jugar en tal pacífico y agradable lugar, lejos de la ciudad con su laberinto urbano y enjambre humano. Sin duda, era una mañana diáfana y espléndida para disfrutar y sentirse feliz en semejantes bellos alrededores, fuera de peligro, como yo me sentía en ese preciso momento; aunque estaba echando mucho de menos a los jóvenes amigos, que perdieron sus vidas tan injusta, drástica y dramáticamente…

*

Nuevamente me encontraba en Gibraltar por la noche; me habían conducido allí, donde mi coche estaba aparcado. Había sido un día muy duro y agotador; después de repetir la visita a Catalan Bay para cenar y reponer parte de la energía perdida, regresé al hotel y dormí como un lirón toda la noche, como lo solía hacer en Puente Romano.

Me desperté al alba y estiré mi cuerpo en la cama un rato, antes de levantarme y descorrer las cortinas. Una nube cubría la cima del *Peñón,* quizás presagiando amenaza de lluvia más tarde; esperaba que el acostumbrado viento, que se formaba en el *estrecho,* limpiara de nubosidad el área, a medida que el despejado día fuera extendiendo su luz al igual que el anterior día soleado. Sentía que la nefasta tormenta de tristeza que había saturado mi espíritu iba gradualmente desapareciendo.

Tan pronto como se abrieron las tiendas, salí a comprar un periódico español. Allí, en primera página bajo grandes titulares, se publicaban las secuencias de los terribles acontecimientos que habían tenido lugar en el área de Marbella, el día anterior.

En la página interior, aparecían amplificadas las noticias de los casos de asesinato, que habían sido televisados en los telediarios españoles. Todo parecía seguir la pauta de un ajuste de cuentas.

Los primeros crímenes habían tenido lugar hacia las 10.30 horas de la mañana del viernes, en el tee de salida al hoyo seis del exclusivo campo de golf, adónde dos eminentes empresarios residentes rusos: Nicolái Bochkov y Sergéi Spasski, habían sido abatidos por disparos de metralleta. Entre la maleza y hierbas altas, al lado del *fareway* cinco, se encontraron un *Kalashnikov A-47* y varias comprometidas fotografías.

El segundo episodio fatal sucedió cerca del mediodía, en una excepcional mansión de una exclusiva urbanización, donde otros dos residentes rusos: Nadia Yezhova e Igor Kiril habían sido asesinados.

Los asesinos tuvieron que superar la estricta barrera de seguridad antes de tener acceso al complejo urbanístico; para ello, secuestraron una furgoneta que se dedicaba al suministro gastronómico para festejos y celebraciones de todo tipo. Según el conductor, que sobrevivió al incidente, habían estado vigilando sus movimientos con anterioridad; al retornar al amplio furgón, después de haber efectuado una parada en la *Venta los Pacos,* para tomar un refrigerio, dos altos individuos con indumentaria de labor, barba, gafas de sol, gorras y holgadas negras trincheras, le habían amenazado con liquidar a él y su familia, si no siguiera sus instrucciones al pie de la letra. En su camino, el conductor tuvo que realizar otra parada en San Pedro, para recoger a otro individuo delgado, vestido de negro, con bigote, perilla y gruesas gafas oscuras, que entró en la furgoneta por la puerta de atrás. Antes de doblar la esquina de la calzada que conducía a la entrada del complejo, tuvo que hacer otra parada y permanecer fuera, mientras sus dos acompañantes pasaran a ocultarse con su nuevo compañero en la zona trasera del vehículo; luego, el chofer pudo proseguir conduciendo.

Una vez pasada la barrera, y ya dentro del perímetro de la mansión, el vehículo continuó a lo largo del camino de cascajo hasta detrás de la villa y se detuvo al lado del almacén. La pareja rusa estaban esperando allí, para supervisar la descarga de la mercancía; entonces el infierno se desató: las puertas de atrás de la furgoneta se abrieron y los dos asesinos, dispararon sus armas y mataron a los dos en el acto, sin decir palabra. A continuación entraron en la casa, desconectando el equipo telefónico, requisando los móviles, y poniendo al servicio doméstico bajo control, mientras el tercer miembro del grupo visitaba el interior. Quince minutos más tarde, una asustada sirvienta vio a un joven vestido de negro, con visera, mostacho y perilla, saliendo del despacho de ordenadores portando un maletín.

El tercer atentado fue cometido un poco antes de las 15.00 horas, a la salida de un bloque de oficinas, en que un abogado de nombre Peter Benjamin Delgado, cayó fulminado por los disparos de dos desalmados que se dieron a la fuga.

-Un suceso insólito ha empañado una buena zona pintoresca –dije en voz alta. Las malas yerbas habían de pronto sucumbido; eran víctimas de sus propias maléficas acciones. Por mi parte, tenía que aprovechar la ventaja de la oportunidad, en la confusión creada por los tormentosos acontecimientos acaecidos en la vecindad y, esperar a que las aguas volvieran a su cauce normal de fluidez. Me consideraba como un *pescador en río revuelto*. Por la tarde, tomé un avión y pasé fuera de España cerca de un mes. Atrás quedaba mi coche en el garaje de un amigo banquero.

*

Algo trágico que sucedió durante mi estancia en la isla de Jersey, me hizo hacer la maleta, con emergencia, en la temprana mañana: sonó mi móvil y una afligida Sofía, me dio la noticia de que Genaro había fallecido durante la noche; su débil corazón había dejado de latir. Josefa, durmiendo en la cama de al lado, no se enteró hasta que despertó el amanecer. El shock invadió mi mente y cuerpo, comenzando a llorar. No sabía lo que decir; pensé que era posible que los acontecimientos recientes hubieran influido, acelerando el fatal desenlace. Por fin me repuse y le dije que estaría de vuelta a cualquier hora de la noche.

Hora y media después, embarqué en un avión al aeropuerto de *Gatwick*, y luego conecté con un vuelo de British Airways, llegando a Gibraltar a primera hora de la tarde. Allí, recogí el Mercedes y empecé a conducir hacia el Norte.

Cuando pasé a la altura de Marbella, mi mente fue invadida por las agradables vivencias del pasado reciente, en unión de mis queridos compañeros; nada podía ser comparado con la felicidad que había compartido con ellos todo el ese tiempo. Sentí lágrimas deslizándose por mis mejillas, recordando los mejores tiempos de mi vida y la promesa que hice, de que su presencia permanecería siempre latente en mi mente y corazón. También pensé que la vida sigue y debería adaptarme a ella lo mejor posible. Apreté el acelerador, para dejar atrás el área; la próxima vez que tuviera que volver, sería para cerrar la venta de los asuntos que quedaban pendientes. Una vez solucionado eso, dispondría de suficiente tiempo para disfrutar de la vida simple: las pequeñas cosas que sucedieran alrededor de mi entorno. Más o menos, los mismos sentimientos me embargaron, cientos de kilómetros más adelante, al pasar cerca de Madrid. Excepto un par de paradas para tomar algo y poder repostar, el viaje estuvo pleno de agradables reminiscencias con cada uno de los miembros del grupo de amigos y especialmente con mi amada. Nada, ni la interesante panorámica mostrada a lo largo del largo trayecto, sería capaz de competir con la bella evocación.

Entrada la noche, llegué a mi destino. El encuentro resultó muy emotivo; allí estaba Josefa, Sofía y los pequeños Benito y Elisa esperándome. Ésta corrió hacia mí y la sostuve en el aire y besé tiernamente; había pasado demasiado tiempo desde que la había tenido en mis brazos por última vez; seguidamente, todos nos abrazamos uno a otro. Desde ahora en adelante, dispondría de mucho tiempo libre en mis manos, con el fin de compensar con creces la larga ausencia de estar fuera de casa.

El cadáver de Genaro yacía en el salón, donde se le estaría velando toda la noche. En compañía de Josefa y Sofía me acerqué y besé su frente, mientras lágrimas aparecían en mis ojos. Fue una noche muy triste, pero me encontraba a gusto entre los míos y satisfecha de haber llegado a tiempo para asistir al funerario.

El funeral tuvo lugar el siguiente día a media mañana; el servicio memorial incluía una misa por el difunto, a la que asistió la mayor parte de la gente del pueblo, con presencia del alcalde. Acompañaron el féretro hasta el cercano cementerio. Cada una de nosotras depositó una rosa en el ataúd al comenzar el enterramiento. Una vez que todos los asistentes nos dieran el pésame, permanecimos unos minutos más alrededor de la tumba, orando por él. Después, volvimos a casa para pasar el resto del día recluidas.

Después de una comida frugal, Sofía y yo nos retiramos al salón y cambiamos impresiones sobre los últimos acontecimientos que habían sacudido nuestras vidas. Sofía comentó:

-Desgraciadamente, la mala suerte nos ha golpeado demasiado fuerte.

-Sí Sofía, con referencia a nuestros queridos amigos; fue una mala pasada que ha afectado a nuestras vidas; nada pudimos hacer acerca de ello. Ellos fueron tan desafortunados encontrarse en el lugar equivocado cuando ocurrió el engaño. En lo que respecta a mí, tuve buena suerte al llegar tarde allí; eso me salvó.

-A Dios gracias por ello –añadió Sofía-, de otra forma, Elisa hubiera perdido otra mamá.

-Verdaderamente –dije-, eso nos hace afortunadas para cuidar y amar a nuestros dos niños, que perdieron un pariente cada uno. Estoy segura cuando digo que ambas compensaremos esas terribles pérdidas, con nuestra mayor dedicación hacia los pequeños. ¿Estás de acuerdo Sofía?

-Definitivamente. Cada una de nosotras tendrá dos hijos que amar y cuidar.

Benito y Elisa salían y entraban a su antojo, disfrutando de su mutua compañía. Con frecuencia, parábamos de hablar y nos dedicábamos a contemplar lo felices que se encontraban juntos; Sofía y yo nos mirábamos con rostros resplandecientes de felicidad, por haberlos concebido, recreándonos con su divertida conversación infantil y el movimiento de sus tiernos cuerpos.

Sofía se levantó y subió a su habitación; retornó un momento después con unos pasaportes en la mano que me entregó; eran cuatro y pertenecían a Benito y Enrique; luego comentó:

-Creí oportuno recogerlos de su casa, antes que las familias los vieran. Me extrañó que tuvieran más de dos.

-Es verdad Sofía. Nosotras también teníamos el mismo número; dos de ellos fueron suministrados por el grupo ruso: son cubanos. Algunas veces los teníamos que usar en nuestras internacionales transacciones comerciales; estos pueden destruirse ahora, porque modifiqué electrónicamente, a última hora, sus temas bancarios *off-Shore*. Aún guardo los dos nuestros, porque pueden hacer falta.

A continuación entró Josefa, portando en la mano un sobre cerrado a nombre de Sofía, diciendo:

-Rebuscando entre los papeles de tu padre, he encontrado esta carta que indica se abra después de su muerte.

A las dos nos causó sorpresa la extraña nota y no pude evitar sentir un escalofrío recorriendo mi cuerpo; Sofía, con dedos temblorosos, abría el sobre. Comenzó a leer en altavoz su contenido. La misiva empezaba agradeciendo a Sofía por dar cobijo a sus padres, en el otoño de su vida; por haberle dado un nieto que le había llenado de alegría el último período de su vida, haciéndole olvidar sus dolencias.

En lo referente a Andrea, expresó su pesar por no haber sido capaz de aceptar, en un principio, lo inevitable respecto a sus inclinaciones sexuales. Sin embargo, reconocía su perseverancia, fortaleza y convencimiento para seguir adelante, sin importarla los difíciles obstáculos que tuvo que afrontar en su camino. Había demostrado ser una buena luchadora y se sentía orgulloso de ella y el éxito substancial conseguido.

Lo que vino a continuación, fue de lo más sorprendente e inesperado que había oído nunca: declaraba que Felisa había sido concebida en una apasionada cita con Mari-Luz, poco antes de terminar su oculta relación entre los dos y, cada uno se casara con otra persona poco tiempo después. Él nunca pudo olvidar a Felisa y sentía pena al verla y no poder demostrar su amor paternal hacia ella; lamentablemente, tenía que esconder sus sentimientos con vistas a no herir a otra gente afectada, y así evitar un escándalo social en la comunidad. Como consolación, le había ilusionado el cariño que Felisa y Andrea se habían demostrado desde pequeñas; ellas nunca supieron la posible causa de tal estrecha amistad. Más tarde la realidad había mostrado que alrededor de ellas se había formado un gran vínculo de amor y eso era lo más importante del mundo. Continuaba escribiendo que los caminos del amor son algunas veces misteriosos y, en este caso, su mejor creación era su encantadora nieta Elisa.

Para Josefa tenía palabras de agradecimiento, por haber entendido, aceptado y guardado el secreto de su traspié, una vez que se lo había confiado, a raíz del accidente de sus padres; así como ayudar desinteresadamente a Felisa en su desgracia.

Al terminar su carta, y sintiendo acercarse la hora fatal de su fallecimiento, mostró plena satisfacción al considerar que las tres damas y dos niños seguirían viviendo juntos bajo un mismo techo.

Una sensación agridulce nos impregnó. No duró mucho esta impresión, al pensar en sus últimas palabras. Por mi parte, la noticia aunque me sobresaltó, no disminuyó mi fuerte sentimiento de amor y agradecimiento a la persona especial a la que había elegido para compartir nuestra fugaz vida juntas, sino todo lo contrario, lo había reafirmado. La razón la tenía enfrente de mí: Elisa; ella era la prueba fehaciente.

*

Dos semanas después de mi llegada de Jersey, Sofía y yo estamos tomando el sol en las tumbonas. Los niños juegan en el vado de la piscina, lanzándose agua el uno al otro.

-¡Es una bendición que *Bella vista* sea nuestra casa! –Exclamó Sofía-. Aquí vivimos lejos del mundanal ruido y sin sufrir ninguna estrechez económica. Todo es apacible, confortable y suntuoso; exhibiendo por doquier costosas obras de arte, algunas de ellas colgando de las paredes. Todo este bienestar lo debemos a ti.

-Nada de eso, querida. Creo que en lo que una persona produce y que sea bueno, la buena suerte tiene mucho que ver. Estuve allí y, todo salió bien conmigo. Otros fueron terriblemente desafortunados… Ahora, todo está arreglado para que los que quedamos, nunca más tengamos que sufrir pobreza: esto es mi única consolación…

En un momento dado, nos levantamos y vamos a ayudar a Benito y Elisa saliendo del agua; luego les colocamos bajo la ducha, para eliminar el cloro de sus tiernos cuerpos, les secamos y cambiamos de atuendo. Como se está acercando la hora de comer, Sofía les toma de la mano y les lleva dentro de la casa.

Yo paseo sola hacia la parte de atrás de la mansión, adónde se halla erigido en mármol una especie de altar, conteniendo un cofre con cenizas; al llegar, me inclino y deposito un beso; al lado hay un jarrón con rosas frescas en agua; en el otro lado, existe una inscripción que dice:

Eres un rayo de sol

que me ha rescatado de la obscuridad,
iluminando mi existencia.

Cuando estás conmigo,
lo tengo todo;
añoro tus ausencias porque,
me falta todo.

Tu amor por mí,
son las olas del mar;
el mío por ti,
es la orilla donde reposan.

Me gustaría llegar a vieja contigo,
surcando el final de tranquilas aguas,
del Océano de nuestro querer.

Después de leerla, susurro: "Tú vives en mi corazón. Late por ti…"
Instantes después, oigo la voz de Josefa llamándome:
-¡Ven, hija mía…! ¡Te estamos esperando! La comida está servida.
-¡Sí, mamá…! ¡Ya voy!

*